UNE DANGEREUSE ALLIANCE

JENNIEKE COHEN

UNE DANGEREUSE ALLIANCE

Traduit de l'anglais
par Alice Delarbre

POCKET JEUNESSE
PKJ·

Titre original :
Dangerous Alliance
(Published by arrangement with HarperCollins Publishers)

Collection « Territoires » dirigée
par Pauline Mardoc

ISBN : 978-2-266-31229-5
Dépôt légal : mai 2021

Pour Jonathan Cohen et Nasson,
qui ont toujours su que ce jour viendrait.
À la prochaine aventure !

Chapitre premier

« C'était là ce qui menaçait de ternir son bonheur, mais pour l'heure on ne pouvait parler de véritables problèmes, tant [elle] était inconsciente du danger qu'elle courait. »

Emma, Jane Austen

AVRIL 1817
DOMAINE D'OAKBRIDGE, HAMPSHIRE, ANGLETERRE

La pierre dévorée par le lichen émit un son creux lorsqu'elle rejoignit les autres. Lady Victoria Aston laissa ses mains endolories posées dessus un instant, puis essuya ses paumes sales sur ses cuisses, étalant de la boue sur les vieilles culottes beiges de son père. Surveiller un troupeau de moutons indociles exigeait certains sacrifices.

Deux pierres de taille plus importante lui suffiraient pour finir de reboucher le trou dans le muret. Elle pourrait ensuite arpenter les 2 656 hectares d'Oakbridge, à la recherche du berger du domaine. Vicky observa attentivement une vieille brebis hirsute : c'était l'une des nombreuses bêtes qu'elle avait retrouvées dans le pâturage voisin. S'étant échappées par une ouverture dans le muret croulant, elles avaient englouti un petit carré de trèfle indigeste. Leurs panses ne tarderaient pas à enfler et, sans l'intervention du berger, elles succomberaient bientôt.

Respirant l'air matinal pur, chargé du parfum de l'herbe fraîchement coupée et mise à sécher, Vicky se baissa pour ramasser une autre pierre. Une telle mésaventure ne serait jamais arrivée à Emma Woodhouse. Ou, plus exactement, Emma Woodhouse n'aurait jamais permis une telle chose.

Ayant tout juste terminé sa troisième lecture d'*Emma* depuis la publication du roman, Vicky en était venue à comparer sa propre existence campagnarde à celle de l'héroïne. Non qu'Emma fût son personnage préféré des quatre romans écrits par une personne dont le public savait seulement qu'il s'agissait d'une « dame » (même si une grande partie de la société du Hampshire avait entendu le nom d'une certaine Mlle Jane Austen). Non, Vicky réservait cet honneur à Elizabeth Bennet, d'*Orgueil et préjugés*.

Elle n'avait d'ailleurs aucun mal à imaginer Elizabeth Bennet crottant sa robe pour réparer un muret en pierre. Un sourire étira les lèvres de Vicky à l'idée que son héroïne préférée approuverait son comportement.

Elle se redressait quand un mouvement attira son attention au loin. Elle plissa les yeux. Dans les champs de l'autre côté du muret, un cavalier en pardessus rouille et chapeau noir longeait une haie basse au petit galop.

Elle ne pouvait voir son visage, mais son maintien lui était familier…

Il ne pouvait tout de même pas s'agir du seul être qu'elle ne souhaitait pas croiser par une telle matinée ! Le destin était-il aussi cruel ?

Elle vérifia sa propre tenue. Elle avait boutonné, presque jusqu'en haut, sa veste de cavalière olive pour maintenir un semblant de décence, même si, selon les critères en vigueur, on aurait pu considérer qu'elle cherchait le scandale.

Vicky étudia à nouveau le cavalier. Sa mise annonçait un gentilhomme, même si elle ne distinguait toujours pas ses traits. Sa monture avait une teinte d'alezan inhabituelle et une taille moyenne qui lui donnait l'allure d'un cheval de trait. Elle n'en avait encore jamais vu de cette race.

Eh bien, si cet homme – quelle que fût son identité – se sentait offensé par la tenue de Vicky, tant pis pour lui ! Celle-ci lui permettait de seconder bien plus efficacement son père. La subsistance de plus d'une centaine de personnes dépendait de leur gestion du domaine ; si son père et l'intendant n'étaient pas en mesure d'octroyer de l'argent, ou de l'attention, à l'une des petites pièces du puzzle complexe que constituait Oakbridge, quelqu'un de moins fortuné qu'eux en souffrirait. Elle hissa une lourde pierre et la posa sur les autres en laissant échapper un petit cri, puis jeta un nouveau coup d'œil au cavalier.

Il avait franchi la haie et se dirigeait à présent vers elle, à une allure de plus en plus vive. Qu'avait-il l'intention…

Le ventre de Vicky se serra lorsque le visage du cavalier lui apparut enfin. C'était bien ce qu'elle avait redouté : Tom Sherborne. Diantre ! À une quinzaine de mètres, Tom leva le bras et Vicky sentit une palpitation dans sa poitrine. Loin de la saluer, il lui indiquait quelque chose derrière elle.

Au moment où elle se tournait, un objet dur la heurta à la tempe. Une douleur incandescente explosa dans son crâne. Le monde se mit à tanguer, alors qu'elle était projetée sur la droite. Ses genoux s'enfoncèrent dans le sol détrempé et elle plongea dans le noir. Un bruit sourd tambourinait en rythme à ses oreilles. Était-ce son cœur ? Le grondement devenait plus fort à chaque battement. Elle inspira : l'odeur d'herbe mouillée, de boue et de crottin envahit ses narines. Dans un gémissement, elle se força à ouvrir les yeux.

Sa tempe reposait sur le sol, alors qu'elle avait eu l'impression de tomber tête la première. Un côté de son visage l'élançait. Elle le tâta avec des doigts prudents, ce qui ne fit qu'accentuer le martèlement dans ses oreilles.

D'où était venu le coup ? À travers les brins d'herbe, elle devina une silhouette. Chaque mouvement la mettait au supplice, cependant Vicky prit appui à deux mains sur la terre humide et s'assit. Clignant des yeux afin de chasser le voile qui semblait les recouvrir, elle se concentra sur la forme qui se rapprochait d'elle.

Ses joues blêmirent. Tom Sherborne et sa monture sautèrent avec aisance par-dessus le muret de pierre. Elle n'avait jamais vu Tom en selle d'aussi bonne heure depuis son retour en Angleterre. Bien qu'il possédât le domaine mitoyen d'Oakbridge, Vicky ne l'avait aperçu que deux fois au cours de l'année écoulée : la première au village, à l'autre bout de la grand-rue, où il s'était aussitôt engouffré dans une taverne, et la seconde à la fête communale, où il avait acheté une part de pain d'épice avant de repartir précipitamment.

N'importe qui y aurait vu de simples coïncidences, mais Vicky n'était pas dupe. Tom Sherborne l'évitait. Sans qu'elle sût pour quelle raison, et ce depuis cinq ans. Ce matin, pourtant, il se trouvait là, à moins d'un mètre d'elle, sur son fougueux alezan.

— Comment vous sentez-vous ? lui cria-t-il.

La tête de Vicky se mit à tourner lorsqu'elle leva les yeux vers le visage qu'elle avait si souvent côtoyé dans son enfance. Il avait gardé ses boucles acajou, qui encadraient son front pour dévaler sur ses oreilles, offrant un léger contraste avec le marron clair de ses yeux. Il n'avait pas plus de barbe ou de moustache qu'à quatorze ans, mais sa mâchoire et ses joues s'étaient affûtées, lui donnant des traits anguleux plus virils. Son nez et son front semblaient avoir été inspirés par le buste en marbre d'un empereur romain.

Le pouls de Vicky continuait à tambouriner dans ses oreilles. Tom, lui, avait une mine très grave. Vicky se rendit compte que cette expression lui avait manqué, mais… oubliait-elle que le garçon qu'elle connaissait si bien à une époque avait piétiné leur amitié sans jamais lui donner la moindre explication ?

— Ma tête, marmonna-t-elle.

Elle toucha la bosse qui se profilait sur son crâne, avant de demander :

— Que s'est-il passé ?

— Un homme vous a attaquée. J'ai tenté de vous prévenir.

— Mais qui aurait bien pu s'en prendre à moi ?

Tom croisa brièvement son regard avant de fouiller l'horizon des yeux, derrière elle.

— Je sais seulement qu'il avait laissé son cheval à la lisière du bois. Je peux le rattraper, proposa Tom. Vous sentez-vous en état d'attendre ici ?

Elle prit une inspiration et inclina prudemment la tête. La douleur s'était légèrement atténuée.

— Il me semble.

Elle leva les yeux vers lui.

— Ne bougez pas, dit-il en talonnant vivement les flancs de sa monture.

Des mottes de boue et d'herbe jaillirent dans le sillage de celle-ci.

— Un instant !

Mais il ne pouvait plus l'entendre. Vicky serra les dents en regardant le cavalier et son cheval disparaître dans le taillis voisin. Comment Tom osait-il détaler ainsi et l'abandonner dans ce champ ? S'il pensait qu'elle le laisserait livrer ses batailles à sa place, il se trompait lourdement. Elle bascula sur les genoux pour se relever. Des étoiles dansaient devant ses yeux. Elle ravala un juron et respira profondément. Puis elle jeta un regard dans la direction où Tom avait disparu.

L'agresseur avait dû fuir vers la route de Londres. Si l'on voulait avoir une chance de l'intercepter, il valait mieux traverser le champ et contourner les arbres. Tom aurait dû le savoir, lui aussi. Il ne rattraperait jamais cet homme en le poursuivant dans des bois aussi denses.

Elle s'en chargerait donc elle-même. De toute façon, elle n'allait pas rester là comme une estropiée à cause d'un petit mal de tête. Pour qui Tom se prenait-il ? Il jouait les héros maintenant ? Lui qui avait si bien tenu le rôle de lâche ces cinq dernières années…

Vicky rejoignit en chancelant l'arbre auquel elle avait attaché sa jument, Jilly. Elle la conduisit vers une portion du muret intacte et s'en servit pour monter en selle. Une vague d'étourdissement déferla de son crâne vers son ventre. Elle s'efforça de respirer calmement, bien consciente de perdre un temps précieux.

En route ! Dents serrées, Vicky tira les rênes vers la droite et lança sa monture au galop.

Les oreilles de Jilly se dressèrent, presque comme si elle percevait l'urgence de la situation. La jeune femme traversa le champ en un temps record. Réussirait-elle à rattraper cet homme avant qu'il atteigne la route de Londres ?

Elle jeta un coup d'œil vers les bois à gauche, dont les deux cavaliers allaient probablement émerger. Elle ne pouvait pas encore les voir, mais ils ne devraient plus tarder.

Le fracas des sabots lui parvint.

Des arbres bordaient la route sur la droite, à plusieurs mètres de là. Face à une grande haie touffue. Si Vicky parvenait à placer Jilly en travers du chemin, l'homme serait forcé de s'arrêter. Elle se rendit compte que la route était moins étroite qu'elle ne l'avait cru. L'homme avait l'espace nécessaire pour les contourner… Toutefois, il aurait sans doute du mal si son cheval était lancé au galop.

Une cavalcade fit soudain trembler la terre ; un cavalier dont le bas du visage était dissimulé par un mouchoir fondit sur elle, son pardessus noir battant au vent comme la cape d'un personnage diabolique tout droit sorti des pages de l'un des romans d'amour ridicules d'Ann Radcliffe. Le ventre de Vicky se contracta.

Il était trop tard pour douter de son plan. Tom et sa monture talonnaient l'assaillant.

La gorge de Vicky se serra. L'homme ne ralentissait pas.

Tandis que Vicky assurait sa prise sur les rênes, sa jument broncha. Elle lui comprima les flancs pour l'apaiser, mais ne réussit qu'à redoubler sa nervosité.

Elle ferma les yeux.

— Courage, Jilly, lui souffla-t-elle. Courage !

La jument se tranquillisa. Vicky rouvrit les yeux pour constater que le cavalier chevauchait toujours à bride abattue. Ils n'étaient plus séparés que par quelques mètres à présent, elle pouvait voir l'écume blanche autour de la bouche du cheval.

— Écartez-vous, cria Tom. Écartez-vous !

Le temps ralentit brusquement. Vicky aurait voulu obtempérer, mais ses jambes ne lui répondaient plus. Elle ne sentait plus que les tambourinements de son cœur et le cuir des rênes qui lui cisaillait les paumes. L'homme allait la percuter de plein fouet !

Elle se prépara au choc. Jilly se cabra et lui donna un coup de tête. Son champ de vision fut envahi d'étincelles alors qu'un étourdissement s'emparait d'elle. Un puissant souffle d'air lui balaya le visage lorsque l'homme passa devant elle à toute allure. Au terme d'une chute interminable, elle s'étala violemment dans une flaque de boue.

Malgré la douleur et la nausée, elle se força à ouvrir les paupières pour s'assurer qu'elle était hors de danger. Sur sa gauche, Tom tirait violemment sur ses rênes pour éviter la collision avec Jilly.

Vicky s'étendit sur le sol, oubliant l'état déplorable de la route et ses cheveux se retrouvèrent poisseux de boue. *Pouah !*

De tous les moments gênants qu'elle avait connus au cours de ses dix-sept années d'existence, celui-ci remportait sans conteste la palme.

La monture de Tom piaffait, sabots arrière fermement campés dans la terre, impatiente de reprendre la poursuite. Une bouffée d'espoir envahit Vicky : si Tom repartait sans tarder, elle s'épargnerait l'humiliation d'avoir à faire la conversation couverte de boue. Afin de l'encourager à poursuivre sa route, elle voulut s'asseoir bien droite. Malheureusement, un gémissement de douleur lui échappa.

Tom sauta à terre en jurant.

— Votre imprudence me laisse sans voix ! Êtes-vous donc incapable de faire ce que l'on vous dit ?

La colère rougit les joues de Vicky alors qu'elle le considérait bouche bée. C'était la première fois qu'il lui adressait la parole en cinq ans et il la sermonnait ?

Depuis le retour de Tom, quatorze mois auparavant, et son installation à Halworth Hall, Vicky se préparait à leurs retrouvailles. Plusieurs semaines durant, la perspective de lui adresser à nouveau la parole l'avait plongée dans un état de grande fébrilité. Elle avait néanmoins planifié cette rencontre avec soin. Comme sa sœur aînée, Althea, aimait à le répéter, l'organisation était l'apanage des êtres supérieurs.

Voilà pourquoi Vicky était décidée à afficher le plus grand calme le jour où elle reverrait Tom – resplendissante dans sa robe de bal préférée, la rose pâle. Elle lui tendrait poliment sa main lorsqu'il s'inclinerait pour la saluer. Il verrait alors qu'elle n'était plus la petite fille effrontée qu'il ne jugeait guère digne d'être son amie.

Elle redressa le menton pour tenter de conserver un semblant de prestance en dépit de son apparence boueuse et ridicule.

— Je n'ai aucun ordre à recevoir, Lord Halworth. Cela vous a peut-être échappé, mais je ne suis plus une enfant.

— Ah oui ? Il vous paraît donc naturel qu'une demoiselle chevauche seule à travers champs et se vautre dans une flaque après avoir été attaquée par un scélérat ?

Elle feignit de remarquer brusquement qu'elle était assise dans la boue.

— Ah… Eh bien, oui, je songerai dorénavant à passer les plus belles journées printanières dans des flaques boueuses ! Cela doit être excellent pour la santé.

Il eut une réaction de surprise, ou d'agacement – impossible de trancher.

— Comment pouvez-vous vous montrer aussi désinvolte ? Après avoir été assommée, vous êtes tombée de votre monture et la mienne a bien failli vous piétiner…

— Inutile de me rebattre les oreilles avec mes mésaventures. Je n'ai pas perdu la mémoire dans ma chute.

Il fronça les sourcils et se détourna pour enrouler les rênes de son cheval autour d'une branche de la haie.

Vicky soupira : il avait raison, après tout. Elle avait fait preuve d'imprudence.

— Je pensais pouvoir bloquer la route à cette canaille. Et j'aurais d'ailleurs réussi s'il n'avait pas refusé de s'arrêter…

— Comment avez-vous pu penser qu'il ne voudrait pas vous blesser alors que c'était, de toute évidence, son dessein depuis le début ?

Pourquoi fallait-il qu'il fît preuve d'une logique aussi imparable ? Elle avait agi sans réfléchir et, pour la punir, le destin lui imposait cette humiliation.

— Je suis aussi bonne cavalière que vous. Si je me souviens bien, je vous ai même, par le passé, battu à plus d'une occasion et…

— Je ne suis pas tombé, l'interrompit-il. Contrairement à vous.

Elle soutint son regard en fronçant le nez. Le bien-fondé de ses reproches était tout bonnement insupportable. Elle refusait néanmoins de se laisser intimider. S'il pensait qu'elle allait s'excuser pour une chose aussi anodine, alors qu'il ne l'avait pas fait, lui, pour ses actes passés, il se méprenait.

— Il faut que j'y aille. Je dois informer mon père qu'une brute m'a attaquée, prévenir le berger que les moutons sont mal en point et informer l'intendant qu'il y a un trou dans le muret.

Elle voulut se relever.

— Alors, si vous et mon amie la flaque voulez bien m'excuser…

Il se précipita pour l'aider. Lorsqu'elle fut debout, toutefois, il ne la lâcha pas. Elle ne trouva pas le courage de le regarder à nouveau dans les yeux. Elle sentait la chaleur de ses mains sur ses avant-bras, à travers le cuir de ses gants d'équitation. Chaleur qui remonta dans son cou, en dépit de l'humidité glaciale qui s'insinuait dans ses jambes et ses épaules. Fixant la cravate blanche qu'il avait nouée avec simplicité, elle constata qu'il mesurait une demi-tête de plus que dans son souvenir.

Il tira sur son bras gauche pour la faire pivoter. Des effluves de pain grillé, de papier journal et d'un autre parfum – de la cannelle ? – lui parvinrent… Une fois remise de son léger trouble, elle comprit qu'il l'avait fait tourner sur elle-même pour inspecter l'arrière de son anatomie. Son regard descendit le long de son dos couvert de boue jusqu'aux culottes inconvenantes qui lui collaient aux cuisses. Vicky s'empourpra aussitôt.

— Que faites-vous…

— Vous devez voir un médecin, insista-t-il en la plaçant à nouveau face à lui.

Un sillon s'était creusé entre ses deux sourcils, son regard brun était sérieux. Elle aurait presque pu jurer qu'il semblait inquiet. Pour elle. Puis il se détourna et elle se souvint alors qu'il avait, autrefois, balayé treize années d'amitié d'un revers de main.

Elle voulut se dégager, mais il refusait de la lâcher.

— Je vais bien.

Il plongea ses yeux dans les siens.

— Si vous vous imaginez que je vais vous laisser partir au galop seule après m'avoir…

Il s'interrompit et la libéra. Les bras de Vicky retombèrent le long de ses flancs.

— Après m'avoir empêché de rattraper ce criminel, vous vous méprenez.

Elle avait les oreilles en feu à présent. Il avait peut-être raison, pour autant ce n'était pas très galant de sa part de le lui rappeler sans cesse.

— Il avait plusieurs longueurs d'avance.

Il la considéra avec dureté.

— J'étais si proche que j'ai bien failli vous écraser. Je l'aurais rattrapé, Victoria !

Il avait un regard si dur qu'elle aurait voulu disparaître sous terre.

— Nous pourrions en débattre jusqu'à la nuit, c'est certain. Si vous souhaitez informer le juge de cet incident, sentez-vous libre. Pour ma part, j'en toucherai un mot à mon père. Auparavant, je dois aller m'acquitter de mes tâches. Veuillez avoir la gentillesse de vous pousser, lui demanda-t-elle avec un froncement de sourcils qui, elle le savait, n'était pas aussi impressionnant que celui de Tom.

Il regimba.

— Que ma compagnie vous plaise ou non, je vous escorterai.

— Vous êtes… bien aimable.

— C'est ce que tout gentleman se doit de faire, dans cette situation.

Elle se hérissa aussitôt. Évidemment, il avait raison. Mais sa formulation suggérait qu'il la considérait comme une simple inconnue croisée par hasard et à laquelle il se serait senti obligé de porter secours.

Et, en un sens, c'était ce qu'elle était devenue pour lui.

Depuis que Tom avait cessé de répondre aux lettres de Vicky, au cours de cet été 1812 qu'elle aurait, autrement, qualifié de parfait, elle s'interrogeait sur la raison de ce rejet. Plusieurs semaines durant, elle était restée enfermée chez elle à se morfondre sans que ni ses parents ni sa sœur parvinssent à lui rendre le sourire. Peu après, Tom avait été exilé sur le continent par son père. Vicky n'avait eu aucun moyen de le contacter. Elle avait repris le cours de son existence à Oakbridge et tenté, en vain, de l'oublier. Mais lorsqu'il était rentré, à la mort de son père, l'an dernier, afin d'assumer le titre de comte de Halworth, il avait tout mis en œuvre pour l'éviter – ce qui relevait de l'exploit, leurs deux domaines se jouxtant sur près de deux kilomètres.

Très bien. Elle s'était fait une raison. C'était lui qui avait coupé les ponts, après tout. S'il n'appréciait plus sa compagnie, tant pis pour lui !

Alors qu'elle cherchait une souche ou une pierre qui l'aiderait à se hisser sur Jilly, il s'approcha pour lui faire la courte échelle. Elle le remercia à contrecœur et grimaça car son arrière-train l'élançait.

Elle était si mortifiée que le soulagement l'envahit quand il s'éloigna enfin.

Elle avait toutes les raisons d'être révoltée par l'injustice des événements. Il lui avait tellement manqué pendant toutes ces années… Elle regrettait leurs conversations, leurs aventures échevelées et même leurs disputes. Et maintenant qu'il était là, qu'il l'escortait chez elle, qu'il lui offrait son aide, oui, elle n'avait plus qu'une envie : qu'il la laisse en paix.

Elle tenta de se figurer comment réagirait sa sœur, elle qui savait toujours quelle attitude adopter. Puis elle s'avisa qu'Althea ne se serait jamais retrouvée dans une situation comparable.

Vicky se redressa sur sa selle. Une demoiselle de la société devait se montrer aimable et courtoise avec le gentleman qui avait tenté d'arrêter un individu de cet acabit. Et même si elle n'avait rien d'une demoiselle dans l'immédiat, même si elle en voulait toujours à Tom, elle décida d'en adopter néanmoins l'attitude. Ainsi, elle n'exigerait pas d'excuses pour avoir été oubliée cinq ans plus tôt. Non. Peu importait que le sujet lui brûlât les lèvres. Une demoiselle sage et raisonnable ne cédait pas à ce genre de tentation.

Observant Tom à la dérobée, elle nota qu'il ne desserrait pas les dents. La peste ! Elle avait très bien vécu sans lui (ou ses excuses) pendant des années et elle continuerait donc à le faire. Tout était pour le mieux.

Tom, de son côté, tentait d'apaiser le tambourinement dans sa poitrine tandis qu'il rejoignait Horatio. Il jura dans sa barbe avant de sauter en selle.

Le souvenir de cet assaillant masqué l'obnubilait. Ce scélérat aurait sans doute frappé Vicky une seconde fois si Tom ne l'avait pas apostrophée. Elle aurait pu en garder des séquelles à vie.

Quelles que fussent ses intentions, cet inconnu n'avait eu aucun scrupule à attaquer Vicky. Quelle conclusion fallait-il en tirer ?

Tom se mit en route, suivi par la jeune femme. Elle gardait ses yeux rivés droit devant elle, se refusant à croiser son regard. Il jaugea sa jument : elle ne semblait pas avoir de blessure… Contrairement à Vicky, qui souffrait sans doute d'une commotion. Elle se réveillerait couverte de bleus le lendemain.

Il se retourna en soupirant. Quel bel idiot il avait été de penser qu'elle resterait les bras croisés… Une part de lui s'était imaginé qu'elle avait grandi ces cinq dernières années, qu'elle était enfin capable d'entendre raison, mais il s'était visiblement trompé.

Il l'observa à nouveau à la dérobée. Le pincement de sa bouche faisait paraître son menton encore plus pointu et soulignait la forme en cœur de son visage. Les yeux de Tom glissèrent sur les cheveux châtain cuivré de Vicky. Les boucles qui s'étaient échappées des épingles et dévalaient jusqu'au milieu de son dos étaient pour la plupart enduites de boue et parsemées de quelques feuilles. Ses vêtements n'étaient pas en meilleur état. Quand ils étaient enfants, elle portait souvent des tenues masculines, pour pêcher ou grimper dans les arbres, et il ne se serait pas posé la moindre question au sujet de son accoutrement s'il n'avait pas remarqué qu'avec les ans sa silhouette s'était dotée de nouvelles… courbes.

Tom s'arracha à la contemplation des jambes de Vicky et observa son visage. En dépit de ses efforts pour rester impassible, elle ne pouvait guère cacher le plissement occasionnel de sa bouche ou de son nez. Il n'était guère surpris qu'elle veuille lui dissimuler qu'elle souffrait. Elle était aussi têtue qu'autrefois.

Durant ses premières années d'exil, Tom n'avait ressenti que de la douleur dès qu'il songeait à Vicky ou à sa mère et son frère. Il avait ainsi appris à enfermer leur souvenir dans un recoin de sa mémoire et s'était rarement autorisé à y plonger. Il avait cessé depuis longtemps de chercher à imaginer comment Vicky occupait son temps. Son sourire insouciant et ses éclats de rire avaient été les plus difficiles à effacer de son esprit.

Sans prévenir, elle redressa la tête et surprit son regard inquisiteur. Il le détourna aussitôt.

— Inutile de me dévisager… Je me sens déjà suffisamment ridicule.

— J'essayais de comprendre pourquoi cet homme a voulu s'en prendre à vous.

Un demi-mensonge… Elle se renfrogna. Regrettait-elle sa pique ou se posait-elle la même question ? Il n'aurait su le dire.

— Il devait s'agir d'un voleur, suggéra-t-elle.

— Dans ce cas, que faisait-il à la lisière du domaine où il n'y a rien sinon quelques moutons ?

— Un voleur de moutons, alors. À moins qu'il n'ait fait un détour pour se rendre à la propriété ?

Elle ne semblait pas convaincue par cette conclusion.

— Il vous aurait frappée une seconde fois si je n'avais pas signalé ma présence.

Vicky ne cachait pas sa perplexité.

— Mais pourquoi ici ? Nous n'avons jamais eu à déplorer le moindre crime violent dans la région.

Elle secoua la tête comme pour suggérer que cette idée était bien trop saugrenue pour être envisageable.

Elle était si naïve…

— Vous avez vu par où il était arrivé ? lui demanda-t-elle.

— Après vous avoir aperçue au fond du vallon, je me suis détourné quelques instants… Soudain, cet homme se dressait à quelques mètres de vous et brandissait une branche. Il devait se cacher de mon côté du mur bien que je ne l'aie repéré qu'au dernier instant.

— Ou alors il se trouvait à l'endroit où le mur s'incurve…

Cela expliquerait en effet pourquoi Tom ne l'avait pas vu plus tôt. Il avait, de toute façon, été pris de court par la présence de Vicky. Tom n'avait pas été à la hauteur. Pas plus que lors de cette épouvantable journée, cinq ans auparavant.

Il secoua la tête. Pour être honnête, il avait la quasi-certitude que Vicky n'avait pas tout compris aux événements auxquels elle avait assisté à l'époque. Ce qui ne l'avait pas empêchée de nourrir des soupçons, suffisamment pour poser à Tom des questions auxquelles il ne pouvait répondre. Il n'avait donc eu d'autre choix que de la repousser. Avant d'être chassé de Halworth Hall par son père…

— Puisque vous abordez le sujet, reprit-elle, que faisiez-vous là ?

— J'inspectais mes terres, ce qui est mon droit le plus strict.

Un grognement d'irritation lui échappa.

— Que faisiez-vous là aussi tôt, voulais-je dire ? Depuis un an que vous êtes revenu ici, je ne vous ai pas aperçu une seule fois à une heure aussi matinale.

Elle avait raison. En général il évitait de s'aventurer aussi près d'Oakbridge de bon matin. Peut-être parce que sa mère avait évoqué l'habitude de Vicky de sortir à ce moment de la journée… Depuis son retour en Angleterre, il s'était employé à renouer les liens avec sa mère et son frère, et à réparer ce qui avait été brisé. Mais dès qu'il apercevait Victoria, il ne pouvait s'empêcher de tourner les talons.

En plus de perdre sa famille et son toit, Tom avait été, par la faute de son père, privé de sa plus chère amie. À présent que le vieil homme n'était plus, son fils aurait dû se réjouir. Il aurait pu retrouver tout ce qu'il avait perdu. Avouer la vérité à Vicky. Et pourtant, tandis qu'il parcourait du regard les collines et les champs verts qu'ils avaient inlassablement arpentés dans leur enfance, il n'éprouvait rien.

Il ne se rendit compte qu'il serrait les poings que lorsqu'il sentit la morsure des rênes dans la chair de ses paumes, à travers ses gants. Vicky murmura des mots qu'il ne comprit pas. Elle s'était rapprochée, et ils n'étaient plus qu'à une trentaine de centimètres l'un de l'autre. Du coin de l'œil il remarqua qu'elle le considérait avec inquiétude.

— Qu'y a-t-il ? lui demanda-t-elle.

Il desserra les poings sur les rênes en secouant la tête.

— Rien du tout.

Puis il saisit le premier prétexte qui lui traversait l'esprit.

— J'ai des affaires à régler au domaine.

Elle fit la moue.

— Je vous l'ai dit, je peux rentrer seule. Surtout si des sujets pressants accaparent votre attention.

Il l'avait blessée.

— Mes affaires peuvent attendre. Je me suis engagé à vous raccompagner et je le ferai. Je veux toucher un mot à votre père.

— Ce ne sera pas nécessaire, lui assena-t-elle avec exaspération.

— Nous devons tous deux lui rapporter ce que nous avons vu afin qu'il puisse prendre les mesures nécessaires pour garantir votre sécurité.

Ils atteignirent l'ancien pont en bois qui donnait son nom au domaine. Ils avaient coupé à travers champs, contournant par l'ouest le manoir que Tom revoyait pour la première fois depuis cinq années. Avec sa façade ponctuée de colonnes ioniques blanches et de hautes fenêtres en ogives, il semblait veiller sur la campagne environnante. Il était flanqué, de part et d'autre, de jardins à la française et de vastes pelouses. De vieux arbres veillaient sur la demeure et les jardins du haut d'un petit promontoire. Tout était tel que dans son souvenir.

Il ne pouvait pas en dire autant de sa propre maison. Quand bien même Halworth n'avait jamais, à ses yeux, possédé des attraits comparables à ceux d'Oakbridge. Soixante ans plus tôt, son grand-père avait employé la dot de son épouse à la transformation de la bâtisse datée, de style Tudor, en une redoutable atrocité grise qui aurait désormais besoin de nombreuses réparations.

Les sabots de leurs montures résonnèrent sur le bois du pont. Au-delà du manoir, Tom aperçut le chêne colossal qui surplombait le bassin. Une petite part de lui brûlait de s'y rendre. De grimper à nouveau à ses branches massives avec Vicky. Mais il n'était plus un enfant. Il prit la direction de l'écurie.

Vicky arrêta sa jument lorsqu'un palefrenier en sortit. Celui-ci eut la bonne grâce de feindre de ne pas remarquer sa mise débraillée.

Tom confia les rênes d'Horatio au jeune homme. Sans attendre la moindre aide, Vicky se laissa glisser à terre avec un grognement. Tom ne put s'empêcher de faire une remarque :

— L'orgueil n'est pas toujours une bonne chose, Victoria. En lui donnant plus d'importance qu'à votre santé, vous ne vous rendez guère service.

Il lui offrit son bras, mais elle s'éloigna d'un pas décidé vers la demeure. Après deux enjambées résolues, elle se mit à boiter.

Il la rattrapa en soupirant et lui saisit le bras.

— Si vous me permettez…

Elle pivota vers lui.

— Pourriez-vous…

— Tout à fait.

Il se pencha, glissa un bras sous ses jambes et passa l'autre autour de sa taille pour la soulever. Elle était aussi légère qu'une plume.

— Mais… enfin…, bredouilla-t-elle.

— Puisque vous ne prenez pas soin de votre personne, vous ne me laissez pas d'autre choix que de vous porter, lui rétorqua-t-il.

— Je suis parfaitement capable de marcher. Reposez-moi sur-le-champ !

Il n'obtempéra pas immédiatement. Une lueur de défi allumait les yeux de Vicky.

— Vous promettez d'être plus raisonnable ?

Elle se détourna.

— Rien ne m'oblige à vous répondre.

Il se renfrogna, puis la reposa délicatement à terre. Il retint un soupir en constatant qu'elle avait laissé de petits flocons de boue séchée sur les manches de son manteau. C'était l'un de ses rares vêtements neufs. Enfin… Le mal était fait ! Et il ne pouvait s'en prendre qu'à lui-même, surtout.

Vicky jetait des coups d'œil nerveux autour d'elle, et Tom s'avisa soudain que la scène aurait pu choquer un observateur extérieur. Elle s'engagea sur l'allée qui menait à la porte du manoir sans un regard dans sa direction. Il la suivit en maintenant une légère distance entre eux. Le temps qu'ils atteignent l'imposante porte en fer, elle s'était remise à boiter.

— Vous n'aviez pas à vous sentir obligé de m'aider parce que le hasard a fait que vous vous trouviez là.

Malgré la dureté de son regard, le trémolo dans la voix de la jeune femme perça un minuscule trou dans la carapace de Tom. L'ancien Tom, celui d'avant l'exil, lui aurait répondu qu'il volerait toujours à son secours, où qu'il soit. Mais les mots restèrent coincés dans sa gorge.

— N'importe qui aurait eu la même réaction à ma place.

Elle lui tourna le dos pour ouvrir la porte. Et alors qu'il pénétrait à sa suite dans la majestueuse entrée en marbre, il sut qu'il ne parviendrait pas à la convaincre.

Chapitre deux

> « Le bonheur en ménage est pure affaire de hasard. »
>
> *Orgueil et préjugés*, Jane Austen

Au moment où Vicky franchissait le seuil d'Oakbridge, de petites mottes de terre tombèrent de ses chaussures et souillèrent le marbre ivoire et étincelant de l'entrée. Sa tête entière bourdonnait et sa hanche gauche l'élançait à chaque pas. Elle grimaça en voyant sa mère arriver.

Celle-ci était toujours vêtue avec un soin impeccable, ainsi que l'exigeait son statut de comtesse d'Oakbridge. Sa robe indigo tombait parfaitement sur ses hanches sveltes, ses boucles café étaient élégamment relevées sur le sommet de son crâne. Ses yeux verts se plissèrent lorsqu'elle découvrit la mise débraillée de sa cadette, puis ils se portèrent sur Tom.

Elle gratifia le jeune homme d'une salutation brève et glaciale avant de demander :

— L'un de vous aurait-il l'amabilité de m'expliquer pourquoi ma fille semble sortir d'une mare ?

Vicky s'empressa de lui relater les événements de la matinée, concluant piteusement que Tom souhaitait s'entretenir avec le comte au sujet de l'incident.

Sa mère la serra aussitôt dans ses bras, toute trace de désapprobation ayant déserté son regard.

— Oh, ma pauvre chérie ! Comment une chose pareille a-t-elle pu arriver ? Il faut en informer ton père sans tarder ! Quelle horreur que ce soit précisément arrivé le jour où...

Au lieu d'achever sa phrase, elle s'écarta de sa fille pour l'inspecter de la tête aux pieds.

— Le jour où quoi, maman ?

Les yeux verts de la comtesse se posèrent brièvement sur Tom.

— Nous ne devons pas négliger la gravité de cette affaire, néanmoins.

Vicky s'étonna : l'air troublé de sa mère semblait signaler une autre émotion que la simple inquiétude. Pouvait-il s'agir de peur ?

— Ne t'en fais pas, maman. L'homme doit déjà être à mi-chemin de Londres. Une journée de repos et il n'y paraîtra plus.

La comtesse ne semblait guère convaincue.

— Va te changer, ma chérie. Je vais appeler ta femme de chambre pour qu'elle te prépare un bain. Rejoins-nous dans le bureau de ton père lorsque tu seras prête. Nous devons discuter. Je vais y conduire Tom dès à présent.

Vicky ne parvenait pas à se défaire de l'impression qu'il y avait un problème grave que sa mère se refusait à aborder en présence de Tom.

— Maman ?

— Dépêche-toi, ma chérie.

— Pardonnez-moi, Lady Oakbridge, j'avais espéré que Victoria pourrait raconter à monsieur le comte sa version des faits, intervint-il.

— Naturellement, confirma la comtesse, mais cela peut attendre qu'elle se soit mise plus à son aise.

Elle se tourna vers Victoria et pointa le menton en direction de l'escalier. Tom ne s'avoua pas aussi facilement vaincu.

— Monsieur le comte pourra prendre des dispositions plus rapidement s'il dispose de toutes les informations. Nous devons prévenir le juge de cette attaque honteuse. Il y a un criminel dans la nature, Lady Oakbridge…

— Et si j'en crois Victoria, il se trouve déjà à des kilomètres d'ici, l'interrompit la comtesse avec fermeté.

— Peut-être bien, toutefois dans l'intérêt de la sécurité de Vicky, je suis d'avis…

— Si vous vous imaginez que je pourrais placer quoi que ce soit au-dessus de la sécurité de ma fille, Lord Halworth, vous faites erreur. Maintenant, si vous souhaitez vous entretenir avec le comte, je vous suggère de me suivre et d'accorder à Lady Victoria un peu d'intimité.

Les oreilles de Vicky s'embrasèrent. Pourquoi sa mère se montrait-elle si grossière avec Tom ? Il avait sincèrement voulu l'aider…

— Vos désirs sont des ordres, Lady Oakbridge, finit-il par répondre avant de s'incliner vers Vicky. Je vous souhaite une bonne journée, Lady Victoria.

Celle-ci exécuta une révérence – ce qui était ridicule, sans robe – et se força à planter ses yeux dans les siens.

— Bonne journée, monsieur. Je vous remercie.

Là. Elle refusait de se laisser intimider, que ce soit par sa mère ou par lui.

Une demi-heure plus tard, propre mais toujours endolorie, Vicky frappa à la porte du bureau de son père. Pendant qu'elle se rhabillait, sa femme de chambre lui avait appris une nouvelle surprenante : sa sœur, Althea, venait d'arriver à l'improviste, alors qu'elle aurait dû être à Londres avec son mari à l'approche du début de la saison. Cette visite inopinée était pour le moins étrange.

En pénétrant dans le bureau, Vicky fut enveloppée par l'odeur familière de cuir et de papier. Son père, le comte d'Oakbridge, était assis dans un fauteuil derrière son bureau en chêne de style médiéval – d'innombrables générations d'Aston avaient géré les affaires du domaine depuis cette place précise. Son valet si méticuleux avait repassé sa veste brune et son gilet brodé, noué son foulard pour qu'il forme des plis parfaits. Les cheveux du comte n'avaient pas bougé d'un iota depuis le lever, ce qui intrigua Victoria. Ici, à la campagne, il accordait généralement moins d'importance à son apparence et, à cette heure de la journée, ses boucles – un ton plus clair que les siennes et un brin grisonnantes – auraient dû être légèrement désordonnées. Mais pas aujourd'hui.

Il lui fit signe d'approcher, tout en gardant ses épais sourcils froncés. Expression que Vicky connaissait depuis toujours – mais que son père réservait habituellement à l'administration de leçons sur le danger auquel elle s'exposait en sautant dans la rivière du haut d'un arbre ou sur le grave délit que constituait le fait de monter sur le dos d'une vache.

La comtesse était, quant à elle, assise sur une bergère face au bureau. À côté d'elle, sur un fauteuil identique, se trouvait Althea. Vicky se précipita vers elle.

— Thea ! Quelle joie de te voir !

Vicky se figea brusquement. Sa sœur ne s'était pas levée.

— Althea ?

Elle effleura le bras de sa sœur, dont la peau lui parut froide et légèrement rugueuse parce que couverte de chair de poule, en dépit du feu qui crépitait dans le coin de la pièce. La gorge de Vicky se noua. Elle lut de la détresse dans les immenses prunelles brunes de sa sœur aînée. Ses cheveux chocolat, habituellement brillants et qui encadraient son visage de leurs volutes naturelles, pendaient à présent en mèches ternes et flasques. Quant à sa silhouette élancée, elle était désormais d'une maigreur douloureuse. Enfin, Vicky n'avait jamais vu son visage ovale aussi pâle.

Son léger mal de tête redoubla soudain d'intensité alors que sa bouche se desséchait.

— Qu'y a-t-il ?

L'espace d'un instant, l'expression de désespoir dans le regard d'Althea disparut pour être remplacée par une dureté que Vicky ne lui connaissait guère. Un instant plus tard, elle se réfugiait à nouveau derrière une façade d'impassibilité. Elle redressa son dos déjà raide et croisa les mains sur ses jambes, adoptant ainsi la posture qu'elle présentait en société, le sourire en moins – posture affirmant qu'elle était la fille parfaite du comte et de la comtesse d'Oakbridge, ainsi que l'épouse parfaite du vicomte Dain.

Vicky se tourna vers ses parents. Sa mère aussi avait croisé les mains sur les jambes, plus calme que jamais. Et pourtant Vicky remarqua les rides entre ses sourcils, qui ne se creusaient que lorsqu'elle avait des soucis. Le comte, lui, ne faisait aucun effort pour cacher son renfrognement. Vicky sentit à nouveau un picotement lui parcourir la nuque, et l'inquiétude que lui inspirait Althea fut remplacée par une terrible appréhension. La question de Vicky planait dans le silence. Ce fut le comte qui finit par le rompre.

— Althea a fui Londres. Elle est partie tard, hier soir, à cheval, puis elle a attrapé la malle-poste, qui l'a déposée au village.

Le mauvais pressentiment de Vicky se renforça. Il avait dû arriver quelque chose de terrible pour qu'Althea en soit rendue à de telles extrémités. Elle nota, une fois de plus, sa mine épuisée.

— Pourquoi ?

Althea restait muette. Cette fois, elle ne répondit même pas à la question de sa sœur par un regard.

— Papa ? insista Vicky.

Son père lui fit signe de s'asseoir et s'éclaircit la voix. Il continuait à taquiner son index avec l'ongle de son pouce.

— Il semblerait que Lord Dain ait maltraité ta sœur.

Il s'interrompit, le temps de prendre une profonde inspiration.

— Violemment.

Vicky se laissa choir sur son siège, oubliant les conséquences douloureuses d'un mouvement aussi brusque. Elle réprima aussitôt sa grimace et se tourna vers sa sœur pour l'examiner.

— Oh, Thea…

Celle-ci avait beau avoir la tête baissée, Vicky remarqua les larmes qui embuaient ses grands yeux. Althea ouvrit la bouche comme pour parler, mais elle se ravisa rapidement et pinça les lèvres.

Vicky était perplexe. Althea et le vicomte semblaient si amoureux… Et elle avait toujours été la grande sœur idéale : patiente, douce, fine psychologue et indulgente envers les défauts de Vicky. Si on devait lui reprocher quoi que ce fût, c'était peut-être de se montrer parfois trop gentille.

Le vicomte avait posé les yeux sur Althea trois ans plus tôt à Londres, soit deux ans avant que Vicky ne fît sa propre entrée dans le monde. Après un mois de cour, il lui avait demandé sa main, et Althea avait accepté. Le comte et la comtesse avaient été facilement conquis par le charme naturel du vicomte, qui s'était toujours montré très courtois avec Vicky. Elle s'était imaginé que, à l'instar de Jane Bennet, Althea avait trouvé son Mr Bingley et qu'elle coulait des jours heureux avec son mari.

Le couple passait les fêtes de Noël à Oakbridge ; et Vicky et ses parents les avaient régulièrement croisés lors de la dernière saison londonienne. Vicky n'avait toutefois pas passé plus de temps avec son beau-frère.

Si elle n'avait jamais été témoin du moindre comportement étrange, le jeune vicomte l'avait toujours légèrement mise mal à l'aise. Ne pouvant expliquer pour quelle raison, elle n'avait rien dit. Althea n'avait pas une seule fois laissé entendre qu'elle rencontrait des difficultés dans son mariage, et Vicky en avait conclu qu'elle ne connaissait pas assez bien le vicomte. Peut-être était-ce leur cas à tous…

Elle serra le poing.

— Que t'a-t-il fait ?

Au lieu de répondre, Althea ferma les yeux et porta une main à son front, comme pour chasser des souvenirs difficiles par la seule force de sa volonté.

Elle écarta alors les cheveux qui lui encadraient le visage et, pour la première fois, Vicky aperçut l'ecchymose rouge et bleu que la mèche cachait si habilement. La blessure prenait naissance sur la tempe gauche de sa sœur puis disparaissait sous ses cheveux. Une coupure superficielle l'accompagnait.

Le tambourinement furieux dans le crâne de Vicky tripla d'intensité. Elle agrippa les accoudoirs en bois de son fauteuil. Sonnée, elle sentit le dégoût lui nouer le ventre. Quel monstre était-ce donc ?

Vicky se releva d'un bond.

— Abominable vermine ! J'aimerais le jeter à une dizaine de chiens enragés ! Papa, qu'allons-nous faire ?

— Victoria.

Le ton de la comtesse était réprobateur.

— Tu as vu son visage ? insista la cadette. Comment a-t-il osé ? Nous ne pouvons pas rester les bras croisés.

Le comte jouissait d'un meilleur statut social que le vicomte – son titre, supérieur, était aussi plus ancien. Vicky se pencha par-dessus le bureau de son père.

— Papa, tu devrais l'accuser publiquement, devant la Chambre des Lords !

— Calme-toi, Victoria ! intervint la comtesse.

Sidérée par le ton de sa mère, Vicky considéra ses parents tour à tour. Il était évident que la situation les avait ébranlés.

— Tu contraries ta sœur, finit-elle par dire.

Vicky se retourna : des larmes coulaient sur les joues de son aînée. Sa poitrine se serra aussitôt. Comment avait-elle pu manquer à ce point de tact ?

— Je te présente mes excuses, maman.

Elle s'approcha d'Althea et l'étreignit, ne se souciant plus de la résistance que sa sœur lui opposait.

— Je suis sincèrement désolée, Thea.

La jeune épouse renifla et des larmes mouillèrent l'épaule de Vicky qui ne libéra sa sœur que lorsque celle-ci s'écarta. Elle posa alors à nouveau les yeux sur la peau rouge et enflée, et une rage sombre monta en elle. Cet odieux personnage, ce chien…

Le comte interrompit le fil de ses pensées.

— Ma chère, tu ne peux pas reprocher à Vicky de dire tout haut ce que nous ressentons tous. Nous lui demanderons d'être plus respectueuse de la bienséance quand les circonstances seront moins extraordinaires.

Il se tourna alors vers Vicky.

— En ce qui concerne ta question, cette solution a ses défauts. Si j'accuse Dain devant les Lords, le scandale sera inévitable. Il n'est pas dépourvu d'amis et ses partisans à la Chambre ne manqueront pas de prétendre que je cherche à ternir sa réputation par pure malveillance. Nous nous retrouverons dans les pages de tous les journaux et torchons, de Londres à York.

Vicky grimaça. Althea pâlit. Le comte secoua la tête.

— Non, je n'en ferai rien, de peur de causer plus de mal que de bien.

Tout en gardant une main sur le bras de sa sœur, Vicky pressa son père :

— Alors, que faire ?

Elle concevait déjà toutes sortes de châtiments odieux, inspirés en majorité de sa lecture d'un imposant volume d'histoire anglaise, fort didactique, qu'elle avait trouvé dans la bibliothèque familiale. Le premier qui lui vint à l'esprit, des plus barbares, avait été infligé à un monarque du Moyen Âge et impliquait un tisonnier chauffé à blanc.

— Il est évident que Thea doit rester avec nous, mais le vicomte l'acceptera-t-il ?

Vicky ne connaissait pas grand-chose à la loi, toutefois elle savait qu'une femme était, en substance, la propriété de son mari. Elle avait perdu le compte du nombre de romans dont l'héroïne se retrouvait sans recours face à un mari perfide.

— Je vais me rendre à Londres sans plus attendre et exiger des explications de Dain.

Vicky se renfrogna.

— Je dois lui permettre de me fournir sa version…

D'un geste, le comte fit taire les protestations de Vicky.

— … afin de déterminer ce qui nous attend. Je le soupçonne d'être tenté de nier l'ensemble des faits, mais je pourrai peut-être le persuader d'accepter une séparation. Car cela ne peut continuer.

Il posa sur elles trois un regard déterminé.

Vicky hocha la tête en signe d'assentiment, et sa mère l'imita. Althea, quant à elle, demeurait de marbre.

— Très bien, conclut le comte. Je vais partir sans tarder et je vous ferai toutes venir dès que je l'aurai vu.

— Et l'homme qui a attaqué Vicky ? demanda Althea, qui prononçait ses premiers mots d'une voix tremblante.

Vicky avait tout oublié de sa propre mésaventure.

— Tu étais là quand Tom a parlé à papa ?

— J'ai vu Halworth seul, répondit le comte, appelant Tom par son nouveau titre.

Pas plus que la comtesse, il ne pardonnait au jeune homme la peine qu'il avait causée à leur fille quelques années plus tôt. Ainsi tenaient-ils à maintenir une distance de façade avec lui.

— Ta sœur n'était pas en état de voir qui que ce soit.

— Bien sûr, murmura Vicky.

Le comte poursuivit :

— Halworth a proposé d'aller à la rencontre de notre berger et de lui indiquer où se trouvent nos bêtes égarées. Je pense que la situation sera bientôt sous contrôle. Et comme Halworth connaît les détails de l'affaire, je l'ai aussi chargé d'informer le juge de l'incident. Même si je doute que sir Aylward fasse davantage que consigner son témoignage.

— Ne devrions-nous pas prendre des mesures préventives, au cas où il reviendrait ? s'étonna Althea.

— Des mesures contre Tom ? rétorqua Vicky, incrédule.

— Contre ton agresseur, voyons, lui dit la comtesse.

Vicky sentit qu'elle rougissait.

— Ah…

Le comte approuva la suggestion d'Althea.

— Je vais faire venir des hommes du village pour qu'ils surveillent la maison et les terres. Je vous emmènerais sur-le-champ à Londres avec moi, si vous n'aviez pas besoin, toutes les deux, d'une bonne nuit de sommeil après ce qui vous est arrivé.

Althea examina sa sœur.

— Tu n'es pas blessée ?

— J'ai mal à la tête et j'aurai sans doute des courbatures quelques jours, mais rien de grave.

Des broutilles en comparaison de ce que Thea avait dû vivre.

— Rien de grave…, répéta la comtesse d'un ton désapprobateur. Te connaissant, cela signifie que tu as besoin d'un médecin. Je l'ai déjà convoqué.

— Oui, je tiens à ce qu'il vous examine toutes les deux, ajouta le comte d'un ton qui ne tolérait aucune protestation.

Il se leva. La comtesse l'arrêta avant qu'il atteigne la porte.

— Promets-moi de ne pas le défier, James. Quoi qu'il arrive.

Vicky écarquilla les yeux. Elle n'avait pas encore songé que ce genre d'affaire se soldait souvent par un duel. Le comte prit la main de son épouse avec un sourire.

— Aucun risque que cela n'arrive.

Et pourtant la comtesse le considérait avec méfiance.

— Peut-être dans ma jeunesse, Felicia, mais je suis trop vieux pour tenir un pistolet. Et puis, poursuivit-il avec un sourire destiné à ses filles cette fois, je n'ai pas encore l'intention de vous quitter.

— Je vais charger Baden de préparer ton bagage, dit la comtesse.

Le comte lui emboîta le pas en soupirant.

— Ma chère, je ne voulais pas paraître désinvolte…

La fin de sa phrase s'évanouit avec lui.

Vicky soupira. Il ne leur restait qu'à espérer que le talent du comte pour la diplomatie rencontrerait plus de succès avec Lord Dain qu'avec leur mère.

— Thea, veux-tu discuter ? Nous pourrions monter dans ta chambre, ou sortir dans le jardin si tu préfères.

Althea refusa de croiser son regard.

— J'ai eu mon content de conversations pour aujourd'hui.

Vicky se reprocha aussitôt sa balourdise. Sa sœur était épuisée, évidemment.

— Je suis désolée, tu as besoin de repos. Puis-je t'accompagner à l'étage ?

— Non merci.

— Tu as dû vivre un cauchemar… mais tu es rentrée maintenant, et papa va s'occuper de tout.

Althea darda sur elle un regard glacial.

— Es-tu vraiment si naïve ? Tôt ou tard, tu apprendras qu'il y a certains mauvais rêves dont on ne se réveille pas.

— Je sais que tout va s'arranger. Nous ferons en sorte que ce soit le cas.

Elle prit la main de sa sœur, qui se déroba d'un geste brusque et quitta la pièce précipitamment, laissant Vicky seule avec ses inquiétudes.

Plus tard dans la journée, après le départ du comte pour Londres, Vicky s'aventura dans le jardin. Elle avait pris le temps de relater à son père sa version des événements du matin. Il n'avait pas dit grand-chose, soulignant le heureux hasard qui avait conduit Tom sur les lieux. Par chance, il lui avait épargné un sermon sur la bêtise dont elle avait fait preuve en se lançant aux trousses de cet homme masqué.

Le comte était parti sur son pur-sang gris, les traits figés par la détermination. Le médecin du village était venu et reparti, autorisant Vicky à sortir marcher lentement si elle le souhaitait. Il lui avait, en revanche, déconseillé de monter à cheval ou de se livrer à tout effort physique avant une semaine au moins. Le berger du domaine avait annoncé que six bêtes étaient mortes, empoisonnées. Il avait néanmoins réussi à sauver tout le reste du troupeau. Il avait précisé qu'ils auraient déploré bien plus de pertes sans les réparations que

Vicky avait apportées au muret. Pourtant, elle n'avait pas le cœur à la fête. Habituellement, elle aimait arpenter les allées de gravier bordées de buis du jardin potager, mais aujourd'hui elle marchait sans voir le monde extérieur. Elle s'assit lourdement sur un banc en métal et se frotta les yeux. Ses paupières se rouvrirent brusquement : l'image du visage chiffonné d'Althea fondant en larmes venait de lui revenir.

La jeune femme s'était retirée dans sa chambre après la réunion familiale et, depuis, elle n'avait vu personne d'autre que sa mère et le médecin. Vicky avait appris, par sa femme de chambre, qu'elle avait pris un petit déjeuner puis avalé, plus tard, un bouillon, seule dans sa chambre. Le regard de Vicky se perdit au loin, au-delà de la limite des jardins, en direction de la rivière et du vieux pont en bois. Il y avait une tradition excentrique dans la famille : toute jeune épouse Aston devait passer sous le pont dans une barque remplie de fleurs dirigée par son époux. Cela faisait à peine deux ans que Dain avait poussé Althea sur la rivière, un sourire comblé aux lèvres. Vicky, ses parents et quelques relations des Aston venues des quatre coins de l'Angleterre afin d'assister à cet événement s'étaient tenus sur le pont pour saluer les jeunes mariés accompagnés d'effluves de fleurs sauvages odorantes.

Semblable à une princesse de conte de fées, Althea rayonnait ce jour-là, les mèches les plus claires de sa chevelure brillant au soleil sous une couronne de fleurs blanches et violettes. La poitrine de Vicky s'était alors serrée, car elle avait compris que sa sœur allait quitter le domaine pour toujours et que leurs existences en seraient bouleversées à tout jamais. Elle avait trouvé du réconfort dans l'idée que sa sœur était heureuse. Car pouvait-elle être destinée à autre chose qu'une vie de bonheur maintenant qu'elle avait trouvé son prince ?

Elle se trompait. Dès le début, Althea avait peu parlé de son mariage. Quand sa sœur l'interrogeait, de vive voix ou par lettre, Althea répondait toujours par des généralités, et Vicky en était réduite à imaginer les détails de sa vie quotidienne. Althea refusait-elle de s'attarder sur le sujet de son mariage parce qu'elle cachait la vérité ?

Vicky ferma les yeux et respira l'odeur fraîche des haies qui séchaient enfin après des mois de pluie. Elle devait découvrir ce qui s'était passé exactement entre Althea et Dain.

En retournant vers la demeure, elle serra soudain les poings, se remémorant que le vicomte fouettait ses chevaux lorsqu'il les amenait à Oakbridge. Elle savait que de nombreux hommes partageaient ce défaut. Toutefois, cela expliquait peut-être pourquoi Vicky s'était toujours méfiée de lui. Elle s'en était même ouverte un jour à Althea, qui avait balayé ses interrogations d'un haussement d'épaules.

Après avoir échangé quelques mots avec deux valets de pied et un jardinier, Vicky trouva sa sœur dans la serre au milieu de la petite collection de fleurs tropicales. Althea portait une robe que Vicky ne l'avait pas vue revêtir depuis son mariage : en mousseline jaune pâle parsemée de petites fleurs roses, avec des manches longues. Naguère, ce tissu soulignait le rose de ses joues et les reflets dorés dans ses cheveux, mais aujourd'hui le motif ne parvenait pas à rehausser la pâleur d'Althea. Et la robe, devenue trop grande, flottait sur ses épaules. Vicky s'arrêta sur le seuil de la serre pour l'appeler.

Une expression de panique traversa les traits d'Althea. La peur déserta son visage dès qu'elle reconnut Vicky. Il faisait toujours humide entre les quatre murs vitrés de la serre, mais là l'atmosphère était particulièrement oppressante. Vicky leva les yeux vers le soleil qui brillait à travers le plafond. Puis elle s'engagea dans l'allée et s'arrêta à un mètre de sa sœur. Elle désigna les fleurs qui se prélassaient dans la moiteur.

— Elles sont belles, n'est-ce pas ?

Peut-être qu'un échange de banalités permettrait de rendre un semblant de normalité à cette journée. Althea acquiesça.

— Papa a acheté les graines il y a des années, à un marchand de retour des Caraïbes. Le jardinier a dû leur consacrer beaucoup de temps pour qu'elles acceptent de pousser, dit Vicky en se penchant pour effleurer les pétales soyeux d'une fleur en forme de soucoupe d'un rouge éclatant, avec une étamine jaune. Elles sont tellement… tellement peu anglaises en un sens, ajouta-t-elle dans un éclat de rire.

Althea se détourna.

Vicky se sentit soudain comme une petite fille. Une petite fille qui voulait jouer avec sa grande sœur, laquelle se jugeait déjà trop adulte. De toute évidence, une conversation banale n'était pas la meilleure des approches. Très bien, alors comment Elizabeth Bennet aurait-elle abordé cette situation ? Elle aurait dit le fond de sa pensée à sa sœur Jane !

— Thea, si je t'ai contrariée, j'en suis navrée.

Après un silence, Vicky poursuivit :

— La dernière chose que je souhaite, c'est me disputer avec toi.

Althea lui adressa un petit signe de tête. Vicky en déduisit qu'elle acceptait ses excuses.

— Comment te sens-tu ? Qu'a dit le médecin ?

— Que j'étais en bonne santé.

Vicky se renfrogna.

— Et ta tête ? insista-t-elle en faisant un pas de côté pour se retrouver face à elle.

— Ce n'est rien, répondit Althea en évitant son regard. Il m'a laissé un onguent.

— Comment cela, rien ?

Vicky voulut écarter la mèche qui masquait la contusion, et Althea se déroba, s'éloignant vers le petit bosquet d'orangers qui leur offrait, luxe suprême, des fruits en plein hiver.

Vicky ravala la boule dans sa gorge. Elle aurait voulu laisser sa sœur jouir de la tranquillité à laquelle elle aspirait tant, mais elle avait besoin d'en savoir davantage.

— Est-ce récent ? Lorsque tu l'as épousé, et encore à Noël dernier, tu semblais heureuse… Quand a-t-il changé ?

Althea fixa, à travers les vitres de la serre, un point au loin dans le jardin.

— S'il te plaît, l'implora Vicky. Je cherche seulement à t'aider. Comment le pourrais-je si tu refuses de me parler ?

Elle fit un pas vers sa sœur pour lui toucher l'épaule. Celle-ci la repoussa. Vicky lut de la rancœur dans ses yeux. D'une voix glaciale, Althea murmura :

— Ne me demande pas de t'expliquer ce que tu ne peux pas comprendre. Comment pourrais-tu m'aider ?

Vicky ouvrit la bouche puis la referma.

— Je ne sais pas, finit-elle par dire. Mais, si tu le découvres, il suffira d'un mot de toi pour que je m'exécute.

— Tu ne peux rien faire. Même papa est dans l'incapacité de m'aider.

Vicky se renfrogna en voyant que sa sœur avait aussi peu confiance en leur père.

— Tu te trompes, Thea. Et si, pour une raison que je ne peux m'expliquer, il ne peut rien faire, alors c'est moi qui m'en chargerai.

Althea semblait furieuse. Vicky fit un autre pas vers elle.

— Je te le promets, je ferai tout ce qui est mon pouvoir pour veiller sur ta sécurité.

— Tu ignores tout de la souffrance... et du sacrifice. Les promesses vaines m'écœurent.

La poitrine de Vicky se serra. Elle n'avait jamais trahi aucune promesse faite à sa sœur... contrairement à son abominable mari.

À cet instant, Vicky se jura qu'elle ne connaîtrait pas le repos tant qu'elle ne serait pas rassurée sur l'avenir de sa grande sœur. Elle serra sa main froide dans les siennes.

— Thea, tu as ma parole. Je ne te décevrai pas.

Vicky eut l'impression fugace d'apercevoir une lueur d'espoir dans les yeux de sa sœur.

Chapitre trois

> « Quels sont les grands avantages de Londres, à part les magasins et les lieux publics ? La campagne est beaucoup plus agréable… »
>
> *Orgueil et préjugés*, Jane Austen

Vicky poussa un soupir de soulagement lorsque la voiture ralentit. Le voyage d'Oakbridge à Londres avait beau prendre moins d'une journée, Vicky redoutait toujours de rester assise aussi longtemps à s'ennuyer. Elle ne pouvait pas lire dans les transports sans être malade, ce qui la laissait à la merci de ses pensées en pagaille. Un trop grand nombre portaient sur Tom : elle se demandait pourquoi il n'était pas venu à Oakbridge prendre des nouvelles de sa santé. Il aurait pu au moins envoyer un message pour l'informer de la réaction du juge. Elle n'aurait pourtant pas dû être surprise par son silence… N'avait-elle donc pas tiré les leçons du passé ?

Elle secoua la tête en observant, par la vitre de la voiture, la bâtisse à trois étages devant laquelle ils s'arrêteraient bientôt. Aston House était l'une des demeures les plus imposantes de Kingsford Square, constituée presque entièrement de blocs de pierre crème. Deux colonnes cannelées soutenant un balcon en pierre flanquaient une grande porte rectangulaire. Le balcon, quant à lui, était surmonté de quatre colonnes corinthiennes massives qui s'élevaient sur toute la hauteur du premier et du deuxième étages, attirant le regard vers le haut et la corniche ouvragée qui soulignait le dernier étage. Aston House avait toujours été leur demeure londonienne, et pourtant Vicky ne s'y était jamais sentie complètement à l'aise. Elle ne parvenait pas à y retrouver l'intimité d'Oakbridge.

Peut-être était-ce parce que là-bas elle était libre, alors qu'à Londres elle devait se conformer aux règles de la société. En dépit des innombrables distractions qu'offrait la capitale, inévitablement, une semaine après son arrivée, Vicky languissait de chevaucher à travers les pâturages verts de leur domaine, de gonfler ses poumons d'air frais.

Vicky observa sa sœur à la dérobée. À l'approche de Londres, Althea s'était murée dans un silence encore plus obstiné. Les deux jeunes filles avaient quitté Oakbridge le matin même, de bonne heure, avec leur mère, après avoir reçu une lettre du comte la veille au soir. Althea ne s'était pas montrée désireuse de parler. À présent elle fixait d'un air impénétrable la pelouse au centre de la place et les allées bordées de bancs qui la sillonnaient. Vicky se demanda si elle y cherchait son mari.

La voiture s'arrêta et des valets de pied en livrée leur ouvrirent la portière. Le comte les accueillit dans le vestibule de la demeure, les embrassant à tour de rôle.

Vicky lui demanda ce qui était ressorti de son entretien avec le vicomte, mais il ne voulut rien lui dire, sinon qu'il attendait l'avocat de la famille dans la matinée. Vicky, sa mère et sa sœur se dépêchèrent de monter pour noyer la poussière du voyage dans un bain.

Deux heures plus tard, la famille au complet recevait M. Barnes, avocat de son état, dans le bureau du comte, aux lambris de bois sombre. Si la pièce était plus petite qu'à Oakbridge, sa table de travail était aussi grande, bien que moins ornée. Le comte s'asseyait derrière, sur son siège en cuir. Un valet de pied avait disposé quatre fauteuils capitonnés à bras grêles face à celui-ci.

Althea s'installa aussitôt sur celui qui était le plus près du feu. La comtesse s'assit auprès d'elle. Vicky, elle, choisit le fauteuil à côté de la fenêtre. Elles attendirent que le comte et M. Barnes, un homme trapu à lunettes, prennent place à leur tour.

— Je sais que vous êtes toutes impatientes de savoir ce que nous nous sommes dit, Dain et moi, débuta le comte, et je ne prolongerai pas davantage votre attente. J'espère que M. Barnes me pardonnera de répéter les détails d'un récit qu'il a déjà entendu.

— Naturellement, monsieur le comte.

— Bien. Je suis allé trouver Dain le lendemain de mon arrivée à Londres. Je lui ai dit sans détour qu'Althea s'était présentée à Oakbridge à l'improviste, quelques jours auparavant. Il s'est montré surpris. Quand je lui ai demandé s'il savait pourquoi son épouse était partie dans le Hampshire sans le prévenir, il m'a répondu, contredisant ainsi sa réaction initiale, qu'il était au courant de son intention de nous rendre visite.

D'une voix minuscule, Althea observa :

— C'est un mensonge éhonté, papa. Je suis partie en pleine nuit, il…

Elle s'interrompit.

— Il n'était pas à la maison. Et ne devait pas rentrer avant plusieurs heures.

— Et tu ne lui avais rien dit de tes projets ? s'étonna la comtesse.

— Si je l'avais fait, je ne serais pas avec vous à cette heure.

Vicky ouvrit de grands yeux ronds et les tourna vers son père. Il avait lui-même haussé un sourcil.

— Je l'ai informé que tu ne reviendrais pas chez lui, à Londres, dans un futur proche. Ce qui l'a stupéfait. Quand je lui ai demandé s'il était prêt à admettre son entière responsabilité dans ton départ, il a nié avoir le moindre tort. J'ai jugé bon de lui décrire précisément ce qu'il t'avait fait et d'évoquer les conséquences pour nous tous, en soulignant qu'il s'était présenté comme un homme d'honneur et s'était révélé tout le contraire.

Le comte se tut.

— Qu'a-t-il répondu ? le pressa Vicky.

— Il m'a ri au nez.

La comtesse retint son souffle.

— Il a dit que ces accusations n'étaient que les divagations d'une épouse possessive. Il a affirmé, Althea, que tu étais jalouse parce qu'il avait pris une maîtresse et que tu étais rentrée à Oakbridge raconter ces fables afin de le punir.

Vicky savait sa sœur incapable d'une telle machination. Et bien qu'elle n'eût pas eu de raison concrète de se méfier de Dain par le passé, elle n'avait aucun mal à le penser plus apte au mensonge qu'Althea. Le comte poursuivit :

— Il a prétendu que tu ne manquerais pas de modifier ta version des faits si je t'interrogeais et que, d'ici à quelques semaines, cette mésaventure serait oubliée, que tu lui pardonnerais et retrouverais ta vie londonienne à ses côtés. Quand j'ai évoqué la possibilité d'une séparation confidentielle, il a refusé.

Plusieurs secondes s'écoulèrent sans qu'Althea ne prononce un seul mot. N'y tenant plus, Vicky lança :

— Mais lui as-tu parlé de ses blessures, papa ? Quelle explication brillante t'a-t-il fournie à ce sujet ?

— Il prétend qu'elle s'est cogné la tête en tombant. Et qu'il a fait venir un médecin pour soigner la plaie.

— Nous prendrait-il pour des imbéciles ? s'offusqua la comtesse.

Au bout de ce qui parut une éternité à Vicky, Althea finit par parler. Elle tremblait – que ce soit de rage ou de terreur – et agrippa de ses mains fines les accoudoirs.

— Vous ne le connaissez pas. Même moi, je ne le connais pas. Je me suis rendu compte qu'il mentait sur absolument tous les sujets : les endroits où il se rend, les gens qu'il retrouve, ses occupations. Il y a plusieurs semaines de cela, lorsque je l'ai mis face à sa malhonnêteté, il...

Elle s'interrompit, la gorge nouée.

— Il a passé sa colère sur moi. Puis il m'a enfermée dans ma chambre et a ordonné aux domestiques de surveiller le moindre de mes mouvements. Ils ont perdu tout respect pour moi. Je dirais même qu'ils ont pris un malin plaisir à m'humilier.

Elle ferma les yeux.

Vicky retint son souffle pour empêcher ses larmes de couler. Althea se força à rouvrir les yeux.

— Ils sont tous à la botte de Dain…

Elle se cacha le visage des deux mains.

— J'étais totalement impuissante. Seul le maître d'écurie m'a témoigné un peu de commisération en me laissant prendre mon cheval pour m'enfuir à Oakbridge. Il m'a promis de ne rien dire.

Vicky gardait les yeux rivés au sol et serrait les poings. Elle aurait tant aimé savoir comment consoler sa sœur.

— Souhaites-tu entamer une procédure de séparation légale ? lui demanda le comte.

Althea releva le visage.

— Je ne retournerai jamais chez lui.

— Malgré le scandale inévitable qui en découlera ? Ta réputation en sera ternie, même s'il est l'unique coupable…

Elle baissa les yeux.

— Je trouverai la force de le supporter.

— Nous t'aiderons, Thea, affirma Vicky.

Elle ne put interpréter le regard que lui adressa sa grande sœur.

— Je dois retrouver ma liberté, papa.

— Très bien, approuva le comte. Monsieur Barnes, voulez-vous avoir l'amabilité de nous exposer le déroulement de la procédure ?

L'avocat se racla la gorge.

— Bien entendu, monsieur le comte. Il faudrait tout d'abord que Lady Dain dépose à la cour de la Chancellerie une demande de *supplicavit*. Si le juge accède à cette requête, votre fille sera à l'abri de son mari durant une année. Lord Dain sera dans l'incapacité légale de la contraindre à retourner sous son toit, il n'exercera plus aucune autorité sur elle. Il s'agit de la solution la plus rapide et commode.

— Mais elle ne sera protégée que pendant une année ? s'inquiéta Vicky.

L'avocat confirma d'un signe de tête.

— Votre sœur peut aussi traduire Lord Dain en justice devant les tribunaux ecclésiastiques et réclamer une séparation pour mauvais traitements. Les cas de violences maritales sont légion et, lorsque les preuves sont suffisantes, de nombreux juges se prononcent en faveur de l'épouse. Si nous réussissons, Lady Dain serait libérée du vicomte. Auquel les juges pourraient imposer le paiement d'une rente.

Vicky tempéra son enthousiasme : cela semblait trop simple…

— Je me dois pourtant de souligner, Lady Dain, reprit l'avocat, que vous ne pourrez pas vous remarier.

Vicky écarquilla les yeux. Althea pâlit avant de hocher lentement la tête.

— Et lui ?

— Si le jugement se fait en votre faveur, Lord Dain n'y sera pas non plus autorisé. Au vu de ses déclarations récentes, il me semble évident qu'il contestera le jugement. Dans ce cas, le procès pourrait durer jusqu'à deux ans.

Vicky soupira. Cette pauvre Althea devrait patienter une éternité pour retrouver sa liberté, et elle ne serait pas autorisée à se chercher un autre mari à l'issue de ce long processus.

— N'y a-t-il donc aucun moyen pour qu'Althea puisse se remarier ? demanda-t-elle à l'avocat.

— La seule solution serait d'obtenir un divorce du Parlement, mais dans ce cas Lord Dain devrait présenter une requête devant la Chambre des Lords au motif que Lady Dain se serait rendue coupable d'adultère.

Crime dont Althea était évidemment incapable.

— Ma sœur ne pourrait-elle pas présenter, elle, cette requête ?

Dain avait avoué son infidélité, après tout.

— Ou toi en son nom, papa ? ajouta-t-elle en se tournant vers le comte.

— La démarche n'aboutirait pas, répondit M. Barnes. Les épouses qui attaquent leurs époux adultères obtiennent rarement satisfaction, même devant les tribunaux ecclésiastiques, alors au Parlement…

Le sang de Vicky ne fit qu'un tour. Pourquoi le Parlement n'accordait-il pas les mêmes droits aux femmes qu'aux hommes ?

Le comte encouragea l'avocat d'un signe de tête.

— Poursuivez.

— Votre détermination reste-t-elle intacte, Lady Dain ? demanda M. Barnes.

— Oui.

Il inclina la tête.

— Cette affaire présentera une difficulté principale : la constitution de preuves. Le vicomte a déjà affirmé qu'il n'avait jamais touché Lady Dain et que sa blessure était la conséquence d'une chute. Ses domestiques semblent lui être entièrement dévoués, exception faite, peut-être, du maître d'écurie. Je crains donc qu'en l'absence de témoin fiable le dossier ne soit difficile à plaider.

— Mais, si nous jurons tous avoir été témoins de ses blessures, la réputation de notre famille devrait suffire à convaincre un juge de notre honnêteté, n'est-ce pas ? intervint Vicky.

— Peut-être, convint le comte. Néanmoins, tous les témoignages sont présentés par écrit. La probité d'un témoin est sans doute plus difficile à estimer par ce biais.

— En effet, confirma l'avocat avant de soulever une branche de ses lunettes pour les redresser légèrement. Nous pouvons partir du principe que la majorité des domestiques du vicomte ne témoigneront pas en faveur de Lady Dain. Toutefois, si nous parvenions à trouver un excellent procureur pour plaider la cause de Lady Dain, et à persuader le maître d'écurie de confirmer ce qu'il a vu, je pourrais obtenir un jugement en sa faveur.

À ces mots, le cœur de Vicky s'allégea. Les paupières d'Althea semblaient lourdes, mais sa mâchoire exprimait de la détermination. Vicky sourit. Bientôt, tout irait à nouveau bien. Son père pouvait résoudre tous les problèmes, elle le savait !

— Tu dois être épuisée, dit-elle à sa sœur, qui avait le regard dans le vide. Je vais accompagner Thea à sa chambre, ajouta-t-elle à l'intention de ses parents.

— Victoria, intervint la comtesse avec une étrange expression, nous devons encore discuter d'autre chose.

— Mais, maman… Thea a besoin de repos.

Ses parents échangèrent un regard qui ne lui échappa pas.

— Victoria, lui dit le comte, tu dois te marier. Avant la fin de la saison.

Elle en eut le souffle coupé. Seul le crépitement du feu ponctuait le silence pesant dans la pièce.

— Je ne comprends pas, rétorqua-t-elle lorsqu'elle eût retrouvé une contenance.

Le comte fit signe à l'avocat.

— Monsieur Barnes, veuillez, s'il vous plaît, entamer les procédures. Je compte sur vous pour me transmettre les noms des procureurs que vous approcherez dans le cadre du procès ecclésiastique.

L'avocat se leva.

— Naturellement, monsieur le comte. Il faut que Lady Dain ait résidé à Londres quelque temps avant qu'un procureur puisse émettre une citation à comparaître au nom de Lord Dain. D'ici là, j'ai l'intention de trouver le meilleur procureur possible.

— Merci, monsieur Barnes, lui dit Althea.

Il lui sourit avec une légère mélancolie. Puis il s'inclina et prit congé. Le comte retourna s'asseoir dans son fauteuil. Le cœur de Vicky battait à tout rompre.

— Pourquoi as-tu congédié M. Barnes ?

— Nous pensions que tu serais plus à ton aise, lui répondit la comtesse.

Quelle délicatesse de leur part !

— Tu n'ignores pas, débuta le comte, que vous êtes mes héritières, Althea et toi. N'ayant pas de fils, je transmettrai à l'une de vous mon titre, le domaine d'Oakbridge et tous mes actifs. La loi m'impose de demander à la Couronne de choisir l'une de vous pour mon titre. Si je m'adressais au roi aujourd'hui, ou plutôt au prince régent, il choisirait Althea, puisqu'elle est notre fille aînée, de surcroît mariée à un pair du royaume. Nous avions l'intention, ta mère et moi, de te laisser tout le temps nécessaire pour choisir un époux. Nous pensions attendre ce moment pour décider laquelle de vous deux serait le plus à même de reprendre les rênes d'Oakbridge à ma mort. Malheureusement, les circonstances actuelles nous imposent d'agir sans tarder.

Il s'interrompit et Vicky fut saisie d'une quinte de toux subite.

— Si quelque chose devait m'arriver et que nous perdions le procès contre le vicomte, le domaine tomberait entre ses mains. Maintenant qu'il s'est révélé sous son véritable jour, nous ne pouvons pas le laisser faire, et pour cela nous devons te marier.

Vicky ne parvenait pas à contrôler son pouls déchaîné. Depuis son entrée dans le monde, elle n'avait pas rencontré un seul homme qui lui eût donné la tentation de renoncer à sa liberté. Elle avait d'ailleurs décidé que, si on lui laissait le choix, elle resterait définitivement à Oakbridge. Elle ne s'en était pas ouverte à ses parents, néanmoins. Elle s'était dit qu'ils finiraient par le comprendre d'eux-mêmes. Mais, maintenant, que pouvait-elle faire ?

— Papa…

Elle haït aussitôt le soupçon d'irritation – ou de désespoir – qui pointait dans sa voix.

— M. Barnes semblait pourtant confiant dans l'issue du procès.

— Nous ne pouvons pas tout faire reposer sur cette possibilité. Nous avons besoin de certitudes. Et j'ai une certitude absolue : le prince choisira celle de vous qu'il jugera la plus digne d'hériter en vertu de son époux. Si nous obtenons une séparation entre le vicomte et Althea, le scandale qui entachera son nom découragera le régent de lui donner mon titre et mes terres. Et si tu n'es pas mariée, il pourrait faire traîner la requête aussi longtemps qu'il lui siéra.

Vicky prit une autre inspiration profonde. Elle avait compris ce que son père avait tu : si le régent refusait de choisir l'héritière d'Oakbridge, le domaine et tous ceux qui dépendaient des Aston seraient touchés. Sans héritière légitime, les métayers ne sauraient plus à qui verser leur loyer. Sans loyer, impossible d'entreprendre des réparations et des améliorations. Et plus l'incertitude durait, plus leur domaine, pourtant en bonne santé économique, risquait de sombrer dans le chaos.

Vicky pressa ses paupières. Elle avait l'impression qu'une brume épaisse s'était abattue sur la pièce et l'étouffait de toutes parts. Son pouls tambourinait dans ses oreilles, elle se voyait déjà enchaînée à un homme comme Dain, un homme qui ne solliciterait pas son avis, qui l'enfermerait dans une chambre si elle lui désobéissait. La plupart des gentlemen qu'elle avait pu croiser démontraient une grande étroitesse d'esprit quand les femmes se piquaient d'intervenir dans une sphère qui, à leurs yeux, était exclusivement masculine. L'un de leurs voisins s'était d'ailleurs étouffé avec sa gorgée de vin lorsqu'elle avait mentionné une lecture récente, un essai sur l'élevage.

Elle hasarda un regard en direction de son père sans parvenir à déchiffrer son expression. Puis elle se tourna vers sa mère : le regret voilait ses traits majestueux. Le mariage de ses parents – né d'un amour qui ne s'était jamais démenti – constituait l'exception bien plus que la règle. La plupart des hommes n'accordaient pas à leur épouse la liberté de mouvement et de pensée à laquelle la mère de Vicky s'était accoutumée au fil des ans. Le comte n'adhérait pas à cette philosophie qui faisait des femmes des êtres inférieurs, à l'intellect limité.

Vicky avait toujours pensé qu'il la traitait comme il aurait traité un fils. Jusqu'à cet instant. Elle redressa le menton.

— Tu as l'intention de me vendre au plus offrant, telle une jument poulinière mise aux enchères ?

— Bien sûr que non, Victoria, répondit la comtesse.

Au même instant le comte répliquait :

— Tu souhaites laisser Oakbridge à Dain ?

Vicky fut piquée au vif. Le vicomte ne pouvait pas mettre la main sur tout ce que ses parents avaient bâti. Les terres, les gens, les traditions : leur sauvegarde était bien plus importante que son bonheur. Et, de toute façon, pourrait-elle être heureuse en sacrifiant à sa seule liberté tout ce qui lui était cher ?

Elle observa Althea à la dérobée. Sa sœur était toujours aussi inexpressive. Pâle. Trop pâle. Vicky avait conscience d'être égoïste, toutefois elle se demandait si Thea éprouvait le moindre remords de la mettre dans cette situation.

Diantre ! Quel être méprisable elle était pour songer de la sorte !

Son ventre se serra. Elle fixa à nouveau ses mains, aspirant plus que jamais à retrouver sa vie idyllique de la semaine passée. Ou plutôt, puisqu'elle rêvait de choses impossibles, son enfance, cette époque de l'existence où rien n'était aussi complexe.

— Tu m'avais promis ton aide.

La voix fragile d'Althea résonna dans la pièce.

Vicky se tourna vers sa sœur et, ravalant ses angoisses, elle se redressa sur sa chaise.

— Et je tiendrai parole.

Chapitre quatre

> « Hostile au mariage en tant que source de bouleversements… »
>
> *Emma*, Jane Austen

Vicky se tenait au sommet de l'escalier majestueux de la duchesse de Rutherfurd avec sa mère. La jeune femme observait la salle de bal en retenant son souffle. Des centaines de flammes de bougies éclairaient le décor sur le thème retenu par la duchesse : l'Inde. De gigantesques tentures en soie dévalaient du plafond, enveloppant les convives de leur magnifique teinte rouge. Des fleurs orange, en provenance des Caraïbes, débordaient d'immenses urnes et vases tandis que des mets exotiques, présentés avec soin sur des plats dorés, attendaient d'être savourés. On ne pouvait se défaire de l'impression qu'un palais indien venait d'être bâti en plein Mayfair.

La fascination de Vicky fut néanmoins tempérée par le bruissement en provenance de la foule. Elle aurait préféré, et de loin, suivre les festivités à distance plutôt que d'y prendre part, mais elle avait donné sa parole à Althea.

Vicky observa les personnes présentes en se mordillant la lèvre. Dans les romans de Jane Austen, des filles élevées à la campagne et sans réelle dot attiraient le regard de tous les hommes dignes d'intérêt dès qu'elles assistaient à un bal. Or Vicky jouissait pour sa part d'une dot honorable. Elle devrait donc gagner la faveur d'un prétendant sans trop de mal, n'est-ce pas ?

La comtesse donna discrètement le signal, et Vicky descendit avec elle l'escalier. Son pouls s'accéléra lorsqu'elle sentit les regards perçants et inquisiteurs de la société, qui la jaugeaient sous tous les angles. Elle s'humecta les lèvres. Le bal de la duchesse de Rutherfurd était le premier événement important de la saison, et pour beaucoup il signait l'ouverture officieuse de la course aux mariages. Vicky fronça le nez avant de se ressaisir et de se forcer à sourire. Elle n'avait qu'à s'imaginer qu'elle incarnait Fanny Price, l'héroïne de *Mansfield Park*, qui avait reçu une demande en mariage dès son premier bal. Elle opinerait en souriant à tout, gardant ses opinions pour elle. Ce ne serait pas facile, mais elle comptait tenir sa promesse à Althea, quoi qu'il lui en coûte.

Elle observa sa robe, se félicitant que sa mère ait insisté pour lui en commander de nouvelles. Selon la comtesse, on ne pouvait pas se lancer dans une chasse au mari sans revoir sa garde-robe. Si le décolleté possédait une grande sobriété, les mancherons étaient ornés d'une dentelle dorée luxueuse, que l'on retrouvait aussi le long de l'ourlet. La taille était haute, ainsi que l'exigeait la mode du moment, et une jupe brodée de petites perles contrastait avec la teinte du tissu, ce qui rendait le vêtement à la fois séduisant et élégant.

La femme de chambre avait relevé les cheveux de Vicky en un chignon sophistiqué avant de faire onduler les mèches qui encadraient son visage. Les préparatifs avaient pris des heures. Et pourtant, Vicky avait beau être satisfaite du résultat, elle aurait préféré porter une culotte ou la robe confortable qu'elle mettait pour arpenter la campagne. À la réflexion, elle aurait aussi préféré être lovée dans un recoin de la bibliothèque d'Oakbridge.

Au pied de l'escalier, sa mère et elle furent accueillies par la duchesse de Rutherfurd, qui les toisa pardessus son nez crochu.

— Lady Oakbridge, Lady Victoria, quelle surprise de vous voir en ville si tôt. Je croyais que les Aston ne monteraient pas à Londres avant le mois de juin au plus tôt. Et vous voici !

La duchesse était une grande femme grisonnante avec un penchant pour les remarques acerbes. Malheureusement, ainsi que la comtesse avait pris le soin de le rappeler à sa fille, le rang de la duchesse était tel que seul le prince régent – et encore ! – pouvait l'obliger à tenir sa langue.

— Duchesse, lui répondit-elle, pour rien au monde nous n'aurions raté votre bal. C'est toujours l'événement le plus attendu de la saison.

La comtesse maîtrisait à la perfection l'art des mondanités. Contrairement à Vicky qui avait une fâcheuse tendance à livrer le fond de sa pensée. Celle-ci se contenta donc de sourire en silence, se retenant de faire remarquer qu'il y avait, dans le monde, des événements bien plus importants que ce bal ridicule.

— C'est un fait qui semble établi, en effet. Mes bals sont souvent inégalés.

Vicky pinça les lèvres pour retenir un rire nerveux.

— Et où est le comte ce soir ? poursuivit la duchesse.

— Il est souffrant, malheureusement. Il m'a chargée de l'excuser.

Ah, l'éternelle excuse du comte pour s'épargner les corvées du monde… La situation était néanmoins différente ce soir : Althea refusait de sortir et il était resté avec elle de peur que le vicomte ne saisisse cette occasion pour venir la chercher. Vicky n'avait pas imaginé un seul instant que Dain pourrait être désespéré au point de recourir à un enlèvement. Cependant elle devait bien admettre qu'elle ignorait ce dont cet homme était capable.

La duchesse ne cacha pas sa désapprobation.

— Et votre autre fille, Lady Dain ? Le vicomte et elle avaient pourtant confirmé leur venue.

Vicky fut tentée de changer de stratégie pour obtenir des informations sur Dain, mais la comtesse fut plus rapide.

— Ma fille aînée est également souffrante. Rien de grave. Je suis certaine qu'elle a dû encourager Lord Dain à venir sans elle et qu'il arrivera plus tard.

La duchesse recula d'un pas.

— Deux malades dans votre famille ! J'espère que ce n'est pas contagieux. Quel dommage si la lignée Aston venait à s'éteindre…

Quelle vieille harpie ! s'indigna intérieurement Vicky.

— En effet, confirma froidement la comtesse.

La duchesse les congédia toutes deux en les enjoignant de s'amuser – pour mieux raconter au comte tout ce qu'il avait raté, bien sûr.

— Maman, ne crains-tu pas que Dain vienne ce soir ? murmura Vicky tandis qu'elles traversaient la salle.

— Il y a des chances pour que ce soit le cas, oui, mais ne t'inquiète pas. Althea a dû accepter l'invitation il y a plusieurs semaines.

— Tu penses qu'elle redoutait de le voir ce soir ?

La comtesse confirma d'un signe de tête, et Vicky demanda tout bas :

— Est-ce qu'elle t'a fait d'autres confidences sur ce qui s'était passé entre eux ?

— Victoria, ce n'est vraiment pas l'endroit.

Des petits groupes d'invités s'étaient formés ici ou là, mais pas à proximité, heureusement.

— Je t'en supplie, maman.

Maintenant que la venue de Dain semblait fort probable, Vicky jugeait plus prudent d'en apprendre davantage sur sa véritable personnalité. La comtesse hésita avant de diriger ses pas vers un coin désert de la pièce.

— Je ne sais que peu de choses, chuchota-t-elle. Althea m'a montré d'autres bleus, mais elle a refusé de me renseigner sur leur origine. Ton père avait l'intention de l'amener à se confier, ce soir. Elle s'est peut-être ouverte à lui à cette heure. J'espère qu'après quasiment deux semaines chez nous, elle se sentira plus en confiance.

Intérieurement, Vicky ajouta ses prières à celles de sa mère.

— Mais que ferons-nous si le vicomte se présente ici ce soir ? Il nous adressera forcément la parole. Et je ne parviens toujours pas à le cerner. Je ne résisterai sans doute pas à la tentation de lui dire ce que je pense de lui et je…

— Non.

Le regard de la comtesse se fit dur.

— Tu dois apprendre à te contrôler, Vicky. À te conduire comme si de rien n'était.

Elle n'en crut pas ses oreilles.

— Après ce qu'il a fait à Thea ? Enfin, maman !

— Au contraire, dit-elle en adressant un sourire à un petit groupe de dames d'un certain âge qui les dépassaient pour rejoindre la table des rafraîchissements.

Vicky ne put s'empêcher d'être amusée par le talent de sa mère.

— En causant un scandale, tu ne réussiras qu'à réduire tes chances de trouver un mari. Contente-toi d'éviter Dain. Et si tu n'y parviens pas, viens me chercher ou fonds-toi dans la foule. Ne lui laisse surtout pas l'occasion de s'entretenir avec toi en tête à tête.

Vicky rongeait son frein. Elle aurait tant aimé, pour sa sœur, dire à Dain combien elle le trouvait méprisable, de préférence devant une foule de témoins. Interprétant le silence de sa fille comme un assentiment, la comtesse changea aussitôt de sujet et lui indiqua un jeune homme que Vicky avait rencontré la saison précédente, un certain Lord Waring, qui hériterait un jour d'un titre de marquis et du domaine qui allait avec. Ce qui lui avait d'ailleurs valu, à l'époque, un grand succès auprès des demoiselles. Vicky ne lui avait adressé la parole qu'une ou deux fois. Mais elle se surprit à imaginer qu'il allait l'inviter pour les deux premières danses et qu'il trouverait sa compagnie charmante.

— Comment allez-vous, Lord Waring ?

— Fort bien, Lady Oakbridge, et vous-même ? répondit le jeune homme en s'inclinant.

— Très bien, je vous remercie. Vous vous souvenez de ma fille, Lady Victoria ?

— Naturellement. Passez-vous une bonne soirée, Lady Victoria ?

— Elle ne fait encore que commencer, répliqua-t-elle avec un sourire.

— En effet.

Puis il se tut.

— La duchesse s'est surpassée, reprit la comtesse.

Lord Waring en convint avant de promener son regard alentour. Vicky voulut combler le silence.

— Je me demande si la nourriture sera très épicée. J'ai lu que c'était le cas en Inde, même si je n'y ai encore jamais goûté. Et vous, Lord Waring ?

— Non, malheureusement.

— Nous avons donc d'autant plus de raisons de nous réjouir de pouvoir la découvrir ce soir.

— En effet. Je vous verrai peut-être au dîner. Mesdames…

Il s'inclina pour prendre congé. Vicky était dépitée. Elle avait pourtant l'impression que la conversation se déroulait bien. Lord Waring ne partageait visiblement pas son avis.

— Ne t'inquiète pas, ma chérie, il n'est pas si bien mis de sa personne de toute façon.

Vicky n'aurait pas été aussi sévère, même s'il n'avait clairement rien à voir avec un Darcy.

— J'aurais dû être moins bavarde, j'imagine.

— Son père non plus n'est pas très versé dans la conversation.

Vicky, continuant à rêver d'une soirée aussi triomphale que le premier bal de Fanny Price, devait donc s'en tenir à son plan. La comtesse attira alors son attention sur l'une de leurs connaissances, M. Carmichael. Un gentleman séduisant de vingt-cinq ans à peu près, à la fortune aussi vaste que sa propriété. L'été précédent, avec le père de Vicky, ils avaient acheté les terres jouxtant le canal Kennet et Avon. Il s'agissait de marécages boueux qui ne pouvaient pas être cultivés, mais si la compagnie des canaux décidait de s'étendre, elle aurait besoin d'eau.

Deux mois auparavant, M. Carmichael s'était justement rendu à Oakbridge pour apprendre au comte qu'il avait négocié un contrat avantageux avec la compagnie des canaux pour la captation de l'eau sur leurs terres. De surcroît, ils pourraient cultiver celles-ci, une fois qu'elles seraient asséchées. Le comte avait attribué ce succès à la sagacité de M. Carmichael, pour qui il n'avait qu'admiration. Vicky avait beaucoup apprécié sa présence à Oakbridge, et le sentiment semblait réciproque, même s'il n'en avait rien découlé.

À cet instant, il se trouvait près des rafraîchissements et il discutait avec un gentleman que Vicky ne connaissait pas. Il paraissait légèrement plus jeune que M. Carmichael et avait un physique plutôt quelconque.

— Redresse-toi, ma chérie, dit la comtesse, invitant sa fille à la suivre.

Vicky songea à Fanny Price et afficha un sourire timide. Le compagnon de M. Carmichael s'éloigna vers la salle de jeux avant qu'elles aient pu les rejoindre.

La comtesse tendit la main vers le jeune homme.

— Monsieur Carmichael, quel plaisir ! Nous ne vous avons pas revu depuis cet hiver.

Il lui prit la main.

— Lady Oakdridge, le plaisir est pour moi, je vous assure.

Il était encore plus séduisant que dans le souvenir de Vicky. Sa chevelure brune ondulait naturellement autour de ses oreilles. Sa redingote et son pantalon noirs, raffinés, avaient été taillés pour accentuer son large torse et sa musculature. Pris séparément, ses traits pouvaient paraître durs ; toutefois, en l'observant plus attentivement, Vicky s'avisa que l'association de son nez aquilin, de sa fossette au menton, de sa mâchoire carrée et de son grand front le rendait très séduisant.

— Et comment se porte votre délicieuse mère ? Est-elle en ville ? demanda la comtesse.

M. Carmichael opina du chef.

— Vous n'allez pas tarder à la croiser, indiqua-t-il en promenant son regard alentour, elle est dans les parages.

La comtesse désigna alors Vicky d'un geste de la main.

— Vous vous souvenez de ma fille, bien sûr ?

— Impossible d'oublier pareille beauté, répondit-il en se tournant avec un sourire vers Vicky. Lady Victoria, n'auriez-vous pas grandi depuis la dernière fois ?

La jeune femme le considéra avec espièglerie. S'il y avait bien un détail qu'elle n'avait pas oublié le concernant, c'était sa taille. Dépassant à peine le mètre cinquante, Vicky était habituée à devoir lever la tête vers les hommes, mais le contraste entre M. Carmichael et elle confinait à l'absurde. Quand ils se tenaient côte à côte, elle devait se dévisser le cou de façon inconfortable si elle ne voulait pas converser avec la poitrine du jeune homme.

Et elle n'était pas plus à son aise pour lui parler que deux mois auparavant, ce dont il était, sans le moindre doute, parfaitement conscient. Ça lui ressemblait bien de faire suivre un compliment d'une raillerie.

— Non, à moins que vous n'ayez, vous-même, par un mystérieux procédé, rétréci, monsieur.

Elle grimaça intérieurement : elle ne devait surtout pas perdre de vue son objectif. Mais M. Carmichael éclata de rire et elle lui tendit la main avec un sourire. Il plongea ses yeux dans les siens au moment d'effleurer son gant de ses lèvres. C'était un geste osé et il guetta sa réaction. Elle ne lui donna pas la satisfaction de rougir ou de minauder.

— La provocation ne vous sied guère, lui dit-elle.

Il haussa les sourcils.

— Victoria, lui souffla sa mère.

— Je ne cherchais pas à vous provoquer, mademoiselle, protesta M. Carmichael en esquissant un sourire en coin.

— Vous n'avez peut-être pas les mêmes manières en ville et à la campagne.

— Victoria, insista la comtesse sur un ton sévère.

— Mademoiselle votre fille a raison, Lady Oakbridge. Je m'efforcerai dorénavant de mieux me conduire.

Vicky se reprocha aussitôt son attitude : elle n'avait pas voulu lui donner de leçon. Après tout, c'était un homme adulte, qui n'avait rien à apprendre d'elle. Fanny Price n'aurait jamais été aussi directe.

— Non, je vous dois des excuses. Je n'aurais jamais osé suggérer que…

Elle s'interrompit, ne sachant comment formuler les choses. C'était pour cette raison qu'elle haïssait la société. À Oakbridge, lorsqu'il l'avait taquinée, elle n'avait pas eu à s'inquiéter de sa réaction.

— Nul besoin de vous excuser, insista-t-il en secouant la tête. Vous m'avez rendu service, mademoiselle. Je détesterais passer pour un hypocrite.

Il avait beau sourire, Vicky se sentait toujours mortifiée.

— Vous êtes trop gentil, monsieur, observa la comtesse.

— Pas du tout.

Vicky se contenta de lui sourire, bien résolue à ne plus piper mot.

— Oh, j'aperçois votre délicieuse mère, reprit la comtesse en désignant un groupe de dames. Si vous voulez bien m'excuser un instant.

Vicky ouvrit de grands yeux ronds pour intimer à sa mère de rester, mais celle-ci s'éloignait déjà dans un bruissement de tissu.

Vicky poussa un long soupir. La comtesse était à peine plus subtile que Mme Bennet dans *Orgueil et préjugés*. Elle frissonna d'ailleurs en imaginant les tactiques plus brutales que sa mère pourrait mettre en œuvre si sa fille n'avait pas de dot. M. Carmichael lui rendit son sourire gêné. Elle pouvait difficilement garder la bouche close maintenant.

— Comment vous portez-vous depuis la dernière fois ? demanda-t-elle, songeant qu'il s'agissait d'un sujet à la fois de circonstance et sans danger.

— Oh oui, de grâce, parlons de l'état fascinant de nos santés respectives ! Je vais très bien, puisque nous abordons la question, et il semble en aller de même pour vous. Et à présent, pourquoi n'évoquerions-nous pas celle encore plus passionnante du temps qu'il fait ?

Elle éclata de rire malgré elle. On pouvait compter sur lui pour éviter les bavardages sans intérêt.

— De quoi souhaitez-vous discuter ?

Il réfléchit, plissant le front.

— Êtes-vous à Londres depuis longtemps ?

— Voilà un sujet qui ne me paraît pas beaucoup plus passionnant, répondit-elle avec malice.

— Certes, mais je pose la question dans un but précis : savoir si vous avez déjà eu le temps de voir l'illustre cochon.

— L'illustre cochon ?

Il confirma d'un hochement de tête solennel.

— Le cochon savant le plus intelligent de toute l'Angleterre. Il s'appelle Toby. Il s'est produit, avec son maître, à Vauxhall Gardens la semaine dernière.

— Je n'étais pas au courant, s'étonna-t-elle. Et que fait un cochon savant ?

Il haussa les épaules.

— Je ne peux vous répondre en général, mais Toby écrit, fait des additions, lit l'heure et indique des endroits sur un globe terrestre.

Un sourire moqueur chatouilla les lèvres de Vicky.

— Incroyable ! Si seulement il devinait aussi les pensées…

Écarquillant les yeux, elle ajouta :

— Ou disait la bonne aventure ! J'ai toujours pensé que le monde manquait cruellement de cochons oracles.

— Alors vous ne serez pas déçue.

— Vraiment ? En êtes-vous sûr ?

— Oui, et ce pour une simple et bonne raison, mademoiselle, dit-il avant d'approcher son visage tout près du sien. La réclame promettait tous ces miracles.

Après un instant de perplexité, elle se mit à rire. Plus fort qu'elle ne l'aurait voulu. M. Carmichael se redressa avec un sourire.

— Je vois, dit-elle, n'osant pas vérifier s'ils étaient observés. Vous n'avez pas donc pas encore admiré les exploits de Toby de vos propres yeux.

Tandis qu'il éclatait de rire à son tour – une vibration riche et chaleureuse, montant du fond de sa gorge –, Vicky se prit à espérer qu'il riait souvent : il aurait été si dommage de priver le monde de ce son.

— Non, à mon grand dam.

— Et vous le regrettez amèrement, j'en suis sûre.

Il lui rendit son sourire et Vicky sentit son cœur s'emballer. Il était décidément séduisant. Surtout quand il rivait ses prunelles noires sur elle.

— J'ignorais que vous possédiez un tel talent pour la légèreté, Carmichael, lança soudain une voix aussi familière qu'indésirable.

— Pourtant vous me connaissez, Dain. Je suis un puits de frivolité.

— Je ne vous aurais pas décrit en ces termes, non.

— Peut-être ai-je trouvé ce soir la bonne compagnie, rétorqua-t-il en inclinant la tête vers Vicky.

— Cela ne m'étonnerait guère.

Dain se tourna vers la jeune femme, qui réprima un frisson. Elle ne savait pas à quoi s'attendre, mais Dain ne se retrouvait pas soudain pourvu de crocs, ni frappé d'une pâleur sinistre. Il restait tel qu'en lui-même, calme. Bien que de taille et de corpulence moyenne, il avait l'assurance présomptueuse d'un homme qui se croit supérieur à toutes les autres personnes de la pièce. Ses cheveux châtain clair bouclaient autour de son front, à la mode grecque. Un sourire narquois incurvait ses lèvres.

Vicky dut se retenir de faire une remarque cinglante.

— Ma chère sœur, comment vous portez-vous en cette belle soirée ? lui demanda-t-il sans la moindre trace de sarcasme.

Vicky pensa à la pauvre Althea. Aux efforts qu'elle avait dû si souvent déployer pour ne pas provoquer la colère de cet homme, aux innombrables occasions où elle avait dû se faire toute petite devant lui. Il avait trompé tout le monde en usant de ses charmes.

En apparence, Dain n'avait pas changé depuis leur dernière rencontre, et pourtant sa vue donnait désormais la nausée à Vicky.

— Je vais bien, merci.

Une réponse concise, d'un ton sec. Elle ne tenait pas à lui adresser la parole mais, si elle causait un scandale, tout le monde saurait que Dain et les Aston étaient en mauvais termes. Par égard pour Althea, elle devait éviter tout éclat.

Vicky chercha désespérément une issue – un nouveau sujet de conversation ou un moyen de provoquer le départ de Dain.

— Avez-vous vu le dernier opéra, monsieur Carmichael ?

Dain ne laissa pas à ce dernier le temps de répondre.

— Ma sœur, je me demandais si vous accepteriez de faire le tour de la pièce avec moi ?

Elle le dévisagea. Sa mère l'avait précisément mise en garde contre ce danger. Elle ne tomberait pas dans le piège qu'il lui tendait.

— Je suis déjà occupée, malheureusement.

Elle sourit à M. Carmichael, dans l'espoir qu'il volerait à son secours.

— Je le vois bien, mais cela concerne votre sœur, insista Dain, dont la contenance ne trahissait en rien ses pensées. J'ai une requête à vous adresser de sa part… Une requête qu'elle préférerait que je vous transmette en privé.

Vicky chassa aussitôt un froncement de sourcils. Elle ne pouvait pas refuser une telle requête sans piquer la curiosité de M. Carmichael. Elle scruta la salle le plus discrètement possible, à la recherche de sa mère. Au grand étonnement de Vicky, M. Carmichael sembla sentir qu'il devait intervenir.

— Lord Dain, puis-je vous entretenir d'un sujet avant d'oublier ? Cela concerne mes affaires.

Vicky soupira intérieurement. Il l'avait sauvée, ne serait-ce que pour quelques instants. Elle observa à nouveau la salle de bal. Dain, lui, s'était tourné vers M. Carmichael.

— Cela peut sûrement attendre un moment plus opportun, lui répondit-il avec une pointe d'irritation.

Des affaires ? Ensemble ? Vicky n'eut pas le temps de s'interroger davantage, car le vicomte lui offrait son bras. Sa nuque se couvrit de chair de poule. Que pouvait encore M. Carmichael pour elle ? Elle avait la gorge nouée. Que pouvait-elle faire ?

À cet instant précis, une voix tonitruante annonça :

— Lord Thomas Sherborne, comte de Halworth.

Chapitre cinq

« J'oublie difficilement les offenses qui me sont faites. »

Orgueil et préjugés, Jane Austen

Tandis qu'une multitude de pieds, et autant de têtes, se tournaient dans sa direction, Tom se força à porter le regard au-delà de la mer d'yeux inquisiteurs et descendit l'escalier avec ce qu'il put rassembler de dignité – chose peu aisée tant chaque gloussement, chaque messe basse lui donnait envie de rentrer étriper son frère. Cette soirée, que Tom attendait depuis des semaines, pouvait sauver ou détruire leur famille. Il pensait avoir réussi à sensibiliser Charles à cette réalité. Et pourtant ce soir, à onze heures, lorsque Tom avait chargé son majordome de s'enquérir de celui-ci, le domestique était revenu le trouver la mine confuse : « M. Sherborne en a encore pour un quart d'heure. » Et quand, une heure plus tard, le majordome lui avait transmis le message suivant : « M. Sherborne peut vous rejoindre sur place si vous êtes impatient, monsieur le comte », Tom avait été si froissé qu'il était parti seul pour le bal.

Il tenta de chasser son agacement. Il aurait dû savoir, à ce stade de son existence, que les gens n'étaient pas fiables.

Tom scruta la salle de bal à la recherche d'un visage familier, mais n'y croisa que d'inconnus. Il n'en fut guère surpris. Son père l'avait privé de ressources lors de ses premières années à Eton, ne lui laissant pas même un shilling. Il avait ainsi perdu le contact avec ses camarades de l'époque, si bien qu'il n'avait aucun lien avec la haute société, exception faite de quelques connaissances de ses parents. La duchesse de Rutherfurd était l'une d'elles.

Pour la mère de Tom, il était grand temps que son fils occupât son rang au sein du monde. Elle souhaitait le voir regagner tout ce dont son père l'avait privé cinq ans auparavant. Mais l'ambition que Tom attachait à cette soirée n'avait que peu à voir avec la reconquête de sa position sociale.

Sans l'aide de la famille de sa mère, Tom aurait été le seul héritier anglais de quatorze ans condamné à vivre dans les rues de Londres. Sa survie avait eu un prix : son oncle lui avait offert un toit et de quoi le nourrir en échange d'un poste dans son hôtel de la ville suisse de Soleure. Il avait fini par prendre du galon et devenir sous-directeur du *Bodmerhaus am Fluss*.

Son expérience au côté de son oncle lui avait inspiré l'idée suivante : ouvrir le tout premier hôtel de luxe londonien d'inspiration européenne. À présent que Napoléon Bonaparte était en exil à Sainte-Hélène, les voyages étaient plus sûrs, et les habitants du continent pouvaient bien plus facilement se rendre en Angleterre. Si une ville aussi petite que Soleure pouvait accueillir plusieurs hôtels prospères, alors une ville aussi vaste que Londres tirerait sans doute profit d'un établissement tel que celui que Tom envisageait d'ouvrir.

Malheureusement, il ne pouvait guère compter sur son frère, censé lui apporter son aide en lui présentant d'éventuels bailleurs de fonds. Il n'avait peut-être pas été très avisé en se rendant ici seul. Oui, il aurait dû traîner Charles jusqu'à la voiture…

Tom interrompit cette pensée, car il atteignait le pied du majestueux escalier de la duchesse. Affichant le même sourire que s'il saluait le client le plus riche de l'hôtel de son oncle, il s'inclina vers la main que son hôtesse lui tendait. Il était tout à fait capable de s'en sortir seul.

— Monsieur le comte, je suis très honorée d'être la première Londonienne à vous accueillir, lui dit-elle avec emphase.

— Madame la duchesse, c'est moi qui suis honoré par votre invitation.

— Allons, allons, votre mère et moi sommes amies depuis son entrée dans le monde. Les Sherborne ont une invitation perpétuelle à mon bal annuel.

Tom la remercia d'un geste de la tête.

— Où est votre charmante mère ?

— Elle a préféré rester à la campagne. Elle porte toujours le deuil de mon père.

— Elle a pourtant dû entrer dans la période de demi-deuil, non ? Le décès du comte remonte à plus d'une année…

Tom ne put que hocher la tête. Sa mère était autorisée à participer aux bals et autres événements mondains si elle le souhaitait. Elle avait néanmoins donné pour instruction à ses fils de répondre qu'elle continuait à pleurer son défunt époux.

— Vous lui direz bien que je me suis enquise de ses nouvelles ?

— Naturellement.

Alors qu'elle lui signifiait qu'il pouvait disposer, Tom s'avisa soudain que la réponse à ses problèmes se tenait peut-être devant lui.

— Madame la duchesse, pourriez-vous avoir l'amabilité de me présenter à certains de vos invités ? Je dois vous avouer que je n'en connais aucun.

Elle haussa un sourcil.

— Mon cher garçon, voilà qui me surprend.

Tom ne comprit pas pourquoi. Il avait, après tout, passé près de quatre ans à l'étranger.

— Vraiment ?

— Je sais avec certitude que deux dames de votre entourage sont présentes ce soir.

Un grognement faillit échapper à Tom.

— Ah oui ?

— Lady Oakbridge et sa fille.

— En effet.

Pourvu qu'il s'agisse d'Althea.

— Lady Victoria.

Évidemment.

— Je suis sûre qu'elles se feront un plaisir de vous introduire auprès de certains de mes convives. Je suis pour ma part assez occupée.

Tandis qu'elle parcourait la salle du regard, Tom chercha un moyen de se tirer de ce mauvais pas. Il n'avait aucune envie d'imposer sa présence à la comtesse ou à Victoria. Lorsqu'ils s'étaient vus, la semaine passée, la mère de Vicky s'était montrée très sèche avec lui. Quant au comte, il avait fait preuve d'une politesse distante. Tom avait quitté le domaine avec la certitude qu'il n'était guère le bienvenu.

Lorsqu'il était petit, le comte d'Oakbridge lui témoignait plus d'intérêt que son propre père. Constatant qu'en son absence cela avait considérablement changé, il s'était abstenu de retourner au manoir pour prendre des nouvelles de la santé de Victoria. Quelques jours après cette mésaventure, Tom avait appris par sa mère que les Aston étaient partis pour Londres. Il avait pris la route de la capitale peu après. Et cependant, pour une raison inexplicable, il n'avait pas imaginé qu'il pouvait les croiser ce soir.

La duchesse lui indiqua soudain l'autre extrémité de la salle.

— Ah, je vois Lady Victoria ! Près des rafraîchissements.

Les yeux de Tom suivirent ses doigts parés de bijoux pour se poser sur Vicky. Elle portait une robe parme flatteuse et se tenait entre deux hommes dont l'un d'eux la dominait de sa haute taille. Elle s'était, de toute évidence, remise de sa chute sans en conserver de séquelles.

— Allez la trouver, lui intima la duchesse. Je viendrai vous voir plus tard, quand j'aurai du temps.

La gorge de Tom se serra. La situation menaçait d'être terriblement gênante. Il s'inclina néanmoins.

Tom ne pouvait pas rejoindre Victoria directement : les musiciens avaient fini d'accorder leurs instruments et nombre d'invités se dirigeaient vers le centre de la piste, prenant place dans la rangée de danseurs selon l'ordre requis par la préséance.

Le violoniste entonna les premières notes, suivi par les flûtistes. Les couples se saluèrent. Tom entreprit de contourner la piste et longea une urne dorée qui débordait de fleurs rouges et orange, ainsi qu'une figure en papier mâché lui arrivant au genou et qui semblait représenter un éléphant avec la queue touffue d'un lévrier écossais. Ce faisant, Tom scrutait attentivement la foule dans l'espoir de trouver le salut sous la forme d'un ancien camarade de classe ou d'une autre connaissance… en vain.

Il lui suffirait de réclamer l'aide de Vicky avec civilité ; elle n'allait tout de même pas lui refuser ce petit service.

Il se racla la gorge, peu enthousiaste à l'idée de lui être redevable. Il passa à proximité d'un groupe de demoiselles gloussantes qui s'éventèrent frénétiquement à son approche.

S'il ne parvenait pas à concrétiser ce projet hôtelier… il ne pouvait pas envisager une telle possibilité dans l'immédiat. Et puisqu'il n'avait d'autre choix que de ravaler sa fierté et de s'en remettre à Vicky pour une chose aussi triviale que des présentations, eh bien, soit !

Tout autour de Vicky, les têtes se tournèrent vers l'escalier, curieuses.

Elle oublia instantanément le vicomte. Tom ne pouvait pas être là ! Que faisait-il à Londres ? Il n'avait pas évoqué son intention de participer à la saison, si ?

Sa mine était grave mais il conservait son port altier. Il portait une veste et un pantalon noirs offrant un contraste parfait avec son gilet crème. Si la famille Aston, du fait de sa proximité géographique, savait que Lord Halworth avait banni son fils, l'exil du jeune homme n'avait guère été ébruité. La société savait simplement que l'héritier du comte avait passé plusieurs années sur le continent.

Malheureusement pour Tom, cela faisait de lui un objet de curiosité. Dans la noblesse, les fils aînés s'éloignaient rarement du domicile familial – leurs pères préféraient garder un œil sur eux.

Si Vicky se fiait à la scène dont elle avait été témoin, ce jour de 1812 où ils s'étaient adressé la parole pour la dernière fois, le père de Tom était convaincu des torts de son fils. Elle connaissait trop bien Tom pour penser le pire de lui, et pourtant le fait qu'il ait refusé de la revoir après cette altercation avait ébranlé sa confiance.

De nombreuses demoiselles se cachaient derrière leurs mains pour caqueter. De leur côté, les matrones jetaient des regards prédateurs dans la direction du jeune comte.

Vicky pinça les lèvres. Au moment où elle reportait son attention sur les deux gentlemen qui l'accompagnaient, elle se rappela qu'elle s'apprêtait à dire à Dain d'aller au diable. Ou à courir se réfugier dans les jupes de sa mère telle une fillette effrayée. Si seulement l'arrivée de Tom avait pu lui servir d'excuse pour prendre congé… Une jeune demoiselle ne pouvait cependant pas quitter ses compagnons afin d'aller saluer un homme sans chaperon. M. Carmichael la jugerait mal élevée ou imprudente. Sinon les deux !

Elle releva le menton. Elle aborderait cette situation en s'inspirant d'Elizabeth Bennet. Lorsque Wickham, après avoir fui avec la jeune sœur d'Elizabeth, Lydia, à Londres – où ils avaient scellé leur union –, était venu à Longbourn, Elizabeth lui avait témoigné la politesse la plus élémentaire, pas davantage, afin de lui signifier qu'elle avait bien compris quel genre de crapule il était.

Vicky adopterait la même stratégie avec Dain. M. Carmichael plongea son regard sombre dans le sien au moment où le vicomte la prenait par le bras pour l'entraîner. Maudit beau-frère…

— Eh bien, ma si chère sœur. Vous êtes éblouissante ce soir. Il s'agit d'une nouvelle robe, n'est-ce pas ?

Ses yeux ambre parcoururent son corps de haut en bas. Le ventre de Vicky se serra.

— Espèce de malotru, cracha-t-elle. Comment osez-vous me lorgner ainsi ?

Tant pis pour la politesse !

— Votre langage me choque, Lady Victoria ! ironisa-t-il.

Elle plissa les yeux.

— J'oubliais que vous n'aviez aucune morale. Votre place est dans une porcherie, puisque vous aimez tant vous vautrer dans la boue.

Elle ne possédait définitivement pas la finesse d'esprit d'Elizabeth Bennet… eh bien, qu'à cela ne tienne ! Dain méritait d'entendre ses quatre vérités.

Il plaça sa seconde main sur son bras et le serra. Si, de l'extérieur, le geste passait pour une expression de dévouement fraternel, il était plus douloureux de seconde en seconde.

Vicky retint son souffle. Un gloussement monta de la gorge de Dain.

Comment avait-il fait pour dissimuler sa cruauté toutes ces années ? Retenant une grimace, elle lâcha entre ses dents serrées :

— Retirez vos mains.

— Sinon quoi, chère sœur ? Que pourriez-vous bien faire ?

Il lui sourit à nouveau. Elle sentit la bile lui brûler la gorge. Thea avait vécu avec ce monstre pendant deux ans. Il avait raison néanmoins : que pouvait-elle contre lui ? Et s'il la conduisait hors de la salle de bal ? Qui savait ce qu'il pourrait faire en l'absence de témoins ?

Le cœur de Vicky battait à tout rompre. Peut-être réussirait-elle à le frapper au visage avec son petit sac ou, si la situation empirait, à un endroit plus sensible. Elle ne pouvait toutefois pas l'attaquer en pleine fête sans passer pour folle. Et si elle attendait de se retrouver dans un lieu isolé, elle n'avait aucune garantie de réussir à se libérer de lui.

Soudain, la solution lui apparut. Elle parla suffisamment fort pour que les personnes les plus proches puissent l'entendre.

— Oh, Lord Dain, le ruban sur mon soulier vient de céder. Je vous prie de m'excuser, je suis certaine que l'on pourra m'aider au vestiaire…

— Inutile, voyons, je vais arranger ça. Rejoignons ce fauteuil.

Elle haussa encore la voix.

— Non, non, je préfère me retirer un instant.

Si elle insistait davantage, tout le monde allait penser qu'elle avait besoin d'aller au cabinet d'aisances. Il l'attira sur le côté.

— Ma chère sœur, je ne peux me résoudre à me priver de votre compagnie.

Sa main prenait son bras en étau. Vicky refusait de lui donner la satisfaction de se soumettre.

— Lâchez-moi ou je hurlerai la vérité à tue-tête, je le jure, murmura-t-elle.

— Quelle vérité ?

— Que vous avez battu ma sœur au point de la laisser pour morte et que vous me réservez le même sort.

Il rit de bon cœur.

— Personne ne vous croira, chère sœur, je le crains, riposta-t-il avec un rictus cruel.

Cette insistance à employer le terme de « sœur » donnait à Vicky l'envie de le gifler.

— Peut-être pas ce soir. Mais bientôt.

Il serra un peu plus son bras et la força à pivoter vers lui.

— Que dois-je comprendre ?

Le ventre de Vicky se serra aussitôt. Elle en avait trop dit. Althea ne se trouvait à Londres que depuis une semaine, ses avocats n'étaient pas encore en mesure d'entamer une action en justice. Elle réfléchit au moyen de le mettre sur une fausse piste.

— Que votre masque finira par tomber. Que tout le monde verra ce que j'ai vu ce soir.

Un rictus revint déformer la bouche du vicomte.

— Ne jouez pas avec ma patience.

La colère infusait dans chacune de ses syllabes. Avant qu'elle eût pu dire un autre mot, il la libéra brusquement et s'écarta.

— Lady Victoria… Quel plaisir de vous avoir revue.

La gorge sèche, Vicky se retourna et découvrit, avec un mélange de joie et de désarroi, la présence de Tom. Il sourit et lui prit la main. Elle n'en crut pas ses yeux. C'était elle qu'il était venu trouver malgré la présence de toute cette foule ?

— L… Lord Halworth, quelle surprise ! bafouilla-t-elle en se forçant à sourire poliment.

— J'imagine. Vous deviez encore me croire dans le Hampshire.

Vicky se renfrogna. Était-ce une façon de suggérer que les Aston auraient dû prévenir Halworth Hall de leur départ pour Londres ?

— Murton, ajouta-t-il alors à l'intention du vicomte, nous ne nous étions pas revus depuis une éternité. Cela remonte à Eton, je crois.

Vicky fut étonnée : elle ignorait qu'ils se connaissaient.

— C'est Lord Dain, désormais, Halworth, lui répondit le vicomte d'une voix faussement douce. Je l'avoue, je ne m'attendais guère à vous croiser dans un tel endroit.

— Moi non plus, répondit Tom avec un sourire plaisant.

Vicky n'y comprenait plus rien. Tom pensait-il ne jamais revenir dans le monde ?

— Votre disparition mystérieuse a fait jaser pendant des mois, poursuivit Dain.

— Mon oncle est tombé malade. Il vit sur le continent et j'étais le seul à pouvoir lui porter assistance, répliqua Tom avec le plus grand naturel.

— Je n'en doute pas, dit le vicomte d'un ton dégoulinant de sarcasme. Le pauvre a été affligé d'une fort longue maladie.

— La guerre a retardé mon retour.

Dain semblait à court d'arguments. Vicky se mordit la lèvre pour cacher son sourire.

— Mais je suis là, maintenant, et j'ai envie, pour célébrer mon retour, de danser.

Vicky était intriguée. La subite affabilité de Tom contrastait avec sa rudesse d'il y a quelques jours. Il inclina la tête vers elle.

— Me feriez-vous l'honneur d'être ma cavalière, Lady Victoria ? Je crois que la prochaine danse va bientôt débuter.

Elle sentit ses yeux s'écarquiller et sa bouche s'arrondir de surprise. Venait-il vraiment de traverser la pièce pour l'inviter, elle, avant quiconque ?

— Avec grand plaisir, Lord Halworth.

Peu lui importaient ses motivations, du moment qu'il lui offrait un moyen d'échapper au vicomte. Les traits de ce dernier se durcirent un instant, avant qu'il revête son masque d'impassibilité.

— Dain, dit-il en prenant congé du vicomte et en entraînant Vicky vers la piste.

— Je dois vous remercier, murmura-t-elle en étudiant le profil de Tom.

— Pourquoi ?

Elle hésita à répondre : « Pour m'avoir tirée des griffes de cette horrible crapule. »

— Vous êtes le premier à m'inviter à danser.

Après l'avoir accompagnée jusqu'à la rangée de danseuses, il se pencha vers elle pour lui glisser à l'oreille :

— Vous êtes ma toute première cavalière. Depuis toujours.

— Vraiment ?

Un sourire étira les lèvres de Tom, adoucissant peu à peu la sévérité de sa mâchoire et de son front. Il retrouvait cette expression de petit garçon dont Vicky conservait un souvenir si vif qu'elle ne put, malgré toute sa bonne volonté, se détourner.

— Vous n'assistiez à aucun bal à l'étranger ?

Il secoua la tête avant d'aller se poster face à elle, à côté des autres danseurs, redevenu grave. Comme il était réservé et versatile ! Il lui rappelait presque Edward

Ferrars au début de *Raison et sentiments*. Peut-être s'était-il, lui aussi, fiancé en secret ? Avec une demoiselle du continent ? Elle cacha un petit rire nerveux derrière son gant. Au fond, il ne méritait pas autre chose : se lier avec imprudence à une jeune femme qui ne serait intéressée que par son titre – non que Vicky fût concernée par tout cela, bien sûr.

L'orchestre annonça une danse folklorique imposant aux danseurs de fréquents changements de cavalier. Ils n'auraient pas le loisir de discuter. Les premières notes résonnèrent et ils s'approchèrent l'un de l'autre, en croisant un bras. Elle saisit la main gantée de Tom avec la sienne, et ils changèrent de position. Avoir à soutenir son regard la troublait, aussi fut-elle soulagée de se détourner de lui pour se mêler aux autres danseurs.

Comme c'était étrange de se retrouver aussi proche de lui dans ces circonstances… Elle se mordilla la lèvre, regrettant amèrement de songer à cette période révolue avec autant de nostalgie.

Ils se retrouvèrent à nouveau face à face.

— J'aurais un service à vous demander, lui glissa-t-il au moment où ils joignaient à nouveau leurs deux mains. Mais si vous n'y tenez pas…

Il s'interrompit le temps de s'éloigner d'elle pour laisser passer deux couples. De quoi pouvait-il bien avoir besoin ? Ils retrouvèrent leurs places sur leurs lignes respectives et, dès qu'ils furent à nouveau proches, Vicky l'encouragea :

— Dites-moi…

Ils durent encore se séparer. Tom semblait s'être ravisé. Vicky n'insista pas et s'abandonna de bon cœur aux mouvements rythmés de la danse.

Tom, qui se laissait lui aussi guider par le rythme entraînant, se défit peu à peu de sa retenue, au point qu'il parut oublier la raison initiale de sa froideur. Chaque fois qu'il prenait la main de Vicky ou qu'il croisait son regard, elle apercevait, fugitivement, le garçon qu'il avait été : celui qui faisait la course avec elle dans la roseraie, conservant sa bonne humeur, qu'il soit ou non le gagnant.

Alors que les musiciens jouaient les derniers accords et que Vicky faisait la révérence à Tom, elle ne put retenir un sourire. La joie lui rosissait les joues. Les flammes des candélabres doraient les pommettes et le front de Tom lorsqu'il lui offrit son bras avec amabilité.

— Vous dansez plutôt bien pour quelqu'un qui n'est pas un habitué des bals.

— Je n'ai jamais dit que je ne dansais pas.

Elle se demanda dans quelles circonstances il avait pu apprendre, pourtant elle n'osa pas l'interroger, de peur de voir sa bonne humeur s'envoler.

— Certes… Nous pourrions sans doute recommencer ?

Elle détourna le regard. Ni Fanny Price ni même Emma Woodhouse n'auraient affiché un mépris aussi imprudent des règles de la société en invitant un gentleman à danser. Vicky observa Tom à la dérobée, espérant presque l'entendre dire : « Vous avez véritablement mal agi », tel M. Knightley à Emma, le jour de leur excursion à Box Hill.

Au lieu de quoi, il se contenta d'un simple « Naturellement ».

Il le dit cependant avec une mine aussi désapprobatrice que M. Knightley.

— Je voulais d'abord vous poser une question.

Il se racla la gorge.

— Victoria, pensez-vous que vous pourriez éventuellement…

Elle leva les yeux vers les siens.

— Pourriez-vous avoir la gentillesse de me présenter à certaines de vos connaissances ?

Elle éclata d'un rire franc.

— Oh, Tom ! Ce n'est que cela ? Vous m'aviez conduite à penser que vous aviez besoin d'un service impossible. Bien sûr que je vais le faire.

— Je vous en remercie. Après une si longue absence…

Il soupira et conclut simplement :

— Je vous remercie.

— Vous ne connaissez personne ici ?

Il l'entraîna à l'écart.

— À part Lord Dain, notre hôtesse, votre mère et vous-même, non.

— Je vois…

Pourquoi était-il venu seul au bal, dans ce cas ? Il aurait pu se faire accompagner de Charles ou de sa mère, surtout s'il avait dans l'idée de rencontrer des gens…

— La comtesse et votre frère sont-ils à Londres avec vous ?

— Ma mère est restée à la campagne. Quant à Charles, qui devait venir ce soir, il a été… retenu.

Vicky prit un instant de réflexion.

— Vous ne souhaitiez donc pas réellement danser, c'était un prétexte pour réclamer mon aide.

Il ne chercha pas à dissimuler la vérité.

— En effet, et j'espère que vous ne m'en tiendrez pas rigueur. Acceptez-vous de me rendre ce service ?

La franchise de son ton entama quelque peu l'irritation de Vicky. De fait, elle l'entama tout entière.

— Naturellement.

— Je vous remercie encore, dit-il.

Vicky n'était pas certaine d'apprécier ce nouveau Tom… Il était si réservé et méfiant qu'il en semblait presque malhonnête.

— Vous êtes-vous remise des événements de la semaine dernière ?

Elle crut d'abord qu'il parlait d'Althea.

— Moi ? Ah… Oui, ma tête va beaucoup mieux.

— Vous m'en voyez ravi. J'ai écrit à votre père, mais je ne crois pas qu'il ait reçu mon message. Sir Aylward a envoyé des hommes et des chiens remonter la piste de ce vaurien, sans succès malheureusement.

Vicky gardait un souvenir très vif de la détermination dans le regard de l'homme au moment où il fondait sur elle avec son cheval.

— J'aurais été surprise qu'il s'attarde dans les parages.

— Certes… Comment connaissez-vous Dain ? lui demanda-t-il alors, de façon abrupte.

La question la troubla.

— C'est mon beau-frère.

Tom se figea aussitôt.

— Vous voulez dire qu'il est marié à Althea ?

— Vous l'ignoriez ?

— Ma mère m'avait parlé de son mariage, mais je n'ai pas souvenir qu'elle ait mentionné le nom de Dain. À quand cela remonte-t-il ?

— À près de deux ans.

Le front de Tom se plissa.

— Les lettres en provenance d'Angleterre se sont raréfiées à cette période. Les Français en interceptaient une grande partie.

Vicky fut attendrie.

— Cela devait être si étrange… Je ne parviens pas à m'imaginer quelle vie vous avez dû…

— Oui, oui. Inutile de nous attarder sur ce passé difficile. Nous avons survécu.

Vicky se garda d'insister. Ils n'avaient eu aucune difficulté réelle à Oakbridge. Ils avaient vendu les excédents de leurs récoltes au gouvernement pour les soldats à l'étranger et ils avaient été généreusement récompensés de leurs efforts. La vie avait plus ou moins suivi son cours habituel. Si l'on exceptait l'absence de Tom.

— Eh bien, dit-elle, en s'efforçant d'adopter un ton guilleret, voulez-vous que je vous présente quelqu'un ou préférez-vous faire le tour de la salle de bal avec moi toute la soirée ?

— Ouvrez la voie, Lady Victoria.

Elle aperçut M. Carmichael en pleine discussion avec deux hommes. Parmi eux se trouvait le vicomte Axley, un autre ami de ses parents. Elle prit la direction du petit groupe.

Après s'être excusée de les avoir interrompus, elle entreprit de faire les présentations en bonne et due forme. Lord Axley salua chaleureusement Tom. M. Carmichael se contenta d'un bref signe de tête. Quant au troisième gentleman, il s'agissait de celui qui s'entretenait avec M. Carmichael plus tôt. Il avait des cheveux bruns et semblait légèrement plus jeune que ce dernier.

— Lady Victoria, lui dit M. Carmichael, permettez-moi de vous présenter M. Rupert Silby, fils du baron de Scarborough.

Elle répondit d'un sourire.

— Silby, je vous présente Lady Victoria Aston.

Celui-ci s'inclina poliment.

— Lady Victoria, c'est un plaisir de vous rencontrer. J'ai eu l'honneur d'être présenté à votre mère pendant que vous dansiez.

Sans doute pour demander à la comtesse s'il pouvait être introduit auprès de sa fille…

— Quelle chance, dit-elle avant de faire les présentations entre M. Silby et Tom.

Les deux hommes se saluèrent.

— J'ai entendu dire que vous aviez passé plusieurs années à l'étranger, dit M. Silby. Où cela précisément ?

— Essentiellement dans la Confédération suisse, à Soleure. Je suis rentré en Angleterre l'an dernier.

— Ah, j'y suis passé lors de mon tour d'Europe, intervint Lord Axley. Je dois avouer que j'ai préféré Lucerne.

M. Silby et Lord Axley assaillirent Tom de questions sur son séjour à l'étranger, s'étonnant qu'il ait pu se passer de cuisine anglaise aussi longtemps. Tom répondait à leurs interrogations avec aisance, même s'il se contentait d'égrener des généralités. Vicky ne put s'empêcher d'être irritée : il parlait de sa vie en Suisse avec des quasi-inconnus alors qu'elle n'avait pas eu droit à la moindre anecdote. Elle devait bien se rendre à la conclusion inévitable qu'il ne la considérait plus que comme une simple connaissance.

Ce qui lui convenait parfaitement. Après ce soir, il ne serait plus, à ses yeux, qu'un souvenir auquel elle repenserait de temps à autre avec tendresse et sans regrets. S'extirpant de ses pensées, elle constata que les yeux sombres de M. Carmichael, presque noirs, n'étaient pas rivés sur Tom, contrairement à ceux des autres hommes, mais sur elle. Il y avait, entre ces deux sourcils, ce pli qu'elle avait déjà aperçu. De peur qu'il se sente observé, elle reporta son attention sur Tom et le va-et-vient de la conversation. D'un coup d'œil discret, elle constata que M. Carmichael continuait à la regarder. Son pouls se précipita.

— Avez-vous fait des lectures intéressantes, dernièrement, Lady Victoria ? lui demanda-t-il.

Il introduisait un changement si brutal dans le cours de la discussion que les autres hommes le considérèrent avec étonnement.

— Euh, oui…

— Sachez que Lady Victoria est une grande lectrice, lança M. Carmichael à l'attention du petit groupe.

Elle se demanda s'il cherchait à nouveau à la taquiner, pourtant elle ne perçut aucun signe d'amusement sur son visage.

— Vraiment ? s'étonna Lord Axley.

— C'est beaucoup dire, s'empressa-t-elle de préciser, se rappelant les rares fois où elle avait tenté, la saison précédente, de parler de ses lectures avec des gentlemen et où elle n'avait suscité que de l'ennui.

Le comte avait loué sa connaissance des rouages du domaine devant M. Carmichael lors de sa visite à Oakbridge, et ce dernier n'avait pas semblé désapprouver une telle chose.

— J'essaie de me tenir au courant des publications récentes sur l'élevage, le rendement agricole ainsi que sur les meilleures stratégies d'administration dans le domaine terrien.

Lord Axley et M. Carmichael hochèrent tous deux la tête en souriant. Tom demeurait de marbre. Quant à M. Silby, il écarquillait des yeux incrédules.

— Mais je lis surtout des romans.

— Ah, dites-nous lesquels ont votre préférence, s'enthousiasma Lord Axley.

— *Orgueil et préjugés*, *Emma*, *Raison et sentiments*, répondit-elle sans une once d'hésitation.

— Tous de la main de Mlle Austen, si je ne m'abuse. J'ai apprécié *Emma*, pour ma part.

Vicky ignorait que l'identité de Jane Austen était de notoriété publique. Toutefois *Emma* étant dédié au prince régent, il n'était peut-être pas si surprenant que certains membres de la société en sachent plus long que Vicky ne le supposait.

— Vraiment, Lord Axley ?

— Tout à fait, même si j'estime davantage *Mansfield Park*.

Vicky approuva. Althea partageait l'avis de Lord Axley, et les deux sœurs avaient souvent débattu du sujet ensemble.

— Peut-être, mais Elizabeth Bennet est sans conteste l'héroïne la plus exquise de Mlle Austen, intervint M. Carmichael.

Vicky arrondit les yeux de surprise.

— C'est tout à fait mon avis, aussi.

Il hocha la tête comme si cela allait de soi.

— Qu'en pensez-vous, Silby ?

— Je ne suis pas très versé dans les romans, répondit celui-ci.

Il ne semblait pas porter beaucoup d'intérêt à la conversation depuis qu'elle avait débuté. Lord Axley se tourna alors vers Tom.

— Les avez-vous lus, Lord Halworth ?

— Je n'en ai pas encore eu l'occasion, malheureusement. Sont-ils du même acabit que les livres de Mme Radcliffe ?

Vicky s'empressa de lui répondre.

— Nullement.

Ann Radcliffe écrivait des romans d'amour à sensation dans lesquels les femmes étaient souvent victimes de canailles sans scrupules.

— Elle offre une vision déformée de la réalité, elle parle d'abbayes sombres avec des coffres contenant des squelettes et des trappes secrètes, d'enlèvements, d'assassinats… Ses personnages vivent des péripéties invraisemblables. Les romans de Mlle Austen ressemblent davantage à la vie.

— Ah oui ? s'étonna Tom.

— Oui. Des demoiselles sans dot qui trouvent de riches maris aimants. Des hommes nobles qui se conduisent dignement. Les événements de la vie devraient toujours être aussi bien ordonnés et se conclure de façon aussi favorable.

Tom se détourna sans un mot. Vicky tenta de contenir sa colère.

— Et comment connaissez-vous Lady Victoria, Lord Halworth ? s'enquit alors M. Silby.

Tom sourit en se passant une main dans les cheveux. S'il s'était coiffé plus tôt dans la soirée, ses boucles brunes tombaient à présent en pagaille sur son front. De ce point de vue-là, au moins, il n'avait pas changé.

— Le croirez-vous, monsieur ? Nous avons grandi ensemble, sur des domaines voisins.

— Vraiment ?

— Vraiment, confirma Tom. Nous étions inséparables jusqu'à la sortie de l'enfance.

La poitrine de Vicky se serra aussitôt.

— J'ai bien du mal à y croire, observa M. Silby. J'aurais eu honte, dans ma jeunesse, que l'on puisse me voir en compagnie d'une demoiselle. Même aussi charmante que Lady Victoria, ajouta-t-il comme pour atténuer son propos.

M. Carmichael lui donna une tape sur le bras.

— C'est bien dommage pour vous, Silby.

Lord Axley éclata de rire.

— En effet !

M. Silby décocha un regard agacé à M. Carmichael, qui l'ignora. L'expression de Tom, elle, demeurait indéchiffrable. Vicky s'efforça d'afficher un sourire affable, même si la remarque de M. Silby l'avait fait rougir. Car c'était précisément ce qui était arrivé : Tom avait tourné le dos à leur amitié sans hésiter ni laisser à Vicky la possibilité de renouer avec lui. Elle prit une inspiration fortifiante. Tom pouvait bien aller au diable. Elle n'était pas là pour penser à lui, mais pour Althea.

— Messieurs, si vous voulez bien m'excuser, il me semble apercevoir une amie. Je dois impérativement aller la saluer avant qu'elle ne soit assaillie d'invitations à danser.

C'était une bien piètre excuse. Elle n'avait pas d'amie dans cette salle. Oh, bien sûr, elle pouvait toujours entreprendre l'une des jeunes femmes qui avaient fait leur entrée dans le monde avec elle, l'année précédente, mais aucune ne se réjouirait de la voir. Peut-être que, si elle se contentait de discuter de la dernière mode en matière de gants et se retenait de parler des mérites comparés des navets et des rutabagas sur la production des vaches laitières, ainsi qu'elle l'avait fait au bal de Lady Grembly la saison précédente…

— Vous ne pouvez pas nous abandonner déjà, Lady Victoria. Pas avant d'avoir accepté d'être ma cavalière pour la prochaine danse, lui dit Lord Axley avec un sourire.

Il agissait par pure bonté. Célibataire endurci approchant la quarantaine, il dansait rarement et avait dû percevoir son désarroi. Un vrai M. Knightley !

Elle lui sourit.

— Bien sûr, Lord Axley, j'en serai enchantée.

Perchés sur la galerie, les musiciens entonnèrent les premiers accords d'un menuet. Vicky accepta le bras que Lord Axley lui offrait. Cette soirée n'était pas couronnée du succès qu'elle avait imaginé, mais au moins Tom ne serait-il pas son seul cavalier.

Celui-ci discutait avec M. Silby, curieux de savoir s'il avait été élève à Eton. Décidément, elle n'appréciait pas ce qu'il était devenu.

Mais quelle importance au fond ? Elle était ici pour Althea. Elle ne laisserait ni un ami d'enfance, ni Dain, ni personne d'autre se mettre en travers de son chemin.

Chapitre six

« Pensez-vous qu'un orgueil aussi détestable puisse jamais le porter à bien agir ? »

Orgueil et préjugés, Jane Austen

Du coin de l'œil, Tom observait Vicky, qui s'éloignait au bras de Lord Axley. Il remercia sa bonne étoile, présente par intermittence, d'avoir mis un terme à leur rencontre. Il était sincèrement surpris qu'elle n'eût pas davantage gagné en maturité. Elle restait la fillette qui croyait aux contes de fées. À cette différence près qu'aujourd'hui ceux-ci avaient pris la forme des romans d'une certaine Mlle Austen.

Bien sûr, il lui était reconnaissant de l'avoir présenté à ces messieurs. Silby avait fait ses études à Harrow et ils n'avaient donc pas un seul ami commun. Il aurait fallu que Tom convainquît Silby ou Carmichael de l'introduire auprès d'autres gens, mais il ne se sentait aucune légitimité à le faire alors qu'il les connaissait depuis si peu de temps. À la fois prétentieux et gauche, Silby ne se prêtait pas de bon cœur à l'exercice de la conversation. Quant à Carmichael, il n'avait pas prononcé plus de deux phrases à l'intention de Tom depuis que Vicky les avait présentés.

Tom devait s'entretenir avec le plus de personnes possible s'il voulait dénicher des soutiens financiers pour son hôtel. Comment y parvenir avec ces deux-là ? Soudain, il eut une idée.

— L'un de vous serait-il intéressé par une visite à la salle de jeu ?

— C'est plus tentant que de danser avec des débutantes, hein, Halworth ? rétorqua Silby.

Tom ne partageait guère cet avis, mais il sourit pour être agréable à son interlocuteur.

— Je suis surpris que vous ne tiriez pas davantage profit de votre célébrité, Halworth, ajouta Carmichael d'un ton badin. L'assemblée tout entière s'est mise en émoi lorsque votre nom a été prononcé.

— Je ne suis ici que pour m'acquitter de mon devoir filial.

— Et serait-ce celui de Lady Victoria que de vous introduire auprès des autres convives ?

— Nullement. Elle m'a rendu service.

Non que cela le regardât d'une façon ou d'une autre !

— Oh, bien sûr, parce que vous étiez inséparables autrefois…

— Je vous l'ai dit, nous avons grandi ensemble.

Que cherchait-il à suggérer ?

— Et vous avez donc la présomption d'user de ce lien à votre avantage aujourd'hui ?

Tom le dévisagea. Il avait parfaitement le droit de parler à Vicky s'il le souhaitait. Et d'ailleurs, s'il avait eu le désir de raviver la flamme de leur ancienne amitié, Carmichael n'aurait rien eu à redire.

— La présomption ? À moins que je ne fasse erreur, il n'y a aucun crime à discuter avec sa voisine, même après avoir passé un long temps à l'étranger.

L'expression de Carmichael demeurait inébranlable.

— Personne n'a parlé de crime. Toutefois certains pourraient considérer qu'exploiter la bonté naturelle d'une demoiselle constitue une infraction au code de conduite des gens bien nés.

Tom se tourna vers Silby, s'attendant à ce qu'il réagisse, mais celui-ci semblait se satisfaire de sa position de simple témoin.

Le regard impassible de Carmichael ne cillait pas. Cet homme avait autant de dédain que s'il appartenait à la famille royale. Ce qui était surprenant pour quelqu'un qui ne possédait aucun titre.

— L'on pourrait dire la même chose du manque de courtoisie, dit Tom d'un ton égal.

Carmichael plissa les yeux. Tom serra les dents. De toute évidence, ni Carmichael ni Silby n'accepteraient de l'aider pour son hôtel. Il se rendrait seul à la salle de jeu et s'intégrerait à une table. Les joueurs étaient toujours désireux d'accepter un nouveau venu prêt à perdre de l'argent. Ce serait un petit prix à payer.

Gratifiant Carmichael et Silby d'un signe de tête condescendant que son père n'aurait pas désapprouvé, il s'éloigna sans un regard en arrière.

Chapitre sept

« Impossible [...] de trouver quelque tranquillité d'esprit. »

Mansfield Park, Jane Austen

Plus tard cette nuit-là, Tom gravit péniblement les marches de sa maison londonienne, dont il franchit le seuil avec un soupir d'épuisement. Il ferma la porte à double tour puis prit le bougeoir que le majordome avait laissé à son attention sur un guéridon de l'entrée. Il avait donné pour instruction aux serviteurs de ne pas l'attendre.

Protégeant la bougie des courants d'air, il se rendit dans la bibliothèque. Les meubles recouverts de housses blanches et grises évoquaient des fantômes statufiés, l'observant dans la pénombre.

Dieu qu'il détestait cet endroit. Au moins n'avait-il que peu de souvenirs d'enfance ici... Depuis qu'il savait quel usage son père en avait fait pendant de nombreuses années, il le trouvait répugnant.

Il se fichait bien que la bâtisse fût dans la famille depuis cinquante ans. Au matin, il chercherait un endroit bon marché à louer pour la saison et ferait estimer ce tas de briques.

Il frissonna. Il faisait plus froid entre ces murs qu'à l'extérieur. Un rai de lumière passait sous la porte de la bibliothèque. Il l'ouvrit en grand.

Charles était affalé sur un fauteuil, la tête ballant d'un côté, un livre ouvert sur les genoux. Il était encore en tenue de soirée. Ce bon à rien s'était endormi au lieu de venir au bal, et Tom avait dû affronter seul la meute de loups.

Charles émit un ronflement sonore et Tom serra la mâchoire. Il n'était pas d'humeur indulgente. Posant le bougeoir, il souleva le livre de son frère qu'il prit un malin plaisir à refermer le plus bruyamment possible. Charles se réveilla en sursaut et chercha autour de lui la source du bruit. Il cligna plusieurs fois des yeux avant de les poser sur Tom.

— Bonjour… Quelle heure est-il ?

— Trois heures.

— Trois heures du matin ? Que fais-je ici ?

— Voilà une excellente question. Surtout que tu étais censé me rejoindre chez la duchesse.

Charles s'assit et se frotta le front d'une main.

— Ah oui, ce satané bal… Je suis désolé.

— Oui, le bal pour lequel tu t'es habillé. Le bal que nous devions mettre à profit pour que je trouve de potentiels soutiens financiers. Cela te rappelle quelque chose ?

Tom s'approcha de la cheminée où rougeoyaient encore quelques braises. Après s'être réchauffé un instant, il se laissa choir sur le fauteuil en cuir face à celui de Charles.

— Alors, comment t'en es-tu sorti ? lui demanda celui-ci en étouffant un bâillement.

Avant qu'il eût pu répondre, une lame du parquet grinça derrière lui.

— Tom ?

Une jeune fille se tenait sur le seuil de la bibliothèque. Susan. Elle devait être frigorifiée avec sa seule chemise de nuit, et pourtant ses boucles d'un blond cuivré rebondissaient d'excitation.

— Comment cela s'est-il passé ?

Tom soupira.

— Ne t'avais-je pas dit de ne pas m'attendre ?

— J'ai entendu la porte d'entrée. Je n'allais pas me rendormir sans que tu me racontes ta première soirée dans le monde !

Il soupira, même s'il savait la bataille déjà perdue.

— Entre et ferme la porte. Le couloir est glacial.

Susie s'exécuta et prit place sur une petite chaise dorée près du feu. Elle approcha ses mains des flammes.

— Si tu as du mal à suivre pendant tes leçons demain, tu sauras à qui t'en prendre.

Tom aurait voulu faire beaucoup plus pour préparer sa petite sœur à la société, mais elle devait se contenter, pour l'heure, de leçons hebdomadaires de danse et d'élocution.

— Ne t'inquiète pas, Tom, lui dit-elle avec un large sourire qui creusa des fossettes dans ses joues.

Charles se racla la gorge.

— Pourrait-on entrer dans le vif du sujet ?

Tom lui décocha un regard glacial.

— Toutes les femmes m'ont regardé avec autant d'appétit que si j'étais un beau rôti. Ce qui n'aurait pas été déplaisant si j'avais eu quelqu'un pour me présenter, ajouta-t-il avec un regard appuyé à son frère.

Ce dernier n'avait même pas l'air contrit.

— Et la duchesse de Rutherfurd ? Elle prétend être une grande amie de maman.

— C'est ce qu'elle a affirmé avant se débarrasser de moi pour me confier aux Aston.

Charles éclata d'un rire moqueur. Tom lui fit les gros yeux.

— Je te demande pardon.

— Et ensuite ? insista Susie, qui observait tour à tour ses deux frères.

Tom avait la gorge nouée.

— Elle… Victoria… s'est montrée très cordiale.

Charles ricana et Tom dut contenir sa colère. Son frère savait l'irriter comme personne. S'il avait le bon sens de ne pas reproduire la conduite dissolue de leur défunt père, il était toutefois destiné, en tant que fils cadet, à une vie de désœuvrement. À la campagne, il chassait et montait à cheval. À Londres, il passait ses journées dans son club et ses soirées à dîner aux frais de ses amis.

— Charles, notre situation ne tardera pas à fragiliser notre position sociale. Nous ne pouvons pas nous permettre de froisser quelqu'un d'aussi puissant que la duchesse. Ou que les Aston, d'ailleurs.

— Je partage ton avis. Mais t'en remettre à Victoria ? Après avoir fui sa société pendant une année, te voilà contraint de lui adresser deux fois la parole en l'espace de quinze jours… Ne me dis pas que l'ironie t'échappe.

Tom s'efforçait de demeurer impassible. Il voulait oublier la mine déconfite de Victoria lorsqu'elle avait compris la raison de son invitation à danser.

— Ignore-le, Tom, intervint Susie. Qui as-tu rencontré, alors ?

— Elle m'a présenté à trois gentlemen. Seul Lord Axley m'a apporté son aide.

Alors que Tom cherchait la table de jeu où les mises étaient les moins importantes, Lord Axley avait fait son apparition. Tom lui avait demandé dans quels autres pays son voyage en Europe l'avait conduit, et il avait trouvé l'homme agréable et très sensé. Celui-ci avait présenté Tom à plusieurs de ses connaissances. Au fil de la soirée, Lord Axley avait même mis Tom en relation avec une poignée de messieurs susceptibles de le soutenir financièrement.

— Charles, connais-tu un certain M. Carmichael ?

— Tout le monde le connaît, Tom, pourquoi ?

— Il m'a accusé de tirer profit de la bonté naturelle de Victoria.

Charles renifla avec dédain.

— Voilà qui lui ressemble bien. À ce que j'en sais, il s'est querellé avec la moitié des gentlemen de Londres. Je tiens de source sûre que le duc de Devonshire ne le supporte pas.

Tom n'avait aucun mal à le croire, et pourtant il demanda :

— Pour quelle raison ?

Charles secoua la tête, un rictus de dégoût aux lèvres.

— La taille de sa fortune. J'ai entendu dire que son revenu annuel dépassait les soixante-quinze mille livres.

Susie étouffa un cri de surprise.

— Tu exagères, protesta Tom en se renfrognant.

— Non, malheureusement. Il gagne plus que le prince régent, presque autant que le duc.

Le froncement de sourcils de Tom s'accentua.

— D'où lui vient cet argent ?

— Voyons, Tom, libre à toi de souiller notre nom en te piquant de faire des affaires, mais ne me demande pas de t'informer sur l'origine de la fortune des autres.

Diantre ! Tom pressa ses tempes d'une seule main. Il était trop épuisé pour lutter contre les préjugés de classe de son frère.

— Et, poursuivit justement ce dernier avec une gravité inhabituelle, il a de nombreux amis à la Chambre des Lords et à la Chambre des communes. Des alliés puissants. On raconte qu'il s'attache leur collaboration à prix d'or. Je n'aimerais pas me retrouver face à lui dans une cour de justice. Alors que toi, tu as un siège à la Chambre des Lords que tu dédaignes et tu as coupé tout lien avec les anciens soutiens de père.

— C'était une nécessité...

— Je ne t'en tiens pas rigueur, l'interrompit Charles avec un geste de la main. Il n'en reste pas moins que Carmichael ne doit pas être pris à la légère.

Susie s'agitait sur sa chaise.

— Pour tout te dire, ajouta-t-il en jetant un regard espiègle à sa sœur, mon ami Kirkham a défié Carmichael à propos d'une broutille. Leur combat doit avoir lieu demain au club de boxe de Jackson. Voudrais-tu voir Carmichael se faire battre à plate couture ?

Tom déclina. Sur l'échelle des passe-temps qu'il jugeait agréables, la boxe se situait très bas.

— Un combat de boxe est pourtant l'endroit idéal pour rencontrer d'autres financiers, si je puis insister. Sans aucune source de distraction féminine.

Susie soupira.

— Quoi de mieux qu'une assemblée d'hommes désireux d'en voir deux se taper dessus.

— En effet, approuva Tom avec un sourire pour sa sœur. Ne risquent-ils pas d'être plus intéressés par le combat ?

Charles roula des yeux d'irritation.

— Pardon de vous rappeler les codes de la société. J'avais oublié combien à vous deux vous bénéficiez d'une expérience considérable, leur assena-t-il d'un ton dégoulinant de sarcasme.

— L'opinion de Susie a autant d'importance que la nôtre, riposta Tom.

Charles lissa la manche gauche de sa veste de soirée.

— Si tu le dis... Quoi qu'il en soit, nous pouvons arriver de bonne heure au club, afin que je me charge des présentations.

Croisant le regard de son aîné, il poursuivit :

— Cela me donnera l'occasion de me faire pardonner ma défection de ce soir.

— Très bien, soupira Tom. Comment refuser une proposition si bien tournée ?

Chapitre huit

« C'est assurément l'un des hommes les plus aimables que je connaisse. »

Emma, Jane Austen

Vicky étala une belle cuillerée de confiture de mûres sur sa tranche de pain grillée avant d'en croquer un petit coin. Elle ferma les yeux pour savourer l'explosion d'acidité sucrée dans sa bouche. Avec un peu de chance, le beau temps allait se maintenir et ils auraient bientôt des mûres fraîches. Vicky observa sa mère à la dérobée ; profitant du fait que la comtesse saupoudrait son œuf de sel, Vicky lécha un gros amas de confiture sur le rebord de sa tartine. Elle sourit. Plus que quelques mois à attendre et elle pourrait cueillir des mûres encore chaudes de soleil et les porter à sa bouche.

Bien sûr, si elle trouvait un mari avant l'été, il y aurait de fortes chances pour qu'elle soit déjà installée sur son domaine. Et s'il ne possédait ni mûriers ni rangées de fraisiers, comme à Oakbridge ? Elle reposa sa tartine avec une moue boudeuse et avala une gorgée de thé.

Althea était assise en face d'elle, le regard perdu dans son bol de porridge, ne portant qu'occasionnellement la cuillère à sa bouche. La gorge de Vicky se serra tant elle était submergée par la répulsion que le vicomte lui inspirait. Elle ne pouvait pas laisser cette brute répugnante gâcher leurs vies. Son pouls se précipita de façon peu plaisante et elle prit une profonde inspiration pour maîtriser son émotion.

Elle épouserait un homme gentil qui écouterait ce qu'elle avait à dire. Ils pourraient ainsi garantir la sauvegarde d'Oakbridge et tout irait bien.

Le comte, qui présidait la table, planta sa fourchette dans un hareng fumé.

— T'es-tu bien amusée au bal, Victoria ?

Si elle avait lamentablement échoué à adopter une conduite digne de Fanny Price, elle pouvait qualifier la soirée, dans sa globalité, de succès raisonnable. Elle hocha donc la tête.

— Ta mère m'a dit que tu avais dansé deux fois avec M. Carmichael.

— Oui, papa.

— Et il a proposé de t'emmener chez Gunter's cet après-midi ?

Ce salon de thé sur Berkeley Square était réputé pour ses desserts glacés. Vicky ne laissait jamais passer une occasion de se régaler. Et si elle adorait le cuisinier français qui officiait à Oakbridge, celui-ci, d'une grande susceptibilité, refusait de préparer des crèmes glacées plus de trois fois par an. Ce qui ne l'empêchait pas, selon cette étrange habitude française, de confectionner des pâtisseries – souvent très compliquées – à un rythme effréné.

— Il passera à deux heures cet après-midi, dit-elle, imaginant déjà une succulente crème glacée au chocolat.

— Il te faudra un chaperon, souligna la comtesse par-dessus le rebord de sa tasse de thé.

Vicky regarda sa sœur.

— J'aimerais que tu m'accompagnes, Thea.

Celle-ci releva la tête, délaissant le porridge auquel elle avait à peine touché. Ses épaules tremblèrent alors qu'elle inspirait profondément.

— Je ne…

— C'est hors de question, intervint le comte.

— Oui, je ne crois pas que ce soit très avisé, approuva la comtesse.

Vicky se mordit l'intérieur de la joue.

— Je sais… J'aimerais simplement que ce soit possible, murmura-t-elle.

Althea lui adressa un petit sourire triste avant de baisser les yeux vers son bol.

— Sarah pourra t'accompagner, conclut la comtesse.

Vicky se renfrogna. Les règles de la bienséance autorisaient sa femme de chambre à l'accompagner, mais uniquement en l'absence de chaperon plus respectable.

— Pourquoi pas toi, maman ?

— Ton père a rendez-vous avec M. Barnes et je dois rester avec ta sœur.

Vicky hocha la tête.

— Il y a une autre raison, ajouta sa mère en se tapotant la commissure des lèvres avec sa serviette avant d'échanger un regard avec le comte. Ton père et moi sommes ravis que t'entendes aussi bien avec M. Carmichael.

Le comte, occupé à beurrer une tranche de pain grillé, s'interrompit le temps de dire :

— C'est quelqu'un de bien.

— Il est tout à fait charmant, papa, approuva Vicky.

— Voilà pourquoi, nous pensons, ta mère et moi, qu'il est le meilleur candidat au mariage.

— Je vous demande pardon ? répliqua-t-elle, éberluée.

Son père se contenta de hausser un sourcil et de mordre dans sa tartine.

— Profite de votre rendez-vous pour te faire ta propre opinion, Victoria, ajouta la comtesse.

Certes, M. Carmichael avait été le plus agréable de tous les convives de la veille, mais le fait que ses parents prennent une décision aussi rapide la décontenançait.

— Je… il n'a pas de titre. Cela ne risque-t-il pas de peser dans la balance lorsque vous demanderez au prince régent de choisir l'héritier d'Oakbridge ?

— La mère de M. Carmichael est fille de baron, objecta la comtesse.

— Et avec sa fortune, ajouta le comte, il pourrait s'acheter un titre s'il le désirait. Ce qui ne sera sans doute pas nécessaire. Il se trouve qu'il a, je l'ai appris, rendu un fier service au prince et que celui-ci est désireux de lui rendre la pareille. De surcroît, Carmichael a des relations à la Chambre des Lords et à la Chambre des communes.

Vicky soupira.

— Papa, je sais qu'il t'impressionne parce qu'il a eu l'idée d'acheter ces terres jouxtant le canal, mais…

— Je n'ai jamais rencontré un homme de cet âge avec un sens des finances aussi affûté. Indépendamment de cela, il est, et de loin, le meilleur choix possible. Le plus logique, insista-t-il avec un regard appuyé à sa fille cadette. Je sais que nous pouvons avoir confiance en lui. Sur la seule base de cet élément, je serais heureux de l'accueillir au sein de notre famille. J'aimerais autant ne pas m'embarrasser d'un second gendre de l'acabit de Dain.

Il fronça aussitôt les sourcils, comme sous l'effet du remords. Althea posa sa cuillère mais refusa de croiser le regard de quiconque.

Vicky tentait en vain de s'imaginer mariée à M. Carmichael. Elle ne le connaissait pas assez. Oh, elle ne pouvait nier qu'il avait un physique avantageux et un esprit brillant, il l'avait même fait rire, ce qui devait être bon signe. Malgré tout, une part d'elle conservait des réticences.

— Si vous voulez bien m'excuser, dit-elle en se levant de table. Je crois que j'ai besoin de repos avant ma sortie.

Elle quitta précipitamment la salle à manger, fuyant la déception qui assombrissait les visages de ses parents.

Vicky ajusta son bonnet puis tourna la tête à gauche et à droite afin de vérifier qu'il était bien en place. Elle s'entraîna à sourire devant le miroir, jaugeant l'effet global. Pas si mal, songea-t-elle. Un instant plus tard, toutefois, elle se décomposa. Tournant le dos à son reflet, elle s'affala sur un fauteuil voisin.

Si seulement ses parents n'avaient pas insisté sur leur désir de la voir épouser M. Carmichael. Si seulement elle avait pu aborder cet après-midi comme un simple moment de sociabilité en compagnie plaisante, elle aurait pu s'amuser.

Vicky sollicita l'opinion de Sarah.

— Je devrais peut-être me changer, qu'en dis-tu ? Avec la mousseline jaune, on pensera que je cherche à attirer le regard de M. Carmichael…

La femme de chambre secoua énergiquement la tête.

— Oh, non, mademoiselle. Cette robe vous va à merveille.

— Mais je suis trop habillée pour une sortie aussi simple. Il va se faire des idées…

— Je vous demande pardon, répliqua Sarah d'un ton qui suggérait exactement l'inverse, mais une demoiselle de votre rang n'est jamais trop habillée. Je suis sûre que M. Carmichael vous trouvera presque aussi belle qu'hier au soir.

Vicky poussa un soupir. Pourquoi était-ce aussi compliqué ? Il s'agissait simplement d'une innocente sortie avec un homme charmant qui avait pour but d'assurer la sauvegarde du domaine et de la famille qu'elle adorait. Elle ne se rendait pas dans un repaire de cambrioleurs !

Les conseils de sa sœur lui manquaient tellement. Après l'exil de Tom, Althea et elle s'étaient rapprochées, devenant bien plus complices qu'elles ne l'avaient jamais été dans l'enfance. Chaque fois que Vicky avait exprimé ses peurs au sujet de son entrée dans le monde, Althea l'avait toujours tranquillisée. Elle avait tenté de lui enseigner l'art d'afficher un air digne et confiant en toutes circonstances. Vicky avait toujours admiré le talent de sa grande sœur pour naviguer sans crainte dans les eaux dangereuses de la société.

Elle s'engouffra dans le couloir pour se rendre à la chambre d'Althea. Depuis ce jour dans la serre à Oakbridge, celle-ci avait fui leurs tête-à-tête. Elles s'étaient à peine adressé la parole en dehors des repas quotidiens, auxquels l'aînée des Aston n'assistait pas toujours. Chaque fois que Vicky pensait au silence entre elles deux, elle devait ravaler la boule inexplicablement douloureuse au fond de sa gorge.

Vicky attendit d'être invitée à entrer pour ouvrir la porte. Sa sœur lisait près de la cheminée.

— Tu n'as pas un rendez-vous ?

— Si… À ton avis, suis-je trop habillée ?

— Je ne trouve pas, non.

— Thea…

Elle aurait voulu lui dire qu'elle ne tenait pas à cette union. Que la perspective de s'enfermer dans un mariage de convenance la terrifiait. Qu'elle aurait aimé que rien de tout cela ne soit nécessaire. Elle n'en dit pourtant rien. C'était la vérité, mais à quoi bon ? Elle avait fait une promesse à sa sœur, et elle la tiendrait.

Elle s'approcha de la fenêtre. La chambre d'Althea, comme la sienne, donnait sur la façade de leur maison londonienne. Des hommes à cheval saluaient des femmes en cabriolet, tandis que des gouvernantes veillaient sur leurs jeunes protégés jouant dans l'herbe.

— J'aurais préféré que maman et papa attendent pour m'en parler.

Elle se tourna vers sa sœur.

— Et si nous n'avons rien à nous dire, M. Carmichael et moi ?

Une ride se creusa entre les sourcils d'Althea.

— Ce fut le cas hier soir ?

Vicky observait ses ongles.

— Non, il a été très affable.

— Mais tu crains qu'il ne le soit pas aujourd'hui ?

Vicky se mordilla la lèvre. Que pouvait-elle confier sans donner l'impression qu'elle était tentée de trahir sa promesse ? Althea referma son livre sur son doigt, pour conserver sa page.

— Aurais-tu moins d'inclination pour lui parce que nos parents l'apprécient ?

— Bien sûr que non, ce serait puéril.

De toute façon, elle savait déjà qu'ils le tenaient en haute estime. Elle ignorait simplement qu'ils souhaitaient qu'elle l'épouse.

— Alors, oublie ce qu'ils ont dit.

Rien ne la liait encore à M. Carmichael, quels que fussent les souhaits de ses parents.

— Tu as raison, Thea. S'il ne me plaît pas aujourd'hui, je trouverai quelqu'un d'autre à épouser.

— Quelqu'un d'aussi fortuné, qui aura l'approbation du prince et une conduite morale irréprochable…, marmonna Althea.

Vicky se tourna vers la fenêtre pour cacher sa moue. Présentée ainsi, l'entreprise semblait impossible.

— J'aurais aimé rencontrer plus de succès hier soir. J'ai reçu plusieurs invitations à danser, mais je n'ai fait la connaissance que d'un seul gentleman, M. Silby, et il ne m'a pas témoigné un intérêt débordant, même s'il m'a invitée à sortir.

Après avoir enchaîné plusieurs danses, la veille, M. Silby lui avait proposé de l'accompagner pour une promenade dans Hyde Park, plus tard dans la semaine.

— Je ne suis pas certaine que ce soit un très bon parti, de toute façon, observa Althea.

— Thea…

Vicky pivota vers elle.

— Tu dis toujours qu'il faut planifier les choses, alors j'avais pensé…

Elle hésita, se sentant ridicule.

— J'avais pensé qu'en me conduisant comme Fanny Price à son premier bal, tous les hommes de l'assemblée me trouveraient irrésistible.

Althea écarquilla les yeux.

— Nous ne vivons pas dans un roman, Vicky ! Nos existences sont en jeu !

— J'en ai bien conscience… Mais les livres ont des leçons à nous enseigner, eux aussi.

Althea leva les yeux au plafond.

— Tu n'as jamais approuvé les décisions de Fanny Price, de toute façon. Pourquoi adopterais-tu son attitude brusquement ?

— Je voulais que cette soirée soit couronnée de succès.

— Tu as déjà reçu deux invitations de deux hommes différents. On ne peut pas parler d'échec.

— Sans doute pas…

— Si tu tiens à te choisir un modèle, tu ferais mieux de t'inspirer de quelqu'un que tu admires réellement.

Althea avait raison. En prenant modèle sur Fanny, Vicky avait cherché à devenir ce qu'elle n'était pas. Pas étonnant que les événements ne se soient donc pas déroulés ainsi qu'elle l'avait prévu.

— M. Carmichael a dit qu'Elizabeth Bennet était son héroïne préférée de toutes celles de Mlle Austen.

— Ah vraiment ? Eh bien voilà, vous avez des choses en commun. Vous pourrez passer l'après-midi à parler d'*Orgueil et préjugés*.

Vicky sentit aussitôt sa poitrine s'alléger. Elle sourit à sa sœur.

— Mais ne t'attends pas à ce qu'il soit un double de M. Darcy, ajouta Althea en baissant les yeux vers son livre.

Vicky ne se laissa pas congédier aussi facilement.

— Ce n'est aucunement le cas.

Même si, bien sûr, elle n'aurait rien contre.

— Je tiens juste à éviter un second Dain. Comment faire ?

— Je ne suis pas la mieux placée pour te conseiller.

Vicky grimaça. Pourquoi ne disait-elle jamais ce qu'il fallait ? Alors qu'elle observait le va-et-vient sur Mayfair, une élégante calèche noire tirée par deux alezans se dissocia du flot de voitures pour venir s'arrêter devant leur maison. M. Carmichael en descendit, vêtu d'un pardessus gris foncé et d'un chapeau noir.

Elle prit trois profondes inspirations qui ne parvinrent pas à défaire le nœud dans son ventre.

— Je suis désolée, Thea. Je ne te décevrai pas.

Jetant un dernier regard à sa sœur, dont les yeux semblaient immenses dans son visage si délicat, Vicky se redressa et quitta la chambre.

Elle atteignit le pied de l'escalier avec une mine qu'elle espérait parfaitement calme. M. Carmichael l'y attendait, grand et large d'épaules. Il avait glissé son chapeau sous son bras. Un sourire languide souleva un coin de sa bouche lorsqu'il la découvrit et, en dépit de ses inquiétudes, Vicky rougit.

— Monsieur Carmichael, le salua-t-elle en inclinant la tête.

Jamais elle ne s'était fait l'impression d'être aussi collet monté. M. Carmichael se pencha vers sa main tout en rivant ses yeux aux siens.

— Lady Victoria.

Vicky lui présenta Sarah, qui venait de surgir du couloir à sa gauche.

— Allons-y ? proposa-t-il.

La calèche de M. Carmichael ne comportait aucun blason, mais les banquettes de laine noire aux coutures dorées respiraient une sophistication discrète du meilleur aloi. Le cocher avait baissé la capote pour leur permettre de profiter de cette belle journée.

Vicky admira les alezans pendant que M. Carmichael ouvrait la portière. Il les aida toutes les deux, Sarah et elle, à monter, avant de les rejoindre et de s'asseoir face à elles, tournant le dos à la route. Lorsqu'il se fut assuré qu'elles étaient bien installées, il fit signe au cocher. D'un claquement de rênes, celui-ci fit partir les chevaux à un pas régulier sur les pavés. La calèche fut alors agitée d'un doux roulis.

En voyant défiler les bâtiments de Mayfair, Vicky se remémora l'incident dans *Raison et sentiments*, lorsque M. Willoughby emmène Marianne Dashwood voir la maison dont il est censé hériter et qu'ils reviennent des heures plus tard. Bien sûr, ils ne sont accompagnés par aucun chaperon, eux… Vicky se demanda soudain combien de temps M. Carmichael comptait passer avec elle. Auraient-ils assez de sujets pour alimenter la conversation ? Aurait-il seulement envie d'évoquer à nouveau *Orgueil et préjugés* ? Il fallait en tout cas qu'elle tente sa chance.

— Je ne crois pas avoir jamais rencontré d'homme de votre qualité portant autant d'intérêt à *Orgueil et préjugés* que vous, monsieur, lui dit-elle avec un sourire.

— La plupart des hommes ignorent ce qui est bon pour eux.

— Alors que vous… non ?

Il haussa les épaules.

— Je n'ai que peu d'estime pour les Edmund Bertram de ce monde. Un homme digne de ce nom ne devrait pas se laisser fléchir par les flatteries ou les frivolités.

Un sourire s'immisça sur ses lèvres lorsqu'il conclut :

— S'il en a le pouvoir, bien sûr.

— Votre préférence va à M. Darcy, alors ? demanda Vicky.

— Il sait ce qu'il veut au moins. Mais son inflexibilité est ridicule.

— Pourquoi cela ? s'étonna-t-elle.

Il prit le temps de réfléchir.

— Peut-être qu'il me paraît un peu faible.

— Bien sûr qu'il est faible, mais au début seulement.

Elle peinait à suivre son raisonnement.

— Il est vrai qu'en toute objectivité il prend conscience de tous ses défauts à la fin du roman, mais on ne peut s'empêcher de s'interroger sur leur avenir commun, à Elizabeth Bennet et lui. J'imagine qu'elle finira par se lasser de son tempérament de marbre.

— Ça pourrait bien être le cas, oui, reconnut-elle, même si elle avait toujours imaginé que les deux héros connaissaient un avenir heureux. Je dois vous l'avouer, je suis épatée par votre connaissance des romans de Mlle Austen. J'ignorais que vous aviez le temps de lire. Surtout des romans.

— On ne peut pas exclusivement se nourrir de documents et de registres de comptes. Ou de publications sur l'élevage, ajouta-t-il avec un sourire complice. Je suis souvent amené à voyager et, pour moi, les romans constituent le meilleur des divertissements lors des haltes dans les relais de poste.

Elle lui sourit.

— Je trouve cela admirable.

Une image traversa l'esprit de Victoria : eux deux assis côte à côte dans un jardin d'hiver ensoleillé, lisant le même livre et échangeant des regards complices.

— Qu'avez-vous pensé du bal d'hier soir ? lui demanda-t-il, changeant de sujet.

— J'y ai déploré l'absence d'un cochon savant.

Il apprécia son bon mot. Si ses yeux semblaient presque noirs la veille, au soleil ils évoquaient du palissandre sombre moucheté de brun plus clair.

— Et qu'auriez-vous aimé qu'il vous prédise ?

Vicky prit le temps de réfléchir à sa réponse.

— La santé et le bonheur pour toute ma famille.

— Rien d'autre ?

— Si. Un futur prospère pour Oakbridge.

Le sourire de Carmichael s'élargit.

— Et pour vous-même ?

Elle haussa les sourcils.

— Que pourrais-je souhaiter de plus ?

Il plongea longuement ses yeux dans les siens sans que son sourire frémisse.

— Bien dit.

Elle rougit.

— Et vous ? De quel avenir rêvez-vous ?

Il secoua la tête.

— Un honnête homme doit garder certains secrets pour lui.

Elle se renfrogna. Elle ne voulait certainement pas d'un mari avec des secrets.

— Vraiment ?

— Seulement ceux qui iraient à l'encontre du code de l'honneur.

Vicky se mordilla l'intérieur de la joue.

— Je vois…

Il voulut ajouter quelque chose, mais la calèche s'arrêta.

— Oh ! s'exclama-t-elle. Nous sommes arrivés.

Un peu plus haut dans la rue, plusieurs voitures s'étaient garées près de la pelouse de Berkeley Square. Des dames élégantes, juchées sur leurs banquettes, dégustaient des glaces avec de jolies cuillères, tandis que leurs compagnons, adossés à la grille du parc, accordaient davantage d'attention à la gent féminine qu'à ces sucreries.

M. Carmichael fit signe à un serveur qui prenait la commande d'un couple avec enfants. Il se précipita dans la direction de la calèche. Il énuméra les parfums du jour. Après qu'ils eurent fait leur choix, M. Carmichael se cala contre le dossier de sa banquette.

— Puis-je vous demander comment vous avez trouvé Lord Halworth après toutes ces années ?

Vicky fut surprise par la mention de Tom. Elle lui avait à peine accordé une pensée de toute la journée.

— Je l'ai trouvé… plus vieux.

Carmichael ricana.

— C'est tout ? demanda-t-il cependant.

Vicky haussa les épaules, espérant qu'il comprendrait qu'elle souhaitait changer de sujet.

— C'est tout, répondit-elle d'un ton badin.

Il chassa un grain de poussière invisible sur son genou.

— Silby et moi avons jugé mesquin qu'il vous charge de faire ainsi les présentations.

Vicky se renfrogna. Elle avait beau partager ce sentiment, elle n'avait nullement l'intention de l'admettre.

— Cela ne m'a guère dérangée.

— Où était sa famille ?

Vicky s'agita sur sa banquette.

— Je n'en ai pas la moindre idée.

Ce n'était pas un mensonge, même si elle cherchait à esquiver : elle ne savait que ce que Tom lui avait dit.

— Je sais avec certitude que Charles Sherborne est à Londres en ce moment.

Vicky afficha un sourire forcé.

— Et moi je sais que, si c'est le cas, il était absent hier soir. À moins que vous ne l'ayez croisé au bal ?

— Non…

— C'est donc un fait établi. Dois-je en déduire que vous ne demanderiez pas à un vieil ami de vous présenter à ses connaissances, monsieur ?

Il ne répondit pas immédiatement.

— Pas si je doutais de l'accueil qui me serait réservé… Je détesterais l'idée de causer du désagrément ou de la souffrance.

Ce dernier mot la fit sursauter. Souffrance. Comment avait-il su ? Ses sentiments étaient-ils si transparents ? Elle devait être plus prudente à l'avenir… Que faire à présent ? Mentir et prétendre que l'attitude de Tom ne l'avait en rien affectée ? Ou reconnaître la vérité ?

Dieu merci, le serveur revint alors avec leurs commandes sur un plateau, ce qui lui évita d'avoir à répondre. Elle poussa un soupir d'aise en découvrant sa glace au chocolat. Sarah avait choisi un sorbet à l'épine-vinette et le considérait avec gourmandise. Vicky lui sourit avant de fermer les yeux pour savourer la première cuillerée de crème glacée.

M. Carmichael, quant à lui, avait commandé une glace à la pistache, vert pâle. Vicky plissa le nez. Elle n'aurait jamais choisi ce parfum… Il dut remarquer sa réaction car il observa :

— Vous êtes déçue ?

— Non… oh… vous voulez parler de ma glace ? bafouilla-t-elle. Elle est délicieuse au contraire. Parfaitement conforme à mon désir.

Sa réponse embrouillée amusa beaucoup Carmichael.

— J'ai cru comprendre que Silby vous avait invitée à sortir avec lui jeudi ?

— En effet. Vous le connaissez bien ? ajouta-t-elle en léchant le chocolat au coin de ses lèvres.

— Un peu. C'était un grand ami de mon cousin Gerard Rackham.

— C'était ?

— Gerard a perdu la vie à Waterloo.

Vicky releva aussitôt la tête.

— Je suis désolée.

— Je vous en prie… Nous ne nous étions pas revus depuis l'enfance. Silby l'a très mal vécu. Il avait le projet d'accompagner Gerard en Belgique mais le père de Silby a découvert son plan *in extremis* et l'a forcé à rester. Il faut savoir que Silby est son héritier.

Vicky porta une autre cuillerée de glace à sa bouche. Pauvre M. Silby. Vicky connaissait tout de la douleur causée par la perte d'un ami cher. Même si Tom, Dieu merci, n'était pas mort à l'étranger. Redressant la tête, Vicky vit que M. Carmichael l'observait d'un air perplexe.

— Je suis sûr que je sais à quoi vous pensez.

— Vraiment ? s'étonna-t-elle.

— Mon récit n'aurait-il pas attendri votre cœur à l'encontre de Silby ?

Son ton taquin fit sourire Vicky.

— Je préfère avoir un cœur porté à l'attendrissement que dévorer une mixture couleur petits pois.

Il baissa les yeux vers sa coupelle en ricanant.

— Prenez-le en pitié, si cela vous chante, mais je ne crois pas que vous serez plus éprise de lui après votre sortie.

— Et pour quelle raison ?

— Je développerais bien ma pensée, toutefois je doute de réussir à vous convaincre.

— Monsieur Carmichael, vous êtes exaspérant. Y a-t-il une information que je devrais connaître avant ma sortie avec M. Silby ?

— Simplement qu'il ne vous mérite pas.

Vicky le dévisagea avec méfiance.

— Et puis-je vous demander qui, selon vous, serait digne de moi ?

— Sans doute personne, rétorqua-t-il avec un sourire. Toutefois vous ne devriez peut-être accorder votre précieux temps qu'à ceux d'entre nous qui s'efforcent de le devenir.

D'où lui venait ce pouvoir ? Il parlait aussi bien qu'un personnage de roman. Tenait-il des propos aussi charmeurs à toutes les dames de sa connaissance ?

Elle baissa les yeux vers sa coupelle vide. Elle vit cependant, à la dérobée, qu'il sortait sa montre à gousset.

— Si vous m'en donnez l'autorisation, Lady Victoria, je vais demander au serveur de débarrasser.

— Pourrions-nous passer par le parc, au retour ?

Il se renfrogna.

— Je crains que non, malheureusement. Ma mère a requis ma présence cet après-midi.

— Votre mère ?

— Tout à fait. Elle m'a imploré de l'accompagner dans les boutiques avant leur fermeture. Et je n'ai pas eu le cœur à lui refuser ce service. Je vous prie de me pardonner d'avoir à écourter notre sortie, je dois être rentré pour quatre heures.

— Je comprends parfaitement, répondit Vicky, malgré son dépit.

Quelle étrange idée de l'avoir invitée à sortir alors qu'il avait pris d'autres engagements… Le serveur accourut dès que Carmichael le héla et emporta les coupelles vides. Vicky ne parvenait pas à s'expliquer le tour étrange de cette entrevue. N'appréciait-il pas sa compagnie ? Elle se tordait les mains, se sentant à la fois ridicule et irritée d'avoir pu imaginer qu'il voudrait passer des heures en sa compagnie, comme Willoughby avec Marianne.

Une fois qu'il se fut rassis en face d'elle dans la calèche et qu'il eut donné au cocher l'instruction de reprendre la route d'Aston House, elle lui dit :

— Votre mère a bien de la chance d'avoir un fils aussi prévenant.

— Ce n'est que naturel.

— Pas du tout, monsieur Carmichael, protesta-t-elle d'un ton taquin. Une telle dévotion est rare, et je tiens à la louer.

Il la dévisagea un instant, comme doutant de l'authenticité de ses propos. En vérité, elle avait été déçue par l'empressement qu'il avait montré à écourter leur rendez-vous. Vicky n'était toujours pas impatiente de se marier, mais elle devait bien reconnaître qu'elle était charmée.

— La dernière lettre de votre père insinuait que votre famille ne viendrait pas à Londres avant le mois prochain au plus tôt. À quel hasard du destin dois-je le plaisir de votre compagnie aujourd'hui ?

— Ah oui ? Eh bien…

Vicky se composa une expression qu'elle espéra impassible.

— En ce qui concerne cette question, monsieur, je crois que vous seriez mieux avisé d'aborder le sujet directement avec mon père.

Il fronça les sourcils.

— Y aurait-il un problème ?

— Oui.

Devant la mine inquiète de Carmichael, Vicky s'empressa de rectifier.

— Non, je voulais dire aucun, au contraire.

Cette fois, l'expression de Carmichael vira à la confusion. Que dire ? Que la vie telle qu'elle l'avait connue ne serait plus jamais la même ? Qu'au lieu d'être chez elle, à la campagne, où elle se sentait à sa place, à choisir les plus belles tiges de rhubarbe, à regarder les cerisiers fleurir, à assister aux agnelages, elle était ici, à chercher désespérément un mari parce qu'elle n'avait plus aucun contrôle sur son existence ?

Non, elle ne pouvait évidemment pas lui confier cela.

— Monsieur, soupira-t-elle, ce n'est malheureusement pas à moi de vous en parler.

Elle tenta d'arranger les choses avec un bon mot à point nommé, digne d'Elizabeth Bennet.

— Une honnête femme doit garder certains secrets pour elle…

Il se cala contre le dossier de la banquette, le front soucieux, et ne prononça plus un seul mot. Vicky tourna la tête vers la vitre en soupirant. La galanterie était un exercice vain… et épuisant ! Au fond, tant mieux s'ils rentraient déjà.

Les demeures défilaient derrière la vitre, et Vicky regrettait les collines et vallons verdoyants qui entouraient Oakbridge. Elle ferma les yeux en voyant un éboueur déverser une pelletée d'immondices dans sa charrette qui débordait déjà. Comment sa vie avait-elle pu se transformer en tas fétide ? Tom, Althea, Dain et ses parents avaient redéfini les contours de son existence sans qu'elle ait pu donner son avis. À présent il ne lui restait qu'à aller de l'avant en espérant que les choses retrouveraient bientôt un cours plus normal.

Lorsqu'elle rouvrit les yeux, un homme brun attira son attention, dans la rue. Il portait un grand pardessus noir et rivait son regard sur elle. Elle n'avait pas souvenir de l'avoir croisé auparavant, pourtant quelque chose en lui lui semblait familier. Il se tenait à l'angle d'une rue, un bras dans le dos, et il continua à la fixer jusqu'à ce qu'elle en ait des picotements dans la nuque.

Elle se renfrogna pour le décourager, mais au lieu de se détourner il inclina légèrement la tête. Son audace révolta Vicky. Elle hésita à alerter M. Carmichael mais l'homme avait déjà disparu.

Chapitre neuf

> « Il est difficile de rester humble quand on est heureux. »
>
> *Emma*, Jane Austen

Au moment où Tom pénétrait au 13 Bond Street, à près de quatre heures de l'après-midi, ses narines furent aussitôt assaillies par l'odeur âcre de la transpiration. Le club de boxe se composait d'un ensemble modeste de salles dans lesquelles, la plupart du temps, Jackson en personne enseignait l'art de ce sport de combat à de jeunes gens. Aujourd'hui la vaste salle rectangulaire était presque pleine à craquer de spectateurs curieux qui se disputaient les meilleures places en vue de l'affrontement imminent.

Tom suivit Charles, qui traversait des groupes occupés à prédire le nombre de rounds que compterait le combat et d'attroupements encore plus importants de parieurs de dernière minute. Presque tous les spectateurs étaient des hommes bien nés et bien habillés.

Au centre de la pièce, quelqu'un avait tracé un carré d'un mètre de côté au centre d'un cercle.

— Il n'est pas encore l'heure, observa Charles. Nous avons quelques minutes avant le début.

— Quelques minutes ? s'étonna Tom. Tu avais dit que le combat débutait à la demie.

— Vraiment ? répondit Charles en se tapotant le menton.

— Tu avais aussi dit que nous arriverions de bonne heure.

Une feinte innocence écarquilla les yeux de Charles.

— Comme c'est étrange... Eh bien, je te présenterai à l'issue de la rencontre.

Tom foudroya son frère du regard et fit rouler ses épaules pour les détendre. L'ignorant, Charles survola des yeux la pièce. Puis il se tourna vers son frère avec une lueur de malice.

— Te laisserais-tu tenter par un pari ?

Tom décida de ne pas gratifier cette question d'une réponse.

— Que signifie le carré au sein du cercle ?

C'était la première fois qu'il assistait à un combat de boxe, et il ignorait tout des règles officielles. Charles poussa un grognement, agacé que son frère n'eût pas mordu à l'hameçon.

— Les hommes se font face au sein du carré au début de chaque round. Le combat peut ensuite se dérouler n'importe où au sein du cercle. Si un homme tombe, il a trente secondes pour se relever et retourner dans le carré. Autrement, il perd le combat.

— Combien de temps cela dure-t-il ?

— J'ai entendu dire que certains combats allaient jusqu'à soixante rounds, mais ce n'est sans doute pas la moyenne. Il se termine lorsqu'un des deux adversaires est sonné ou qu'il déclare forfait.

Cela paraissait si cruel… Avant que Tom pût poser une autre question, le brouhaha ambiant s'intensifia.

Carmichael, Silby, Kirkham, l'ami de Charles, et un quatrième homme fendirent la foule pour rejoindre le cercle au centre de la salle. Carmichael et Kirkham portaient tous deux une tenue beige qui consistait en un pantalon et une veste – sans doute leur uniforme d'entraînement, car une poignée d'autres hommes de l'assemblée arboraient la même tenue. Avec sa stature et ses biceps saillants à travers le tissu de sa veste, Carmichael évoquait un travailleur élégant, de ceux qui déchargeaient les marchandises des bateaux et s'amusaient à se battre pour conserver la forme.

Kirkham était un jeune homme blond de dix-huit ans environ, à l'air vaguement distrait. Il mesurait bien quinze centimètres de moins que Carmichael et était beaucoup plus mince, mais il semblait agile. Il réussirait peut-être à esquiver les attaques de son adversaire. L'homme qui l'accompagnait semblait le soutenir d'une main. Tom en déduisit qu'il l'assistait, Silby devant remplir le même rôle auprès de Carmichael.

Les rares hommes qui se trouvaient à l'intérieur du cercle s'écartèrent pour permettre à Kirkham et Carmichael de prendre place. Les deux assistants se placèrent au bord. Sans le soutien du sien, Kirkham se mit à chanceler.

Charles glissa à l'oreille de Tom :

— Il est soûl, cet imbécile… Le combat devrait être vite expédié.

Après que les deux adversaires eurent choisi chacun un arbitre dans le public, ils se postèrent dans le carré et le combat débuta.

Les hommes les plus proches du cercle hurlaient des encouragements.

Carmichael tournait autour de Kirkham. Il avait dû remarquer son état, car il semblait chercher à gagner du temps. Quant à Kirkham, au contraire, il tentait d'attaquer Carmichael à la moindre occasion. Il faisait un pas et lançait son poing dans le vide avant de repartir maladroitement en arrière.

Plusieurs fois, des spectateurs pénétrèrent dans l'enceinte du cercle ; les assistants et les arbitres durent les forcer à reculer.

À un moment donné, Kirkham vacilla et manqua de tomber. Le public retint son souffle. Le boxeur réussit à retrouver l'équilibre et reprit ses assauts sur Carmichael.

Tom observait les hommes qui semblaient si captivés par le combat. Il ne comprenait pas ce qu'ils trouvaient de si fascinant au spectacle de deux adultes cherchant, sans succès, à se rouer mutuellement de coups. Jetant un regard à la porte, Tom estima le temps qu'il lui faudrait pour se frayer un chemin à travers la cohue. Il venait juste de tracer mentalement une voie vers la sortie lorsque Charles et le reste des spectateurs poussèrent un rugissement.

Kirkham avait projeté, de toutes ses forces, son poing droit en direction du visage de Carmichael. Ce dernier esquiva facilement. Profitant du fait que Kirkham avait momentanément baissé la garde, il l'empoigna par les cheveux et le frappa au visage.

Certains l'acclamèrent pendant que d'autres, sans doute les soutiens de Kirkham, protestaient. Les arbitres étaient impuissants. Carmichael bourra son adversaire de coups en le tenant par les cheveux, jusqu'à ce que celui-ci perde connaissance. Il le lâcha. Kirkham s'étala par terre avec un bruit sourd. Il était couvert de sang.

Son assistant se précipita à son chevet.

Carmichael se tourna vers son public en levant les mains en l'air. Silby lui décocha une tape sur l'épaule. Le regard de Tom glissa vers Kirkham. Il n'avait toujours pas repris connaissance. Carmichael avait gagné.

— Quelle abjection, marmonna Charles en se détournant du corps prostré de Kirkham.

Tom en convint.

— Pourquoi ne l'ont-ils pas arrêté ?

— Rien dans les règles ne le permet.

— Ne devrais-tu pas aller prendre des nouvelles de Kirkham ? s'étonna-t-il, voyant que Charles commençait déjà à jouer des coudes dans la foule pour gagner la sortie.

— Son assistant s'occupe de lui, lança-t-il par-dessus son épaule. Et puis il a décidé tout seul de s'enivrer avant le combat. Il n'aurait jamais dû défier Carmichael, de toute façon.

— C'est Kirkham qui a provoqué le combat ?

Charles s'arrêta pour laisser passer trois hommes, permettant à Tom de se retrouver à sa hauteur.

— Carmichael avait bousculé Kirkham et refusait de s'excuser parce que celui-ci avait renversé une partie de son verre sur lui, expliqua Charles tandis qu'ils se remettaient en route. Carmichael a ensuite insisté pour obtenir des excuses de Kirham, lequel a bien sûr refusé, étant donné que Carmichael était à l'origine de la bousculade. Alors Kirkham a proposé ce combat, ce qui était tout à fait imprudent. Pour autant, rien ne forçait

Carmichael à s'acharner ainsi. Tout le monde voyait bien que Kirkham n'était pas de taille.

Après un silence, il ajouta :

— Ce maudit colosse mériterait qu'on le remette à sa place.

Tom s'apprêtait à remarquer que Carmichael n'était pas si grand que ça lorsque son attention fut attirée par les éclats de rire sonores d'un groupe d'hommes près de la porte.

— Sacré combat, Carmichael !

— Il ne devrait pas pouvoir quitter son lit avant plusieurs jours.

— Le pauvre, il n'a pas compris ce qui lui arrivait, il était bien trop imbibé…

Carmichael, qui se tenait au centre du groupe, riait de bon cœur à ces remarques.

— Déjà qu'il n'était pas très séduisant, observa-t-il avec un sourire. Je n'ai fait que chercher à retoucher sa mâchoire.

Son bon mot fut accueilli par des rugissements de rire.

Charles serra les poings et marmonna, si bas que Tom ne le comprit pas. Les têtes se tournèrent dans la direction des deux frères. Carmichael apostropha le cadet :

— Vous avez quelque chose à dire, Sherborne ?

Charles ne desserra pas les dents, mais Carmichael insista :

— Vous voudriez vous inscrire pour une leçon, vous aussi ? À moins que le courage ne vous manque ?

Tom retint Charles, qui était sur le point de se jeter sur Carmichael. Il se débattit, mais son aîné se plaça devant lui, avant de jeter un regard à Carmichael, dont le sourire ne cessait de s'agrandir.

— Puisque vous vous êtes autoproclamé arbitre des bienséances, Carmichael, je m'étonne que vous usiez de stratégies sans scrupules, observa Tom.

— Étonnez-vous autant qu'il vous plaira, Halworth. Personne ne m'a jamais accusé d'abuser d'une dame.

Tom croisa le regard moqueur de Carmichael. Il fallait bien lui reconnaître une chose : son arrogance était remarquable.

— La dernière fois que je l'ai vue, poursuivit-il, en haussant un sourcil, Lady Victoria s'est montrée plus que critique envers votre comportement.

Tom fut aussitôt assailli de regards noirs.

— Pardonnez-moi de ne pas me contenter de votre parole sur le sujet, rétorqua-t-il, bien qu'une part de lui se demandât si Victoria s'était confiée à Carmichael lors du bal, pendant qu'il était dans la salle de jeu.

Tom poussa son frère vers la sortie. Il n'avait cependant pas fait deux pas que Carmichael l'agrippait par le bras. Tom en resta coi. S'il avait été sanguin, il l'aurait déjà défié en duel. Toutefois, il ne pouvait pas prendre un tel risque pour si peu. Il darda un regard glacial sur le boxeur.

— Vous seriez bien avisé de retirer votre main.

Carmichael relâcha le bras de Tom, mais auparavant il lui assena, avec un ricanement :

— Laisser la bagarre aux vrais hommes… Je n'en attendais pas moins de vous, Halworth.

Charles voulut à nouveau se libérer, et son frère le poussa de force dans la rue.

— Cet homme est déséquilibré, observa Tom alors qu'ils tournaient dans Albemarle Street.

— Si tu ne m'avais pas traîné…

— Charles, Carmichael pèse plus lourd que nous deux.

— Mais qu'il ose lever la main sur un pair du royaume !

Charles renifla avec dédain.

— Et devant témoins, en prime. Il doit se croire au-dessus des lois.

— Il me semble que tu exagères…

— As-tu conscience qu'en ne le défiant pas, tu as, d'une certaine façon, confirmé ses accusations ?

— Elles ne sont guère fondées.

— Ce qui n'a pas la moindre importance ! Il vient de ternir ta réputation.

Tom soupira. Le monde se révélait bien plus fatiguant qu'il ne s'y attendait. Ils s'engagèrent dans Palmer Street et la façade en pierre grise de leur maison apparut au loin. Un fiacre se trouvait devant les marches du perron.

— Que fait-il là ?

Susan ne sortait jamais seule. Tom l'escortait toujours lorsqu'elle avait besoin de se rendre quelque part.

— Je n'en ai pas la moindre idée, répondit Charles.

Tom pressa le pas.

Ils tombèrent, dans l'entrée, sur deux hommes que Tom n'avait jamais vus. Un homme chauve et trapu flanqué d'un petit brun barbu. Ils portaient tous deux des habits gris et semblaient là pour une raison professionnelle. Ce dont Tom eut la confirmation en voyant Charles s'empresser de disparaître Le plus petit des deux hommes s'inclina devant Tom.

— Lord Halworth ?

Tom confirma d'un hochement de tête las.

— Et vous êtes ?

— Nathaniel Clarkson. Et je vous présente mon associé, M. Talbot. Lord Halworth, nous sommes ici pour récupérer la somme de trois cent vingt-sept livres, six shillings et deux pence, due à M. Smithfield, propriétaire d'une épicerie de Broughton Street.

Tom faillit s'étrangler en apprenant le montant de la dette.

— Messieurs, je peux vous garantir que je n'ai jamais mis le pied dans cet endroit.

M. Clarkson sortit un morceau de papier de la poche intérieure de sa veste et le remit à Tom.

— Vous le constaterez sur ce document, le comte Halworth possède un compte dans cette épicerie qui remonte à 1799. Les factures sont restées impayées depuis plusieurs années. Il est de notoriété publique que vous n'avez hérité du titre que l'an passé, mais des achats ont été régulièrement effectués depuis la mort du défunt comte.

Le regard de Tom glissa vers le bas de la page où figuraient les frais de l'année écoulée.

— Je n'ai pas autorisé ces dépenses.

Un bourdonnement se mit à résonner dans son crâne. Il n'avait aucun mal à deviner qui avait creusé cette dette… Charles devait d'ailleurs être en train de déguster du caviar de contrebande dans la cuisine.

— Peut-être, monsieur le comte, mais M. Smithfield a lancé des poursuites contre vous. Si vous ne remboursez pas le montant de la dette, nous serons contraints, mon collègue et moi, de nous installer sous votre toit.

— Ici ?

Le bourdonnement s'amplifia considérablement.

— Vous n'êtes pas sérieux, monsieur.

— Et si, malheureusement. Nous emménagerons et nous observerons vos comptes jusqu'à ce que nous trouvions une solution pour le règlement de cette dette.

Tom se frictionna le visage. Il aurait pu tordre le cou de Charles. Une chance pour lui qu'un comte ne puisse pas, en raison de son titre, être jeté en prison. Clarkson avait néanmoins raison. Les créditeurs pouvaient récupérer leur argent en installant des huissiers de justice sous le toit d'un pair. Ils se chargeaient de récupérer tout argent circulant dans le foyer pour rembourser le créditeur.

Tom n'était pas en état d'affronter cette situation aujourd'hui.

— Écoutez, monsieur Clarkson…

M. Talbot s'interposa, dissimulant presque entièrement la frêle silhouette de son collègue.

— Tom !

Le jeune homme se retourna. Susie descendait l'escalier, ses boucles blond vénitien rebondissant à chacun de ses pas.

— Bonjour, mademoiselle Naseby, lui dit M. Clarkson, toujours caché derrière Talbot.

Il s'inclina poliment. Susie sourit aux deux hommes. Tom dut retenir un rire nerveux en voyant le molosse rougir. Il était difficile de ne pas tomber sous le charme de Susie, tant elle était douceur et gentillesse. Son sourire et ses fossettes détournaient d'ailleurs l'attention de sa robe élimée…

Le tissu miteux couleur mûre lui rappela leur situation. Il ne pouvait pas davantage régler cette dette qu'acheter à Susie les vêtements dont elle avait cruellement besoin. Tom s'était juré, à son retour en Angleterre, de lui rendre la vie plus agréable, mais elle ressemblait au mieux à un parent pauvre et, au pire, à une domestique. En attendant, elle était la seule à apprécier la valeur de l'argent ici.

— Tu as déjà rencontré ces hommes, Susan ? lui demanda Tom.

M. Clarkson s'avança vers Tom.

— Mlle Naseby a eu la bonté de nous accueillir en votre absence, Lord Halworth.

— Messieurs, accepteriez-vous de nous excuser un instant ? intervint-elle.

— Susan…

Tom se tut dès qu'il remarqua son regard insistant.

Les hommes acquiescèrent et Tom suivit Susie dans le couloir. Il referma la porte de la bibliothèque derrière eux.

— Je suis désolée de ne pas avoir pu te prévenir avant ton retour.

— Tu réussiras peut-être à les convaincre de partir… Je ne veux pas d'eux ici.

— Ils ont la ferme intention de s'installer si tu ne les payes pas.

En théorie, la présence d'un huissier sous son toit n'était pas nécessairement une source de honte. Lord Byron avait subi leur présence chez lui deux ans auparavant. Mais ils rappelleraient sans cesse à Tom, comme tant d'autres choses, qu'il décevait les attentes de sa famille. Peu importait que ces dettes ne fussent pas les siennes. En tant qu'héritier du domaine de Halworth, il en était responsable.

— J'ai peut-être quelques idées pour les apaiser, poursuivit Susie.

— Vraiment ? As-tu aussi trouvé un moyen de nous débarrasser des dettes de notre maudit père ?

— J'ai un avis sur la question.

Tom s'approcha de la cheminée et lui fit signe de poursuivre.

— Je crois avoir réussi à les persuader de prendre autre chose que de l'argent.

Le silence de Tom l'invita à développer :

— Ton cheval.

Aussitôt, une douleur inédite lui laboura la base du cou.

— Tu plaisantes, je suppose. Comment voudrais-tu que je me déplace ?

— Nous aurons toujours la voiture. Et tu peux bien marcher. De toute façon, as-tu une autre idée ?

Tom soupira. Malheureusement, non. Tous les trésors familiaux, et notamment des tableaux de Titien et de Brueghel, étaient protégés par un fidéicommis qui interdisait aux Sherborne et à leurs futurs descendants de les vendre – encore un héritage du grand-père de Tom, septième comte de Halworth. Le mobilier de la chambre d'amis – des deux maisons – était déjà parti depuis un mois, ce qui leur avait permis de payer les gages de presque tous les employés du domaine. Tom avait limité l'utilisation du chauffage à quelques pièces de leur maison londonienne : les trois chambres à coucher, celles des domestiques, la cuisine et la bibliothèque. Cette simple décision confinait à l'imprudence, mais la maison aurait été inhabitable autrement.

La mère de Tom était restée à Halworth Hall pour la simple et bonne raison qu'ils n'avaient pas les moyens de l'associer aux mondanités de la nouvelle saison. Susie n'avait pas encore fait son entrée dans le monde, toutefois sa présence n'était pas plus coûteuse à Londres qu'à la campagne, et elle avait donc accompagné ses deux frères. Toutes les autres dépenses, dont celles pour leur alimentation, se faisaient à crédit.

Malgré tout, Tom ne pouvait se résoudre à se défaire d'Horatio. Son oncle avait fait le voyage jusqu'en Prusse afin d'acquérir ce trakehner, doux et robuste, pour le dix-septième anniversaire de Tom. C'était la seule fois où l'un des hommes de son entourage lui avait offert autre chose qu'un bien dont il ne voulait plus pour lui-même, et Tom avait toujours pris grand soin de son nouvel ami. Pendant son voyage vers l'Angleterre, à travers la Confédération suisse et la France, ils avaient fait de fréquents arrêts, et Tom avait toujours tenu à s'occuper personnellement d'Horatio. Le cheval avait ainsi supporté la traversée de la Manche sans encombre. Tom se refusait à le vendre.

— N'as-tu pas parlé d'idées au pluriel ? demanda-t-il à sa sœur en se frictionnant la nuque.

Susie hocha la tête.

— Nous devons suspendre mes leçons.

Tom accueillit cette suggestion avec une grimace mais ne protesta pas. Il ne pouvait nier que ces leçons représentaient une dépense de plus en plus futile. S'il n'avait pas de quoi lui acheter une nouvelle garde-robe, alors elle ne pourrait pas faire son entrée dans le monde. Du moins pas immédiatement. Il faudrait retarder celle-ci jusqu'à ce qu'il ait les finances nécessaires pour lui offrir l'écrin qu'elle méritait.

— Et…

Elle marqua une hésitation avant de poursuivre :

— Je dois trouver un emploi.

— Non, grogna Tom. Ce ne sont pas tes dettes.

— Ni les tiennes. Malheureusement, tu te retrouves à devoir assumer l'inconséquence de notre père, et je veux t'aider. Je te le dois, Tom.

Il s'approcha d'un fauteuil et s'y laissa choir.

— Tu ne me dois rien, Susie.

— Je te dois la vie, Tom.

Il s'agita sur son siège. Il n'avait aucune envie d'avoir cette conversation une seconde fois.

— Tout cela appartient au passé. Je veux bien consentir à repousser tes leçons un temps, mais tu n'as aucune raison de chercher un emploi. Et tu as fait bien assez pour moi au fil des ans.

Susie secoua la tête.

— Je pourrais reprendre un poste de femme de chambre, néanmoins je pense que j'aurais de meilleurs gages en tant que gouvernante.

Il soupira.

— Une dame n'a pas à travailler. Et tu es bien placée pour savoir que des choses indicibles peuvent arriver aux jolies jeunes filles de seize ans, femmes de chambre ou gouvernantes. Je ne permettrai pas que tu sacrifies ta réputation.

Susie inclina la tête sur le côté.

— Dois-je te rappeler que je suis la fille illégitime d'un comte et d'une domestique ? Je n'ai aucune réputation à protéger. De surcroît, nous avons tous deux travaillé à Soleure. Il n'y avait rien d'inconvenant à ce que je passe le balai dans l'hôtel de ton oncle. Pas plus que tu n'as vu d'obstacle à assurer la direction de l'établissement quand il te l'a proposé.

La douleur palpitante qui avait fait son apparition un peu plus tôt pulsait dans son front, et Tom se passa une main dessus. Susie avait en partie raison – cette expérience s'était révélée grisante. Le *Bodmerhaus am Fluss* était l'un des rares hôtels de Soleure à accueillir de riches voyageurs, il possédait les plus grandes chambres de la ville, pour ne pas dire du canton. Tom n'avait pas toujours apprécié de devoir se plier aux quatre volontés des clients ou de s'acquitter des tâches domestiques, mais il se rappelait encore la sensation de fierté qui gonflait sa poitrine lorsqu'il avait aidé son oncle à apaiser un client particulièrement difficile. Son oncle n'avait pas de fils – ses trois filles étaient déjà mariées à l'arrivée de Tom et de Susie à Soleure – et avait pris le jeune homme sous son aile. La tante de Tom, une femme ronde et affable, passait ses journées chez ses filles à superviser l'éducation de ses petits-enfants.

Il joua avec la jambe de son pantalon. Il était souvent nostalgique de cette époque et des rues pavées de Soleure. À cet instant précis, il se représentait d'ailleurs l'intérieur chaleureux de son oncle et sa tante, avec son mobilier en bois sculpté et son imposant poêle en céramique qui chauffait le salon en un rien de temps. Il les imaginait tous deux attablés devant leur dîner, une assiette de jambon fumé, d'emmental fruité, de choucroute et de pain noir. Son estomac grogna.

Malheureusement il était ici, dans cette sinistre maison grise et glaciale, à manger de la nourriture si insipide qu'il avait perdu trois kilos et à s'inquiéter du moyen de continuer à faire tourner le domaine familial.

Tom s'éclaircit la voix.

— Nos vies sont différentes aujourd'hui. Je me suis promis, à l'occasion de notre retour en Angleterre, que la tienne serait meilleure.

Susie ouvrit la bouche pour protester et il l'interrompit d'un geste de la main.

— J'ai peut-être hérité d'un domaine et d'un titre dont je ne veux pas, mais tu n'as aucune de ces obligations, toi. Je refuse que tu travailles à nouveau. Tu es la fille d'un comte, et j'ai la ferme intention de te traiter comme telle. Une fois que j'aurai épongé une partie de ses dettes, tu auras la saison que tu mérites. De toute façon, en tant que pair, je suis en sécurité pour l'heure.

Son estomac vide se serra lorsqu'il comprit ce qu'il lui restait à faire.

— Je me séparerai d'Horatio. Mais je tiens à ce que Charles renonce lui aussi à son cheval. C'est lui qui a causé ces dettes chez l'épicier. Et son pur-sang a plus de valeur qu'Horatio. Je me chargerai moi-même de leur vente et j'en remettrai le fruit aux huissiers. Je vais le leur dire.

Alors qu'il se relevait, Susie intervint :

— Non, Tom. Laisse-moi faire.

Il la remercia d'un signe de tête et se rassit lourdement sur son fauteuil. Il étira sa nuque. Le tambourinement derrière son front avait gagné le sommet de son crâne.

Susie se retourna vers lui, la main sur la poignée de la porte.

— Tu es rentré plus tôt que prévu… As-tu apprécié ce rituel de barbarie masculine ?

Tom répondit d'une grimace. Elle haussa ses ravissants sourcils.

— Que s'est-il passé ?

Tom lui raconta ce qu'il avait vu au club de boxe. À chaque nouveau détail, Susie écarquillait un peu plus les yeux.

— Tu dois te montrer plus prudent !

— N'aie crainte, lui dit-il, avec un sourire qu'il voulait rassurant. Je n'ai aucune intention de m'approcher de cet individu.

Elle ouvrit la porte.

— Tu me promets de vendre les chevaux, Tom ? Je sais combien Horatio compte pour toi, mais la situation devient incontrôlable. Si nous ne trouvons pas un peu d'argent, ces huissiers vont réellement s'installer sous notre toit.

— Espérons que nous n'en arriverons pas à une telle extrémité… Je te promets de me séparer des chevaux.

Elle hocha la tête.

— Il va aussi falloir réfréner le tempérament dépensier de Charles, marmonna-t-il. Peut-être pourrait-il trouver un emploi, lui… Il ferait un excellent éboueur, non ?

Susie éclata de rire.

— Il y réfléchirait à deux fois avant de te provoquer en t'accusant de « souiller notre nom en te piquant de faire des affaires ».

Tom aurait aimé rire de ce bon mot, qui ne parvint pourtant qu'à lui rappeler que Charles n'avait pas été en mesure de le présenter à d'éventuels financier à l'issue du combat. Une fois de plus. Même si, en toute honnêteté, Carmichael avait amplement contribué à contrecarrer ce projet.

Certains jours, la tentation d'embarquer à bord du premier bateau pour le continent avec Susie et Horatio était si forte que Tom avait l'impression que l'odeur vive de l'herbe coupée des pâturages au-delà des murailles de Soleure lui parvenait, portée par la rivière Aar. L'existence serait si agréable sans ces dettes et ce déluge de responsabilités… Il fut soudain pétrifié sur place par une vision de son père riant aux éclats dans sa tombe. Tom ne pouvait pas tourner le dos à sa famille. Tom ne laisserait pas ce vieux tyran gagner.

Chapitre dix

> « Elle était disposée à reconnaître qu'il possédait un plus grand nombre de qualités qu'elle n'avait eu coutume de lui attribuer. »
>
> *Mansfield Park*, Jane Austen

Vicky salua Sheldon, le majordome, en pénétrant dans le vestibule d'Aston House, talonnée par Sarah. Son compagnon pour l'après-midi, l'honorable Bartholomew Shore, les suivait en traînant les pieds. Sarah prit le châle de Vicky et disparut.

— Merci pour la promenade, monsieur Shore. Ce fut très… agréable.

Il fit bouger ses sourcils de bas en haut, espérant sans doute que ce geste lui conférait un charme canaille, car il ne l'avait pas exécuté moins de dix fois au cours de l'heure écoulée – Vicky avait tenu le compte. Malheureusement, cela lui donnait surtout un air idiot ou, si elle s'autorisait à être encore moins charitable, légèrement fou. L'exposition à la Royal Academy avait été à la fois une bénédiction et une malédiction, car elle avait détourné l'attention de Vicky, l'empêchant de remarquer ce tic dans la première salle. Lorsqu'elle avait fini par s'en aviser, leur visite était trop avancée pour qu'elle pût envisager une autre solution que poursuivre celle-ci – en accélérant la cadence, bien sûr.

— Tout le plaisir a été pour moi, Lady Victoria.

M. Shore se dirigea vers la table au centre du vestibule et en chassa un grain de poussière imaginaire.

Vicky observa Sheldon, qui se tenait, aussi immobile qu'une statue, près de la porte. Il respectait trop sa fonction pour se permettre de trahir ses sentiments. Vicky eut du mal à cacher une grimace, irritée de voir M. Shore suggérer que le personnel d'Aston House se montrait négligent.

Néanmoins, il avait eu la gentillesse de la convier à une promenade sans l'avoir jamais rencontrée, et elle se devait donc de rester polie.

Afin de permettre à sa fille de ne pas restreindre son horizon marital à la personne de M. Carmichael, la comtesse avait écrit à quelques-unes de ses amies présentes en ville. Bon nombre d'entre elles avaient accédé à sa requête, et notamment son ancienne camarade d'école, Lady Allenby. En tant que fils cadet, M. Shore n'hériterait jamais du titre de son père, mais ses parents avaient l'intention de lui léguer, à sa majorité, un domaine de belle taille dans le Berkshire.

Il tricota à nouveau des sourcils, manquant de peu de faire un clin d'œil à Vicky au passage.

— Un tel étalage d'art donne soif.

Elle pinça les lèvres. Il voulait qu'elle lui offrît à boire. Elle aurait pu l'inviter à prendre le thé… Pourtant, lorsqu'il fit un pas vers elle et haussa ses épais sourcils roux pour la douzième fois, elle sut que c'était hors de question – sans parler d'envisager la possibilité, ô combien troublante, d'être le témoin des gesticulations de ses sourcils pendant des décennies, si elle venait à l'épouser.

— Vous trouverez sans doute de quoi vous rafraîchir à votre club, lui répondit-elle donc avec un sourire.

Il fit un pas de plus dans sa direction.

— Ah, mais j'avais pensé…

Il croisa son regard et, cette fois, les chenilles rousses qui surmontaient ses yeux semblèrent se livrer bataille. Et de treize…

— Je suis navrée, mais j'ai pris d'autres engagements pour la fin d'après-midi. Je vous remercie encore pour la promenade.

Se tournant vers le majordome, elle ajouta :

— Sheldon, voulez-vous bien raccompagner M. Shore ?

Il hocha la tête.

— Bien sûr, mademoiselle.

Il ouvrit aussitôt la porte.

— Monsieur Shore…

Comprenant qu'il était congédié, celui-ci la salua.

— Un autre jour alors, Lady Victoria.

Arrivé à la porte, il lui lança un regard plein d'une tendresse qui semblait authentique.

— Je vous souhaite une belle fin de journée.

Il n'était pas si affreux au fond. Peut-être gagnait-il à être connu.

— Belle fin de journée, monsieur Shore.

Il se retourna et, encore une fois, ses sourcils dansèrent leur gigue ridicule. Vicky pinça les lèvres et adressa un regard lourd de sens à Sheldon, puis ferma la porte.

— Merci pour la promenade, monsieur Fothergill, ce fut… très agréable, dit Vicky.

En pénétrant à la suite de Sarah dans le vestibule d'Aston House, celui-ci heurta le montant de la porte avec sa canne, qu'il avait la manie de balancer.

— Ça alors ! s'exclama-t-il alors que son regard naviguait de sa canne à la porte, je ne l'avais pas vue !

Tout comme il n'avait pas vu la balustrade du grand escalier du British Museum. Vicky s'interdit de rouler les yeux d'exaspération. Elle considéra brièvement la vieille canne en ébène de M. Fothergill, puis reporta son attention sur Sarah, qui contint un rire nerveux le temps de prendre le bonnet et les gants de sa maîtresse. Elle s'empressa de s'éloigner dans le couloir, et Vicky regretta de ne pouvoir la suivre.

On aurait pu penser qu'elle avait tiré la leçon de sa déconvenue avec M. Shore et ne prévoyait plus de longs après-midi en compagnie d'inconnus, toutefois M. Fothergill était le fils aîné du vicomte Lindsley, et ils s'étaient d'ailleurs rencontrés à une occasion, dans l'enfance, lors d'une fête à Oakbridge. Elle se souvenait d'un garçon rougeaud qui s'était fait une joie de se joindre à leur petite troupe – Tom, Charles, Althea et elle – pour organiser une course de bateaux en papier sur la rivière. Elle avait cru qu'un après-midi au British Museum leur laisserait le temps de renouer et de voir des œuvres intéressantes par la même occasion.

M. Fothergill était devenu un échalas dégingandé qui ne semblait pas avoir encore complètement la maîtrise de ses mouvements. Il avait failli trébucher deux fois sur Vicky. Et elle avait dû se retenir de hurler lorsqu'il avait heurté, avec sa canne, le présentoir de la pierre de rosette. Mais elle aurait pu fermer les yeux sur tout cela.

Elle ne pouvait pas lui pardonner, en revanche, d'avoir insisté à pas moins de quatre reprises pour sortir sa tabatière incrustée de pierres précieuses dans le musée et d'avoir, tant il était maladroit, manqué d'en renverser le contenu chaque fois. La première, il s'en était fallu de peu qu'il ne la lâche sur un vase étrusque, et la seconde c'était la nouvelle robe bleue de Vicky qui s'était trouvée près d'en faire les frais. Elle avait fait un bond pour éviter la catastrophe, et la tabatière était tombée par terre, à côté des sculptures du Parthénon. Il avait ainsi perdu la moitié de son tabac, et reçu plus d'un regard assassin, ce qui ne l'avait pourtant pas empêché de s'arrêter quelques minutes plus tard pour priser.

— Quelle belle journée ce fut, lui dit-il. Enfin, non, justement, le temps n'était pas si beau. Sinon, quel gâchis de s'enfermer pour regarder des pièces et des urnes poussiéreuses, alors que nous aurions pu profiter du ciel.

Vicky sourit du bout des lèvres. Il s'agissait moins d'objets poussiéreux que de témoignages fascinants du passé, même si elle partageait son sentiment : il ne fallait pas gâcher une belle journée.

Il frotta la poignée en argent de sa canne contre la jambe de son pantalon, et elle retint son souffle en voyant l'extrémité s'agiter en l'air.

— Peut-être pourrions-nous faire une promenade en calèche quand le temps s'améliorera.

Bien malgré elle, Vicky écarquilla les yeux en l'imaginant se débattre avec sa tabatière tout en essayant de tenir les rênes d'une voiture. Elle sourit plus largement pour ne pas avoir à lui répondre.

M. Fothergill sortit alors justement sa tabatière d'une main tout en tenant sa canne à trois doigts puisqu'il avait l'intention de saisir une pincée de tabac entre le pouce et l'index. Vraiment, était-ce trop exiger d'un prétendant qu'il s'intéressât davantage à elle qu'à son tabac ? Où, du moins, qu'il réservât ses vices à des lieux et des moments de la journée plus appropriés ?

Entre-temps, M. Fothergill avait réussi à sortir un mouchoir. Il s'essuyait le nez lorsqu'il lâcha sa canne. En s'accroupissant pour la ramasser, il faillit à nouveau faire tomber sa tabatière. L'agrippant de son autre main, il délaissa son mouchoir, qui s'étala par terre. Vicky ne put contenir une grimace.

— Permettez, monsieur, dit Sheldon en abandonnant son poste près de la porte.

— Inutile, mon brave. Il me suffit de ranger mon tabac dans ma poche.

Le temps qu'il y parvienne, Sheldon avait ramassé la canne et le mouchoir. Il retourna à son poste. Vicky se dirigea vers la porte, espérant que M. Fothergill comprendrait le message. Après avoir mis sa précieuse tabatière à l'abri, il s'approcha d'elle.

— Merci pour ce délicieux après-midi, monsieur Fothergill.

— Le plaisir fut pour moi, Lady Victoria.

— Votre canne, monsieur Fothergill, lui rappela Sheldon en la lui tendant.

Le fils du vicomte s'apprêtait à sortir lorsque le majordome ajouta :

— Et votre mouchoir.

Il le lui remit avec beaucoup de délicatesse, entre deux doigts. Fothergill l'arracha d'un geste brusque, salua Vicky d'un signe de tête et sortit. Vicky fit une

grimace au moment où il cognait, une fois de plus, le montant avec sa canne. Sheldon claqua la porte.

Vicky s'arrêta devant la porte d'Aston House et se tourna vers Lord Blankenship, qui se trouvait deux marches plus bas. Sarah s'empressa de disparaître dans le vestibule.

— Merci pour la promenade, Lord Blankenship. Ce fut… très agréable.

Et heureusement très court. Vicky avait bien retenu la leçon cette fois et n'avait autorisé Lord Blankenship qu'à l'emmener faire un tour dans Hyde Park.

— En effet, Lady Victoria. Très agréable, dit le jeune vicomte.

Il postillonna en prononçant le « b » d'« agréable ».

Vicky recula en le voyant monter une marche supplémentaire. Elle se retrouva dans l'encadrement de la porte. Discuter avec Lord Blankenship n'avait pas été si pénible dans le parc, puisqu'ils marchaient côte à côte et qu'elle n'avait pas besoin de lui faire face – même si voir les rayons du soleil se réfléchir sur les jets de salive n'avait rien de très plaisant.

— Les promenades au parc sont toujours si divertissantes !

Vicky frémit en voyant qu'à chaque labiale elle risquait d'être touchée. Elle se fichait bien que leurs mères à tous deux puissent penser qu'il constituait un bon parti. Elle ne méritait pas d'avoir à esquiver des crachats pour le restant de ses jours. Elle recula de quelques centimètres et vit que Sheldon tenait la porte, plus droit et sérieux que jamais.

— Je vous verrai peut-être à la réception de Lady Tefft.

Elle se recroquevilla. De toutes les réceptions, il fallait qu'il mentionne celle de Lady Tefft !

— Peut-être, Lord Blankenship, lui répondit-elle en adressant un regard appuyé à Sheldon.

Le vicomte posa le pied sur le perron.

— Formidable ! Formidable !

Sa dernière salve de postillons atteignit la porte au moment où Sheldon la refermait.

M. Silby engagea son carrick d'un beau jaune laqué sur la longue allée droite de Hyde Park où le beau monde aimait à se montrer. Vicky affichait un sourire exprimant, elle l'espérait, de la compassion.

— J'ai donc dit à l'effronté que je ne lui achèterais pas d'étui à cure-dents, quand bien même le roi chanterait leurs louanges.

M. Carmichael avait vu juste. En dépit de ses malheurs récents, M. Silby n'avait rien de très aimable. Ce qui était fort dommage, vraiment. Car Vicky appréciait ses traits, ses cheveux bruns et raides. Elle ne pouvait néanmoins ignorer que c'était un vrai nigaud. Même si, après avoir supporté des hommes aux sourcils exaspérants, aux passions pour le tabac horripilantes et aux postillons agressifs, elle aurait dû se réjouir qu'il ne soit pas en train d'utiliser l'un des cure-dents dont il lui rebattait les oreilles.

Elle venait d'endurer un récit de vingt minutes sur sa rencontre avec un vendeur, qui avait eu l'effronterie d'affirmer que l'or pur était un matériau bien trop malléable pour que l'on pût en faire un étui à cure-dents. M. Silby avait harangué l'homme au prétexte que le fils d'un baron ne pouvait aspirer qu'au meilleur.

Vicky regardait les arbres du parc pour que son compagnon ne remarque pas son ennui. M. Silby n'était en aucun cas le genre d'homme auprès duquel elle voulait passer les quarante prochaines années. Elle frissonna presque en imaginant une telle vie. Elle pensa, une fois de plus, à M. Carmichael. Comment avait-il su qu'elle ne serait guère charmée par M. Silby ? La connaissait-il déjà si bien ? Ou bien toutes les dames avaient-elles la même réaction qu'elle ? Elle préférait cette seconde explication.

Après ses expériences des derniers jours, elle ne pouvait nier que M. Carmichael avait plusieurs longueurs d'avance sur tous les autres partis… même si la compétition n'avait rien de rude.

Pendant que M. Silby continuait à jacasser sur l'incompétence des vendeurs en général, Vicky se délectait de la verdure qui l'entourait. C'était une belle journée, un peu fraîche peut-être, mais le soleil brillait à travers les arbres. Des canards se dandinaient sur l'herbe, passant le temps jusqu'à ce que les prochains enfants flanqués d'une gouvernante viennent les nourrir. Quelques cavaliers remontaient l'allée au petit galop. Laquelle allée n'était pas encore très fréquentée – la société attendait une heure plus tardive pour sortir parader.

M. Silby avait proposé, au tout dernier instant, qu'ils prennent son nouveau carrick – une voiture si étroite qu'elle ne pouvait accueillir qu'un cocher et un passager, côte à côte, ainsi qu'un groom sur le petit siège à l'arrière. Au départ, il avait proposé une promenade à cheval, ce qui avait enchanté Vicky – elle ne courait ainsi pas le risque d'une sortie qui s'éterniserait. Mais M. Silby s'était ravisé et il était si inflexible qu'elle avait abandonné la bataille.

Alors que l'étroite banquette l'avait contrainte à s'asseoir plus près de lui qu'elle ne l'aurait voulu et à respirer l'odeur entêtante de son eau de Cologne, elle avait regretté de ne pas s'être davantage obstinée.

Deux jeunes cavaliers effleurèrent le bord de leur chapeau en dépassant le cabriolet. L'un d'eux portait un manteau orange foncé, l'autre un gilet rouge. Leur style vestimentaire ostentatoire amusa Vicky, qui leur sourit poliment.

— Je n'ai jamais vu un tel couple de blancs-becs. Les grands airs qu'ils se donnent…, observa M. Silby après leur passage.

Jugeant qu'il n'avait pas un goût plus sûr dans le domaine vestimentaire, elle lui demanda avec un sourire faussement innocent :

— Pourquoi donc, monsieur ?

— Vous n'avez pas remarqué le gilet rouge ? Où se croit-il ? Sur le continent ?

Vicky observa son compagnon, avec son gilet couleur de bisque et sa veste violette. Elle ne put s'empêcher de froncer le nez. Cette étrange association de couleurs accentuait sa pâleur de façon peu flatteuse. Il avait autant l'air d'un dandy que les deux cavaliers. S'il avait mieux su se vêtir, il aurait pu tirer parti de sa silhouette, car il avait fière allure dans son costume noir le soir du bal.

Il continuait à énumérer toutes les fautes de goût des deux cavaliers. Vicky tentait de l'ignorer tout en hochant la tête aux moments opportuns.

— Vous avez remarqué ?

Vicky secoua la tête, confuse.

— Je vous demande pardon, non.

— J'ai ressenti un petit à-coup, et les chevaux ne tirent plus de la même manière sur les rênes.

— Oh…

Vicky observa les deux chevaux gris pommelé, qui lui semblèrent avancer à un trot régulier.

— Je ne remarque aucun à-coup, mais je suis certaine que vous connaissez votre carrick mieux que moi.

— Je ferais mieux de l'inspecter.

Il arrêta les chevaux et confia les rênes à Vicky, avant de descendre pour examiner le flanc gauche de la voiture.

Vicky se retourna vers Sarah. La pauvre jeune femme agrippait si fort le dossier de la banquette qu'elle en avait les doigts blancs. Comme cela avait dû être pénible pour elle de tressauter sur ce siège inconfortable tout en écoutant M. Silby radoter. Vicky décida qu'elle ferait quelque chose de gentil pour sa femme de chambre à leur retour.

— Lady Victoria, lui demanda celle-ci, verriez-vous un inconvénient à ce que je descende ?

— Non, bien sûr que non.

Vicky jeta un coup d'œil à M. Silby et, après s'être assurée qu'il était toujours occupé, murmura :

— Je suis navrée, je ne pensais pas que nous prendrions un véhicule aussi peu confortable.

Sarah haussa les épaules. Pointant discrètement le doigt sur M. Silby, elle fronça le nez. Vicky feignit de tousser pour cacher un gloussement. Sarah sauta dans le sable de l'allée. Au moment où Vicky se retournait, le cheval le plus proche de Silby hennit avant de se cabrer, faisant basculer la voiture en arrière.

Vicky fut plaquée contre le dossier. L'espace d'un instant, elle crut bien qu'elle allait tomber. Au lieu de quoi, le carrick retrouva la terre ferme dans un gigantesque fracas.

Les chevaux s'élancèrent. Vicky se retint à la banquette de la main droite, s'avisant, trop tard, qu'elle avait lâché les rênes dans la confusion. Elle les chercha du regard, les vit glisser vers l'avant du véhicule, se dérobant un peu plus à chaque cahot. D'un instant à l'autre, elle ne pourrait plus les atteindre.

Le cœur de Vicky battait à tout rompre. Elle devait réagir, toutefois elle ne trouvait pas le courage de lâcher la banquette.

Les rênes allaient bientôt disparaître entièrement.

Elle se força à tendre la main vers elles. À la seconde où ses doigts effleuraient le cuir rigide, les chevaux bondirent et les rênes tombèrent dans le vide.

Tom arrêta Horatio à l'entrée du parc. Deux dandys à cheval, l'un en rouge, l'autre en orange, se promenaient sur l'allée principale. Même s'ils allaient au trot, ils prenaient le temps de saluer les promeneurs. Tom leur adressa un signe de tête, puis tapota le cou d'Horatio. Ils avaient arpenté une bonne partie de la ville aujourd'hui, et son vieux camarade devait aspirer à un bon récurage. Il sortit sa montre à gousset. Ils étaient partis trois heures plus tôt. Tom lissa la crinière de sa monture pour se faire pardonner.

Les trakehners étaient des chevaux robustes élevés pour les travaux des champs ou la cavalerie prussienne, très endurants. Néanmoins, Tom veillait toujours à ne pas surmener Horatio. Pour être parfaitement honnête, il l'avait trop gâté. Tom ne se rendait jamais à l'écurie sans une sucrerie dans sa poche, et il l'autorisait à manger bien plus de carottes et de pommes qu'il n'aurait dû. Le cheval avait d'ailleurs déjà englouti les trois carottes que Tom avait emportées.

Il soupira. Il ne parvenait pas à se faire à l'idée qu'il allait devoir se séparer de cette grosse bête gloutonne, pourtant il y serait contraint dès le lendemain matin. Charles et lui conduiraient leurs montures à la salle de vente du marché aux chevaux de Tattersall. C'était tellement injuste.

Il tapota l'encolure d'Horatio et lui promit tout bas de trouver un moyen de le racheter plus tard. Il ne parvenait pas à croire que c'était leur dernière sortie ensemble. Et néanmoins il s'inquiétait déjà de l'avoir trop fatigué…

Tom se redressa en prenant appui sur les étriers et scruta l'allée. Couper à travers Hyde Park serait le chemin le plus court pour rentrer. Malheureusement, la crème de la société empruntait cette allée pour voir et être vue, et Tom n'était pas d'humeur à faire des mondanités. D'un autre côté, il n'était pas encore cinq heures. Avec un peu de chance, les amatrices de cancans ne devaient pas encore être trop nombreuses.

Tom respira profondément. Horatio méritait qu'il prît ce risque. L'allée était relativement dégagée, il n'y avait qu'une poignée d'hommes à cheval et de cabriolets. La traversée du parc serait peut-être moins pénible qu'il ne le craignait.

Il lança Horatio au trot et admira le paysage. Bien sûr, rien ne valait les champs et les collines du Hampshire, ni les pâturages verdoyants autour de Soleure, mais au moins ce parc formait-il une oasis au centre de la ville sale et remuante.

À une centaine de mètres, un carrick laqué jaune était arrêté. Le cocher, vêtu d'un manteau violet particulièrement hideux, en descendait. L'une des deux passagères occupait le minuscule siège à l'arrière, habituellement réservée au groom du cocher. Tom déduisit, à sa tenue simple, qu'il s'agissait d'une domestique. L'autre passagère, à en juger par son bonnet jaune vif, était une dame de bonne naissance. Lorsqu'elle se retourna pour parler à la domestique, Tom sentit sa gorge se serrer : la demoiselle ressemblait trait pour trait à Victoria.

Les muscles de ses épaules se tendirent aussitôt. Il ne l'avait pas revue depuis le bal, mais Charles l'avait informé que les accusations formulées par Carmichael à l'issue du combat de boxe alimentaient désormais les commérages.

Peu importait ce qu'on en penserait dans la société, Tom n'avait d'autre choix que de s'arrêter pour offrir son aide. Horatio hennit et son maître tenta de se détendre : il n'avait aucune envie de lui transmettre sa nervosité. Plus tôt Tom se débarrasserait de son devoir, plus tôt il pourrait ramener son cheval à la maison.

La femme de chambre de Vicky sauta alors à terre. Le carrick n'allait sans doute pas repartir de sitôt.

Soudain, l'un des chevaux se cabra. La voiture bascula en arrière puis les sabots avant du cheval retouchèrent terre. Il s'élança alors à bride abattue avec son compagnon, entraînant le carrick. L'espace d'un instant, Tom retint son souffle. Que s'était-il passé ? Il n'avait pas le temps de réfléchir, la voiture prenait de la vitesse.

Il éperonna Horatio.

Vicky s'effondra au pied de la banquette, se maudissant de ne pas avoir réagi plus tôt. Et maintenant, que devait-elle faire ? Sans rênes, elle ne pourrait jamais arrêter les deux chevaux. Il ne lui restait qu'à sauter. Elle jeta un coup d'œil à l'allée sablonneuse qui défilait à toute allure et son ventre se serra.

Non, ce n'était pas une bonne solution. Il devait y avoir un moyen de rattraper les rênes.

Agrippant l'avant du carrick, elle se hissa à genoux pour tenter de les apercevoir. Celles-ci reposaient sur le palonnier qui reliait la voiture à l'attelage des chevaux. Un détail retint alors l'attention de la jeune femme. L'un des brancards était endommagé – c'était peut-être arrivé lorsque le cheval s'était cabré. S'il cédait, Vicky allait sans nul doute être éjectée de la voiture. Et elle aurait de la chance si elle ne se retrouvait pas écrasée au passage.

Ravalant la panique qui montait, elle tenta d'attraper les rênes, mais celles-ci étaient hors de portée. Pour les saisir, il faudrait qu'elle se lève et se penche par-dessus le rebord du carrick, ce qui serait très dangereux : le bois incurvé à l'avant ne semblait pas assez solide pour supporter un tel poids. Elle chercha ce qui pourrait l'aider à récupérer les rênes, sans rien trouver.

Elle devait prendre ce risque. Serrant les dents, elle se redressa, se pencha en avant et tendit les bras vers les rênes.

Sous elle, le bois craqua.

Tom n'avait jamais poussé Horatio à ce point, mais ce dernier ne semblait pas en prendre ombrage. Il se rua vers le cabriolet en déroute tel un cheval de course. En se rapprochant, Tom vit que Vicky était pliée en deux par-dessus l'avant du carrick. Que faisait-elle donc…

Elle agitait la main devant elle pour saisir quelque chose. Elle avait dû lâcher les rênes. Cela expliquait pourquoi elle n'avait pas encore arrêté les chevaux.

Lorsqu'il arriva à leur hauteur, Tom se cala sur leur cadence. Il plaça Horatio sur leur droite, le plus près possible d'eux. Puis il tendit le bras pour saisir la bride de l'un des gris pommelé, près du mors.

Sa main se rapprocha progressivement et ses doigts finirent par agripper la courroie en cuir. Pesant de tout son poids sur la selle d'Horatio, il tira en arrière. Les chevaux l'ignorèrent avec superbe.

Tom insista, avec plus de force cette fois. Il remarqua alors deux grandes calèches qui avançaient dans leur direction, côte à côte. L'une se trouvait sur la droite de la voie, et l'autre au milieu. À la vitesse à laquelle le carrick les contraignait à avancer, Tom et Horatio ne tarderaient pas à entrer en collision avec la calèche du milieu.

Tom lâcha la bride et éperonna à nouveau Horatio. Ce dernier n'allait pas assez vite et, l'espace d'un instant terrifiant, Tom crut qu'ils ne réussiraient pas à passer devant les chevaux de l'attelage.

Les calèches se rapprochaient dangereusement.

Tom n'avait pas beaucoup de temps. Il planta les talons dans les flancs d'Horatio. Dans une accélération soudaine, Horatio dépassa les gris pommelé. Tom tira sur les rênes et ils évitèrent les calèches de justesse.

L'air fouettait le visage de Tom. Il jeta un coup d'œil au carrick par-dessus son épaule droite. Les chevaux n'étaient plus derrière eux.

Il regarda par-dessus son épaule gauche. La voiture avait quitté l'allée et filait à présent à travers une pelouse en direction du lac Serpentine.

S'il n'agissait pas rapidement, les chevaux – et Victoria – allaient plonger dedans.

Vicky se retourna pour tenter de voir ce qui était arrivé à Tom. Il avait surgi de nulle part à l'instant où l'avant du carrick commençait à céder sous son poids. Elle avait aussitôt senti le soulagement l'envahir. Il allait la sauver et ils riraient bientôt de cette mésaventure qui avait failli tourner au drame. Jusqu'à ce qu'il se rabatte devant les chevaux de Silby, les poussant à quitter l'allée.

Le lac se dressait devant elle. Elle se retourna une dernière fois pour chercher Tom du regard. Il avait presque atteint la roue droite du carrick, mais il ne semblait pas gagner beaucoup de terrain. Vicky considéra l'étendue d'eau.

Elle se rapprocha du côté gauche de la voiture et hasarda un coup d'œil dans le vide. L'herbe défilait à toute allure.

Elle prit une profonde inspiration, ferma les yeux et sauta.

Ses genoux heurtèrent le sol en premier. Elle bascula aussitôt sur le flanc droit et dérapa sur plusieurs mètres avant de s'arrêter.

Pendant ce qui lui parut durer une éternité, elle demeura étendue dans l'herbe, cherchant à sentir si elle avait quoi que ce soit de cassé. Elle finit par prendre appui sur un coude pour se hisser et s'asseoir. Ses genoux l'élançaient, mais elle pouvait les plier. Ils seraient bleus et endoloris pendant plusieurs jours, toutefois elle se sentait en état de marcher. Elle se tourna vers le Serpentine pour chercher le carrick. La surface du lac était étale. Sur la rive, Tom tenait l'un des gris par sa bride pour l'éloigner du danger.

Vicky soupira. Il avait sauvé les chevaux, au moins. Elle posa un pied dans l'herbe, cependant lorsqu'elle voulut s'appuyer dessus, une douleur fulgurante lui transperça le genou. Elle se rassit avec une grimace. Tom surgissait décidément toujours au bon moment.

Tandis qu'il éloignait l'attelage du Serpentine, Tom poussa un soupir de contentement. Victoria était indemne, les chevaux en sécurité et le carrick entier.

Horatio avait accompli des merveilles, rattrapant ses congénères en un temps record. Tom se tourna vers Vicky et fronça aussitôt les sourcils. Il ne la voyait plus.

Il prit appui sur ses étriers pour se mettre debout afin de voir si elle était accroupie devant la banquette du cabriolet. Son souffle se coupa instantanément. Elle n'était pas à bord.

Un raclement de gorge lui fit aussitôt tourner la tête.

Vicky approchait en boitillant. La jupe de sa tenue de cavalière bleu foncé était maculée de boue. Une manche était déchirée au coude, l'autre à l'épaule. Seul son bonnet jaune semblait avoir été épargné, même si quelques brins d'herbe s'étaient accrochés aux rubans d'un côté.

— Bonté divine, murmura-t-il.

Elle avait sauté !

Bien qu'incapable d'anticiper la réaction des chevaux d'attelage, il lâcha aussitôt leurs rênes et sauta à terre, se dirigeant vers elle en traînant Horatio.

— Prenez mon bras.

Elle posa, sans protester, sa main dessus, mais ne s'y appuya pas.

— Vous allez bien ? lui demanda-t-il, inquiet.
— Pas vraiment.
Il lui présenta la paume de sa main, bien à plat.
— Appuyez-vous sur ma main plutôt.
Elle lui jeta un regard surpris, puis pressa sa main gantée sur la sienne.
— Maintenant essayez de marcher.
Elle fit un pas hésitant et un cri lui échappa.
— Ce serait plus simple si vous teniez ma main.
Ses yeux noisette s'écarquillèrent légèrement.
— Euh… bien sûr, dit-elle en refermant ses petits doigts sur les siens. Je ne veux pas vous faire mal.
Tom se retint de sourire.
— Je vous remercie pour votre sollicitude, mais votre santé importe bien plus que la mienne dans l'immédiat.
— Si vous le dites, marmonna-t-elle.
Elle agrippa sa main, s'appuya dessus de tout son poids et fit quelque pas.
— Sentez-vous une amélioration ?
— Oui, légère. Et votre main ?
Il ne put contenir son sourire cette fois.
— En pleine forme.
— Tant mieux.
Après un silence, elle ajouta :
— Je vous remercie.
Il secoua la tête.
— Ce n'est rien.
— Merci d'avoir tenté de me sauver.
Le ventre de Tom se noua.
— J'aurais dû être plus rapide.
— Vous ne pouviez pas deviner que ces calèches allaient arriver en face.

Alors que Tom s'apprêtait à répondre, Silby accourut, suivi de près par la femme de chambre de Vicky.

— Vous êtes blessé ? demanda-t-il en pantelant.

Il examina Vicky, et son regard s'attarda brièvement sur la main qui tenait celle de Tom.

— J'ai essayé de vous rattraper dès que les chevaux sont partis, mais j'ai vu que Lord Halworth s'était lancé à votre poursuite.

Il se tourna vers Tom en fronçant les sourcils.

— Je ne comprends pas ce qui a pu se passer pour les faire broncher de la sorte.

Tom s'efforça de garder le silence. Si ses deux précédentes rencontres avec Silby l'avaient conduit à se forger une opinion peu favorable de l'homme, il avait à présent la certitude qu'il s'agissait d'un crétin fini. La tentation de l'invectiver pour avoir mis Vicky en danger le dévorait, mais il tint sa langue. Cela ne le regardait pas.

La femme de chambre de Vicky se précipita vers sa maîtresse, s'inquiétant de sa mise débraillée.

Victoria adressa un sourire glacial à Silby.

— En dépit des apparences, je serai bientôt rétablie. Je souhaiterais néanmoins rentrer.

Pendant que Tom s'occupait de Victoria, les chevaux de Silby s'étaient éloignés de plusieurs mètres et celui-ci partit aussitôt les chercher. Une fois qu'il eut récupéré les rênes, il observa l'attelage et la voiture.

— Nous avons eu une belle frayeur, mais tout semble en ordre. Je peux vous raccompagner sur-le-champ, Lady Victoria.

Tom voulut protester, toutefois Vicky le devança.

— Je vous remercie, monsieur Silby, cependant un examen plus attentif vous permettra de constater que l'un des brancards de l'attelage est endommagé.

S'aidant toujours du bras de Tom, Vicky s'approcha du carrick. Elle se pencha en avant pour indiquer la barre en bois vernis noir. Celle-ci était en effet endommagée sur le côté.

Tom s'accroupit pour l'inspecter. Un cocher avisé aurait dû facilement repérer ce dégât.

— Vous ne pouvez pas utiliser ce carrick pour rentrer, déclara Tom en se tournant vers Silby. Pour votre propre sécurité et pour celle de vos chevaux.

Silby fit le tour du véhicule et se renfrogna en découvrant les éclats de bois.

— Ils n'étaient pas là avant.

Tom se releva.

— Bien sûr que si. Puisque Lady Victoria les a vus.

Elle se mordit la lèvre.

— La question, poursuivit Tom, est la suivante : pourquoi ne les avez-vous pas remarqués, vous ?

Les yeux de Silby s'étrécirent.

— Voyons, Halworth…

— Je suis certaine qu'il s'agissait d'une erreur de bonne foi, intervint Vicky.

Tom la dévisagea avec incrédulité. Elle exprimait une telle détermination qu'il se détourna. Il n'aurait pas dû s'en mêler.

— Bien sûr, assena Silby, qui n'avait pas quitté Tom des yeux. Je vais vous raccompagner à pied, Lady Victoria.

— Ce ne sera pas nécessaire. Lord Halworth peut s'en charger.

Tom n'en crut pas ses oreilles.

— Je suis sûre, poursuivit-elle, que vous souhaitez vous occuper de vos chevaux et de votre carrick, monsieur Silby, et il serait bien plus sage de les reconduire directement chez vous sans faire de détour par Aston House.

Elle posa alors sur Tom un regard implorant. Il se contenta de hausser un sourcil.

— Lady Victoria, protesta Silby, je me dois d'insister…

— Monsieur Silby, je vous assure, votre attelage a davantage besoin de vous que moi. Ils forment une paire si bien assortie, j'imagine le temps et les efforts qui ont dû être investis dans leur élevage.

La bouche de Silby s'arrondit de surprise. Tom n'aurait su dire si sa surprise venait du fait que Vicky s'était référée à des questions d'élevage ou qu'elle venait de le congédier.

— Sarah et Lord Halworth pourront veiller sur moi, insista-t-elle, alors que vos chevaux n'ont que vous.

Silby mit quelques instants à se ressaisir, puis il darda ses yeux bleus sur Tom et fit un pas dans sa direction.

— Halworth, je ne vous permettrai pas…

— Quoi, monsieur Silby ? l'interrompit Vicky en soutenant son regard. D'honorer ma demande ? Maintenant, je vous prie de bien vouloir nous excuser.

Si la voix de Vicky perdait de son assurance, sa détermination ne laissait aucune place au doute. Un étrange sentiment prit forme dans la poitrine de Tom. Était-il amusé de voir Silby incapable de s'opposer à la fermeté de Vicky, aussi têtue qu'à l'âge de six ans ? Ou y avait-il autre chose ?

Silby dut comprendre qu'il se trouvait sur un terrain instable et recula aussitôt. Il ouvrait et refermait la bouche comme une truite au bout d'une ligne.

Tom ne put cacher un sourire moqueur. Il se tourna vers Vicky.

— En route ?

Tandis qu'ils quittaient le parc, Vicky observa le profil de Tom à la dérobée. Il lui avait offert son bras gauche et tenait les rênes de son cheval de son autre main.

Sarah avait voulu soutenir elle-même sa maîtresse, mais Tom avait insisté pour s'en charger. Il avait aussi proposé à Vicky de s'installer sur sa monture pour soulager ses douleurs. Elle préférait marcher. En temps normal, elle aurait sauté sur l'occasion de monter sur un cheval aussi beau, toutefois après la mésaventure du jour, songea-t-elle, il valait mieux se fier à ses deux jambes.

Elle avait regretté sa décision lorsqu'ils avaient pris la direction de Mayfair et que ses genoux l'avaient élancée, toutefois la douleur finit par décroître et bientôt elle ne boitait presque plus – surtout quand elle prenait bien appui sur la main de Tom. Une brise souleva les mèches bouclées dans sa nuque. Le parfum de Tom, ce mélange de pain grillé et de cannelle qu'elle avait déjà identifié à Oakbridge, lui chatouilla les narines. Il avait eu une attitude si différente aujourd'hui… Après leurs dernières rencontres, elle jugeait d'ailleurs son empressement presque étrange.

— Voilà un cheval hors du commun. De quelle race s'agit-il ?

— C'est un trakehner. Son géniteur était une monture de la cavalerie prussienne. Sa génitrice, elle, appartenait à une variété de l'espèce utilisée pour les travaux des champs.

Vicky fut surprise. Cette race était rare en Angleterre. Si elle avait bien retenu ses leçons de géographie, la Prusse était toute proche de la Confédération suisse.

— Comment en êtes-vous devenu le propriétaire ?

— Mon oncle me l'a offert pour mes dix-sept ans. Il s'est lui-même rendu en Prusse pour l'acheter. Nous avons connu beaucoup d'expériences ensemble, Horatio et moi.

Tom considéra sa monture avec un sourire sincère. Son affection était évidente, et Vicky fut attendrie.

— J'imagine que vous étiez proche de votre oncle. Avez-vous aimé la vie à Soleure ? Je sais combien votre mère s'inquiétait pour vous, surtout quand le courrier ne traversait plus la Manche.

— J'en déduis que nos mères sont restées amies après mon départ.

Comme il n'ajoutait rien, Vicky se détourna. Elle pinça les lèvres. Elle aurait dû se douter qu'il valait mieux éviter le sujet de la guerre, après la réaction qu'il avait eue au bal… Il se racla pourtant la gorge et reprit :

— J'étais très heureux chez mon oncle.

Si son ton pouvait paraître cassant, son regard était perdu au loin.

— Comment était la vie là-bas ?

Elle n'était pas certaine qu'il lui répondrait. Il gardait son regard dans le vague.

— Chaleureuse. Active. Pour la première fois, j'ai vécu avec des gens qui appréciaient leur compagnie mutuelle.

Elle acquiesça. Depuis son plus tendre âge, Vicky avait compris la vérité au sujet des parents de Tom, même si celle-ci était tue. Le comte et la comtesse Halworth vivaient l'inverse d'un mariage heureux. Quand Tom et elle étaient enfants, Tom parlait rarement de son père. Et plus tard, s'il le mentionnait, c'était toujours avec colère.

— Je suis étonnée que vous soyez rentré.

— Si ma mère ne m'avait pas imploré, je serais toujours là-bas.

Pauvre Tom… Il avait été chassé de chez lui à quatorze ans pour être mieux rattrapé par le devoir quelques années plus tard. Car seul le sens du devoir l'avait contraint à quitter l'unique endroit où il avait connu le bonheur.

Il conservait une expression impassible, toutefois Vicky était convaincue qu'il songeait au passé. Peut-être avaient-ils plus de choses en commun qu'elle ne l'avait pensé les dernières fois où ils s'étaient rencontrés. Elle était, elle aussi, contrainte de renoncer à une douce existence par devoir envers sa famille.

— Victoria, dit-il soudain, je me dois de vous informer d'une chose.

Elle croisa son regard. Il se détourna brièvement avant de le soutenir.

— Charles m'a dit que M. Carmichael raconte à qui veut l'entendre que j'ai abusé de votre gentillesse au bal de la duchesse.

Son irritation était palpable.

— Mais pourquoi ferait-il…

Elle s'interrompit soudain, au souvenir de la façon dont M. Carmichael avait condamné Tom lors de leur promenade. Elle ne l'avait guère encouragé, toutefois.

— Il s'est pris d'aversion pour moi. Il a cherché à me pousser à le provoquer à l'issue d'un combat de boxe et, voyant que je refusais de mordre à l'hameçon, il a affirmé à ses compagnons que je profitais de votre bon caractère.

— Oh…

Vicky leva un regard inquiet vers lui.

— Et vous boxez ?

— Bien sûr que non ! Mais il a failli tuer l'ami de Charles.

— Je vous demande pardon ?

Tom hésita avant de lui décrire le combat – il passa toutefois sous silence les détails les plus effroyables.

— M. Kirkham s'en est-il remis ?

— À en croire Charles, son visage continue à ressembler à de la chair à saucisse, mais il s'en remettra. Je suppose que son état d'ébriété a dû, d'une façon ou d'une autre, lui détendre les muscles.

L'incrédulité de Vicky était à son apogée.

— Et vous dites que le règlement n'a en rien été enfreint ?

Tom soupira.

— Apparemment. Néanmoins… Je voudrais m'excuser pour ma conduite au bal. En dépit de ce que Carmichael et d'autres membres de la société peuvent suggérer, je n'avais nulle intention de…

Il la dévisagea.

— … de vous imposer ma présence. Je vous présente mes excuses.

Elle baissa la tête, pour ne plus voir ces yeux bruns qu'elle connaissait aussi bien que les siens à une époque.

— C'est très gentil à vous, merci. Je ne comprends pas pourquoi M. Carmichael se conduit de la sorte. Il est pourtant proche de mon père…

— Ah oui ? s'étonna Tom.

— Tout à fait. Je ne le connais pas bien, mais mon père lui fait toute confiance.

Il ne fallait pas oublier que le comte avait autorisé Dain à épouser Althea… Bien qu'il lui en coutât de le reconnaître, le jugement de son père n'était pas infaillible.

— Il doit bien y avoir une explication, marmonna-t-elle.

— En tout état de cause, soyez prudente, lui dit Tom.

Il semblait s'inquiéter pour elle. Peut-être s'était-elle trompée, peut-être qu'une petite part de lui voulait encore être son ami. Elle lui sourit.

— Je vous remercie. Je le serai.

Il hocha la tête quelques instant avant de demander :

— Avez-vous réellement trouvé les chevaux de Silby si bien assortis ?

Elle croisa son regard.

— Lancés à pleine vitesse, on aurait pu les confondre !

Il étouffa un éclat de rire. Il ne devait plus souvent s'autoriser les manifestations de joie.

— Je veux bien en convenir à cette condition.

— Ils étaient beaucoup trop puissants pour ce carrick, reprit-elle.

— Et trop nerveux aussi. Vous avez vu ce qui les a effrayés ?

Elle secoua la tête en soupirant.

— Quand avez-vous remarqué que le brancard était endommagé ?

— Lorsque je me suis penchée pour attraper les rênes. J'ai supposé que c'était arrivé au moment où les chevaux se sont cabrés, pourtant, à la réflexion, je pense qu'une simple ruade n'aurait pas pu provoquer autant de dégâts. Cela vous a-t-il paru étrange aussi ?

Dans un soupir, il répondit :

— Silby est impardonnable de ne pas avoir repéré des dommages aussi apparents.

— Je n'accepterai plus de l'accompagner nulle part.

L'un des coins de la bouche de Tom se souleva.

— Il semble très lié à Carmichael.

— Pas à en croire M. Carmichael, protesta Vicky. Il semblerait que M. Silby ait été un ami proche de son défunt cousin.

Tom parut dubitatif.

— Silby assistait Carmichael au combat de boxe. Pourquoi celui-ci aurait-il fait appel à une simple connaissance ?

Vicky prit le temps de réfléchir à la question un long moment.

— Peut-être que M. Silby a une connaissance poussée des règles ?

Tom haussa les sourcils, mais ne dit rien. Puis il parut soudain avoir une illumination.

— Il y a de fortes chances pour que Silby informe Carmichael que vous m'avez demandé de vous escorter chez vous.

Vicky inclina la tête. Tom avait raison, cette attitude passerait sans doute pour osée. Toutefois, M. Carmichael en personne l'avait mise en garde contre Silby.

— On peut bien me reprocher d'avoir voulu me débarrasser de M. Silby, cela m'importe peu, affirma-t-elle avec assurance.

Elle crut percevoir à nouveau l'esquisse d'un sourire sur le visage de Tom, mais celui-ci disparut un instant plus tard. Ils étaient arrivés à Aston House.

Sarah informa Vicky qu'elle montait lui préparer un bain. Vicky la remercia et la femme de chambre exécuta une petite révérence à l'intention de Tom avant de s'élancer vers les marches du perron. Vicky avait presque oublié sa mise débraillée ; la boue avait séché sur sa robe et commençait à craqueler. Ils avaient dû offrir un étrange spectacle dans les rues de Mayfair…

— Je suis surprise que nous n'ayons pas attiré davantage les regards, murmura-t-elle.

— Il y en a eu quelques-uns, répondit Tom avec malice.

— Merci. Pour toute votre aide.

— Je tiens à vous faire gravir d'abord ces marches avant d'accepter vos remerciements.

Elle s'étonna d'être surprise par sa galanterie.

— Très bien.

Il noua les rênes d'Horatio à la grille. Puis il lui offrit sa main, ainsi qu'il l'avait fait dans le parc. Avec son aide, elle gravit les marches une à une.

— Je pourrais vous porter, si vous préférez.

— Lord Halworth, si vous recommencez, je…

Il la considéra avec malice.

— Eh bien, je ne sais pas ce que je ferai, mais ce ne sera guère plaisant.

Elle retrouva sur son visage le sourire qu'elle avait aperçu lors du bal, et elle se mordit la lèvre pour se retenir de sourire à son tour.

— Je ne pourrai pas dire que je n'étais pas prévenu, Lady Victoria, dit-il alors qu'ils atteignaient la dernière marche.

Cherchait-il toujours à la taquiner ? Sans doute… Elle leva les yeux vers lui et lui découvrit une mine sérieuse.

— Prenez soin de vous.

Incapable de prononcer le moindre mot, Vicky hocha la tête et lui lâcha la main pour pénétrer dans la demeure. Se reprochant soudain son silence, elle se tourna vers Tom.

— Voulez-vous entrer prendre un rafraîchissement avant de repartir ?

Il lui répondit par-dessus son épaule :

— J'aimerais beaucoup, mais je dois aller m'occuper d'Horatio. Je l'ai beaucoup fatigué aujourd'hui, ajouta-t-il en posant un regard inquiet sur sa monture.

Vicky se sentit aussitôt responsable.

— Je suis désolée. Nous pouvons charger le valet d'écurie de l'étriller si vous le souhaitez.

Tom secoua à nouveau la tête.

— Merci, mais je m'occupe toujours personnellement de lui.

— Je comprends.

Après avoir descendu les marches et détaché sa monture, Tom se tourna à nouveau vers Vicky.

— Je suis heureux que vous n'ayez pas été plus grièvement blessée.

— Merci.

Elle avait le cœur réchauffé par cette conversation amicale. Elle le regarda dans les yeux et, pour la première fois, elle ne lui en voulut pas de ne pas être resté le garçon qu'elle avait connu autrefois.

— Serez-vous présent au concert chez les Chadwick, dimanche ?

Après un silence interminable, Tom finit par lui répondre :

— Oui. Nous nous y verrons.

Vicky lui adressa un bref signe de tête avant de pénétrer dans le vestibule. Elle crut apercevoir l'ombre d'un sourire sur le visage ridé de Sheldon. Elle se retourna pour saluer Tom d'un geste de la main. Il lui répondit avant de s'éloigner avec Horatio.

Vicky le regarda disparaître au coin de la rue et soupira. En dépit des mésaventures du jour, elle ne s'était pas sentie aussi heureuse depuis longtemps.

Après la visite du médecin, qui déclara qu'elle se porterait comme un charme après quelques jours de repos, Vicky se plongea dans un bain à la lavande. Alors que l'eau chaude la nettoyait de la saleté du parc tout en apaisant ses genoux et ses coudes, l'énormité de la situation finit par lui apparaître. Elle aurait pu être grièvement blessée… pour ne pas dire tuée. Si elle n'avait pas sauté du carrick, si Tom n'avait pas tenté d'intervenir, la mésaventure aurait pu se terminer de façon bien plus tragique.

Elle s'enfonça plus profondément dans son bain, immergeant une grande partie de sa tête, et sourit. Un jour, alors qu'elle devait avoir une dizaine d'années, elle avait convaincu Tom de faire un concours avec elle pour voir lequel des deux était capable d'escalader la plus grosse meule de foin sans tomber. Elle avait gagné, mais uniquement parce qu'elle avait failli glisser et que Tom avait perdu l'équilibre en voulant l'aider. Elle s'en était tirée sans la moindre égratignure, alors que Tom avait récolté une vilaine bosse sur la tête. Pauvre Tom… Depuis toujours, il l'empêchait de se rompre les os.

Et il avait été si gentil aujourd'hui ! Elle ne parvenait pas à se figurer tout ce qu'il avait pu vivre depuis son départ d'Angleterre et ne se faisait donc aucune illusion : il aurait sans doute retrouvé son air stoïque lors de leur prochaine rencontre. Toutefois, elle se réjouissait à l'avance de le revoir dans des circonstances plus légères. Elle fredonna un air tout en étirant ses jambes et en faisant gicler l'eau avec ses pieds.

Plus tard, après s'être habillée et installée sur son lit, la tête et les jambes bien calées grâce à une montagne d'oreillers, elle entendit quelqu'un à la porte. C'était Althea.

Surprise par cette apparition, Vicky bredouilla :

— Thea…

Sa sœur approcha à pas feutrés. Le pli d'inquiétude entre ses deux sourcils froissait son visage aussi lisse que du marbre.

— Maman m'a parlé de l'accident et j'ai voulu te voir.

Vicky hocha la tête et indiqua ses genoux.

— Ils sont douloureux, mais bientôt ce ne sera plus qu'un mauvais souvenir.

— Puis-je… as-tu besoin de quelque chose ?

— Non merci. C'est gentil de t'en enquérir.

— Je pourrais appeler Sarah.

— Oh non, elle mérite de se reposer, elle aussi. Peux-tu me donner mon livre ?

Vicky indiqua le volume posé sur la coiffeuse. Althea en souleva la couverture.

— Bonté divine, encore *Orgueil et préjugés* ?

Vicky soupira.

— Je le lis quand j'ai besoin de m'évader.

— Je continue à penser que ce roman ne vaut pas *Mansfield Park*, lui dit Althea en le lui tendant.

— Lord Axley a dit la même chose au bal. Bien sûr, Elizabeth Bennet, avec tous ses défauts, ne fait pas le poids face à ce parangon de moralité qu'est Fanny Price, observa Vicky avec un sourire.

Elles avaient si souvent débattu de ce sujet qu'elle connaissait les arguments de sa grande sœur par cœur.

— Je ne comprendrai jamais ton attachement à cette pauvre Fanny. Elle reste assise dans son coin à regarder tout le monde sans vraiment chercher à changer sa situation.

Althea secoua la tête.

— Que pourrait-elle faire ? Elle n'a pour ainsi dire aucun pouvoir chez elle. Elle fait ce qu'elle peut et réussit malgré tout à épouser l'homme qu'elle aime.

— Mais pas par la force de sa volonté.

Tout en répliquant, Vicky s'avisa que c'était leur première conversation normale depuis des semaines.

— Un beau matin, Edmund comprend qu'il l'aime, et elle bénéficie de ce heureux hasard. Tu sais, l'autre jour, M. Carmichael a décrété qu'il n'avait aucune patience pour les Edmund Bertram de ce monde.

Althea fit une moue amusée.

— Je ne suis pas entièrement surprise… Qu'en penses-tu, toi ?

Vicky haussa les épaules.

— Je n'ai jamais eu d'antipathie pour Edmund Bertram. Même s'il m'est arrivé de penser que, si Fanny Price avait tenté de changer Henry Crawford, elle aurait pu en faire un autre homme. On dit bien que les viveurs réformés font les meilleurs maris…

Althea se détourna.

— Les hommes ne changent pas.

Elles ne parlaient plus de fiction. Après un long silence, Vicky tenta d'alléger l'humeur.

— Je reste malgré tout d'avis que le personnage de Fanny, tel qu'il est, était fait pour aller avec Edmund.

Althea se tourna vers elle, l'air soudain grave.

— Vicky, je suis venue te présenter mes excuses.

La jeune femme retint son souffle.

— Je me suis très mal conduite, dit encore Althea en baissant les yeux vers ses mains.

Comme elle ne poursuivait pas, Vicky dit tout bas.

— Tu souffres, Althea. Mais j'espère que tu sais combien je compatis à tes malheurs.

Elle s'assit au pied du lit et se frotta les yeux.

— J'ai peur de ne jamais être débarrassée de lui.

La poitrine de Vicky se serra.

— Mais si enfin, la séparation…

Althea l'interrompit.

— Il me restera les souvenirs. Même si la séparation est actée, il continuera à me hanter.

— Un jour ils disparaîtront. Tu connaîtras à nouveau le bonheur.

Elle se pencha pour lui prendre la main. Celle-ci était si frêle et froide.

— Je ne pourrai pas me remarier.

Vicky réfléchit.

— N'y a-t-il pas eu un scandale dans notre jeunesse ? Le divorce de Lord et Lady Boringdon ? Ne s'est-elle pas remariée ?

— Avec Sir Arthur Paget, oui, mais ils étaient déjà… liés avant. C'est d'ailleurs pour cette raison que son mari a obtenu un divorce par voie parlementaire.

Vicky se rappelait l'affaire maintenant : le Parlement avait dissous le mariage des Boringdon pour adultère. Tous les journaux londoniens avaient fait leurs choux gras du scandale. Vicky n'avait pas suivi le détail de la procédure ; elle ne se souvenait de cette affaire que pour une seule raison : Lady Boringdon était la fille du comte de Westmorland, et avec son second époux ils s'étaient unis dans une église de village au nord d'Oakbridge.

— Que sont-ils devenus ensuite ? demanda Vicky.

— Comment le savoir ?

Vicky marchait sur des œufs.

— Je suppose que le monde te manquerait si tu devais te retirer à la campagne…

Sur ce point, elle différait de sa sœur. Si elle était contrainte, elle, de se couper du monde, elle danserait de joie. Althea prit la main de Vicky entre les deux siennes.

— Je suis navrée pour tes genoux. Je me sens responsable.

— C'est ridicule, il s'agissait d'un accident.

— Mais sans moi tu ne mettrais pas autant d'énergie à trouver un mari et tu n'aurais jamais accepté une sortie avec M. Silby.

— Si l'on pousse ton raisonnement, c'est Dain le coupable. En se conduisant comme un monstre, il t'a poussée à le quitter.

Vicky songea alors pour la première fois que sa sœur, qui avait toujours adoré les enfants, n'en aurait peut-être pas, tant son avenir était incertain.

— Tu es sûre que tu ne voudrais pas… euh… commettre un adultère ? Dain exigerait un divorce par voie parlementaire et tu pourrais te remarier, débita-t-elle à toute allure.

Althea écarquilla les yeux.

— Tu voudrais que je ternisse encore plus ma réputation ?

— Non, je me disais simplement que si cela te donnait la possibilité de fonder une famille, un jour, cette solution méritait d'être envisagée…

Althea pinça les lèvres.

— Je ferais mieux de te laisser te reposer, dit-elle en se levant précipitamment.

— Althea !

Vicky voulut la rattraper, mais son genou droit se déroba et la douleur lui coupa le souffle.

— Peste !

Elle se laissa choir sur son lit et se frotta le genou en gémissant. Dans l'immédiat, elle allait devoir se consacrer à M. Darcy.

Chapitre onze

> « Ses souffrances étaient celles qu'infligent la désillusion et les regrets, il était malheureux de ce qui était, et désirait ce qui ne pouvait être. »
>
> *Mansfield Park*, Jane Austen

Tom avala une gorgée de whisky. La saveur tourbée du malt associée à l'odeur âcre du tabac à pipe et des cigares imprégnant le club White commençait à lui soulever le cœur. Il posa son verre sur la table en chêne. Il n'aurait jamais dû se laisser convaincre par Charles de l'accompagner ici.

Plus tôt dans la journée, après avoir laissé les chevaux au marché de Tattersall – Tom n'aurait pas supporté d'assister à la vente d'Horatio –, Charles avait suggéré qu'ils aillent noyer leur chagrin au club. Tom n'avait accepté qu'à la condition que son frère lui présente de potentiels financiers, mais il n'avait pas tardé à comprendre que les connaissances de Charles étaient soit de jeunes hommes à la vie dissolue, soit des quinquagénaires qui parlaient du défunt comte avec affection.

N'ayant aucune intention de faire dépendre son gagne-pain d'une personne liée, de près ou de loin, à son père, Tom avait accepté l'idée que cette journée ne lui apporterait que des malheurs. Consentant à rester au club de son frère, il s'était tancé intérieurement d'être devenu de ceux qui avaient besoin d'un verre pour supporter leur quotidien.

Plus il buvait, plus les muscles de ses épaules se tendaient. Le comte avait inscrit le nom de Tom sur la liste d'attente du club quand son fils était petit, mais il l'avait remplacé par celui de Charles à l'époque où Tom était à l'étranger. Si Tom avait besoin d'une preuve supplémentaire que son père ne l'avait jamais compris, il la tenait aujourd'hui. Les bergères en cuir étaient inconfortables, l'atmosphère enfumée. Dans cette pièce en particulier, des hommes buvaient ou mangeaient des tranches de rôti. Le seul passe-temps que Tom aurait pu apprécier dans ce lieu, la table de billard, était accaparée par deux messieurs de Bath.

Oui, une adhésion à ce club aurait été de l'argent jeté par les fenêtres. Tom avala une autre gorgée de whisky avant de reposer son verre bruyamment.

Charles lui jeta un regard assassin.

— Tu es obligé de faire autant de raffut ? Je broyais tranquillement du noir.

— Oh, assez ! J'ai dû vendre le meilleur cheval que j'aie jamais possédé à cause de ton inclination pour la gastronomie.

— Je ne suis pas à l'origine de toutes les dépenses, protesta Charles.

— Je sais qu'une majeure partie revient à père. Il n'en reste pas moins que tu as continué à faire des achats alors que tu connaissais la mauvaise santé de nos finances.

Charles conserva le silence un instant.

— Quelqu'un devait bien maintenir les apparences. Je ne pouvais pas laisser tout Londres penser que nous n'avions pas d'argent.

— C'est pourtant le cas, grommela Tom tout bas.

Charles approcha son verre de ses lèvres et observa, avant de boire :

— Peu m'importe. Tu n'es pas le seul à avoir perdu un cheval aujourd'hui.

Tom s'apprêtait à se lancer dans une tirade énumérant toutes les défaillances de Charles lorsque Geoffrey Murton franchit la porte au cadre ouvragé. Tom referma aussitôt la bouche et fixa son regard sur son verre. Il observa Murton, ou Dain puisque tel était son titre, du coin de l'œil.

Il faillit pousser un grognement en le voyant approcher de leur table. Que cherchait-il, bon sang ? Ils ne s'étaient jamais appréciés. À l'époque où ils étudiaient ensemble à Eton, Dain était un vrai tyran. Il donnait des ordres aux plus jeunes et leur imposait de porter le chapeau s'il s'attirait des ennuis. Bien que son cadet de deux ans, Tom s'était souvent senti obligé d'intervenir. À travers de subtiles manœuvres, il avait sauvé plus d'un étudiant d'une correction salée due aux manœuvres malhonnêtes de Dain.

Ce dernier avait fini par découvrir ce que Tom manigançait. Contrairement aux autres proies de Dain, Tom avait l'expérience des tyrans, il était immunisé contre l'intimidation.

— Messieurs, dit-il en saluant les deux frères.

— Dain, répondit Tom avec un signe de tête.

— Lord Dain, ajouta Charles.

— Vous vous connaissez ? s'enquit Tom.

— Votre frère était présent à mon mariage, répondit Dain.

Pendant quelques instants, ils conservèrent le silence et Tom se prit à espérer que Dain allait simplement tourner les talons maintenant qu'ils s'étaient salués. Malheureusement, il s'installa face à lui. Tom avala une gorgée de whisky pour se donner du courage.

— Je ne peux m'empêcher de noter que vous ne semblez ni l'un ni l'autre très portés sur la conversation.

— Oui, dit Charles en levant son verre. Nous avions besoin d'un petit remontant. Les événements de la journée se sont révélés éprouvants.

— Quel dommage, déplora Dain sans comprendre le message sous-jacent. Permettez-moi de vous offrir une autre tournée.

La gorge de Tom se noua aussitôt lorsqu'il imagina la brûlure tourbeuse d'un second verre, mais il conserva le silence, espérant que Dain allait enfin en venir au fait.

— J'insiste, dit le vicomte avec un sourire. J'ai quelque chose à célébrer.

Tom ignorait combien de temps il serait encore capable de supporter cet échange de banalités.

— Et pourquoi tenez-vous à le partager avec nous ?

Dain, qui ne se laissait visiblement pas atteindre par le ton hostile de Tom, répondit avec jovialité :

— Je viens de faire l'acquisition de deux magnifiques chevaux à Tattersall. Un pur-sang…

— Quelle merveille que les pur-sang, l'interrompit Charles en faisant tourner le fond de liquide ambre dans son verre, le regard vague.

Dain acquiesça et poursuivit :

— Et l'autre est tout à fait unique. J'ai d'ailleurs été surpris d'en voir un de son espèce mis aux enchères. Ces chevaux ne sont élevés qu'en Prusse.

La mâchoire de Tom menaçait de craquer.

— On les appelle des trakehners.

Ce fourbe avait acheté Horatio. Tom sentait son poing le démanger, tant il aurait voulu chasser le sourire sur le visage de Dain. Il se força à garder le silence, à ne rien trahir, mais Charles s'agita sur son siège.

— Le plus étrange, c'est que le propriétaire des chevaux a demandé à rester anonyme. J'ai dû me donner bien du mal et dépenser plusieurs souverains pour découvrir son identité.

Tom releva le menton et plongea ses yeux dans ceux de Dain.

— Et que comptez-vous faire de cette information ?

— L'exploiter à mon avantage.

— Qu'est-ce qui pourrait bien vous intéresser chez nous, Dain ? lui demanda Tom en conservant un ton neutre.

— Il me semble évident que les Sherborne sont aux abois. Sinon, pourquoi vendre deux bêtes aussi remarquables en conservant l'anonymat ? Le seul nom de Halworth aurait accru le prix de départ.

Dain jubilait.

— Bien sûr, le nom des Halworth serait terriblement entaché si votre situation financière devenait de notoriété publique. M'étant toujours considéré comme quelqu'un de bienveillant, j'ai une proposition à vous faire pour alléger votre fardeau financier.

Tom se pencha vers lui.

— Je ne passe pas de marché avec des extorqueurs. De mon point de vue, le titre des Sherborne a été terni par mon défunt père, bien plus que vous ne pourrez jamais le faire. Je vous suggère de nous laisser.

— Tom, intervint Charles. Ne nous précipitons pas. Écoutons au moins la proposition de Lord Dain.

Tom foudroya son frère du regard.

— Que voulez-vous ? s'enquit Charles.

Le sourire de Dain s'élargit.

— Je veux Halworth.

Tom crut d'abord avoir mal entendu.

— Le domaine ? demanda-t-il, incrédule.

Il se tourna vers son frère, visiblement aussi perplexe.

— Halworth ne peut se transmettre qu'au sein de la famille Sherborne, d'un héritier légitime à un autre. Je ne pourrais pas davantage vous le vendre qu'élever un hérisson volant.

Charles ricana.

— Je ne suis pas idiot, rétorqua Dain, glacial. Je connais le droit des successions. Vous devez néanmoins pouvoir vous séparer de vastes portions de votre domaine.

— Votre résidence principale ne se trouve-t-elle pas dans le nord ?

— On peut toujours en avoir plusieurs, Halworth.

Dain était donc resté un démon avide.

— Votre épouse héritera sans doute d'Oakbridge. Pourquoi vous intéressez-vous à nos terres ?

— Parce que l'opportunité se présente.

Tom grogna, contrarié d'avoir laissé la conversation se prolonger autant.

— Je vous remercie pour votre offre. Halworth n'est pas à vendre. Vous pouvez bien crier notre situation financière sur tous les toits de Mayfair, si cela vous chante.

Il tentait un coup d'esbroufe : les révélations que Dain pourrait faire entameraient les chances de Tom de trouver des soutiens pour son futur hôtel. Ce qui ne l'empêcha pas de se lever et d'adresser à Dain une grimace condescendante digne de son défunt père.

— La peste soit de vous, et de votre langue bien pendue !

Il se tourna vers son frère, qui ne semblait pas vouloir se lever.

— Charles ?

— Je termine d'abord mon verre. Nous nous verrons plus tard.

Tom le considéra avec incrédulité. Dain venait déjà d'épuiser une bonne partie de ses réserves de patience, et maintenant Charles…

Pendant plusieurs secondes, il oublia de respirer. Il se sentait mal. Si mal qu'il aurait pu causer un scandale. Il tourna les talons sans un autre regard pour son ancien camarade d'Eton et quitta le club d'un pas décidé. Il dut convoquer tout ce qu'il possédait de sang-froid pour contenir sa rage alors qu'il prenait le chemin de chez lui.

Il se concentra sur son souffle afin de contrôler sa colère, d'empêcher la fureur de le déborder. Il n'arrivait toutefois pas à faire disparaître le tambourinement lancinant de son pouls dans ses oreilles, pas plus que la sensation écœurante qu'il se berçait d'illusions.

Chapitre douze

« Sa clairvoyance est grande. »

Mansfield Park, Jane Austen

L'irritation n'était pas une émotion que Susie s'autorisait souvent. Elle estimait qu'ayant connu de nombreuses déceptions en seize années d'existence – au premier titre desquelles la mort prématurée de sa mère –, elle serait fort malheureuse si elle devait s'attarder sur chacune d'elles.

Et pourtant, tout en se remémorant qu'elle avait de nombreux motifs de réjouissance – un demi-frère qui l'aimait et qui l'avait sauvée de la rue –, elle ne parvenait pas à contenir l'irritation qui avait bouillonné en elle dès que Tom avait refusé son aide pour la résolution de leurs problèmes d'argent. Depuis la vente d'Horatio, la veille, Tom errait dans la maison comme une âme en peine, tantôt furieux, tantôt mélancolique.

Si seulement il avait accepté de la laisser trouver un emploi !

À l'époque où elle travaillait dans l'hôtel de l'oncle de Tom, elle était constamment occupée. Si bien qu'elle n'avait pas l'habitude de mener l'existence désœuvrée d'une jeune fille de bonne famille.

Pour ne rien arranger, il n'y avait pour ainsi dire rien à faire dans la maison londonienne des Halworth, sinon lire, et Tom refusait de l'autoriser à sortir seule. Elle sourit en quittant sa chambre pour rejoindre l'escalier. Un an et demi plus tôt, si quelqu'un était venu la trouver alors qu'elle pliait des draps et lui avait annoncé qu'elle vivrait bientôt dans une belle demeure londonienne, où elle passerait le temps le nez dans des livres, elle l'aurait pris pour un fou. Sans l'insistance de Tom pour qu'elle apprenne à lire, écrire et effectuer des calculs sommaires, elle n'aurait jamais été capable de signer un document de son nom, sans parler de finir l'énorme volume glissé sous son bras, *Histoire complète de la conquête normande*.

Bientôt, songea-t-elle avec délectation, elle en saurait plus sur l'histoire de l'Angleterre et de la France que Tom et Charles réunis. Et peut-être que, si elle accroissait ses connaissances grâce aux livres de la bibliothèque, Tom l'autoriserait à prendre un poste de gouvernante. Après tout, leur situation financière se dégradait avec une telle régularité qu'il ne tarderait sans doute pas à accepter son aide.

Portée par cette perspective, elle se rendit à la bibliothèque d'un pas guilleret. Au moment où elle en franchissait le seuil, un énorme volume se referma bruyamment. Elle tourna la tête en direction du bruit : Charles se tenait derrière le bureau, très raide. En la voyant, il se détendit.

— Ah, Susan ! Que me vaut le plaisir ?

Susie considéra le registre devant lui. À en juger par sa forme et sa taille, il s'agissait d'un des livres de comptes du domaine. Son regard glissa vers Charles. Ses cheveux châtain clair, ondulés, qui lui tombaient sur le front avec beaucoup de style s'accordaient à merveille avec son front proéminent et ses traits aristocratiques. Quelques jours après leur première rencontre, Susie s'était fait son opinion à son sujet : il était le genre de dandy à l'air malicieux qui entretenait une réputation de canaille. Susie n'avait pas encore déterminé si celle-ci était ou non justifiée.

Lorsqu'elle se retrouvait seule avec lui, il se montrait toujours poli, toutefois elle sentait bien qu'il n'était pas à l'aise avec elle. Elle ne le lui reprochait pas : elle devait lui rappeler en permanence l'adultère de feu son père. À cet instant précis néanmoins, il l'observait de ses yeux verts brillant d'innocence. Elle lui montra le livre coincé sous son bras.

— Je venais juste chercher de la lecture.

Charles s'approcha, main tendue. Elle lui remit l'ouvrage.

— *Une histoire complète de la conquête normande*... Doux Jésus, tu dois vraiment t'ennuyer pour te plonger dans ce genre de littérature, s'esclaffa-t-il.

Elle haussa les épaules.

— C'était parfois un peu indigeste. Et toi ? Pourquoi n'es-tu pas au club ? s'étonna-t-elle en lui prenant le livre des mains.

— Je me suis lassé.

Il se tourna vers les étagères pour examiner leur contenu.

— On y croise des personnes si ennuyeuses, ces derniers temps...

Susie ne sut comment interpréter son ton désinvolte. Charles était rarement à la maison à cette heure de la journée. S'était-il réellement lassé du club ? Et pourquoi consultait-il un livre de comptes ? Il en avait tous les droits bien sûr, cependant depuis qu'elle avait suivi Tom en Angleterre, Charles n'avait jamais montré le moindre intérêt pour les affaires du domaine.

Elle se demanda où était Tom. Il avait parlé de trouver des financiers pour son projet d'hôtel, mais était-ce aujourd'hui ? Il était souvent là en début d'après-midi, occupé à dessiner des plans et effectuer des calculs, jusqu'à ce que vienne l'heure de s'habiller pour le dîner. Il serait sans doute aussi intrigué qu'elle par l'intérêt subit de Charles.

Susie se faufila derrière le bureau et ouvrit le registre.

— Que cherchais-tu ? s'enquit-elle d'un ton neutre.

Charles fit volte-face et posa les yeux sur la page ouverte.

— Que veux-tu dire ?

— Tu as refermé ce livre de comptes quand je suis entrée. Tu n'étais pas en train de le consulter ?

Charles conserva le silence un instant.

— Pas du tout. Il était ouvert sur le bureau, je me suis contenté de le fermer. Notre père n'aimait pas laisser traîner des informations capitales, de peur que les domestiques n'y jettent un coup d'œil.

Elle hocha la tête d'un air compréhensif. Elle ignorait quelle raison Charles pouvait avoir de consulter ce document, mais elle ignorait aussi quelle raison il pouvait bien avoir de mentir à ce sujet. Peut-être avait-il dit la vérité. Elle referma le registre avec un sourire.

— Où est Tom ?

— Je n'en ai pas la moindre idée.

Il sortit un livre d'une étagère et souleva la couverture.

— Comme dirait Caïn, suis-je le gardien de mon frère ? Et toi, Susan, as-tu raison de vouloir être sa gardienne ?

Vicky ouvrit brusquement les yeux alors qu'un bruit étranglé lui échappait. Elle roula jusqu'à l'autre extrémité du lit. Des images de son cauchemar continuaient à défiler dans son esprit. Elle se concentra sur sa respiration pour se calmer. Elle avait revécu en rêve cette fameuse journée où elle était allée trouver Tom à Halworth Hall, bien des années auparavant. Ce jour où elle avait surpris le comte en train de bourrer son fils de coups de poing. Une domestique criait dans un coin du salon, le visage rougi par les larmes. Le comte avait accueilli Vicky avec cordialité, d'un simple « Ah, les garçons, tu sais comme ils sont ! », avant de quitter la pièce en souriant. Elle n'avait su que penser.

La domestique avait détalé, et Tom avait refusé de répondre à la moindre question. Ils ne s'étaient plus reparlé par la suite. Vicky s'était rendue à Halworth Hall chaque jour après la disparition de Tom, et le majordome l'avait congédiée. Quand elle avait appris que Tom ne reviendrait pas, Vicky lui avait adressé des lettres, confiées à la comtesse Halworth. Il ne lui avait jamais répondu. Elle ignorait ainsi combien il en avait reçu.

Il était peut-être tout à fait naturel de rêver de cette journée après avoir croisé Tom si souvent au cours des dernières semaines. Elle avait eu un sommeil agité la nuit précédente, et elle s'était retirée dans sa chambre pour se reposer avant de se préparer pour la soirée chez les Chadwick. La sieste n'avait pas été aussi paisible qu'elle l'espérait. Elle aurait mieux fait de rester éveillée.

Elle plissa les yeux pour regarder la pendule sur le manteau de la cheminée. Elle s'était assoupie bien plus longtemps qu'elle ne le voulait. Elle frictionna son genou. Dieu merci, il était nettement moins douloureux, et elle sonna pour appeler Sarah. Elle s'installa à sa coiffeuse et se demanda, tout en se brossant les cheveux, pourquoi on ne l'avait pas réveillée plus tôt.

Vicky se tapota l'intérieur des poignets avec de l'eau de lilas. Peut-être que Sarah aidait Althea à se préparer. Au petit déjeuner, leur père leur avait annoncé que M. Barnes avait réussi à trouver un procureur prêt à instruire le dossier d'Althea devant les tribunaux ecclésiastiques. Le procès pourrait bientôt débuter.

Pour célébrer cette bonne nouvelle, la comtesse avait insisté pour qu'Althea participe à la soirée musicale. À force d'éviter les événements mondains, elle allait finir par aiguillonner les curiosités. Le comte partageait cet avis, et Althea avait convenu qu'il y avait peu de chances que Dain soit présent, tant il détestait la musique.

Si Vicky savait que ses parents avaient raison sur le fond, elle était convaincue que sa sœur n'était pas prête à sortir dans la société. Elle avait cherché à lui parler, mais Althea s'était dérobée, et Vicky avait renoncé.

Que sa sœur veuille ou non de son aide, elle la suivrait comme son ombre ce soir. Et malheur à qui s'aviserait de lui causer du tort…

Chapitre treize

« Même maintenant, elle est restée invariablement maîtresse d'elle-même. »

Raison et sentiments, Jane Austen

Vicky se tenait tout près d'Althea lorsqu'elles pénétrèrent dans le salon de musique de Lord et Lady Chadwick. Aux murs, de nombreux chandeliers baignaient la pièce d'une lueur jaune. Sa sœur avait fait montre d'un calme surprenant dans la calèche mais au moment d'entrer dans la maison ses mains se mirent à trembler. Dans *Raison et sentiments*, lorsque Marianne revoit M. Willoughby à Londres après des semaines de séparation, elle se donne en spectacle et Elinor doit la raccompagner chez elles.

Vicky savait que sa sœur avait toujours été bien plus posée que Marianne Dashwood, cependant Althea n'avait pas passé une seule minute en public depuis qu'elle avait fui Dain. Et Vicky se demandait comment elle réagirait si la peur prenait le dessus. Ne semblant pas remarquer son malaise, leurs parents suivirent de vieux amis, qui les entraînaient à l'écart. Vicky s'accrocha au bras de sa sœur pour la soutenir.

— Allons nous asseoir, proposa-t-elle sans rencontrer de protestations.

Elles se dirigèrent donc vers les rangées de chaises dorées au fond de la pièce. Vicky se figea lorsqu'elle aperçut M. Silby, dans un coin, en discussion avec un homme qu'elle ne connaissait pas. Sa tenue de soirée était d'une discrétion parfaite : sa veste bleu marine n'avait rien de commun avec celle, violette, qu'il arborait au parc.

— Qu'y a-t-il ? s'inquiéta Althea.

— M. Silby, murmura Vicky. Continuons, ajouta-t-elle trop tard, car il avait croisé son regard.

Il prit congé de son compagnon et vint à leur rencontre. Vicky se mordit la langue. De toutes les expériences pénibles qu'elle avait pu faire, la promenade avec M. Silby avait été de loin la pire. Son genou droit continuait à l'élancer, lui rappelant sans cesse de ne plus jamais laisser un gentleman la dissuader de prendre son propre cheval ou d'utiliser ses propres pieds.

M. Silby semblait sur le point de la saluer, mais quelque chose ou quelqu'un retint soudain son attention. Il changea de trajectoire, se dirigeant vers la pièce voisine du salon de musique. Poussant un soupir de soulagement, Vicky se précipita vers une rangée de sièges vides.

— Comme c'est étrange qu'il ne soit pas venu nous saluer, observa Althea alors que Vicky lui indiquait les deux chaises les plus proches de l'allée.

Ayant passé tout un après-midi à observer les soubresauts de l'esprit incohérent de M. Silby, Vicky n'était guère surprise par son comportement.

Les Chadwick avaient une si haute opinion du talent de leurs quatre filles qu'ils organisaient chaque année une soirée musicale. Du point de vue de Vicky, les filles aînées ne possédaient qu'un don modéré, mais la benjamine, Emily, était l'une des meilleures joueuses d'harmonica de verre qu'elle connaisse. L'instrument ressemblait, à première vue, à un piano carré dont les touches seraient remplacées par des bols en verre de taille croissante, emboîtés les uns dans les autres et reliés en leur centre par une tige métallique et du liège. Le musicien effleurait les bols avec des doigts humides tout en les déplaçant à l'aide d'une pédale, et une musique plus légère que l'air transportait l'auditeur dans une clairière enchantée.

Vicky sentit alors une légère tape sur son épaule gauche. En se retournant, elle découvrit M. Carmichael, un sourire aux lèvres.

— Êtes-vous surprise de me voir ? lui demanda-t-il d'un air taquin.

Les mouchetures couleur café qu'elle avait remarquées dans ses yeux, bien qu'à peine visibles à la lueur des chandelles, la fascinèrent néanmoins.

— Pas du tout. Pour tout vous dire, je pensais d'ailleurs à vous.

— Vraiment ? En bons termes, je l'espère.

Vicky lui sourit malgré elle. Si seulement il était moins charmant… Elle n'aurait aucun scrupule à lui réclamer des comptes sur sa conduite. Il se tourna vers Althea.

— Je suis heureux de voir que vous avez accompagné votre sœur, Lady Dain.

— Merci, monsieur Carmichael.

— Puis-je me joindre à vous ?

Vicky fit signe à sa sœur de se décaler pour permettre à celui-ci de s'asseoir au bord de la rangée.

— Avez-vous passé un bon moment avec Silby ?

Vicky se retint de pousser un grognement.

— Ce fut un après-midi mémorable.

— Vraiment ?

Vicky lui raconta ce qui s'était produit au parc. L'expression de M. Carmichael passa de l'amusement à l'incrédulité puis à la colère.

— Mais quelle mouche l'avait donc piqué, sacrebleu ?

— Ce n'était sans doute qu'un accident.

— Il aurait dû vous faire descendre de son cabriolet avant de toucher à quoi que ce soit.

M. Carmichael se retourna comme pour chercher M. Silby dans la pièce.

— Allons, souffla Vicky, ce qui est fait est fait.

— Êtes-vous blessée ? s'enquit-il en la détaillant de la tête aux pieds.

Elle hésita sur ce qu'elle pouvait ou non lui confier. Après tout, elle ne tenait pas à être responsable d'une blessure que M. Carmichael pourrait infliger à M. Silby.

— À peine.

Il se renfrogna.

— Qu'est-ce à dire exactement ?

— Que je suis en état d'assister à un concert, monsieur, restons-en là.

— Si vous voulez bien m'excuser, mesdames.

— Que comptez-vous faire ? lui demanda Vicky, même si elle pensait le savoir.

— Pardonnez-moi, mais je ne peux tolérer tant de bêtise.

Il se leva.

— Monsieur Carmichael, s'exclama Vicky, si vous faites un pas dans cette direction, je ne vous le pardonnerai jamais.

Elle soutint son regard pour lui montrer qu'elle était très sérieuse.

— Monsieur Carmichael, intervint Althea d'un ton calme. Le moment et le lieu sont mal choisis.

Il se rassit en grommelant.

— Et cet abruti vous a raccompagnée dans sa voiture ? Ou était-elle trop abîmée ?

Vicky soupira.

— L'un des brancards était endommagé, et je me suis inquiétée pour les chevaux. Par hasard, Lord Halworth était dans le parc, et il a eu la bonté de m'escorter chez moi.

— Lord Halworth ?

— Oui.

— Je suis surpris que vous ayez accepté de le fréquenter après le bal de la duchesse.

Vicky se mordit la langue, bien consciente d'avoir pu donner cette impression.

— Sur le moment, j'aurais préféré la compagnie de n'importe qui à celle de M. Silby, répondit-elle à voix basse. Je m'estime chanceuse que Lord Halworth ait été présent.

M. Carmichael ne dit rien. Un muscle de sa mâchoire se crispa. Vicky avait parlé à son père des inquiétudes de Tom au sujet de M. Carmichael, mais le comte n'en avait fait que peu de cas, lui certifiant que ses prouesses dans le domaine de la boxe étaient de notoriété publique. Il avait même suggéré que, s'il avait été présent à ce fameux bal, il aurait lui-même demandé à Tom de laisser sa fille tranquille. Il refusait de croire que M. Carmichael pût répandre de fausses rumeurs au sujet de celui-ci.

Vicky n'était pas entièrement convaincue, toutefois. Il avait eu une réaction si véhémente au récit édulcoré de sa mésaventure au parc avec M. Silby qu'elle ne se sentait guère en confiance. Elle allait devoir mener l'enquête pour découvrir la vérité.

— Êtes-vous… enfin plutôt, avez-vous…

Elle s'interrompit, incapable de surmonter son malaise.

— Avez-vous de l'inimitié pour Lord Halworth ?

— Pourquoi en aurais-je ? Je le connais à peine.

Vicky secoua la tête, tentant de déchiffrer son expression. Il avait un air parfaitement innocent, et pourtant quelque chose dans son intonation clamait le contraire.

— J'ai entendu dire que M. Silby et vous-même aviez été très désagréables avec lui au bal de la duchesse, puis à l'occasion d'un combat de boxe.

Carmichael l'observa longuement avant de dire :

— J'ai été désagréable au bal parce que j'ai perçu le chagrin qu'il vous causait. Je connais votre famille depuis longtemps, et je me sens offensé par ceux qui pensent pouvoir tirer avantage de votre bonté.

— Je vois, dit-elle en se mordillant la lèvre.

Il avait donc remarqué sa peine ce soir-là.

— Quant au combat de boxe…

Il s'interrompit pour lui décocher un sourire triste.

— Que puis-je vous dire, sinon que…

Il s'interrompit à nouveau et haussa les épaules cette fois.

— … les hommes, vous savez comme ils sont !

Il ne se cherchait pas d'excuses. Et pourtant, quelque chose continuait à la tourmenter. Elle comprit soudain ce que c'était. Le père de Tom avait utilisé la même expression lorsqu'il avait roué son fils de coups. « Ah, les garçons, tu sais comme ils sont ! »

— Les hommes ont-ils pour habitude de se dénigrer mutuellement en public au sujet d'une demoiselle ? Une demoiselle qui vous avait bien précisé qu'elle n'avait aucune querelle avec ce gentleman en particulier ?

— Si ce gentleman en particulier le mérite, pourquoi pas ?...

Vicky se détourna en soupirant.

— Vous avez raison, mademoiselle. C'était indigne de moi. Je n'ai que peu de tendresse pour ceux qui imposent leur présence aux autres, mais... Je n'aurais jamais dû vous mêler à cette histoire. J'espère que vous accepterez de me pardonner.

Vicky étudia ses traits. Son regard sombre était voilé par le regret. Elle jeta un coup d'œil à Althea, qui semblait penser, comme elle, que sa détresse était authentique.

— J'accepte, si vous me promettez de ne plus parler de tout cela à quiconque, dit-elle en redressant le menton.

Il hocha lentement la tête.

— Naturellement.

— Dans ce cas, reprit-elle avec un sourire, vous êtes tout pardonné.

Un coin de la bouche de M. Carmichael se souleva.

— Je vous remercie.

Althea se pencha vers M. Carmichael pour lui demander s'il avait déjà entendu Emily Chadwick jouer de l'harmonica de verre.

— Non, mais j'ai entendu dire qu'elle en avait une maîtrise tout à fait remarquable.

Vicky fut profondément reconnaissante à Althea de changer de sujet. Elle lui emboîta d'ailleurs aussitôt le pas en demandant à M. Carmichael :

— Jouez-vous d'un instrument ?

Il répondit d'un sourire navré.

— Sans réel talent, malheureusement.

— Vraiment ? s'étonna Vicky.

— Ma mère aurait aimé que je joue du piano. Elle a même eu recours aux services d'un professeur de musique quand j'étais petit.

Vicky avait bien de la peine à l'imaginer enfant. Elle baissa les yeux vers ses grandes mains aux doigts fins, qui lui semblaient bien plus taillées pour jouer des poings que pour tirer une mélodie envoûtante des petites touches d'un piano.

— Et vous jouez encore ? s'enquit Althea.

— J'ai grandi et mon père s'y est opposé.

— Il était opposé à la musique ? s'étonna Vicky.

Il marqua une hésitation avant de répondre impassiblement :

— C'est à moi qu'il l'était.

Vicky en fut réduite au silence. Elle ne s'était pas attendue à un tel aveu.

— Il doit être prodigieusement fier de vous aujourd'hui, dit Althea. Comment ne pas l'être ?

— Il y a longtemps qu'il n'est plus de ce monde.

— Oh, je suis navrée, dirent-elles en chœur.

Il secoua la tête, l'air de suggérer que ce n'était rien, mais Vicky comprit à la façon dont ses yeux s'obscurcirent qu'il mentait. Pourquoi certaines personnes étaient-elles aussi cruelles avec leurs enfants ?

— Dans ce cas… vous devriez vous y remettre !

— Vous avez raison, Lady Victoria.

Les traits de son visage s'adoucirent et ses yeux sombres se réchauffèrent.

Les filles Chadwick choisirent ce moment pour faire leur entrée et s'installer devant leurs instruments. Les invités se turent tandis qu'une Lady Chadwick rayonnante prenait la parole afin de présenter une à une ses filles.

Vicky arracha son regard à celui de M. Carmichael, mais elle sentit le sien s'attarder sur elle. Après avoir salué leur public, les musiciennes se mirent à jouer. Vicky repéra quelques fausses notes en provenance de la flûtiste et de la violoniste, cependant Emily, du haut de ses quinze ans, jouait de son harmonica de verre à la perfection. Des notes cristallines s'élevaient dans la pièce alors que ses doigts effleuraient les rebords des bols en verre avec une précision rythmique irréprochable.

Du coin de l'œil, elle remarqua que M. Carmichael battait du pied sur la musique. Althea, à qui cela n'avait pas échappé, se pencha vers elle pour lui glisser à l'oreille :

— Qu'est-ce qui t'a pris ?

— C'est-à-dire ?

— Pourquoi as-tu mentionné Tom ?

— J'espérais pouvoir lever mes doutes à ce sujet.

— Et maintenant M. Carmichael sait que tu parles de lui avec Tom.

Vicky se renfrogna.

— Et donc ?

— Tu ne devrais pas piquer ainsi sa jalousie. Cela pourrait lui déplaire.

— S'il est jaloux d'une chose aussi anodine que le fait que je puisse parler à d'autres hommes, je ne suis pas sûre de vouloir de lui.

Althea se cala à nouveau contre le dossier de sa chaise et fixa ses mains. Vicky jeta un bref coup d'œil par-dessus son épaule et vit Tom arriver. Cherchant une place libre, il posa le regard sur elle. Elle lui adressa un petit sourire, auquel il répondit d'un signe de tête. Puis il se dirigea vers la chaise vide dans la rangée juste derrière.

Le mouvement attira l'attention de M. Carmichael. Il se raidit et cessa de remuer le pied. Son déplaisir ne faisait aucun doute. Une fois de plus, Vicky s'inquiéta. Elle ne comprenait pas pourquoi il se défiait à ce point de Tom.

À la fin du concert, les musiciennes eurent droit à des applaudissements nourris. S'étant acquittés de leur devoir, la plupart des invités se rendirent au buffet de rafraîchissements ou allèrent féliciter les filles Chadwick.

M. Carmichael se leva et offrit son bras à Victoria.

— Voulez-vous quelque chose ? J'ai cru comprendre qu'il y avait de la glace au chocolat, précisa-t-il avec un sourire. Et pas une seule à la pistache.

En dépit de ses préoccupations, Vicky rit de bon cœur.

— Dans ces conditions, j'en serais enchantée, monsieur.

Il se tourna vers Althea.

— Lady Dain, nous ferez-vous le plaisir de nous accompagner ?

Comme elle ne répondait pas, Vicky se tourna vers elle. La terreur l'avait transformée en statue. Vicky suivit son regard et découvrit Dain, qui se tenait sur le seuil du salon de musique. Elle déglutit pour chasser la subite sécheresse dans sa gorge. Que faisait-il donc ici ? M. Carmichael dut percevoir leur agitation.

— Tout va bien, mesdames ?

Vicky ignorait comment répondre à sa question. Pouvait-elle s'autoriser à lui parler de Dain, ce qui était peu recommandé dans ces circonstances, ou fallait-il prétendre que tout allait bien ? Elle voulut prendre conseil auprès de sa sœur, mais celle-ci tremblait.

Les yeux rivés sur Althea, Dain discutait avec un homme barbu d'une cinquantaine d'années. Elles se retrouvaient dans la situation qu'elle avait tant redoutée. Elle devait agir avec plus de rapidité qu'Elinor Dashwood et éviter le désastre imminent.

— Monsieur Carmichael, j'ai un service à vous demander.

— Ce que vous voulez, Lady Victoria, répondit-il, le front plissé par l'inquiétude.

— Pourriez-vous éloigner Lord Dain de ma sœur et de moi-même pour le restant de la soirée ?

Il la dévisagea un long moment. Puis son regard glissa sur Althea.

— Puis-je vous demander pourquoi ?

— Malheureusement, non… Je sais que cela doit vous paraître étrange, mais nous vous en serions très reconnaissantes. Infiniment reconnaissantes.

M. Carmichael chercha le regard d'Althea, qui continuait à se dérober. Vicky sentit la nervosité monter. Il allait refuser, et Dain viendrait lui arracher Althea. Vicky n'aurait aucun moyen de s'interposer. Elle se souvint alors de la présence de Tom.

— Très bien, je vais chercher assistance auprès de Lord Halworth. Tom ? dit-elle en se tournant vers lui.

Elle nota que M. Carmichael avait pâli en constatant qu'elle l'appelait par son prénom. Tom interrompit sa conversation avec son voisin âgé.

— Oui, Lady Victoria ?

Elle n'eut pas le temps de lui exposer la situation.

— Inutile, intervint M. Carmichael, je suis à votre service.

Ignorant royalement Tom, il salua les deux sœurs et se dirigea vers Dain. Vicky soupira.

— Que se passe-t-il ? lui demanda Tom, qui s'était approché et haussait les sourcils.

Il l'encouragea à développer en haussant les sourcils.

— Eh bien…

S'avisant soudain qu'elle ne pouvait pas lui en dire davantage, elle ajouta brusquement :

— Nous avons besoin de rafraîchissements.

— Je peux aller vous chercher des glaces, si vous le souhaitez. Le chocolat a toujours votre préférence ?

Elle hocha la tête avec un sourire. Il n'avait pas oublié.

— Et Althea aime le citron.

Tandis qu'il se dirigeait vers le buffet, Tom repéra M. Carmichael, en pleine conversation avec Lord Dain dans la pièce voisine. Tom fit en sorte de se rapprocher des deux hommes, autant qu'il l'osait, le tapis turc absorbant le bruit de ses pas. Tom se plaça contre le mur, près du montant de la porte, mais les autres convives faisaient tant de bruit qu'il n'entendit que des bribes de conversation.

— Vous n'auriez pas dû venir, disait Carmichael.

— Que sous-entendez-vous ?

Un gentleman toussa en passant près de Tom et l'empêcha d'entendre la réponse de Carmichael. Il fit un pas de plus vers la porte.

— Ne me mettez pas de bâtons dans les roues, Carmichael. Vous connaissez les enjeux.

— Il n'est pas question d'affaires. Votre présence semble déranger les Aston, et cela perturbe mes projets.

Quelle entreprise avaient-ils en commun ? Tom hésitait : devait-il se montrer ou attendre d'en apprendre davantage ?

— Partez simplement. Maintenant, lui ordonna Carmichael.

— Hors de question.

Intrigué par le silence de Carmichael, Tom jeta un bref coup d'œil par-dessus son épaule et constata qu'il murmurait quelque chose à l'oreille de Dain, qui parut scandalisé. Puis Carmichael empoigna Dain par le bras et l'entraîna vers la rue.

Tom hésitait à les suivre. Se retournant, il croisa le regard de Vicky, toujours dans le salon de musique. Diantre ! Il avait oublié les glaces.

Tout en ruminant les possibles implications de l'échange qu'il venait de surprendre, il se rendit au buffet. Et apporta les glaces aux deux sœurs Aston.

— Que vous est-il arrivé ? lui demanda Vicky.

— J'ai été retenu.

Althea le remercia tout bas.

— Je suis très heureux de vous revoir après toutes ces années.

Tom se reprocha aussitôt sa familiarité en public.

— Je devrais ajouter « Lady Dain », bien sûr.

— Ne vous donnez pas cette peine.

Elle croisa son regard et ajouta :

— Pas de cérémonie entre nous.

Son sourire était étrangement triste, et il remarqua soudain sa pâleur. Althea avait toujours été plus grande que Victoria, et plus élancée, mais à présent elle n'avait plus que la peau sur les os. Elle était peut-être malade…

— J'ai vu votre mari et M. Carmichael…

— Nous vous sommes redevables pour l'aide que vous avez apportée à Vicky à Hyde Park, l'interrompit-elle. Ainsi que pour votre intervention à Oakbridge. Il semble que vous ayez pris l'habitude de tirer ma sœur de situations désespérées.

Vicky se concentrait sur sa glace.

— Pas du tout, dit-il.

Visiblement, elles ne tenaient ni l'une ni l'autre à discuter de Carmichael et de Dain. Il espérait pour Althea que ce dernier s'était bonifié avec le temps.

Vicky le sortit brusquement de ses pensées.

— Avez-vous sauvé d'autres demoiselles en détresse, aujourd'hui ?

— Malheureusement, le cocher de la calèche incontrôlable que j'ai arrêtée aujourd'hui avait eu la folie de rester à l'intérieur, dit-il avec un sourire en coin.

— Ah mais alors, vous vous améliorez !

— De jour en jour, oserais-je dire.

Vicky gloussa. Il avait oublié combien ce rire le rendait heureux, combien le visage de Vicky s'éclairait dans ces moments-là. Un flot de souvenirs le frappa en pleine poitrine.

— Vous souvenez-vous de la fois où nous sommes allés pêcher et où vous avez insisté pour vous placer au milieu du ruisseau ?

— Le jour où mon pied s'est enfoncé dans un trou boueux ?

Il confirma d'un hochement de tête.

— J'ai dû patauger dans l'eau, vous aider à dégager votre pied, et nous sommes tous deux tombés à la renverse.

Elle éclata à nouveau de rire.

— Ah oui, j'avais oublié !

Vicky ajouta à l'intention d'Althea :

— Je n'ai jamais récupéré ma chaussure.

— Et tu es rentrée à la maison en boitant ?

Vicky se plongea dans sa mémoire.

— Non. J'ai laissé l'autre sur la rive pour les fées.

Tom secoua la tête.

— Il est vrai que vous portiez beaucoup d'intérêt aux contes, cet été-là.

Vicky redressa le menton.

— Je vous demande bien pardon, mais j'avais huit ans. Vous n'avez simplement l'un comme l'autre aucune propension à la fantaisie. Je dois dire que j'ai pitié de votre manque d'imagination.

— Parce que tu as déjà vu une créature fantastique, toi ?

— Pas encore. Ce qui ne signifie pas que cela n'arrivera jamais. D'après M. Carmichael, il y avait à Vauxhall Gardens un cochon capable de lire l'heure.

— Sornettes ! observa Althea.

— Très certainement. Mais ne serait-ce pas merveilleux s'il en était capable ?

Tom s'émerveilla une fois de plus de constater qu'elle avait si peu changé. Le soupir d'agacement d'Althea semblait faire écho à ses pensées.

— Ce serait une belle prouesse en effet, approuva-t-il, mais à quoi bon ?

— Tout à fait, renchérit Althea.

Vicky plissa le nez.

— Pourquoi faudrait-il que tout remplisse un but ? Une chose ne peut-elle pas viser à être tout simplement charmante ?

Avait-elle idée à quel point elle passait pour un esprit fantasque ? Naïf ? Comment pourrait-elle survivre dans le monde en étant si mal armée ?

Il devrait l'informer de l'échange qu'il avait surpris entre Carmichael et Dain. Elle en ferait ce qu'elle voudrait.

— Puis-je vous rendre visite demain ?

Elle haussa les sourcils, intriguée.

— Si vous parvenez à vous libérer de votre cynisme.

— Je crains que cela ne soit impossible.

Elle soupira.

— Alors laissez-le chez vous pour la journée, au moins.

Elle porta une cuillerée de glace à sa bouche. Tom s'interdit de regarder la pointe de langue rose qui sortait pour lécher le chocolat à la commissure des lèvres.

— Je ferai de mon mieux.

Chapitre quatorze

« Grand Dieu ! Est-ce possible ? »

Orgueil et préjugés, Jane Austen

À travers la vitre de la calèche, Vicky observait les rues sombres. Tom avait été si charmant ce soir… Il avait même convaincu Althea de faire la conversation. Elle se mit à fredonner l'un des airs du concert.

La comtesse la considéra avec étonnement. Vicky plaça une main devant sa bouche et fit semblant de se gratter la joue. Elle n'avait aucune raison de se montrer aussi guillerette. Il ne s'agissait que d'une simple visite de courtoisie. Et Tom pouvait d'ailleurs très bien oublier de s'en acquitter.

Baissant sa main, elle observa le profil de sa sœur. Althea regardait dehors. Dain n'était pas revenu dans le salon de musique, et M. Carmichael non plus. Vicky le regrettait… Peut-être avait-il été contraint d'escorter le vicomte.

M. Silby était venu la trouver après le départ de Tom, pour lui présenter des excuses inutiles et lui garantir qu'il avait fait soigneusement réviser son carrick après l'incident au parc. Il l'avait même invitée à une autre promenade. Elle avait dû recourir à de fausses excuses pour le repousser : rien ne pourrait jamais la convaincre de monter à nouveau à bord d'une voiture avec cet homme.

Si M. Carmichael avait assisté à cet échange, il aurait sans doute dit, ou fait, quelque chose d'irréfléchi. Oui, Vicky avait été bien avisée de le charger de les débarrasser de Dain.

Elle effleura le bras de sa sœur.

— Et voilà, Thea, tu as affronté ta plus grande peur. Tu peux être fière.

Althea continuait à regarder dehors.

— Le revoir n'était pas ma plus grande peur.

— Peut-être pas, intervint la comtesse, mais tu as bien réagi. Nous devrons remercier M. Carmichael d'avoir su convaincre le vicomte de partir.

— Voilà quelqu'un de bien, ce Carmichael, ajouta le comte en considérant sa fille cadette avec insistance.

— Je partage cet avis. Je l'apprécie beaucoup.

Devinant où son père voulait en venir, Vicky ajouta :

— Ce qui ne signifie pas pour autant que j'aie pris ma décision.

Elle avait besoin de temps. Et si elle faisait une autre rencontre ?

— D'ailleurs, papa, tu devrais parler à M. Carmichael de…

Une explosion tonitruante secoua le corps entier de Vicky. Une détonation ! Les chevaux hennirent et la calèche fit brusquement halte. Vicky posa un regard paniqué sur ses parents assis en face d'elle. Le comte tenait la poignée de la portière et le bras de son épouse, qui s'accrochait à lui. Elle avait failli être projetée tant l'arrêt avait été brutal.

— Papa ?

Pour toute réponse, le comte pressa un index sur ses lèvres. Vicky se tourna vers Althea, pâle comme un linge. Vicky lui serra le bras. Des cris retentirent à l'extérieur de la calèche.

Les deux portières s'ouvrirent à la volée. Un homme se tenait de chaque côté. Celui près de Vicky était si trapu qu'il remplissait l'encadrement. Ses vêtements élimés épousaient les contours de son corps massif. Vicky fronça le nez lorsque son odeur lui parvint : il ne s'était pas lavé depuis longtemps. Un rictus déforma soudain son visage grêlé. Il pointa son arme sur le comte.

— Milord, dit-il d'un ton dégoulinant de sarcasme.

Il avait un fort accent de l'est londonien. Vicky tenta d'apercevoir la rue derrière lui, espérant que ni le valet de pied ni le cocher ne gisaient, morts, dans la terre battue. Les valets de pied des Aston étaient toujours munis de pistolets pour protéger leurs maîtres – la fréquence à laquelle les riches se retrouvaient à la merci des bandits de grand chemin semblait s'accroître d'année en année.

— Que voulez-vous ? demanda le comte d'une voix qui ne tremblait pas.

L'homme près de Vicky ne répondit pas. Il désigna son complice, de l'autre côté de la calèche. Celui-ci, plus petit, sentait tout aussi mauvais. Ses vêtements, qui ne méritaient que le nom de haillons, flottaient autour de sa carcasse.

Il agrippa le bras d'Althea, qui hurla. Vicky ne lâcha pas l'autre bras de sa sœur. Elle ne les laisserait pas l'emmener sans se battre.

— Bon sang, dit le premier bandit. Pas elle, l'aut'e ! Cel'-là, précisa-t-il en montrant Vicky.

— Messieurs, reprit le comte d'une voix plus forte, nous pourrions trouver un arrangement. J'ai de l'argent. Laissez ma fille.

L'homme au visage grêlé approcha son pistolet de la tête du comte.

— Fe'me ton clapet, s'tu tiens à la vie. On l'emmène, point.

Son compagnon continuait à tirer sur le bras d'Althea.

— J'tai dit qu'c'était l'aut'e ! aboya le premier en empoignant le bras de Vicky.

Il serrait si fort qu'elle grimaça de douleur. Son compagnon secoua la tête, dévoilant une oreille difforme.

— Cel'-là, insista-t-il en tirant sur le bras d'Althea.

— Viens là et prends c'te fille s'tu veux pas que j'te plombe.

Le complice lâcha Althea à contrecœur et fit le tour de la calèche. Le comte en profita pour frapper l'homme au visage grêlé. Une balle transperça le toit du véhicule. La comtesse hurla. Dans la confusion, l'homme lâcha le bras de Vicky. Elle retint un cri d'effroi en voyant son père se jeter sur lui et le faire tomber à la renverse dans la rue. Le comte roua le bandit de coups avant que celui-ci ait eu le temps de reprendre ses esprits.

Entre-temps, la seconde fripouille avait rejoint son complice. Il décocha un coup de pied dans le flanc du comte sous les hurlements de la comtesse. Vicky chercha une arme dans la calèche, mais elle n'avait que son minuscule sac à main. Bien qu'elle doutât de pouvoir causer beaucoup de dégâts avec, elle n'avait pas le choix. Empoignant les lanières du petit sac, elle sauta à terre et frappa l'homme efflanqué à la tête. Il s'empara aussitôt de son bras, le serrant dans un étau cruel.

— Lâchez-la !

Althea se tenait au pied de la calèche. Livide mais furieuse. L'homme ricana et se jeta sur elle sans lâcher Vicky. Celle-ci eut une soudaine illumination. Elle planta son genou dans l'entrejambe de l'homme avec autant de force que possible. Il recula aussitôt, les deux mains plaquées sur son pantalon.

Vicky se tourna vers sa sœur, qui semblait sur le point de perdre connaissance.

— Remonte en voiture, Thea !

Vicky l'aida et ferma la portière. L'autre bandit, qui s'était relevé, tournait autour du comte, en agitant son pistolet. Ne pouvant plus s'en servir pour tirer, il tentait de le frapper avec la crosse.

Vicky aperçut quelques badauds sur le trottoir.

— À l'aide ! leur cria-t-elle.

Personne n'esquissa le moindre geste. Mais qu'avaient-ils donc ? Elle réitéra son appel, maudit ces curieux, puis se mit en quête des membres de leur suite. Le valet de pied gisait inconscient, la jambe en sang. Le cocher avait disparu. Le comte reçut soudain un coup de poing dans le ventre. Il se plia en deux et le bandit en profita pour le frapper au visage.

Vicky leva les deux bras pour héler un taxi qui descendait la rue en sens inverse. Il ne s'arrêta pas en dépit de ses cris, des gémissements de sa mère et de sa sœur. Le second bandit, celui qu'elle avait frappé, était tombé à genoux et avait les yeux fermés. Il ne semblait pas en état d'aider son compagnon.

Lequel continuait à frapper le comte. Elle sauta sur son dos, s'appuyant de tout son poids sur lui. Elle agrippa une poignée de ses cheveux et tira. Il se débarrassa d'elle en poussant un grognement. Elle fit un vol plané et les douleurs sourdes dues à sa chute du jeudi précédent se réveillèrent lorsqu'elle heurta la terre battue. Un objet particulièrement dur s'enfonçait dans son flanc. Elle tendit la main et sentit du métal froid. Le pistolet du valet de pied.

Elle l'étudia. Il était encore chargé. Elle se releva pour viser l'assaillant de son père.

— Arrêtez ou je tire !

Avant de se tourner vers elle, le géant décocha un dernier coup de poing au comte, qui perdit connaissance. La gorge de Vicky se serra, des larmes lui brûlaient les yeux.

— Allons, la belle, donne-moi ça, gronda la brute en faisait un pas vers elle.

Ce monstre avait peut-être tué son père. Et il avait retrouvé son rictus cruel. Elle serra si fort les dents qu'elle craignit de s'en casser une. Il souriait en coin : il ne la croyait pas capable de tirer. Il n'avait pas peur d'elle. Une bile acide brûlait la gorge de Vicky.

— Ne bougez pas si vous ne voulez pas recevoir une balle dans la poitrine.

Elle arma le chien du pistolet. Le bruit résonna dans la nuit silencieuse.

Il se pétrifia. L'autre bandit s'approchait d'elle à présent. Elle braqua l'arme sur lui et il s'arrêta aussitôt.

— Partez d'ici, tous les deux, avant que je vous tue.

— T'peux tirer qu'un coup, riposta l'homme au visage grêlé. À s'pposer qu'tu réussisses à toucher l'un d'nous, l'autre pourra t'emmener.

Elle lui décocha un regard chargé de haine.

— Vous voulez courir le risque d'être celui que je tuerai ? Dans ce cas, je vous en prie, restez.

Les deux bandits échangèrent un regard. Aucun d'eux n'était prêt à mourir.

— C'pas fini, la belle, rugit le géant.

— Partez !

Elle braqua le canon sur sa tête, le doigt sur la détente. Il cracha dans sa direction avant de faire signe à son complice. Ils s'élancèrent et disparurent dans la nuit.

Chapitre quinze

« Mais, reprit-elle après un silence, quels motifs ont donc pu le pousser, et le déterminer à si mal agir ? »

Orgueil et préjugés, Jane Austen

Tom résista à la tentation de presser le pas dans la rue. Il se rendait chez les Aston et ne pouvait se défaire du sentiment qu'il était impatient de revoir Vicky. La veille, au concert, il était persuadé qu'il irait simplement l'informer de la teneur de l'échange de Dain et Carmichael. Il n'en était plus aussi sûr.

Elle ressemblait encore tellement à la Vicky de son enfance, celle qui poussait son cheval à franchir des haies absolument immenses ou qui se faufilait dans les cuisines d'Oakbridge pour chaparder des tartes aux fraises à s'en rendre malade.

Il avait fait de son mieux pour effacer ces souvenirs de sa mémoire. Ils ne faisaient que réveiller une vieille douleur dans sa poitrine. Et pourtant hier, lorsqu'ils s'étaient remémoré ensemble ce jour où elle avait perdu sa bottine dans le ruisseau, il avait éprouvé… du réconfort.

Avant son départ pour Eton, Tom passait l'essentiel de son temps avec Vicky. Quand ils étaient plus petits, Charles et Althea avaient souvent tenté de s'associer à leurs jeux, en pure perte. Tom et elle ne leur avaient jamais accordé beaucoup d'attention. Avec le retour des regrets, sa haine pour son père était ravivée. Tom fut assailli d'images du passé : le regard furieux du vieil homme les surprenant, Charles et lui, en train de jouer aux petits soldats dans les escaliers – les oreilles de Tom en étaient restées douloureuses tout le reste de la journée –, le geste brusque du comte qui agrippait la comtesse par le bras et la projetait contre une armoire, l'accusant faussement de lui avoir manqué de respect, les mains tremblantes et les yeux écarquillés de Charles lorsque Tom le traînait à l'étage dans leur chambre pour le cacher alors que les cris étouffés de leur mère résonnaient dans ses oreilles. Tom inspira pour chasser ce souvenir, pour noyer la honte de n'avoir jamais été à la hauteur, pour éteindre la rage qui montait toujours en lui lorsqu'il se plongeait dans le passé.

Cette rage ne servait qu'à l'encourager à devenir comme son père alors qu'il n'aspirait, lui, qu'à l'oublier.

Quand la lettre de la comtesse l'informant du décès du comte lui était parvenue, Tom n'avait pas versé une seule larme. Il avait au contraire profité de la disparition du vieux tyran pour se transformer en coquille vide. Il savait, quelque part, qu'il n'aurait jamais dû laisser une telle chose se produire. Toutefois l'engourdissement était de loin préférable aux… émotions.

Tom se frictionna la tempe gauche au moment de s'engager sur Kingsford Square. La demeure des Aston se dressait à l'autre bout. Un taxi attendait devant. Tom consulta sa montre de gousset. Quatre heures de l'après-midi. Vicky avait peut-être d'autres projets…

Il jeta un coup d'œil à travers les fenêtres du rez-de-chaussée en les longeant. Il y avait de l'agitation à l'intérieur. Beaucoup trop d'agitation.

Quelque chose clochait. Il frappa.

L'inquiétude de Tom crut encore lorsqu'il fut accueilli par la femme de chambre de Vicky plutôt que par le majordome.

— Bonjour, Sarah. Lady Victoria est-elle là ?

— Oui, Lord Halworth, avec son père.

— Puis-je l'attendre ?

Sarah s'apprêtait à répondre quand Vicky descendit l'escalier. Elle ouvrit de grands yeux ronds en découvrant Tom.

— Vous êtes venu !

Il l'examina attentivement, mais à l'exception d'une marque bleu foncé sur son bras qu'elle avait dû cacher sous un châle la veille, il ne remarqua rien d'anormal.

— Si le moment est mal choisi, je peux revenir…

— Non, entrez, je vous prie, dit-elle en le rejoignant. J'ai à vous parler, ajouta-t-elle tout bas en l'invitant à la suivre d'un geste de la tête.

À présent qu'elle était plus proche, il découvrait sur ses mains et ses poignets des égratignures qu'il n'avait pas souvenir d'avoir vues la veille. Elle s'engagea dans un couloir et il allongea sa foulée pour la rattraper.

— Tout va bien ? lui demanda-t-il en désignant ses bras.

Elle baissa les yeux vers ses griffures.

— Oui, très bien. C'est papa qui nous inquiète. Il est inconscient. Le médecin est avec lui.

Inconscient ? Diable !

— Que s'est-il passé ?

Tom suivit Vicky dans un salon aux murs tendus de tissu bleu. Elle s'assit sur un sofa et lui désigna le fauteuil d'en face. Elle lui relata alors l'attaque de la veille. Tom ne sut que dire. Comment une seule et même personne pouvait-elle attirer aussi souvent le malheur ? Lorsque Vicky lui précisa que l'un des attaquants avait déclaré que « ce n'était pas terminé », un muscle sous l'œil gauche de Tom se mit à tressauter.

— Croyez-vous qu'il soit possible que tous les accidents de ces derniers jours n'en soient pas ? Je ne peux m'empêcher de penser que le brancard du carrick de M. Silby était étonnamment endommagé…

Tom tapota le bras du fauteuil. Silby ne semblait pas assez rusé pour orchestrer un tel « accident ». De surcroît, il arrivait souvent que des chevaux prennent la fuite, et les carricks avaient la réputation d'être des véhicules particulièrement peu sûrs. Tom voulait croire au rôle du hasard dans l'enchaînement de ces incidents.

D'un autre côté, que penser de l'agression à Oakbridge ? L'homme avait voulu la blesser.

— Votre assaillant à Oakbridge pourrait-il être derrière tout cela ?

— Les brigands d'hier soir étaient des vagabonds avec un fort accent cockney, répondit-elle en secouant fermement la tête.

— Nous ne l'avons jamais entendu parler, lui rappela-t-il.

— Certes, mais son pardessus… Les hommes d'hier soir semblaient à peine en état de s'offrir les guenilles qu'ils portaient, alors un pardessus…

Tom acquiesça.

— Ils ont pu être payés par quelqu'un. Qui ?

L'homme qui l'avait attaquée à Oakbridge ? Ou quelqu'un qui avait commandité les deux attaques ? Vicky écarquilla les yeux avant de poser sur lui un regard déterminé.

— Dain.

Tom ne cacha pas sa perplexité.

— Vous pensez que le mari d'Althea est responsable ?

Vicky hocha la tête puis souffla.

— Autant vous le dire maintenant, murmura-t-elle. J'espère qu'Althea ne m'en voudra pas trop, mais…

Elle s'humecta les lèvres.

— Vous devez me promettre de n'en parler à aucune âme vivante.

— Bien sûr, s'empressa-t-il de répondre, le ventre noué par l'appréhension. Sur mon honneur.

— Althea cherche à se séparer légalement du vicomte. Il s'est montré violent avec elle. Elle est arrivée à Oakbridge le jour de l'attaque. Elle avait fui Londres en pleine nuit.

— Bonté divine, lâcha Tom en se carrant dans son fauteuil.

Lui qui avait espéré que Dain avait changé… Tom était rattrapé par la culpabilité.

— Si j'avais été présent lorsqu'il lui a fait la cour, j'aurais pu vous parler de son tempérament…

Le regard de Vicky s'assombrit aussitôt.

— Comment cela ?

— À l'époque où nous étions ensemble à Eton, il tyrannisait les plus jeunes, les forçait à faire ses quatre volontés. Et c'était bien sûr eux qui étaient punis à sa place. Il aimait tant avoir du pouvoir sur les autres.

Vicky fixa ses mains.

— Lorsque vous êtes venu nous trouver, au bal de la duchesse, il cherchait à m'intimider. Et j'ai bien vu qu'il prenait plaisir à me voir si faible.

Tom serra le poing.

— Dire que j'aurais pu vous éviter toute cette peine, à tous...

Il ne se souvenait pas d'avoir reçu une lettre de sa mère ou de Charles au sujet du prétendant de la fille aînée des Aston. Ils avaient évoqué son mariage, mais même si Tom avait appris le nom du vicomte à ce moment-là, il aurait été trop tard pour intervenir. Les lettres de sa famille s'étaient espacées à cette époque, à cause des armées de Bonaparte.

— Je ne suis pas certaine que vous... que tu aurais pu infléchir la décision d'Althea, Tom. J'aurais dû comprendre dès le début qui il était.

Tom soupira. Pauvre Vicky... Pauvre Althea...

— Inutile de te blâmer. Comment aurais-tu pu le savoir ?

Vicky gardait la tête baissée.

— Aucun de nous n'a su voir ce qu'il cachait sous une façade si séduisante. Et Thea n'a jamais rien dit... En vérité, elle ne me parle toujours pas.

— Êtes-vous en froid ?

Vicky se détourna.

— Elle refuse de me raconter ce que Dain lui a fait. Et nos conversations sont toujours tendues.

Tom connaissait ce sentiment. Sa relation avec Charles ne s'était pas améliorée depuis qu'ils avaient vendu les chevaux. Non qu'il espérât...

— C'est bête, je sais, mais après que...

Elle croisa son regard.

— Après ton départ, nous sommes devenues très proches, Althea et moi. Nous ne pouvions plus compter que l'une sur l'autre. Et maintenant je n'ai…

Tom compléta mentalement sa phrase : « plus personne ». Il y avait pourtant ses parents, qui veillaient tous deux sur son bonheur – ce qui n'avait pas été son cas lorsqu'il avait été banni. Jusqu'à ce qu'il rencontre Susan et s'installe chez son oncle, il avait été réellement seul.

— Cela peut être difficile pour une victime de… d'un homme tel que Dain de raconter ce qu'elle a subi.

Vicky le considérait avec étonnement. Il se racla la gorge.

— Sois patiente, ajouta-t-il. Le temps fera son œuvre.

Les mots venaient aisément, pourtant il n'était pas sûr d'y croire. Vicky partageait peut-être ce sentiment, car ses yeux s'embuaient de larmes. Son petit menton en pointe se mit à trembler. Tom fut frappé de plein fouet par un besoin irrépressible de la prendre dans ses bras, besoin si violent qu'il le cloua à son fauteuil.

Il en avait assez d'être traversé par des émotions aussi intenses !

Ses mains se tendirent d'elles-mêmes vers celles de Vicky. Elle plongea ses yeux mouillés de larmes dans les siens. Celles-ci se tarirent un instant, le contour des joues de Vicky se détendit. Le temps semblait figé.

— Le temps a-t-il fait son œuvre pour toi ? finit-elle par lui demander.

Il retint son souffle. Il ne fut capable que de secouer la tête.

De nouvelles larmes coulèrent sur le visage de Vicky, qu'elle essuya d'une main.

— Je suis tellement désolée…

— Tu n'as pas à t'excuser.

— Je suis si écœurée par ce qu'elle a vécu… ce que *tu* as vécu.

Il se pétrifia, se remémorant l'expression d'effroi dans son regard lorsqu'elle avait vu le comte le rouer de coups. Il se souvenait de son ressentiment en voyant son père affecter une attitude civilisée pour duper Vicky. De son désespoir lorsque la domestique avait fui la pièce. Et enfin de sa honte, lorsque Vicky s'était accroupie pour l'aider à se relever.

Tom tenta de ravaler la boule dans sa gorge. Vicky considéra leurs deux mains jointes.

— J'ai voulu si souvent te parler après ce jour, mais tu refusais de me voir. As-tu reçu mes lettres ?

Tom ferma les yeux. Il s'était tant inquiété pour sa sécurité. Il ne pouvait pas la laisser passer à l'improviste. Pas avec un père qui se comportait de la sorte. Une image surgit dans son esprit, celle du comte plaquant une domestique contre un mur alors qu'elle se débattait. Le son de ses gémissements affolés alors que le comte retroussait ses jupes… Tom refusa de revivre la suite de la scène.

Il n'avait été obnubilé que par une seule chose dans les heures suivantes : que pourrait-il arriver si Vicky revenait et que le comte se trouvait seul avec elle ? La peur lui avait serré le ventre. Les chances qu'il ose toucher la fille d'un comte étaient moindres, évidemment, toutefois, s'il le faisait, la justice n'y pourrait sans doute rien, et la réputation de Vicky serait détruite. Elle serait perdue aux yeux du monde, privée de la perspective d'un futur respectable. Tom ne pouvait pas lui faire courir ce risque.

Il rouvrit les yeux et lâcha la main de Vicky pour se lever. Il se dirigea vers la fenêtre afin de ne pas voir la souffrance qui ne manquerait pas de se peindre sur les traits de la jeune femme.

— J'en ai reçu quelques-unes. Je ne savais pas comment répondre.

Il l'entendit retenir son souffle.

— Tu aurais pu dire… n'importe quoi. Avant, tu le faisais.

Il referma les yeux. Peut-être qu'il était temps de tout lui dire. Elle voulait savoir. Pourtant, lorsqu'il pivota vers elle, les mots refusèrent de sortir.

— Je suis désolé, Vicky, se contenta-t-il de murmurer.

Il ne parvint pas à déchiffrer son expression. Elle hocha la tête.

— Je ne peux…

— Non, Tom.

Ses yeux étaient devenus impénétrables. Il serra les dents.

— Le passé est le passé. Nous devons apprendre à l'accepter.

Elle n'avait pas compris pourquoi il s'excusait. Elle croyait qu'il lui demandait pardon de ne pas lui avoir offert d'explication. Alors qu'il regrettait tout ce qui s'était produit depuis ce fameux jour, cinq ans auparavant – leur amitié sacrifiée, le mariage d'Althea, tout ce qui était survenu parce qu'il avait tenu tête à son père si cruel.

— Quoi qu'il en soit, reprit Vicky, cherchant à changer de sujet, Dain a dû embaucher ces canailles pour nous attaquer. Je ne vois pas qui d'autre aurait une raison de le faire.

Tom retourna s'asseoir.

— Je comprends pourquoi il pourrait se sentir autorisé à reprendre son épouse, mais que gagnerait-il à t'enlever ? Espérerait-il obtenir ainsi un moyen de pression sur Althea ou sur ton père ?

— Les deux hommes semblaient un peu perdus. Je crois qu'ils ont voulu m'emmener par erreur.

— Cependant, cet homme, à Oakbridge, s'en est pris à toi, pas à Althea. Comment aurait-il pu savoir qu'elle était présente au domaine ? Il est fort probable que tu sois la cible depuis le début.

Vicky se décomposa. Une nouvelle hypothèse traversa soudain l'esprit de Tom. Il savait qui pouvait être derrière l'attaque, et il ne pensait pas à Dain.

— Si le vicomte était le coupable, il chercherait à résoudre ses problèmes en enlevant Althea, pas toi. Tu es d'accord ?

Elle en convint.

— Dans ce cas il est raisonnable de penser que Dain n'a pas orchestré l'attaque.

— Mais qui, dans...

Tom l'interrompit.

— Carmichael.

Au moment où Susie reculait vivement pour se cacher derrière la façade de l'une des nombreuses demeures bordant l'immense place, elle prit conscience de la folie de son entreprise. Il n'y avait pas de quoi être fière. Malheureusement, le jour où elle avait surpris Charles dans la bibliothèque, sa curiosité avait été piquée.

D'autant qu'il avait une conduite étrange, depuis. La maison avait beau être vaste, Susie ne perdait rien des commérages des domestiques. Grâce aux fours, la cuisine était la pièce la plus chaude, et Susie venait souvent s'y installer pour lire. Ces derniers jours, la cuisinière avait fait remarquer que Charles ne déjeunait plus sur place. Il sortait tous les jours avant midi.

Cette attitude étrange avait convaincu Susie de le suivre. Avec le recul, elle était prête à admettre que son projet avait été en partie dicté par l'ennui et la solitude.

Elle ne s'était pas attendue à ce que ce soit aussi dur de suivre quelqu'un dans cette partie de Londres. À Mayfair, les rares arbres et l'absence flagrante de flâneurs fournissaient peu d'endroits où se cacher. Et pour compliquer encore un peu les choses, la plupart des maisons étaient collées, ne laissant pour ainsi dire pas de place pour des ruelles. Si seulement elle avait eu à suivre Charles dans le quartier de Londres où elle avait grandi, plein de coins et de recoins… Sa tâche en aurait été grandement facilitée. Dans les conditions présentes, Charles ne tarderait pas à la démasquer.

Elle hasarda un coup d'œil au détour de la façade. Charles sortit sa montre à gousset. Rien dans son attitude n'éveillait les soupçons. Il se rendait sans doute à son club. Comme toujours, il était parfaitement coiffé. Son pantalon et son manteau bruns soulignaient son élégance naturelle. Quant à sa canne, elle accompagnait sa démarche d'un mouvement de balancier parfaitement rythmé.

Oh, mon Dieu ! C'était vraiment une folie… Et qu'espérait-elle au fond ? Même si elle surprenait Charles en étrange posture, que pourrait-elle lui dire ? Ou même à Tom ?

Elle soupira. Pas étonnant qu'il ait du mal à s'ouvrir à elle. Elle était incapable de lui laisser le bénéfice du doute.

Décidée à rentrer, elle jeta un dernier coup d'œil en direction de Charles, s'attendant à le voir disparaître au coin de la rue. Au lieu de quoi, il s'arrêta devant une vaste demeure à l'extrémité de la place. Il prit légèrement appui sur sa canne, une jambe devant l'autre dans une pose qui devait être familière aux dandys. Il semblait hésiter à gravir les marches du perron.

Il tourna la tête à gauche puis à droite. Voulait-il s'assurer que personne ne l'avait vu ? Après quelques instants supplémentaires d'hésitation, il monta jusqu'à la porte et se servit du heurtoir. Un majordome à la mine peu avenante lui ouvrit. Après un bref échange, il laissa entrer Charles.

Susie était perplexe. Pourquoi s'était-il montré aussi méfiant ? Avait-il senti sa présence ? Mais surtout, qui allait-il voir ?

Tom relata, avec la plus grande précision possible, la conversation qu'il avait surprise entre Dain et Carmichael à l'issue du concert. Il ne parvint guère à convaincre Vicky.

— Tom, mon père a une confiance aveugle en M. Carmichael. Ils ont des affaires en commun. Quelle raison celui-ci aurait-il de lui faire du mal ?

— Qui dit que son intention était de faire du mal à quiconque ? Ces hommes avaient peut-être reçu pour instruction de t'enlever et ils ont dévié du plan initial. À moins que Carmichael ne puisse tirer profit financièrement de la mort de ton père… Ils sont en affaires ?

Vicky se tordait les mains.

— Je ne connais pas les détails de leur arrangement. Je pourrais me renseigner.

— Bien sûr, si Carmichael t'épouse et si Althea obtient une séparation, il aura le contrôle effectif d'Oakbridge à la mort de ton père.

— Mais pour quelle raison aurait-il des vues sur Oakbridge ? Il est immensément riche ! Il possède au moins trois vastes domaines dans le pays.

— Peut-être n'a-t-il aucune envie de s'arrêter là.

Plus il y pensait, plus cela lui semblait logique. Carmichael tentait d'éloigner Tom de Vicky depuis le premier instant. Et de le discréditer en société.

— Pourquoi avoir recours à ces prétendus accidents, dans ce cas ? Il n'aurait aucun intérêt à épouser une estropiée.

— Il ne voulait peut-être pas te blesser. Ces accidents pourraient avoir un autre but : te pousser à l'épouser plus rapidement.

Vicky se frotta la tempe.

— Si c'était le cas, et je ne dis pas que je sois convaincue par ta théorie, lui assena-t-elle en le regardant dans les yeux, alors son plan a fonctionné.

— Vraiment ?

Vicky s'agita en silence un instant.

— Je dois me marier, Tom. Si je veux empêcher Oakbridge d'atterrir dans les mains de Dain, je n'ai pas le choix. Mes parents m'ont laissé jusqu'à la fin de la saison, mais avec tout ce qui est arrivé, ils vont insister pour que je ne repousse pas davantage cette décision.

Tom n'en croyait pas ses oreilles. C'était donc pour cela qu'elle défendait Carmichael ? Parce que ses parents la forçaient à prendre un époux ?

— Pourquoi lui, Vicky ?

— Dans l'immédiat, c'est la meilleure option.

— Je vois, dit-il d'un ton qui clamait le contraire. Mais puisque Althea a entamé une procédure de séparation, pourquoi dois-tu te marier ?

Elle jouait avec un morceau de dentelle sur sa jupe.

— Rien ne garantit qu'elle l'obtiendra. Et cela peut durer des années. Je dois me marier au plus vite afin que mon père puisse aller trouver le prince régent et lui demande de faire de moi l'héritière légale.

Tom se laissa aller contre le dossier du fauteuil. L'affaire était bien plus complexe qu'il ne le pensait. Et rien ne serait arrivé si Althea n'avait pas épousé Dain.

Il ne pouvait pas s'immiscer dans les projets de Vicky. Puisqu'elle devait se marier, autant qu'elle fasse le choix qui la rendrait le plus heureuse. Toutefois, il ne supportait pas de l'imaginer à la merci de Carmichael.

— Sans la séparation d'Althea, tu n'aurais aucune raison de te marier… sauf si tu le souhaitais.

Elle hocha lentement la tête. Soudain, Tom eut un éclair de génie.

— Carmichael a peut-être orchestré toute cette histoire pour que tu te retrouves obligée de faire ce choix.

L'étonnement arrondit la bouche de Vicky.

— Est-il au courant pour Althea et Dain ?

— Non. En tout cas, il n'avait pas l'air. J'allais justement demander à papa de lui en parler avant l'attaque, hier. Je n'ai évidemment pas pu aborder le sujet avec lui depuis…

— Hier soir, Dain a parlé d'un enjeu, et Carmichael lui a répondu que c'était précisément pour cette raison qu'il ne pouvait pas le laisser semer le trouble dans votre famille. « Pas maintenant », a-t-il dit. Je m'en souviens très distinctement… J'ai bien l'impression que

Carmichael est au courant pour la séparation. T'avait-il témoigné de l'intérêt auparavant ?

Parce que, dans le cas contraire, il avait fort probablement tout manigancé après avoir découvert les intentions d'Althea.

— Il a été très aimable lorsque je l'ai rencontré cet hiver. Il était à Oakbridge pour parler affaires avec mon père, pas pour me voir.

— Et il ne t'a pas prêté particulièrement attention ?

— Non, en effet.

— Et aujourd'hui ? insista-t-il.

Elle se détourna.

— J'ai le sentiment qu'il m'apprécie.

— Et cela me semble réciproque, dit-il d'un ton qu'il espérait indifférent.

Elle se contenta de pousser un soupir. Tom se leva à nouveau.

— Et si en l'épousant tu faisais courir un danger encore plus grand à ta famille ?

— Tout cela me semble tiré par les cheveux, Tom… M. Carmichael aurait engagé des canailles pour nous enlever, Althea ou moi, afin de me convaincre de l'épouser ? Dans le but ultime de mettre la main sur Oakbridge ? Pourquoi ferait-il une chose pareille ?

— Dain m'a récemment proposé de lui vendre des parcelles de Halworth. J'ai refusé, bien entendu, mais il me paraît évident que Carmichael et lui sont liés. Peut-être que les terres qui relient Oakbridge et Halworth possèdent une valeur que nous ne soupçonnons pas ?

Vicky se remit à se mordiller la lèvre.

— Cela ressemble à l'intrigue d'un roman de Mme Radcliffe… De telles choses n'arrivent pas dans le monde réel.

Il souffla, s'efforçant d'ignorer l'étrange sensation de brûlure dans sa poitrine.

— Tout cela est rocambolesque, je te l'accorde, mais cela n'a rien d'irréaliste pour autant. Crois-tu réellement que les intrigues et les enlèvements ne se produisent que dans le domaine de la fiction ? Même après ce qui s'est passé ? Si l'essentiel de la vie est ponctué d'événements ordinaires, cela n'empêche pas l'inattendu de se produire sans prévenir.

Elle ne répondit rien.

— Et je crois que nous l'avons tous deux appris à nos dépens, marmonna-t-il.

Elle conserva longuement le silence avant de soupirer.

— Tu es insupportable quand tu as raison.

Il soupira de soulagement.

— Mais je reste persuadée que tu devrais lire les romans de Mlle Austen.

— Je le ferai volontiers si tu me promets d'être prudente.

Elle hocha la tête en souriant du bout des lèvres.

— Je suis obligée de reconnaître que si le carrick de M. Silby a été saboté, M. Carmichael a pu y avoir accès, puisqu'ils sont amis.

— En effet.

— Pourtant, hier soir, lorsque je lui ai raconté l'accident, M. Carmichael semblait sincèrement fâché contre M. Silby pour sa négligence.

— Il ne pouvait pas manifester de la joie, n'est-ce pas ?

— En effet…

— Écoute-moi bien, Vicky. Ne lui accorde pas ta confiance tant que tu n'en sauras pas plus. Dain est un vaurien, mais son intelligence n'a rien de fulgurant. Je ne crois pas qu'il ait pu manigancer tout ça.

— Et le bandit à Oakbridge ? Et…

Elle perdit son regard dans le vide.

— Et ?

Y avait-il eu un autre incident dont elle ne lui avait pas encore parlé ?

Elle finit par soupirer.

— L'autre jour, j'ai aperçu un homme étrange en pardessus noir, il m'observait depuis l'angle d'une rue.

Tom se décomposa.

— J'étais en voiture… avec M. Carmichael.

Elle leva soudain vers lui des yeux empreints d'inquiétude.

— Voilà bien un signe de son innocence, non ?

Tom réfléchit longuement avant de répondre.

— Possiblement. À moins qu'il n'ait engagé quelqu'un pour te surveiller.

Cette fois, elle pâlit.

— L'as-tu vu distinctement ?

Elle confirma d'un hochement de tête.

— Des cheveux bruns, un visage quelconque. J'ai eu l'impression de le connaître sans réussir à le situer.

— Ton agresseur à Oakbridge était brun, lui aussi. C'était son seul trait distinctif, puisque le bas de son visage était masqué.

— Tu as raison, dit-elle avant de prendre une profonde inspiration. Cela pourrait être lui…

— Ta famille a-t-elle pris des mesures pour ta sécurité ?

Elle fronça les sourcils.

— J'en parlerai à mes parents… Merci d'en avoir discuté avec moi, Tom. Cela me rassure de savoir que je ne deviens pas folle… que quelqu'un d'autre trouve, comme moi, que cet enchaînement d'accidents ne peut pas être uniquement imputé au hasard.

Tom fut si surpris qu'il conserva le silence un instant.

— Je serai toujours à ton service. Je ne supporterais pas l'idée qu'il t'arrive quoi que ce soit.

Les mots lui échappèrent avant qu'il pût les retenir. Avant qu'il pût réfléchir. Ils venaient droit du cœur. Elle lui sourit et il oublia ses inquiétudes. Des éclats verts brillaient dans les iris noisette de Vicky… Il se rendit soudain compte qu'il la dévorait du regard.

Elle fut la première à se détourner.

— Merci, Tom.

— Je repasserai m'assurer que tu vas bien.

— Avec joie.

Il se leva pour échapper à son regard si captivant.

— Je te charge de présenter mes amitiés à ta famille. Et prends soin de toi.

Elle se leva à son tour, et lui tendit sa minuscule main. Il hésita avant de la prendre.

— Tu peux compter sur moi, lui répondit-elle.

Chapitre seize

« C'était vraiment une triste histoire... »

Emma, Jane Austen

Une heure après le départ de Tom, Vicky renonça au confort de sa chambre pour se rendre au chevet de son père. Son tour était venu de le veiller. Le médecin était parti peu après Tom, prescrivant du repos. Le comte restait donc alité, tandis que sa femme et ses filles se succédaient pour le divertir. En plus des nombreuses plaies et contusions au corps et au visage, il avait deux côtes cassées et une entorse au poignet. Il avait une mine effroyable, mais était vivant et serait bientôt sur pied.

Vicky prit le troisième volume de *Fleetwood*, de William Godwin. Ce n'était pas son roman préféré, cependant son père avait récemment terminé le tome précédent et elle espérait lui changer les idées. Elle était si absorbée par ses pensées qu'elle faillit bousculer Althea dans le couloir. Celle-ci avait les poings crispés.

— Je te cherchais, papa t'attend.

— Tout va bien ?

Vicky espérait que le comte n'avait pas eu de mots malheureux. Il détestait devoir garder le lit et la souffrance avait pu le rendre brusque.

— Je suis fatiguée.

— Il faut que tu te reposes.

Aucune d'elles n'avait dormi plus de quelques heures. Le branle-bas de combat avait commencé dès après l'attaque. Le cocher avait couru chercher de l'aide et était revenu avec la plupart des hommes de la maison ainsi que plusieurs pistolets. Le médecin, quant à lui, en plus d'ausculter le comte, avait retiré la balle de la jambe du valet de pied. Lequel se remettrait si la plaie ne s'infectait pas.

Althea répondit d'un hochement de tête.

— Comment va papa ?

— Il semble se remettre. Il m'a dicté sa correspondance. J'ai entendu que Tom était venu.

— Oui, il est très inquiet pour nous. Il m'a aussi raconté qu'il avait surpris une partie d'un échange entre M. Carmichael et Dain hier soir, avant leur disparition. Apparemment, ils feraient affaire ensemble. Serais-tu au courant ?

— Non. Dain n'a jamais parlé de ses projets avec moi.

— J'ai dit à Tom que, pour moi, Dain était derrière l'attaque d'hier soir, cependant il est convaincu, lui, que M. Carmichael et le vicomte sont de mèche. Et je dois dire que Tom a réussi à éveiller mes soupçons…

— Tom t'a-t-il demandé pourquoi tu te méfiais de Dain ?

Vicky se reprocha aussitôt de ne pas avoir réfléchi avant de parler.

— Ne m'en veux pas, Thea. Quand il m'a répété ce qu'il avait entendu, j'ai été contrainte de lui dire la vérité. Mais je ne suis pas entrée dans les détails.

Althea la foudroya du regard.

— Tu n'avais pas le droit !

— Il m'a juré de ne rien répéter. Il tiendra parole.

— Qu'en sais-tu ? Tu ne le connais plus !

— Je le connais assez pour avoir la certitude qu'il ne trahira pas sa parole. Il a peut-être changé en Europe, mais…

— Tu prends son parti, évidemment. Tu l'as toujours fait. Même après la façon dont il t'a traitée. Alors que ta propre sœur…

— Que veux-tu dire ?

— Quand j'ai tenté de te parler de ce que je vivais, tu as préféré m'ignorer.

Vicky était bouleversée.

— À quel moment l'as-tu fait ? Nous avons à peine discuté de…

— Les derniers mois que j'ai passés à Londres. Lorsque j'étais pour ainsi dire prisonnière dans ma propre maison.

Elle avait un regard si triste.

— Tu n'as pas répondu une seule fois à mes appels au secours. Certes, je m'employais à maintenir un certain flou dans mes lettres, toutefois je pensais que tu étais la seule susceptible de me comprendre. Si Tom t'avait écrit, tu aurais embarqué à bord du premier bateau pour le continent.

Ignorant la dernière pique de sa sœur, Vicky répondit aussitôt :

— Je n'ai jamais reçu aucune lettre de toi…

Althea ne l'écoutait pas.

— Toutes les semaines j'attendais que tu me rassures, que tu me promettes que papa volerait à mon secours ou que tu m'annonces au moins une visite, pendant laquelle j'aurais pu te parler, en personne, de ce que je vivais, mais tu étais trop occupée ! Ou trop idiote pour lire entre les lignes !

Vicky déglutit plusieurs fois avant de répondre.

— Je t'ai écrit deux fois par semaine. Sans jamais recevoir de réponse. Je craignais de t'avoir offensée involontairement. En tout cas, j'étais persuadée que tu n'avais pas de temps pour moi.

Althea croisa les bras d'un geste de défiance.

— J'ai reçu des lettres de nos parents toutes les semaines. Pas une seule de toi !

— Et tu n'as jamais imaginé que Dain pouvait les avoir interceptées ?

— Cela ne se tient pas. Pourquoi m'aurait-il permis de lire les lettres de nos parents et pas les tiennes ?

— Je ne prétends pas connaître ses motivations. En revanche, je sais que je t'ai envoyé de très nombreuses missives. Crois-tu sincèrement que j'aurais été capable de te laisser souffrir si j'avais su le traitement qu'il te réservait ?

Althea se détourna en agrippant son châle plus fort que jamais, comme s'il lui permettait de garder l'équilibre. Vicky soupira.

— Continue à me haïr alors, mais si tu tiens à la vérité, Poole te confirmera mes dires.

Le majordome d'Oakbridge supervisait depuis toujours l'arrivée et le départ du courrier.

— Très bien, je lui demanderai.

— En attendant, je dois aller veiller papa.

Vicky soupira avant d'ajouter :

— Je suis désolée d'avoir parlé à Tom sans ton autorisation. Ces derniers jours ont été compliqués pour nous tous. Merci de m'avoir aidée hier soir.

Althea refusait de croiser son regard.

— Je n'ai absolument rien fait, Victoria.

— Si tu n'avais pas distrait cette brute, je n'aurais jamais eu l'idée de l'attaquer.

— J'ai bien failli m'évanouir. C'est toi qui as sauvé la vie de papa ! protesta Althea avec une pointe d'irascibilité.

Était-elle jalouse ?

— Je n'aurais pas réussi sans ton aide.

— J'en doute fort. Maintenant, excuse-moi, la salua Althea avant de la bousculer pour poursuivre sa route.

Vicky aurait tellement aimé pouvoir réconforter sa sœur, toutefois elle ne savait comment. Pas étonnant qu'Althea n'ait pas voulu se confier. Elle était convaincue d'avoir été abandonnée. Peut-être que, lorsqu'elle apprendrait la vérité de la bouche de Poole, elle réviserait son jugement.

Dirigeant ses pas vers la chambre du comte, Vicky repensa à la remarque d'Althea sur le fait qu'elle aurait été prête à n'importe quoi pour Tom… Sa sœur n'avait pas tout à fait tort. Vicky aurait affronté tous les dangers, y compris la guerre, pour le revoir. Mais, pour sauver Althea de Dain, elle aurait traversé la Manche à la nage. Sans hésitation.

Un peu plus tard, Vicky regretta d'avoir choisi ce roman, ou de ne pas avoir laissé le soin à son père de le lire seul. Elle poursuivit :

— « Un instant, fût-il le dernier pourvu que nous vivions tous deux, je la croirai innocente !

Je cueillis un baiser parfumé sur les lèvres les plus mûres que la nature eût jamais conçues. Elle tendit les bras vers moi. Je l'embrassai à nouveau. Je ressentis, alors que je me tenais au bord du précipice, un fragment des joies célestes. Je me délectai de cette folie. »

Vicky se racla la gorge. Elle avait oublié en quels termes Fleetwood parlait de sa femme et de ses anciennes maîtresses du continent. Chaque fois qu'elle lisait un tel passage, elle observait son père du coin de l'œil. Étendu dans son lit, il gardait les yeux rivés au plafond. Il ne l'interrompait pas.

Elle reprit sa lecture pour cacher son embarras. Fleetwood s'était laissé convaincre par ses amis que son épouse lui avait été infidèle.

— « Peut-être, alors, ne vous a-t-on jamais rapporté la fréquence de leurs rendez-vous…

Ainsi, cet infâme calomniateur me poussa-t-il, à coup de demi-mots, de fragments de phrases et d'"ambiguës allusions", aux plus terribles des conclusions. »

Lorsque quelqu'un gratta à la porte, Vicky accueillit cette interruption avec joie.

— Entrez, dit son père.

Sheldon inclina son crâne dégarni.

— M. Carmichael est en bas, monsieur le comte.

— L'avez-vous fait quérir ? s'étonna Vicky.

— Non, mais je me félicite de sa présence.

Vicky se demanda s'il ne se réjouissait pas surtout d'avoir un prétexte pour interrompre cette lecture.

— J'ai quelque chose à lui demander. Descends lui expliquer la situation afin qu'il ne soit pas trop surpris de me trouver alité.

— Bien sûr, papa, dit-elle avec un sourire.

Dans le couloir, elle s'interrogea néanmoins sur cette visite inattendue de M. Carmichael. Était-il venu expliquer pourquoi il avait disparu avec Dain la veille au soir ? Quoi qu'il advienne, elle devait se montrer prudente.

M. Carmichael patientait dans le vestibule, vêtu d'une veste et d'un pantalon noirs impeccables. Il lui tournait le dos. Elle remarqua qu'il tapait du pied avec nervosité.

Elle signala sa présence en s'éclaircissant la voix. Il pivota aussitôt vers elle.

— Lady Victoria, Dieu merci vous n'avez rien !

Il la saisit par les épaules et l'observa de la tête aux pieds. Lorsque ses yeux se posèrent sur ses bras égratignés, il se renfrogna.

Surprise, à la fois par son émotion manifeste et par le fait qu'il soit déjà informé de l'attaque de la veille, Vicky eut un mouvement de recul.

— Ma mère vous a-t-elle fait mander ?

Il cligna des yeux, étonné par sa question, puis lui lâcha les bras.

— Non. J'ai appris ce qui était arrivé, et je suis venu aussitôt.

Comment l'avait-il appris ? Et si Tom avait raison ? Non. Elle balaya aussitôt ces idées ridicules. Il devait y avoir une explication parfaitement logique.

— Comment êtes-vous au courant ?

— Une de mes connaissances qui travaille à *La commère hebdomadaire* sait que je suis lié à votre père. Il m'a appris la nouvelle cet après-midi.

Vicky fut aussitôt rassurée.

— J'ai dû le… convaincre de ne pas en parler dans les colonnes de son journal, continua-t-il.

— C'est très aimable à vous.

Sans son intervention, les Aston auraient fait la une. Elle se demanda combien il avait dû payer le journaliste pour garantir son silence… Il la tira de ses pensées.

— Comment vont vos parents et votre sœur ?

— Seul mon père a été blessé. Il a deux côtes cassées et de vilaines contusions. Le médecin l'a ausculté, il se repose.

— Puis-je le voir ?

Vicky hésita brièvement. Si elle ne voulait accorder aucun crédit à la théorie de Tom, elle ne pouvait pas non plus ignorer la possibilité que M. Carmichael fût de mèche avec le vicomte.

Elle envisagea de congédier le visiteur sous un faux prétexte, mais elle serait contrainte pour cela de les abuser tous deux, son père et lui, ce que Vicky ne pouvait se résoudre à faire. Et l'hypothèse de Tom n'était que cela, au fond : une hypothèse.

— Je suis sûre que papa sera heureux de voir un visage amical.

Elle avait employé ce terme à dessein et observa la réaction de M. Carmichael, mais celui-ci se contenta de hocher la tête. Vicky le conduisit au premier étage.

Le comte s'était assis dans son lit, calé contre des oreillers.

— Lord Oakbridge. Comment vous sentez-vous ?

Vicky restait sur ses gardes, pourtant rien dans sa voix ne trahissait autre chose qu'une inquiétude sincère.

— Lady Victoria m'a expliqué la situation.

— Je vais aussi bien que possible dans ces circonstances… Asseyez-vous, je vous prie. Je suis ravi de pouvoir penser à autre chose qu'aux événements d'hier soir.

Le comte parlait lentement, il devait beaucoup souffrir.

— Tu ne devrais pas parler autant, papa. Ce ne doit guère être propice à ta guérison.

— Victoria, tu ne vas pas me priver d'une petite conversation avec M. Carmichael. Ce ne sera pas long.

Il la congédiait. Vicky aurait voulu protester, mais lorsque son père avait pris une décision, il était inutile d'espérer le faire changer d'avis.

— À ta guise.

Elle referma la porte derrière elle, regrettant de ne pouvoir rester. De quel sujet si intime le comte voulait-il s'entretenir avec M. Carmichael ? Bien sûr, en se penchant vers la serrure elle pouvait très bien entendre ce qu'ils se disaient. Ce n'était peut-être pas très digne d'une demoiselle, toutefois aux grands maux…

Elle s'accroupit pour approcher son oreille de la fente. La porte avait beau être épaisse, elle perçut des bribes de leur échange.

— C'est très gentil à vous d'être venu, dit le comte.

— Comment aurait-il pu en être autrement ? répondit M. Carmichael.

Vicky fut intriguée : son père avait-il demandé à M. Carmichael de venir ? Pourquoi avoir menti sur un détail aussi trivial ? Et quand aurait-il pu lui adresser cette requête ? Elle ne les avait pas vus discuter lors du concert… Elle était si absorbée par ses pensées qu'elle n'entendit pas les phrases suivantes. Irritée par sa propension à la distraction, elle résolut de se concentrer. Son père avait repris la parole.

— Je suis heureux que vous n'ayez pas oublié… Je m'inquiète pour notre avocat, M. Barnes.

— Lui serait-il arrivé malheur ?

Vicky ne put s'empêcher de trouver étrange que ce fût la première supposition de M. Carmichael.

— Il n'a répondu à aucune de mes convocations. Je voulais garder cette affaire familiale secrète, mais les circonstances m'en empêchent. Je me permets de m'adresser à vous car M. Barnes est aussi votre avocat.

M. Carmichael ne répondit rien, toutefois Vicky crut l'entendre remuer sur sa chaise, peut-être pour se pencher en avant. Elle colla son oreille contre la serrure.

— Vous le savez, nous assignons Lord Dain au nom de Lady Althea devant les tribunaux ecclésiastiques pour obtenir une séparation légale.

Vicky retint un cri. Tom avait raison ! M. Carmichael était au courant pour Dain. Pourquoi, alors, lui avait-il posé des questions lorsqu'elle lui avait demandé, la veille, de le tenir éloigné de sa sœur et d'elle ?

Le comte poursuivit :

— De telles procédures prennent du temps et, dans l'intervalle, Barnes devait demander à la cour de la Chancellerie une ordonnance privant Dain de toute autorité sur elle. Aussi, j'espérais que vous répondriez favorablement à ma requête. Il me semble aussi vous avoir entendu parler d'un ami à la cour de la Chancellerie. Un clerc, je crois.

M. Carmichael ne confirma pas aussitôt.

— En effet. Voulez-vous que je me renseigne pour savoir si la demande a été examinée ?

— Je vous en serais infiniment reconnaissant.

Vicky se renfrogna. Carmichael avait hésité à offrir ses services au comte. Pourquoi ? Elle s'éloigna le plus discrètement possible et se réfugia dans la première pièce venue – une chambre d'amis inoccupée. Elle laissa la porte entrebâillée.

M. Carmichael souhaita un prompt rétablissement au comte avant de sortir. Vicky avait beau répugner à accorder du crédit aux hypothèses de Tom, elle était contrainte de reconnaître que ses réponses étaient suspectes. Si l'on songeait de surcroît à l'étrange conversation dont Tom avait été le témoin, il semblait tout à fait plausible que M. Carmichael fût de connivence avec l'homme qu'elle haïssait le plus au monde !

Elle étudia sa silhouette sombre dans l'escalier. Ce n'était ni un M. Darcy, ni un M. Knightley, ni même un colonel Brandon, mais il…

Juste avant de disparaître à sa vue, il se retourna. Vicky recula précipitamment.

Quelle cruche elle faisait ! Les mots de Tom lui revinrent en mémoire. « Ce n'est pas parce que les romans regorgent d'événements extraordinaires que ceux-ci ne peuvent pas se produire dans la réalité. » Même si cela la peinait de le reconnaître, il avait raison. Sa vie ressemblait de moins en moins à celle d'une héroïne de Jane Austen, et de plus en plus à un véritable chaos.

Chapitre dix-sept

> « Elle voulait sauvegarder la paix autant que possible. »
>
> *Emma*, Jane Austen

Susie arrondit les yeux de surprise en voyant Charles entrer dans la cuisine. L'heure du dîner était encore lointaine. Assise près de la cheminée, elle essayait de se concentrer sur sa lecture. Dans une tentative désespérée pour se distraire des inquiétudes de la matinée, elle avait repris *Orgueil et préjugés*, le premier roman qu'elle s'autorisât depuis des mois.

Quelques minutes après que Charles avait disparu dans la demeure londonienne, elle s'était empressée de rentrer, pour mieux être accueillie par deux autres huissiers réclamant un paiement. En consultant la mise en demeure, elle avait constaté qu'il s'agissait d'une facture du grand magasin Fortnum & Mason pour du gibier à plumes et deux énormes jambons. Celle-ci datait de la semaine passée.

Charles… Elle se demandait quand il avait bien pu les manger – n'ayant vu aucune trace de ces mets coûteux sur la table.

À présent, il fourrageait dans le garde-manger et assaillait la cuisinière de questions. Pouvait-elle lui préparer quelque chose ? Susie songea à Tom, à tous les sacrifices qu'il avait faits pour sa mère et son frère. Il avait quitté à regret Soleure et le bonheur qu'il avait trouvé auprès de son oncle, il était retourné chez lui, dans une maison où il n'avait connu que la souffrance, et avait vendu son cheval adoré pour éponger les dettes de Charles. Et ce dernier ne lui était même pas reconnaissant. Il avait fait le moins d'efforts possible pour l'aider à trouver des financiers – alors que le projet de Tom était leur unique espoir, à tous, de conserver le domaine.

Susie étudia Charles pendant qu'il coupait du fromage et disposait les morceaux sur une tranche de pain. Il ne comprenait pas à quel point leur frère se démenait pour eux tous. Cela ne semblait pas lui importer. À cette idée, elle sentit son pouls s'accélérer et un picotement lui parcourir les doigts.

Elle devait obtenir des explications. Tom ne méritait pas d'être traité aussi mal, surtout par son frère.

— Charles ?

— Susan ! Je ne t'avais pas vue.

Elle en doutait fortement. Il savait que la cuisine était l'une des deux seules pièces où elle pouvait passer l'après-midi sans souffrir du froid.

— Je savais bien que tu ne resterais pas longtemps au régime ennuyeux des livres d'histoire, observa-t-il avec ironie en désignant son roman d'un geste.

Ignorant sa remarque, elle lui demanda :

— Ta matinée fut bonne ?

— Passable, dit-il avant de se remettre à fourrager dans le garde-manger.

— Es-tu allé à ton club ?

Il grogna une réponse affirmative.

— Il y fait plus chaud que dans ce vieux tas de pierres, tu sais.

Susie pinça les lèvres.

— Je n'en sais rien, non.

Comme il ne répondait pas, elle se leva.

— Charles, pourrais-tu m'accompagner à l'étage ?

Il lut une telle détermination dans son regard qu'il se renfrogna. Il prit un autre morceau de pain puis lui fit signe qu'il la suivait.

Elle emprunta l'escalier de service jusqu'à un couloir vide. Tom n'employait que deux valets de pied à Londres, et elle savait qu'aucun d'eux ne risquait de rôder dans cette partie de la maison à cette heure, tant il y faisait sombre et froid. Elle vérifia pourtant qu'il n'y avait personne avant de fixer Charles droit dans les yeux.

— De nouveaux huissiers sont passés aujourd'hui. Ils avaient une facture de Fortnum & Mason à ton nom.

— Et ?

— Tu as acheté du gibier et de la viande, dont deux jambons.

Il ne répondit rien.

— Charles, qu'en as-tu fait ?

— J'ai demandé à ce que la nourriture soit livrée ici, bien sûr.

Susie soupira.

— Nous n'avons pas mangé de jambon depuis notre départ de Halworth Hall. Et j'ai jeté un œil au registre de la cuisine. Fortnum & Mason n'a rien livré. Qu'en as-tu fait ? Je suis sûre que Tom comprendra si tu lui expliques... Cela vaudra mieux que de le laisser découvrir la facture et se mettre en colère.

Charles haussa une épaule.

— Pourquoi cela t'importe-t-il ?

— Je m'inquiète pour toi. Tu es comme un frère pour moi.

Il mordit dans son morceau de pain.

— En prendrais-tu autant ombrage si ton existence ne dépendait pas entièrement de Tom ?

Susie ne voulut pas répondre à l'attaque.

— Tu as peut-être donné la nourriture à la personne qui occupe la maison où tu t'es rendu ce matin...

Charles riva sur elle un regard assassin.

— Quelle maison ?

— Je... eh bien... je t'ai suivi, finit-elle par avouer en soutenant son regard avec détermination.

— Tu m'as suivi ? répéta-t-il, incrédule.

— Tu es entré dans une maison sur Harborough Square, mais auparavant tu as regardé autour de toi, comme pour t'assurer que personne ne le saurait. Qui vit là-bas, Charles ?

— Pour qui te prends-tu, enfin ? explosa-t-il.

Susie recula face à la véhémence de son ton. Elle redressa toutefois le menton.

— Tu as une conduite étrange depuis le jour où je t'ai surpris avec le livre de comptes du domaine. Les domestiques m'ont dit que tu quittais la maison de plus en plus tôt le matin. Je voulais juste m'assurer que tu n'avais pas d'ennuis.

— Nous allons mettre les choses au clair, entendu ? Ce que je fais de mes journées ne te regarde pas. Et peu m'importe que nous partagions le même sang. Tu ne sais rien de moi. À l'avenir, garde tes inquiétudes pour toi. Et si tu t'avises à nouveau de me suivre, tu le regretteras.

Sur ces mots, il tourna les talons pour disparaître dans l'escalier de service.

Susie inspira profondément. *Si tu penses que je vais baisser les bras aussi facilement, cher frère, tu ne sais rien de moi, toi non plus.*

Chapitre dix-huit

> « Il n'était point homme à accepter l'espèce de rivalité qui nous divisait et la préférence qui m'était souvent manifestée. »
>
> *Orgueil et préjugés*, Jane Austen

En sortant de chez les Aston, Tom fit un détour par Covent Garden en taxi. Au concert, il avait entendu Lord Axley évoquer son habitude de se rendre au théâtre le mercredi soir. Lord Axley et ses connaissances étaient, pour l'heure, les seuls investisseurs potentiels pour le projet de Tom. Il voulait donc réserver une place pour le même jour afin de pouvoir lui parler de son hôtel – ou du moins fixer un rendez-vous ultérieur, à sa convenance.

Tom sentit son cœur s'alléger sur le chemin du retour ; il pensait avec optimisme à son avenir. Au moment de gravir les marches du perron, il nota l'élégance de la façade et le toit à peine endommagé. Peut-être réussirait-il à vendre cette maison. Il soupira. Ils n'auraient jamais dû être contraints de vivre dans l'endroit qui avait servi de décor aux aventures honteuses de son père.

Alors qu'il refermait la porte d'entrée, Susie vint à sa rencontre dans une robe d'intérieur brune et triste. Il s'interdit de faire la moindre remarque.

— Ta visite à Lady Victoria s'est bien passée ?

Il décida de ne pas parler de l'attaque de la veille. Inutile d'inquiéter sa sœur.

— Très bien.

— J'en suis heureuse.

Après avoir jeté un coup d'œil par-dessus son épaule, elle ajouta :

— Je n'aime pas être la messagère de mauvaises nouvelles, Tom, mais d'autres huissiers sont venus aujourd'hui.

Il gémit.

— Il serait apparemment de notoriété publique que les Sherborne ne paient plus leurs factures.

Tom jura dans sa barbe. Sans doute l'œuvre de Dain. À cette heure, Carmichael devait être au courant pour les chevaux et les problèmes financiers de la famille. Ils étaient peut-être justement en train de manigancer ensemble pour le conduire à la ruine. Avec quelle facilité ils pourraient réduire à néant son projet d'hôtel… Il devait les prendre de vitesse.

Il envisagea de se confier à Susie. De lui parler de la mésaventure des Aston et du jeu dangereux auquel il était probable que Carmichael se livrait pour obtenir Victoria. Mais il fut découragé par son expression soucieuse. Elle avait bien assez de sujets de préoccupation.

— J'imagine que nous n'avons pas de quoi rembourser ce que nous leur devons ? grommela-t-il en posant son chapeau sur une console de l'entrée.

— Il nous reste assez de la vente des chevaux, cependant je crains que le problème ne fasse qu'empirer.

Tom se pinça l'arête du nez. Il ne pourrait pas rembourser les huissiers et louer un autre logement. Il n'allait pas dire adieu de sitôt à cette maudite maison !

— Je crois que nous devons avoir une discussion avec Charles, poursuivit-elle.

— À quoi bon ? Tu sais bien qu'il continuera ses dépenses…

— Peut-être faut-il envisager des mesures plus drastiques, dans ce cas.

Tom leva les yeux au plafond.

— Tu veux parler d'une visite à ses créditeurs ? Pour fermer ses comptes ? Ce serait le meilleur moyen de crier sur tous les toits que nous sommes au seuil de la pauvreté !

Susie posa sur lui ses grands yeux bruns, l'enjoignant de se montrer raisonnable.

— Très bien, je vous rejoins dans la bibliothèque. Demande à l'un des valets d'aller chercher Charles.

— Inutile.

La voix de ce dernier résonna dans le couloir. Il venait de la cuisine et mangeait une cuisse de poulet.

— Alors ? Que veux-tu ?

— Suis-moi.

Dans la bibliothèque, Tom s'approcha de la cheminée pour se réchauffer. Il avait conscience que ce plaisir ne serait que de courte durée.

— Voilà une joyeuse réunion, dit Charles en mordant à nouveau dans sa cuisse de poulet.

— Je suis enchanté de te voir de si bonne humeur. Cela devrait rendre les choses moins pénibles.

Susie l'invita, d'un regard, à en venir au fait.

— Je te coupe les vivres.

Charles étudia la cuisse de poulet. Tom le soupçonnait de passer en revue ses diverses options. Après quelques instants de silence, il croisa le regard de son frère aîné.

— À quelles fins ?

Tom contint péniblement un rire amer.

— Aux fins de ne plus avoir à payer pour tes dépenses futiles et de t'empêcher d'accroître les inquiétudes qui pèsent sur cette famille.

Charles secoua lentement la tête. Tom attendit qu'il se défende, mais voyant que son frère se murait dans le silence, il poursuivit :

— Il est temps que tu admettes la réalité de notre situation et que tu cesses d'alimenter le problème.

Charles se dirigea vers le fond de la pièce. D'une voix posée, il assena :

— Parce que tu penses sincèrement que je suis le seul à alimenter les problèmes de cette famille ?

— Il est certain que tu n'aides pas.

— Je crois que ce que Tom essaie de dire…

Charles coupa aussitôt Susie.

— Tais-toi ! Je t'interdis d'avoir l'outrecuidance de m'expliquer les propos de mon frère. Ils étaient parfaitement limpides.

Il se tourna vers Tom, un doigt pointé sur Susie.

— Je suppose qu'elle nous aide, elle ? Quelle contribution financière apporte-t-elle à cette famille ?

— Tu sais très bien que la fille d'un comte ne peut pas travailler. De surcroît, elle mène une existence frugale. Mets-toi un peu à la place de Susan : alors qu'elle te voit sortir tous les soirs et dépenser sans compter, elle doit se contenter de vêtements qui ressemblent à des haillons !

— Pff… Si tu savais comme je me moque de ce qu'elle peut bien ressentir. Tu préfères prendre le parti d'une demi-sœur illégitime que tu as ramassée dans la rue plutôt que d'un frère que tu connais depuis toujours. Dans ces conditions, pourquoi devrais-je, moi, me soucier de ce que vous pensez l'un et l'autre de ma personne ?

— Surveille ton langage ! s'emporta Tom.

La rage écarquilla les yeux de Charles.

— Mais pour qui me prends-tu ? Un paysan à qui tu peux donner des ordres ? Laisse-moi te poser une question, cher frère : que fais-tu, toi, pour sauver cette glorieuse famille ?

— Tu le sais pertinemment. Je cherche des financiers pour mon hôtel ! Je t'ai d'ailleurs demandé ton aide à d'innombrables reprises, si tu n'as pas perdu la mémoire, afin que notre famille puisse vivre sans inquiétude de nombreuses années.

— Parce que tu penses faire tout ce qui est en ton pouvoir pour y parvenir ?

Tom était sur le point d'exploser.

— Qu'essaies-tu de suggérer ? Bien sûr que oui, imbécile !

— Alors, pourquoi n'as-tu pas accepté la proposition de Lord Dain ? Tous nos problèmes financiers se seraient envolés ! Mais tu es trop fier pour conclure un accord avec un ancien rival. Trop fier pour admettre que tu ne peux plus entretenir le domaine… que tu es un raté !

Tom pâlit.

— N'as-tu donc pas appris à te forger tes opinions par toi-même ? J'ai l'impression d'entendre père.

Charles devint aussi rouge qu'une pivoine.

— Je ne suis la marionnette de personne ! Toutes ces années, j'ai dû l'affronter seul pendant que tu menais une existence confortable dans ton petit paradis suisse. Tu n'as pas été capable de tenir tête à père. Alors tu nous as laissés, mère et moi, ramasser les morceaux après ton départ. Et, à sa mort, tu es revenu me voler ce que père voulait me donner. J'en ai assez de me montrer poli. J'en ai assez de toi !

Il fondit sur la porte. Le sang tambourinait aux oreilles de Tom. Charles ignorait-il la raison de son départ ? Pendant de nombreuses années, Tom avait pris des coups sans broncher. Il avait fallu qu'un beau jour il surprenne le comte en train d'abuser d'une des femmes de chambre pour comprendre l'étendue de sa dépravation.

Tom avait fini par dire à son père qu'il ne supportait plus la situation. Le vieil homme s'était contenté d'ordonner à deux valets de pied de traîner son fils hors de son lit le lendemain matin, pour le jeter dehors malgré le froid. Par chance, l'un d'eux avait eu la bonté de lui apporter une tenue propre.

Charles ignorait-il que Tom n'avait hérité du domaine qu'à cause de la négligence de leur père ? Lui, il ne voulait pas de ce maudit titre. Le comte aurait très bien pu se présenter devant le Parlement pour déshériter son fils aîné. Il n'en avait rien fait.

— Charles…

Tom retint son frère par le bras. Celui-ci fit volte-face et lui planta son poing dans le ventre. La violence du coup fit reculer Tom de deux pas, la douleur irradiant par ondes dans tout son buste. Il avait du mal à respirer. Susie se précipita vers lui avec un cri.

Charles ouvrit la porte de la bibliothèque en grand et la claqua avec autant de force. Quatre livres tombèrent par terre. Les pas de Charles résonnèrent sur le marbre avant qu'il fasse claquer la porte d'entrée aussi.

Agenouillé au sol, Tom tentait de respirer malgré les élancements dans son ventre. Susie se pencha vers lui, inquiète. Il la rassura d'un signe de tête.

— Tu aurais pu mieux t'y prendre, lui dit-elle avec un sourire triste.

— Je sais, grogna-t-il.

— Faut-il essayer de le retenir ?

Tom secoua la tête.

— Laissons-lui le temps de se calmer. Il sera bien obligé de rentrer.

Susie se mit à faire les cent pas.

— Tom, j'aurais dû t'en parler il y a plusieurs jours déjà, mais je n'étais pas encore certaine que quelque chose clochait. Évidemment, il avait une attitude étrange…

Tom secoua la tête.

— Reprends du début.

Il se hissa sur son fauteuil. Susie lui expliqua qu'elle avait surpris Charles en train de consulter les livres de comptes le lendemain de la vente des chevaux. Et qu'il avait pris l'habitude de sortir plus tôt que de coutume.

— Ne sois pas fâché, je t'en prie, mais… aujourd'hui, j'ai décidé de le suivre.

Il ferma les yeux et tenta de respirer normalement. Son premier réflexe fut de la sermonner pour son imprudence, mais il n'avait plus la force de se disputer.

— Dis-moi ce que tu as vu.

— Pas grand-chose, à dire vrai… Charles est entré dans une maison. Je ne comptais pas lui en parler, toutefois à mon retour ici, quand j'ai vu la facture de Fortnum & Mason, je n'ai pas pu me contenir. Je lui ai demandé des explications pour ses dépenses et pour sa visite du matin, et il s'est emporté. Je ne sais pas de quoi il retourne, mais je pense que c'est grave, Tom. As-tu déjà vu Charles dans cet état ?

— Non. Il ne perdait jamais son calme lorsque nous étions petits. Il a dû changer avec…

L'évolution de son frère ne pouvait pas être entièrement imputée à la mauvaise influence de leur père. Tom était coupable, lui aussi. Charles avait raison sur un point : son exil en Suisse avait été relativement confortable en comparaison des années que Charles avait passées sous le joug de leur père. Fallait-il être surpris que Charles se conduise de façon aussi imprévisible ?

Tom sentit à nouveau la culpabilité le gagner. Il était en train de perdre son sang-froid, et il ne connaissait aucun remède.

— Tu as eu raison de me relater ce que tu as vu. Je ne veux plus que tu prennes de risques. J'ignore ce que Charles manigance, mais il aura du mal à continuer, une fois que je lui aurai coupé les vivres.

— Tom, s'il y a une chose que j'ai apprise au sujet de Charles, c'est qu'il ne laisse rien se dresser en travers de son chemin.

Tom tenta de se détendre contre le dossier de son fauteuil.

Susie sortit un livre d'une étagère.

— Ce n'est peut-être pas le meilleur moment, mais je viens de le terminer, et ça pourrait être un bon moyen de te distraire.

Elle lui tendit l'ouvrage. Il souleva la couverture et lut la page de titre.

ORGUEIL ET PRÉJUGÉS
ROMAN EN TROIS VOLUMES
PAR L'AUTEUR DE *RAISON ET SENTIMENTS*

N'était-ce pas l'auteur dont Vicky et Carmichael discutaient au bal ? Celui qu'elle lui avait conseillé de lire ?

— Il y a un personnage, M. Darcy, qui me fait beaucoup penser à toi.

Il haussa un sourcil.

— Susan, je n'ai vraiment pas le temps…

— Oui, c'est tout à fait ce que M. Darcy dirait, répliqua-t-elle avec un sourire. Cette lecture pourrait t'éclairer sur certains aspects de ton caractère.

Tom fit mine de s'offusquer, pourtant il se dirigea vers le bureau avec le roman.

Chapitre dix-neuf

> « Oui, il était ridicule de se laisser troubler de la sorte ! »
>
> *Emma*, Jane Austen

— Victoria, écoute un peu ! s'écria la comtesse, assise à son secrétaire.

Installée dans un coin du petit salon bleu, Vicky leva les yeux de sa broderie. Sa mère se retourna vers elle en brandissant triomphalement une lettre au-dessus de sa tête.

— « Mme Jacoba Carmichael et son fils M. Simon Carmichael sont heureux d'inviter le comte et la comtesse d'Oakbridge, Lady Dain et Lady Victoria Aston, à se joindre à eux dans leur loge au théâtre de Covent Garden mercredi à cinq heures de l'après-midi pour la représentation de *La conquête de Tarente.* » Voilà qui est parfait ! conclut-elle.

— C'est très gentil à Mme Carmichael de nous inviter, observa Vicky.

— Très gentil, en effet. Et très à propos, ajouta-t-elle en se retournant vers son secrétaire pour rédiger une réponse.

— Comment cela ? demanda Vicky. Papa ne peut pas aller au théâtre dans son état. Et ces brigands sont toujours en liberté…

La comtesse l'interrompit d'un claquement de langue.

— Althea et ton père resteront à la maison, ma chérie, nous nous rendrons au théâtre avec deux des gardes que ton père a engagés. M. et Mme Carmichael n'en prendront pas ombrage.

Vicky aurait voulu jauger la réaction de sa sœur, pourtant celle-ci avait déjà reporté son attention sur son livre.

— Mais, maman, crois-tu vraiment que nous serons en sécurité dans un théâtre bondé ? Même avec deux gardes…

On frappa à la porte. Après y avoir été invité, Sheldon entra et s'inclina :

— Madame la comtesse, M. Silby est ici pour Lady Victoria.

Vicky ouvrit de grands yeux ronds.

— S'il vous plaît, Sheldon, dites-lui que nous sommes absentes.

— Victoria ! s'écria la comtesse avec exaspération.

— Je suis désolée, maman, mais je n'ai aucune intention d'épouser M. Silby. Si Tom n'avait pas été là l'autre jour au parc, il aurait insisté pour nous raccompagner, Sarah et moi, dans sa voiture endommagée. Il est dangereux. Et singulièrement barbant.

— Il est un peu tôt pour se présenter chez quelqu'un, observa Althea.

— Oh, très bien, dit la comtesse en agitant une main. Sheldon, suivez les instructions de Lady Victoria.

— Tout de suite, madame la comtesse, répondit-il en s'inclinant.

— Et n'hésitez pas à lui faire systématiquement la même réponse s'il revient, ajouta Vicky.

Il acquiesça d'un mouvement de tête qui la fit sourire.

— Et qu'en est-il de tes autres prétendants ? M. Fothergill, M. Shore, Lord Blankenship ?

Vicky dévisagea sa mère, se demandant si celle-ci était au courant qu'elle avait donné des ordres similaires pour ces trois individus. Il y avait fort à parier que cela soit le cas.

— Si tu avais été là, maman, tu aurais eu le même sentiment que moi.

— Mmh… Il ne nous reste donc que M. Carmichael. L'as-tu vu accorder ne serait-ce que la moitié de l'attention qu'il te porte à une autre demoiselle ?

— Je ne passe pas tout mon temps avec lui, rétorqua Vicky en se dirigeant vers la porte.

— Je vois…

Vicky ne put se retenir et se retourna :

— Que vois-tu, maman ?

— Tu ne lui fais pas confiance.

— Si, bien sûr. Enfin, non, je…

Elle se tut brusquement. Vicky voulait interroger M. Carmichael elle-même avant d'en parler à ses parents. Les inquiétudes de Tom pouvaient très bien se révéler infondées et elle ne voulait pas que ses parents se fassent une mauvaise opinion de lui, si tel était le cas.

— Mais apprécies-tu M. Carmichael ? lui demanda Althea.

— Je… disons que…

— C'est en effet le point crucial, insista la comtesse.

L'appréciait-elle ? Elle songea à ses yeux noirs qui fouillaient les siens comme pour lire ses pensées – qu'il semblait juger appréciables – et un petit sourire s'immisça sur ses lèvres. Elle l'avait apprécié jusqu'à ce que Tom instille le doute dans son esprit. Toutefois elle n'avait aucune preuve pour condamner M. Carmichael.

Il était aimable, cela était certain. Restait à savoir si elle pouvait se fier à lui.

— Lady Oakbridge, Lady Victoria, quel plaisir.

Mme Carmichael les accueillit avec un sourire avant de s'incliner respectueusement. Son fils, qui se tenait un peu plus loin, se tourna pour les saluer à son tour. La loge contenait des rideaux et des chaises en velours rouge. Des chandeliers dorés ornaient les tentures aux murs. Située presque au centre du balcon, elle offrait une vue parfaite sur la scène.

Mme Carmichael embrassa la comtesse, puis Vicky, sur les deux joues. Cette femme aurait dû être impressionnante avec sa chevelure noire brillante qui ne grisonnait pas encore et sa taille qui lui permettait de dominer Vicky et sa mère, mais elle se montrait si chaleureuse et engageante que Vicky ne put s'empêcher d'être charmée.

— Je suis désolée que Lord Oakbridge et Lady Dain n'aient pu se joindre à vous…

Elle baissa la voix avant d'ajouter :

— Simon m'a parlé de l'accident. Le comte se remet-il ?

— Très bien. Il sera sur pied d'ici à une semaine, j'en suis certaine.

— D'ici à quelques jours même, avec sa constitution solide, intervint M. Carmichael, qui fit quelques pas dans leur direction. Merci de vous joindre à nous, Lady Oakbridge.

Il adressa ensuite un sourire à Vicky. Elle le lui rendit en dépit des doutes qu'elle nourrissait à son sujet. À son habitude, il planta son regard dans le sien. Mais cette fois elle sentit son ventre se nouer et baissa les yeux. Leurs mères se dirigèrent vers l'avant de la loge, Mme Carmichael ayant repéré une connaissance commune, à l'autre bout du théâtre.

Vicky s'humecta les lèvres.

— Connaissez-vous la pièce, monsieur ?

— Je ne pourrais pas l'affirmer, non, sinon qu'il s'agit d'une histoire d'amour.

— *La conquête de Tarente* ? Que pourrait-il y avoir de romantique dans un exploit militaire ?

Il éclata de rire, et elle prit conscience de sa maladresse.

— À moins, évidemment, que Tarente ne soit le nom d'un personnage, dit-elle en secouant la tête.

— Auquel cas, rétorqua-t-il, la pièce ne serait guère adaptée à un public féminin.

Elle se sentit rougir.

— Vous avez raison. Mais elle serait parfaite pour le genre d'hommes qui fréquentent les salles de boxe.

Un lent sourire étira les lèvres de M. Carmichael, et Vicky eut à nouveau le ventre noué. Que lui arrivait-il, enfin ? Elle l'insultait et il ne s'en offusquait pas ? Quant à elle, elle se montrait de plus en plus réceptive à ses charmes.

Vicky se tourna vers l'entrée de la loge, où leurs deux gardes étaient maladroitement postés. Elle se rendit soudain compte qu'il n'y avait que quatre sièges. Les pauvres hommes n'allaient tout de même pas rester debout plusieurs heures !

Elle se pencha vers M. Carmichael.

— Pourriez-vous avoir la gentillesse de vous procurer deux chaises supplémentaires pour nos… compagnons ?

— Naturellement.

Il quitta aussitôt la loge pour s'en occuper. Vicky rejoignit sa mère et Mme Carmichael.

— Oh, Victoria ! J'étais justement en train de dire à Mme Carmichael combien son fils s'était montré attentionné en rendant visite à ton père le lendemain de l'accident.

Vicky contint un grincement de dents au souvenir de cette visite, qui lui avait paru si étrange, justement.

— Oh, non, Lady Oakbridge, c'était tout naturel. Il aurait pu faire davantage.

— Comment ? s'étonna la comtesse.

Mme Carmichael agita son éventail.

— Par bien des moyens ! En arrêtant ces canailles, peut-être ?

— Cette mission incombe davantage aux coureurs de Bow Street[1] qu'à votre fils, protesta la comtesse. L'un d'eux est d'ailleurs sur l'affaire.

L'enquête ne progressait aucunement cependant…

— Ne préférez-vous pas savoir votre fils en sécurité chez vous ? observa Vicky. Ne serait-ce que pour pouvoir lui demander de vous accompagner dans les

1. Premières forces de police professionnelles à Londres.

boutiques ? Cela vaut bien mieux que de vous ronger les sangs, n'est-ce pas ?

— Oh, ma chère, Simon n'a pas la patience requise pour m'accompagner dans les boutiques.

— Mais… le jour où nous sommes allés manger une glace ensemble, il m'a dit que vous l'attendiez pour sortir.

— Dans les boutiques ? s'esclaffa-t-elle. Oh là, non ! Le pauvre garçon serait perdu.

— Ah… J'ai dû mal comprendre, alors.

Vicky se rappela soudain le combat de boxe mentionné par Tom. Était-ce pour cette raison que M. Carmichael avait écourté leur sortie, ce jour-là ?

— N'y pensez plus, ma chère. Mon fils m'a dit que vous aimiez beaucoup les chevaux.

— Oui.

— Simon possède une belle écurie de pur-sang dans notre domaine d'Est-Anglie. Lequel se trouve tout près de Newmarket, ce qui est très commode pour les courses. Vous en a-t-il parlé ?

— Je n'en ai pas le souvenir.

Mme Carmichael secoua la tête d'un air attendri.

— Mon pauvre garçon, il a tant de soucis en tête en ce moment… Mais je veillerai à ce qu'il aborde le sujet avec vous.

Vicky s'apprêtait à répondre, quand Mme Carmichael ajouta :

— Votre mère m'a raconté que vous portiez un grand intérêt aux affaires d'Oakbridge et à leur conduite.

— Eh bien…

Vicky hésita. La comtesse mentionnait rarement le goût étrange de sa fille pour ce sujet réservé aux hommes. Celle-ci l'encouragea pourtant d'un large sourire.

— En effet, oui. Je m'efforce d'apporter mon aide dans l'administration du domaine.

— C'est incroyable ! Je serais incapable de saisir tous les détails nécessaires à la bonne marche d'un domaine aussi vaste. Comtesse, ajouta-t-elle en lui touchant le bras, quelle chance d'avoir une fille aussi vive d'esprit.

Lady Oakbridge en convint.

— Saviez-vous, reprit Mme Carmichael à l'intention de Vicky, que Simon a récemment fait l'acquisition d'un domaine dans le sud du Hampshire ?

La jeune fille sursauta.

— Non, je…

— C'est tout naturel, l'acquisition est récente. Il a le plus grand mal à recruter un intendant dans la région. Bien sûr, il doit s'en occuper à distance, ce qui ne facilite pas les choses… oh, le voici ! Il vous en parlera mieux que moi.

M. Carmichael était de retour avec deux chaises. Les gardes du corps le remercièrent sans pour autant y prendre immédiatement place.

— Simon, lui dit sa mère lorsqu'il les rejoignit, parle donc un peu à nos amies de ton acquisition dans le Hampshire.

— Oui, insista la comtesse en coulant un regard espiègle à sa fille. J'ignorais que vous cherchiez à investir tout près de chez nous.

Vicky avait de plus en plus l'impression que la possibilité d'une union entre Simon Carmichael et elle était le seul sujet qui occupait les pensées de leurs mères.

— Je ne dirais pas que c'est tout près, Lady Oakbridge. Il s'agit d'une ancienne abbaye à la lisière de New Forest, entourée d'un vaste parc. Elle doit être à une quarantaine de kilomètres de votre domaine.

À peine une demi-journée en voiture si les routes étaient bonnes. La gorge de Vicky se serra. Avait-il acheté cette propriété dans le but de la séduire ? Le comte et la comtesse avaient souvent emmené leurs filles à New Forest dans leur enfance, et Vicky avait nourri une passion pour les petits hameaux, ainsi que pour les poneys sauvages gambadant dans les bois et les villages. Elle avait demandé à son père si elle pouvait en ramener un à Oakbridge pour le faire paître, et il lui avait répondu que seul le roi en avait le pouvoir.

— Explique à Lady Victoria tes difficultés pour trouver un intendant, insista Mme Carmichael.

Avant qu'il pût entamer son récit, l'orchestre cessa d'accorder ses instruments, signe que le lever de rideau était imminent. Mme Carmichael et la comtesse prirent place au premier rang de la loge. Vicky s'assit derrière sa mère pendant que M. Carmichael fermait la porte.

Elle prit une profonde inspiration. Jusqu'à présent, la soirée n'avait été qu'une gigantesque manœuvre pour encourager leur union. Pourquoi leurs parents ne pouvaient-ils pas les laisser tranquilles ? S'il voulait la demander en mariage, il le ferait. Quant à elle… eh bien elle ne savait pas ce qu'elle voulait.

— Je suis désolé, Lady Victoria.

Elle était si absorbée par ses réflexions qu'elle ne l'avait pas entendu s'asseoir à côté d'elle.

— Pour quelle raison ?

— Pour l'insistance avec laquelle ma mère a tenu à ce que je vous ennuie avec tous ces détails.

— Pourquoi voudriez-vous que cela m'ennuie ?

— Parce que nous sommes au théâtre…

Elle le considéra avec étonnement.

— Je ne suis pas certaine de vous suivre…

Il se pencha vers elle.

— La plupart des jeunes demoiselles n'ont aucun intérêt pour ces sujets.

— Certes.

Elle aurait dû s'en douter : il pensait, comme tant d'hommes, que le rôle d'une femme était purement décoratif.

— Vous ai-je offensée ?

Elle prit son élan.

— Je croyais vous avoir parlé de mon intérêt pour l'administration du domaine familial.

Il fit une grimace.

— En effet, j'avais malheureusement oublié.

— Tout comme vous avez malheureusement oublié de prévenir votre mère que vous aviez prétexté devoir la rejoindre pour écourter notre rendez-vous chez Gunter's.

— Je vous présente mes excuses. J'avais un autre engagement auquel je ne pouvais me dérober.

— Je sais, oui. Votre combat de boxe… Je n'aime pas que l'on me mente.

Il conserva le silence un instant.

— Moi non plus.

Il se détourna avec un ricanement dépourvu d'humour.

— Malheureusement, ajouta-t-il, on ne peut pas toujours dire ce que l'on pense.

— Peut-être pas. Mais il n'est pas nécessaire pour autant de maquiller la vérité.

— Parfois, nécessité fait loi. Pour des raisons de bienséance ou de sécurité. Ou pour prendre l'avantage sur son adversaire.

Vicky ne cacha pas sa perplexité.

— Je comprends lorsqu'il est question de sécurité. Je crains néanmoins que nous ne soyons en désaccord sur les autres sujets.

— Vous ne cessez de me surprendre.

Elle devina à son regard, bien plus qu'à ses paroles, qu'il la complimentait.

— Je vous remercie, dit-elle après un silence.

Elle fit pivoter tout son corps pour lui faire face. Lorsqu'il était assis, son visage lui paraissait moins inatteignable.

— Pourquoi avez-vous acheté cette abbaye dans le Hampshire ?

Son expression sincère devint soudain énigmatique.

— Je n'y avais pas de propriété.

— Et toutes les autres ne vous contentent-elles pas ?

— Bien sûr que non, rétorqua-t-il avec un de ses sourires exaspérants.

Agacée par son attitude fuyante, elle reporta son attention sur les spectateurs qui s'installaient dans la loge face à la leur. Comment pourrait-elle apprendre à le connaître s'il refusait d'apporter des réponses franches à ses questions ?

— Êtes-vous fâchée ?

Vicky sursauta tant il s'était rapproché pour glisser ces mots à son oreille.

— Oui, je…

Que pouvait-elle lui dire d'assez direct, mais avec tact ?

— Pardonnez ma franchise, mais je tiens à vous dire que je préférerais dorénavant connaître la vérité. Si vous ne pensez pas pouvoir accéder à cette requête, je ne vois pas comment nous pourrions continuer à nous fréquenter.

Elle jeta un regard furtif en direction de leurs mères, qui discutaient, n'ayant visiblement pas conscience de ce qui se jouait dans leur dos. Elle poursuivit :

— Je vous suis très reconnaissante d'avoir fait partir Lord Dain au concert, mais pourquoi ne m'avez-vous pas dit que vous étiez au courant de la situation de ma sœur ?

Il parut hésiter.

— Votre père me l'a appris peu de temps après notre rendez-vous chez Gunter's. Je n'ai pas souvenir de la date précise.

— Et cependant, au concert, vous avez fait mine de ne rien savoir.

— Pas du tout, protesta-t-il.

Elle secoua la tête.

— Monsieur Carmichael, je ne suis pas une petite fleur fragile qui se flétrit à la moindre évocation de ces violences…

— Victoria ! lui souffla sa mère. Parle moins fort.

Vicky croisa les mains et regarda les machinistes qui finissaient d'installer de petits arbres devant le rideau pour reproduire grossièrement la végétation de la côte italienne.

— Je vous présente mes excuses, finit-il par dire. Je ne vous ai jamais prise pour une fleur fragile…

Et vous avez ma parole, à l'avenir, je ne manquerai plus de franchise avec vous.

Elle lui coula un regard de biais.

— Ma parole de gentilhomme.

Elle finit par se radoucir.

— Alors, me pardonnez-vous ? lui chuchota-t-il avec un sourire contrit.

Elle était troublée par son charme… mais elle ne devait pas abandonner ses soupçons aussi facilement.

— Pas tant que vous ne m'aurez pas expliqué pourquoi vous avez hésité lorsque je vous ai demandé d'éloigner Dain.

— Bonté divine ! Un homme n'a-t-il pas le droit d'hésiter ? Je n'avais aucune envie de laver le linge sale de votre famille en public !

Ce fut au tour de sa mère de se retourner et il se tut. L'expression furibonde de Mme Carmichael était si comique qu'un petit gloussement échappa à Victoria. Elle se tourna vers M. Carmichael et faillit éclater de rire. Il fut gagné par son hilarité.

— « Bonté divine ! » l'imita-t-elle.

Lui, d'habitude si maître de ses réactions, poussa alors un hurlement de rire, au moment le plus inopportun – la salle était parfaitement silencieuse, car les trompettes venaient d'annoncer l'arrivée du héros sur scène pour son premier monologue.

Au balcon, toutes les têtes se tournèrent dans la direction de M. Carmichael. Et l'acteur, dont les premières lignes avaient été gâchées, leva des yeux indignés vers la loge. Vicky était pétrifiée de honte, effrayée à l'idée qu'un autre gloussement de nervosité puisse lui échapper. M. Carmichael était dans la même situation.

Il se plièrent donc en deux, mains plaquées sur leurs bouches, pour étouffer leurs éclats de rire.

Au moment où Tom pénétrait dans le bar du théâtre, à l'étage, espérant mettre à profit l'entracte afin de trouver une meilleure boisson que le gin que beaucoup consommaient à l'orchestre, il faillit s'arrêter net. Victoria s'y trouvait, dans une robe de satin jaune soulignant ses formes. Elle était au bras de Carmichael. La joie se lisait sur ses traits, elle parlait avec animation. Tom fit trois pas dans leur direction avant de s'aviser qu'en interrompant leur petit tête-à-tête il ne parviendrait qu'à provoquer un scandale.

Pourquoi étaient-ils soudain si proches, alors que quelques jours auparavant Vicky lui avait promis de faire preuve de prudence avec l'homme qui avait sans doute commandité l'attaque contre sa famille ?

Tom respira pour se calmer. Que pouvait bien faire Carmichael dans un lieu public ? Vicky était nécessairement accompagnée d'un chaperon. Et si Carmichael souhaitait l'épouser, il n'avait aucune raison de s'en prendre à elle tant que le mariage ne serait pas conclu. Tom s'éloigna donc dans la direction opposée. Après tout, il n'était venu ni pour profiter de la pièce, ni pour avoir une seconde altercation avec Carmichael, ni même pour protéger Victoria…

Tandis qu'il descendait à l'orchestre, il ne put s'empêcher d'être rongé par l'idée que Vicky continue à considérer Carmichael comme le meilleur prétendant possible. Il se frictionna la poitrine, où une soudaine sensation d'étouffement venait de surgir, bien résolu à l'ignorer. Il passerait la voir le lendemain pour savoir si elle avait appris quoi que ce soit qui pourrait étayer ses soupçons.

En attendant, il devrait se consacrer à vanter les mérites de son futur hôtel. Lord Axley lui avait offert un cigare, et Tom n'avait nullement l'intention de laisser filer une telle opportunité.

Chapitre vingt

« Elle espérait que l'heure de la réconciliation avait enfin sonné. »

Emma, Jane Austen

Devant son miroir, Vicky jouait avec les boucles qui encadraient son visage pour les arranger au mieux. Dans la matinée, Tom lui avait adressé un message l'informant qu'il passerait à l'heure du thé.

— Tu es ravissante.

Découvrant Althea sur le seuil de sa chambre, Vicky tenta de dissimuler sa surprise d'entendre un compliment dans sa bouche.

Althea n'avait pas eu aussi bonne mine depuis longtemps. Elle restait trop frêle, mais sa robe rose pivoine rehaussait son teint. Vicky lui sourit avant de se pincer les joues.

— Merci. Crois-tu que la cuisinière nous servira des tartelettes à la fraise aujourd'hui ? demanda-t-elle, préférant s'en tenir à des sujets prosaïques.

— Je trouve que tu te donnes bien du mal pour un garçon qui t'a brisé le cœur.

Vicky se figea. Thea avait raison. Ce n'était qu'un thé. Elle ne devait pas se mettre en peine pour Tom. Et pourtant, elle voulait être jolie, ne serait-ce que pour elle-même. Elle jeta un coup d'œil à sa robe myosotis avec ses mancherons raffinés et approuva ce qu'elle voyait. Elle était à son avantage dans cette tenue.

Elle ne pouvait s'empêcher de s'interroger : pourquoi les femmes se faisaient-elles belles dans l'unique but d'attirer l'attention d'un gentleman ? Elle ne pensait pas que Tom pût s'intéresser à elle de cette manière. Cela n'avait jamais été le cas. Et elle n'avait pas l'arrogance de penser que son apparence pouvait y changer quoi que ce fût.

— Tom ne m'a pas brisé le cœur. Il a détruit notre amitié, dit-elle en s'adressant au miroir.

Le reflet de sa sœur l'observait, les yeux légèrement arrondis.

— Il n'y avait que peu de différence entre les deux, à l'époque.

Vicky avait enfin l'impression que Tom et elle renouaient avec leur connivence d'autrefois. Elle savait qu'il gardait un œil sur elle. Ce qui devait bien signifier qu'il désirait raviver leur ancienne amitié. Et elle ne s'y opposait guère, tant il lui avait manqué pendant toutes ces années.

Elle lissa les cheveux sur ses tempes.

— Ne t'inquiète pas, Thea. Tom vient juste s'assurer que nous allons bien.

Elle repensa alors à sa soirée de la veille. Elle avait passé un délicieux moment au théâtre avec M. Carmichael, et son inclination pour lui s'était renforcée. Il avait répondu à toutes ses questions et levé tous ses soupçons. Pour la première fois depuis plusieurs jours, elle avait la certitude que tout irait pour le mieux. Si sa vie avait ressemblé à une intrigue rocambolesque pendant quelques semaines, elle allait sans doute connaître un dénouement heureux tel que celui d'*Orgueil et préjugés*. Elle serait heureuse et pourrait aider sa si chère famille.

— Je suis en quête d'un mari, dit-elle à Althea, et je n'ai pas l'intention de fuir mon devoir.

Sarah passa alors une tête dans la chambre.

— Je vous prie de m'excuser, Lady Dain, Lady Victoria, mais Lord Halworth est arrivé.

Contrairement aux craintes de Vicky, le thé s'était fort bien déroulé. Elle avait eu peur que ses parents n'exigent des explications pour l'attitude passée de Tom, cependant le comte était encore alité, et quant à la comtesse, bien que ne s'étant pas montrée très chaleureuse, elle avait eu un comportement irréprochable. Tom semblait de bonne humeur et les avait régalées d'anecdotes sur les coutumes suisses, en insistant sur l'affection de ce peuple pour ses vaches.

Althea avait même pris la parole pour lui demander de leur décrire les paysages helvètes. Tandis qu'il évoquait les monts enneigés des Alpes qui s'élevaient très haut dans le ciel et les chutes d'eau qui dévalaient le long de leurs pentes, Vicky se prit à rêver de ces panoramas.

— Ce doit être un lieu enchanteur, soupira-t-elle.

— Je ne dirais pas cela, répondit-il avant de mordre dans sa tartelette.

— Pourquoi ? s'étonna Althea.

Tom inclina la tête.

— Comme partout ailleurs, il y a de la pauvreté… même si les miséreux ne vivent pas dans des conditions aussi déplorables que ce que j'ai pu voir à Londres.

Vicky était incrédule.

— Vraiment ? Qu'avez-vous…

— Et Charles ? Il n'a pas pu vous accompagner ?

La comtesse, qui avait interrompu Vicky, lui adressa un regard réprobateur : il n'était pas question que sa fille aborde des sujets aussi « inconvenants ». Tom avala une gorgée de thé avant de répondre.

— Il avait pris d'autres engagements. Mais il vous adresse son meilleur sentiment.

Tom croisa le regard de Vicky et inclina la tête de façon presque imperceptible vers la porte. Voulait-il partir ?

— J'avais espéré qu'il m'accompagnerait… Son emploi du temps est un véritable mystère. Quand il n'est pas à son club, il est dehors.

Cette fois, Vicky comprit le message. Elle posa sa tasse et sa soucoupe sur la table.

— Maman, dit-elle avec un sourire, verrais-tu un inconvénient à ce que je montre le jardin à Tom ? Je ne crois pas qu'il ait eu l'occasion de le voir, et le soleil vient de faire une apparition, ajouta-t-elle comme pour la convaincre.

— Je ne vois aucune raison de m'y opposer. Peut-être qu'Althea souhaite vous accompagner.

Tous les regards se rivèrent sur celle-ci.

— Non, je vous remercie, dit-elle dans sa tasse de thé.

Vicky aurait pu l'embrasser. Tom remercia la comtesse.

— Ne t'absente pas trop longtemps, Victoria.

— Bien sûr, maman, répondit-elle en soupirant intérieurement.

Vicky emprunta l'allée pavée de briques. En comparaison du domaine d'Oakbridge, le jardin était évidemment minuscule. Une fontaine ornementale sur plusieurs niveaux occupait la moitié de sa longueur, face à des parterres de roses. Il y avait un adorable banc ancien, tout au fond, à l'ombre d'un vieux sureau. Vicky prit à gauche pour contourner les roses.

— Je suis désolée. Maman réagit parfois de façon excessive… Je suppose que tu voulais me parler en privé ? ajouta-t-elle en haussant les sourcils.

— Je suis content que tu aies compris le message. Je ne sais pas ce que j'aurais fait autrement pour te parler en tête à tête. Je me serais sans doute attiré les foudres de ta mère.

Elle longea le parterre de roses puis ils s'approchèrent de la fontaine. Il continua :

— Pour tout te dire, depuis ce jour où j'ai franchi le seuil d'Oakbridge, j'attends qu'elle me réprimande.

— Pourquoi ? s'étonna-t-elle.

— Pour m'être comporté comme je l'ai fait à l'époque. Pour t'avoir rejetée.

Vicky tourna lentement la tête vers lui. Venait-il réellement de prononcer ces mots ?

— Pourquoi, Tom ? lui demanda-t-elle tout bas.

Son front se plissa.

— Je cherchais à te protéger.

— Me protéger ? Mais de qui ?

— De lui…

Vicky ne comprenait pas… À moins que ?

— Ton père ?

— Il… ce n'était pas un homme bon.

Vicky se retint d'avoir une réaction trop vive. Bien sûr, elle savait que le mariage du comte et de la comtesse Halworth n'était pas heureux. Tom n'avait jamais parlé de son père en termes flatteurs. Quand elle était encore jeune, son propre père l'avait mise en garde contre le comte Halworth.

— Mais il ne s'en serait tout de même pas pris à moi, murmura-t-elle.

Tom gardait les yeux fixés sur le jet de la fontaine.

— Je ne pouvais pas courir ce risque.

Après un silence, il ajouta :

— Il ne s'est jamais beaucoup inquiété de la souffrance qu'il pouvait causer.

Vicky poussa un immense soupir, et le poids qui pesait sur son âme depuis le jour où Tom avait cessé de lui adresser la parole parut s'alléger. Elle n'avait rien à se reprocher. Il ne la haïssait pas. Il ne l'avait jamais haïe. Elle aurait voulu, plus que tout, lui prendre la main et la serrer de toutes ses forces.

— Tom… Je n'aurais pas dû douter…

— Non. Je ne te reproche rien. J'étais incapable d'en parler. La douleur était trop forte. Elle est encore très présente.

Il lui indiqua le banc au fond du jardin. Elle accepta son invitation et ils se remirent lentement en marche. Elle ne savait que dire.

— Althea m'a paru moins abattue.

— Elle n'a pas été aussi sereine depuis très longtemps. J'ai tenté d'appliquer ton conseil et de me montrer patiente, mais nous nous sommes disputées, l'autre jour. Elle était si différente ces derniers temps…

— Je ne suis pas surpris.

Vicky le considéra avec étonnement.

— N'importe qui aurait changé après avoir subi ce que Dain a dû lui faire subir…

— J'ai honte de l'avouer, mais je ne comprends toujours pas très bien ce qui a pu se passer…

— Le monde n'est pas un conte de fées. Même si, à mes yeux, Oakbridge et ta famille étaient plus proches de la perfection que je ne le pensais possible.

Était-ce pour cette raison qu'il passait autant de temps avec eux ?

— Vous venez d'entrevoir un fragment de ce que ma famille a traversé. Il n'y a qu'une seule solution, oublier le passé et tenter de se tourner vers l'avenir.

Ils atteignirent le banc sous le vieux sureau, et Tom attendit que Vicky fût assise avant de prendre place à côté d'elle. Enchanté par les doux effluves de gâteau et de roses fraîches, il en oublia les convenances et se plaça trop près. Elle leva la tête vers lui, un sourire hésitant aux lèvres. Décontenancé, il se laissa aller contre le dossier du banc. Et maintenant il devait en venir à la raison de sa visite.

— Je t'ai vue, au bras de Carmichael, hier soir, dit-il en posant les yeux sur une petite pâquerette entre les brins d'herbe.

— Pourquoi ne pas être venu nous saluer ?

— Vous aviez l'air de vous amuser. Ma présence aurait assombri l'humeur de monsieur.

Elle eut un petit rire moqueur.

— L'as-tu interrogé sur ses liens avec Dain ?

— Tu avais raison, mon père avait informé M. Carmichael de la situation d'Althea. Je lui ai demandé pourquoi il avait semblé hésitant lorsque je l'avais chargé d'éloigner Dain. Il a répondu qu'il voulait éviter un scandale par égard pour ma famille.

— Ce qui n'explique pas ce qu'il a dit à Dain le soir du concert.

— J'imagine qu'il redoutait la réaction de Dain, à cause d'Althea. Et je ne crois pas qu'il ait des visées sur Oakbridge. Il vient d'acquérir une abbaye à une demi-journée de route.

Tom contint une grimace. Carmichael n'était pas un imbécile. Sa conquête de Vicky était facilitée grâce à cette nouvelle propriété si proche d'Oakbridge.

— Encore un moyen de te convaincre de l'épouser.

Vicky fit la moue.

— J'ai trouvé ses explications tout à fait satisfaisantes.

— Moi, je les estime au mieux incomplètes.

Elle redressa le menton.

— Ce n'est pas le seul gentleman de ma connaissance qui n'aime pas justifier ses actes…

Un petit grognement de protestation lui échappa, mais il ne dit rien. Elle l'avait coincé. Le regard de Vicky se radoucit.

— Pourquoi te fais-tu un devoir de le juger si durement ?

Il soupira.

— Dain et lui sont de mèche d'une façon ou d'une autre. Je n'arrive simplement pas à comprendre comment.

— Cela pourrait être n'importe quoi ! Et leurs intentions ne sont pas nécessairement malhonnêtes, ajouta-t-elle avec malice.

Il n'arrivait pas à s'y résoudre.

— Qu'a dit ton père au sujet de ses affaires avec Carmichael ?

— Je ne l'ai pas encore interrogé. J'attendais qu'il soit remis.

Pour Tom, le sujet était suffisamment important pour ne pas perdre davantage de temps, mais il n'osa insister de peur de la fâcher.

— J'ai écrit à ma mère pour qu'elle enquête sur les terres que Dain voulait m'acheter. Je n'ai pas encore embauché de nouvel intendant pour Halworth, toutefois j'espère qu'elle trouvera quelqu'un de qualifié pour estimer leur valeur. Tu devrais peut-être demander à l'intendant de ton père de faire de même à Oakbridge. Tout particulièrement à la frontière de nos deux domaines.

— J'en parlerai à papa dès aujourd'hui. Il serait en effet plus sage que je dispose de toutes les informations avant de… faire mon choix.

Tom lui prit les deux mains.

— Ne te précipite pas, je t'en supplie. Je n'ai aucune envie que tu te réveilles un matin et découvres la vraie nature de ton mari dont tu ignores tout.

Elle baissa les yeux.

— Je dois bien épouser quelqu'un.

— Je sais.

Personne ne connaissait mieux que lui le poids accablant des responsabilités. En épousant Carmichael, Vicky pourrait sauver sa famille et le domaine qu'elle chérissait tant, conserver son rang dans la société et sa richesse, acquérir une maison de campagne à une distance raisonnable de ses parents. Et se garantir une existence honorable. Cependant, si Carmichael et Dain avaient conclu un pacte ensemble au sujet d'Oakbridge, ainsi que Tom le soupçonnait, ce mariage n'aurait servi à rien. Et elle serait piégée. La réputation d'aucune famille ne pouvait sortir indemne de deux procédures de divorce, même si celles-ci aboutissaient.

Il aurait aimé pouvoir l'aider, mais il ne connaissait pas de prétendant digne d'elle. Et à ce qu'il savait des amis de Charles, ceux-ci non plus ne convenaient pas.

Il devait bien y avoir une solution, même si elle lui échappait pour l'heure. Il ne pouvait pas la laisser tomber entre les griffes de Carmichael, il s'y refusait ! Il était même prêt à l'épouser lui-même, si...

Une vague de chaleur le parcourut. Il s'empressa de chasser cette pensée dès qu'elle eut pris forme. Tom n'avait rien à offrir à Vicky – ni argent, ni sécurité, ni même amour –, rien que des souvenirs en commun et un titre sans valeur. Ce serait imprudent. Ce serait l'inverse d'une protection. Cela reviendrait à l'attacher à une lignée flétrie par les appétits et les traits de caractère les plus vils... à un être qui ne la méritait pas un seul instant.

Il se frotta le front.

— J'ai commencé à lire *Orgueil et préjugés*, dit-il pour échapper au flot de ses pensées.

— Vraiment ? demanda Vicky en s'animant.

— Oui. Et je comprends pourquoi tu aimes autant Elizabeth Bennet. Elle est charmante.

Le sourire de Vicky s'élargit.

— Je suis très heureuse que tu sois de cet avis ! C'est l'héroïne de Jane Austen que je préfère.

Il se détourna.

— Je ne peux pas dire en revanche que j'aie beaucoup d'inclination pour ce M. Darcy jusqu'à présent, confessa-t-il, en se rappelant que Susie l'avait comparé à ce personnage.

— Mmh… M. Carmichael m'a dit la même chose. Je me demande si tu seras toujours de cet avis quand tu auras terminé ta lecture.

Tom n'était guère enchanté de partager l'avis de Carmichael sur quoi que ce fût, mais il tint sa langue.

— J'ai conscience de tes responsabilités envers ta famille, Vicky, cependant rien ne presse. Prends le temps de voir si tu fais une autre rencontre au prochain bal. Je t'aiderai si je peux.

L'aider à se lier à un inconnu…

— Ton secours pourrait m'être précieux, Tom. Tu ferais office de grand frère.

De frère ? En un sens, dans leur enfance, il était pour elle ce qui s'en rapprochait le plus. Et pourtant, pour une raison mystérieuse, cette idée l'irritait. Il se racla la gorge.

— Oui, quelque chose dans cet esprit.

Décidément… Toute cette affaire ne se terminerait pas bien. Pas bien du tout.

Chapitre vingt et un

« On est toujours fier de faire quelque chose rapidement et l'on ne prend pas garde aux imperfections qui en résultent. »

Orgueil et préjugés, Jane Austen

Le cœur allégé, Vicky retourna dans le petit salon, talonnée par Tom. Elle se pétrifia en découvrant M. Carmichael assis face à Althea. Il se leva aussitôt. L'espace d'un instant, elle sentit la présence de Tom dans son dos, mais celle-ci perdit vite son pouvoir rassérénant. Elle ne manqua pas de noter, en effet, que les traits de M. Carmichael s'étaient figés lorsque ce dernier l'avait découvert. Il s'inclina de façon très formelle, tandis que la comtesse prenait la parole.

— Victoria, regarde qui est venu nous rendre visite.

— Monsieur Carmichael, dit-elle en exécutant une petite révérence. Quelle agréable surprise ! J'étais en train de montrer le jardin à Lord Halworth.

Tom réussit à afficher un sourire poli. On ne pouvait guère en dire autant de M. Carmichael, dont la mâchoire était si rigide qu'elle semblait de marbre.

— Bonjour, monsieur, lui dit Tom.

— Lord Halworth, répondit-il sur le ton de celui qui aurait préféré ne pas avoir à ouvrir la bouche.

Vicky fut peinée. Tom avait raison, M. Carmichael perdait toutes ses manières en sa présence.

— Votre jardin est charmant, Lady Oakbridge, dit-il à la comtesse. Je suis seulement revenu vous remercier pour le thé avant de prendre congé.

— C'est nous qui vous remercions de votre visite, Lord Halworth, répliqua-t-elle avec un sourire plus poli que sincère.

— Revenez nous voir, ajouta Althea, à la surprise de Vicky.

— Je vous remercie pour l'invitation, Lady Dain. Je ne manquerai pas de l'honorer.

Tom lança un bref regard à Vicky avant de sortir. Difficile de lui reprocher son départ après l'impolitesse de M. Carmichael. Vicky remarqua alors que ce dernier l'observait en fronçant les sourcils. Elle ne broncha pas. Peu lui importait qu'il fût en colère. Elle ne lui devait rien. Pas encore. Elle restait libre de ses faits et gestes.

— Comment allez-vous aujourd'hui, monsieur ? Pas trop fatigué après la soirée d'hier ?

Son visage se détendit légèrement.

— Comment pourrais-je être fatigué après avoir eu le plaisir de votre compagnie ?

Le compliment était facile, et pourtant elle n'y fut pas insensible. Elle avait, elle aussi, passé un excellent moment. Ils échangèrent un sourire.

— Peut-être que vous pourriez, si Lady Oakbridge n'a pas d'objection, me montrer le jardin. Je ne crois pas avoir jamais eu cet honneur.

— Bien sûr !

Elle se tourna vers la comtesse, qui les chassa presque de la pièce. Vicky conduisit M. Carmichael à la fontaine et désigna d'un large geste l'eau qui ondoyait.

— Alors ?

— Ingénieuse. Elle me rappelle celle du château de Chatsworth, à une échelle réduite.

— Vous connaissez le « duc célibataire » alors ?

Le duc de Devonshire était l'un des pairs les plus puissants d'Angleterre, et sans doute le plus riche. Vicky l'avait croisé à plusieurs reprises la saison précédente, mais il était trop vieux à son goût. Il devait approcher de la trentaine et ne semblait toujours pas désireux de prendre une épouse, ce qui lui avait valu son surnom – au grand dam de toutes les mères de la société.

— Je le connais de loin. Je n'ai été invité à Chatsworth qu'une seule fois.

— C'est une fois de plus que moi. Et pourquoi n'avez-vous reçu que cette invitation ?

— Je ne suis pas sûr de pouvoir vous répondre.

Elle leva des yeux incrédules vers lui et remarqua alors qu'il retenait un sourire.

— Mais vous n'êtes pas une une petite fleur fragile, il me semble.

— En effet.

— L'un des autres convives a eu l'indélicatesse de suggérer que ma fortune rivalisait avec celle du duc. À ma connaissance, cette personne n'a jamais reçu de seconde invitation, elle non plus.

Vicky secoua la tête.

— Les hommes sont de grands enfants. Vous vous prétendez civilisés et pourtant vous vous fâchez au moindre mot de travers et vous devenez violents. Prenez votre combat de boxe ! Au bout du compte, vous ne méritez pas de vous prétendre supérieurs aux femmes. Vous êtes bien pires.

— Ah oui ?

Elle soutint son regard.

— Oui. À cause de vos instincts primaires. Pour le reste, nous sommes identiques.

— Je connais des femmes qui possèdent des instincts violents.

— Vraiment ?

— Tout à fait. Et l'histoire en offre de nombreux exemples. Cléopâtre a tenté d'assassiner son frère, Aliénor d'Aquitaine, son mari et son fils. Quant à la reine Marie Tudor, elle a fait des centaines de morts.

— Vous avez raison. Alors il n'y a aucune différence entre nous, au bout du compte.

Il fit un pas vers elle. Elle dut incliner la tête en arrière pour croiser son regard. Le soleil lui paraissait de plus en plus chaud.

— À bien des égards nous sommes presque une seule et même personne.

Elle était perplexe. Que cherchait-il à lui dire ? Il était si proche à présent qu'elle dut baisser la tête et fixer sa cravate blanche.

— Nous sommes tous deux intelligents…

Il lui prit la main et celle-ci disparut dans son immense paume. Il ne portait pas de gants.

— Nous sommes tous deux perspicaces… Et nous savons tous deux ce que nous voulons dans la vie.

Au moment de conclure sa dernière phrase, il lui serra la main. Elle inclina à nouveau la tête en arrière pour voir ses traits.

— Je ne suis pas sûre de savoir ce que je veux dans la vie.

Elle savait en revanche ce que ses parents attendaient… Il était juste devant elle, avec son sourire enjôleur. Il lui toucha délicatement le menton.

— Je suis peut-être en mesure de vous aider.

Il la transperça de son regard sombre puis se baissa pour effleurer ses lèvres avec les siennes. Elle fut surprise par leur douceur, mais elle se raidit un instant, prenant soudain conscience qu'elle ignorait ce qu'elle devait faire. Il sentait le santal et les tartelettes aux fraises. Ce n'était pas si mal, vraiment, pour un si court baiser, mais il dut s'imaginer qu'elle était comblée, car il ne put retenir un sourire de satisfaction.

Il posa alors une main sur sa hanche tout en gardant l'autre sous son menton pour l'attirer vers lui.

Cette fois, lorsque leurs bouches se rencontrèrent, Vicky ferma les yeux pour éviter de voir ses traits de si près. Il décala ses lèvres contre les siennes, et elle sentit ses pensées devenir confuses. Les doigts sous son menton glissèrent vers sa joue. Elle aurait pu se fondre en lui, si elle s'y était autorisée.

Quand il s'écarta, sa respiration était précipitée. Vicky, elle, n'osait pas le regarder dans les yeux. Son premier baiser. Une expérience plaisante, même si elle ne lui avait pas permis de prendre de décision.

Voulait-elle de M. Carmichael ? Pour la vie ?

Il lui caressa la joue avec son pouce et elle leva enfin les yeux vers lui. Il souriait avec une tendresse qu'elle ne lui connaissait pas. Elle avait lu de l'humour et de l'amitié dans son regard, mais jamais de l'affection.

— Victoria… Voulez-vous devenir ma femme ?

Elle entrouvrit les lèvres et poussa un minuscule « Oh ! » de surprise.

— Je sais que cela peut paraître soudain, reprit-il.

Elle dut se renfrogner, car il s'empressa d'ajouter :

— Admettez que nous nous entendons bien.

Il s'interrompit pour chercher une réponse dans son regard.

— Nous nous entendons bien, c'est certain.

— Peu de demoiselles de ma connaissance savent me faire rire. Encore moins en public.

Elle ne put retenir un sourire.

— Je veillerai sur vous. Et sur votre famille.

Sa famille… C'était ce pour quoi tous les Aston avaient œuvré. Si elle acceptait, Oakbridge serait protégé de Dain. Elle serait la future maîtresse du domaine de son enfance. Elle aurait les ressources nécessaires pour aider sa sœur, peut-être même pour lui acheter une propriété. Il lui suffisait de dire oui.

Et pourtant… N'aurait-elle pas dû ressentir autre chose ? Elle ne retrouvait pas l'émotion qu'elle avait éprouvée lorsque Elizabeth Bennet et M. Darcy finissent par s'avouer leurs sentiments… ou lorsque Edward Ferrars annonce enfin à Elinor Dashwood qu'il est libre de l'épouser.

Elle se souvint soudain de ce que Tom lui avait demandé : attendre jusqu'au prochain bal. Elle lui avait pour ainsi dire promis de ne pas se précipiter. Le « oui » que M. Carmichael espérait restait coincé dans la gorge de Vicky. Elle ne devait rien à

Tom – après tout, il n'avait pas d'autres solutions à lui proposer –, mais peut-être se le devait-elle à elle-même. Peut-être.

Elle ne se pensait pas amoureuse de M. Carmichael. Elle l'appréciait, beaucoup. Elle avait même aimé la façon dont il l'avait embrassée, pour autant était-elle entièrement convaincue de vouloir l'épouser ? Non. Pas encore. Comment le lui dire ?

— Accepteriez-vous…

Elle l'observa à travers ses cils.

— Accepteriez-vous de me laisser quelques jours pour réfléchir à votre délicieuse proposition ?

Il perdit aussitôt son sourire et deux rides se creusèrent entre ses sourcils. Elle pria en silence pour qu'il ne se mît pas en colère.

— Bien sûr, dit-il sur la réserve.

— C'est simplement que…

Elle chercha les mots justes.

— Je dois réfléchir à certaines choses.

— Ces choses auraient-elles un quelconque rapport avec Lord Halworth ?

— Pourquoi tant d'aversion pour lui ?

— Et pourquoi tant d'affection ? riposta-t-il en haussant la voix.

— C'est mon ami, dit-elle aussi fort que lui.

— Votre ami, répéta-t-il en secouant la tête.

— Oui, et cela depuis très longtemps… Je l'ai connu bien avant vous.

— Les gens changent.

— Naturellement. Je suis tout à fait prête à reconnaître que Tom a changé. Et moi aussi. Mais cela n'explique toujours pas pourquoi vous lui vouez une telle inimitié.

Il se détourna en secouant la tête, s'éloigna de la fontaine pour mieux faire demi-tour et revenir à grandes enjambées.

— Votre père m'a appris ce qui vous était arrivé à Oakbridge.

Vicky ne comprenait guère où il voulait en venir.

— Et ?

— Ne trouvez-vous pas étrange que Halworth ait été justement témoin de la scène mais n'ait pas réussi à attraper ce scélérat ?

— J'étais en travers du chemin et…

— Ensuite, l'interrompit-il, il fait une nouvelle apparition miraculeuse le jour où l'équipage de Silby s'emballe. Et si je ne fais pas erreur, il n'a pas non plus réussi à vous sauver, cette fois-ci.

Il haussa les sourcils comme pour la mettre au défi de le contredire.

— J'ai sauté du carrick, il n'aurait rien pu y faire.

— Vous n'auriez pas dû en éprouver le besoin. S'il avait su maîtriser la voiture plus tôt, vous n'auriez pas eu à sauter.

Vicky sentait monter l'irritation.

— Je ne comprends pas. Vous désapprouvez la façon dont il a tenté de m'aider, ou l'accusez-vous d'autre chose ?

Il ne répondit pas immédiatement.

— Que faisait-il au théâtre, hier soir ? Je l'ai vu pendant l'entracte.

— Eh bien, sachez qu'il n'a pas voulu nous saluer pour éviter de vous mettre de méchante humeur, lui assena-t-elle.

Il leva les yeux au ciel.

— Il n'avait jamais pris de telles précautions jusqu'à présent.

— Vous êtes parfaitement injuste…

— Je sais seulement que ses finances ne sont pas aussi bonnes qu'elles devraient l'être. À ce que j'ai compris, le défunt comte a accumulé les dettes. Pourtant Halworth est ici à Londres. Et il a profité de son séjour pour faire son entrée dans le monde. Or j'ai pu remarquer qu'il ne s'intéressait à aucune demoiselle, sinon à vous.

Vicky retenait son souffle.

— Quelle meilleure issue à ses difficultés qu'un mariage avec vous ? La fille avec laquelle il a grandi, dont les domaines sont mitoyens et qui, miracle, possède une dot plus que généreuse.

Vicky se sentit pâlir. Le père de Tom était dépensier, tout le monde le savait. Elle n'était donc guère étonnée que son fils eût hérité de dettes. Cela expliquait sa garde-robe qui, elle s'en avisait seulement, faisait un peu grise mine. Sa veste du jour était d'ailleurs élimée… Mais M. Carmichael se trompait, Tom ne souhaitait pas l'épouser. Il avait été très clair sur ce point plus tôt dans l'après-midi, en lui proposant de l'aider à trouver un mari. Un mari qui ne serait pas M. Carmichael.

— Mais il ne veut pas de moi, dit-elle pour combler le silence de plus en plus pesant.

Il la regardait sans ciller.

— Il me l'a quasiment dit, insista-t-elle, en se trouvant elle-même risible.

Il s'entêta.

— Je continue à trouver ses incessantes interventions hautement suspicieuses. Il m'apparaît évident qu'il veut s'accaparer votre dot et qu'il ne reculera devant rien pour y parvenir.

— C'est grotesque. Tom est incapable de telles manœuvres.

— Nous verrons bien.

Elle souffla. Tom et lui étaient tous deux ridicules. Tom doutait de la loyauté de M. Carmichael qui, lui, doutait de sa bonté. Et pourtant, Vicky avait beau s'amuser intérieurement de cette absurdité, un soupçon de doute s'immisça en elle. La présence de Tom, à Oakbridge comme à Hyde Park, constituait en effet une étrange coïncidence. M. Carmichael interrompit le maelström de ses pensées.

— Je vais vous laisser. Souvenez-vous simplement que je sais quelle personne douce et généreuse vous êtes. Et que je souhaite vous épouser pour ces raisons. Je ne supporterais pas de vous voir liée à un homme qui n'en aurait qu'après votre argent. Vous méritez bien mieux.

Il lui baisa la main.

En regardant s'éloigner ce grand homme aux épaules si solides qui voulait l'épouser, Vicky se demanda pourquoi elle se sentait aussi perdue.

De retour dans le petit salon, Vicky trouva son père assis sur le sofa à côté d'Althea.

— Que fais-tu en bas, papa ?

— Je me repose aussi bien ici que dans mon lit. J'ai vu M. Carmichael partir. Que lui as-tu dit ?

Elle prit son élan.

— Que j'avais besoin de temps pour réfléchir à sa demande.

— Alors ça y est ! s'exclama la comtesse.

Au même moment, le comte lançait :

— De temps ?

Vicky hocha la tête avec détermination. Le comte prit la parole en premier.

— Réfléchir à quoi, Vicky ? Carmichael est un homme influent, riche, beau. Et tu sembles apprécier sa compagnie. Il ferait un excellent mari, surtout dans les conditions actuelles, ajouta-t-il avec un coup d'œil en direction d'Althea.

Elle était d'une pâleur inquiétante. En son for intérieur, Vicky s'offusqua du manque de considération de leur père pour les sentiments de sa sœur… et les siens. Depuis sa mésaventure, il se montrait plus pragmatique que jamais.

— As-tu des vues sur un autre prétendant qui pourrait te faire hésiter ? s'enquit la comtesse.

Vicky repensa aussitôt à ses sorties avec certains des hommes les plus pénibles d'Angleterre.

— Pas vraiment…

— Malheureusement, le temps nous est compté, l'interrompit son père. Avant de vous rejoindre ici, Carmichael est monté m'annoncer des nouvelles préoccupantes. Le lendemain de l'attaque, je lui ai demandé de me rendre un service. Barnes ne m'avait pas donné signe de vie depuis un moment et j'ai donc chargé Carmichael de découvrir s'il y avait des avancées dans la procédure de séparation. Il semblerait que M. Barnes ait disparu.

— Comment cela, « disparu », James ? rétorqua la comtesse, aussi surprise que ses deux filles.

— Il n'était ni à son cabinet ni à son domicile. Sa famille ne semble pas savoir où il se trouve. Carmichael s'est donc rendu à la cour de la Chancellerie, où il a appris que les documents pour la demande de *supplicavit* avaient aussi disparu. Le clerc les a bien reçus, mais ils se sont volatilisés.

— Comment est-ce possible ? s'étonna Vicky.

La pâleur d'Althea devenait plus fantomatique de seconde en seconde.

— Un employé a dû les subtiliser.

— Dain, maugréa Althea.

— Il connaît quelqu'un au tribunal ? s'enquit Vicky.

— Il n'a pas dû avoir beaucoup de mal à acheter un complice. Certains hommes n'ont pas de scrupules, déplora le comte.

Vicky se souvint alors que M. Carmichael avait un ami à la cour de la Chancellerie. Et si M. Carmichael avait joué un rôle dans cette étrange affaire ? Pourrait-il être aussi responsable de la disparition de M. Barnes ? Elle repoussa aussitôt ces idées. Pourquoi se compromettrait-il avec des manigances aussi abominables alors qu'il n'en avait guère besoin pour obtenir sa main ? Et pourtant, elle était prise dans un tourbillon d'éléments contradictoires – les théories de Tom, ses sentiments, la vérité – qui l'empêchaient d'y voir clair.

— Et du côté des tribunaux ecclésiastiques ? demanda-t-elle toutefois.

— Le procureur a pris contact avec moi, et il devrait émettre la citation à comparaître de Dain dans les jours à venir.

Vicky sourit à Althea. Enfin une bonne nouvelle. La demande de *supplicavit* ne la protégerait que durant une année, après tout, alors que si les tribunaux ecclésiastiques validaient la requête d'Althea, la séparation serait définitive.

— Je dois néanmoins vous rapporter de nouveaux incidents à Oakbridge. Les métayers ont aperçu des hommes louches sur nos terres. Le pont qui mène au village est sur le point de s'écrouler, en dépit des importantes réparations que nous avons entreprises l'année dernière. Enfin, l'un de nos pur-sang les plus précieux est tombé malade et risque de ne pas s'en remettre. J'ai reçu une lettre de l'intendant aujourd'hui.

Le sang de Vicky se glaça. C'était du sabotage ! Qui pouvait commettre des crimes aussi odieux ? Plus que jamais, elle regretta que Tom n'eût pas rattrapé la crapule, ce jour-là. Elle aurait pu les mener à celui qui orchestrait ces manœuvres.

— Qu'en penses-tu, papa ?

— Les soupçons se portent naturellement sur Dain, toutefois je ne vois pas pourquoi il se donnerait tout ce mal. Je vais dire à l'intendant de prendre des précautions supplémentaires, mais nous ne pourrons jamais surveiller chaque arpent du domaine à toutes les heures de la journée.

Vicky décida que le moment était venu.

— Tom a surpris une conversation entre M. Carmichael et Dain le soir du concert.

Althea l'encouragea à poursuivre d'un signe de tête.

— Ils ont parlé d'enjeux. Et M. Carmichael a demandé à Dain de ne pas nous perturber.

L'expression du comte se fit maussade.

— Dain a proposé à Tom de lui acheter des terres. Tom a refusé, mais il a demandé une évaluation de celles-ci pour comprendre l'intérêt de Dain. Tom soupçonne M. Carmichael et le vicomte d'avoir un accord pour prendre le contrôle d'Oakbridge ou des terres qui bordent le domaine.

— Ridicule, répliqua le comte. Ces terres sont constituées de champs et d'arbres… Elles n'ont aucune valeur particulière. Quant à Carmichael, il n'a nul besoin d'Oakbridge. Ni Dain, d'ailleurs.

— Peut-être, mais c'est tout de même une étrange coïncidence que je sois tombée sur cet individu à la jonction des deux domaines.

Elle se souvint brusquement de l'échange entre M. Carmichael et Dain au bal de la duchesse.

— Ils ont brièvement parlé affaires ensemble, chez la duchesse de Rutherfurd. Saurais-tu de quoi il retourne, papa ?

Il secoua la tête, de plus en plus morose. Vicky décida d'en appeler à son pragmatisme.

— Je pense qu'il serait prudent de charger l'intendant d'inspecter toute la partie de notre domaine qui longe Halworth, ne serait-ce que pour garantir notre tranquillité d'esprit.

Il parut y réfléchir.

— Je l'ajouterai à ma lettre ce soir.

— Merci, papa. Je commence à croire que tous ces accidents n'en sont pas.

— Que suggères-tu, Victoria ?

Elle croisa le regard de sa mère.

— Je crois que le carrick de M. Silby a été saboté avant notre sortie et, bien que cela me chagrine, M. Carmichael aurait fort bien pu y avoir accès.

— Victoria ! Comment peux-tu ?…

— Maman, j'apprécie M. Carmichael. Mais…

Était-il donc si déraisonnable de vouloir s'assurer de son innocence avant d'accepter de l'épouser ? Elle s'adressa à son père.

— Puis-je te demander ce qu'il adviendrait de la terre que vous avez achetée ensemble, près du canal, s'il t'arrivait malheur ?

— Ta mère hériterait de ma part, donc de la moitié, et de tous les revenus afférents, jusqu'à sa mort.

Vicky poussa un soupir de soulagement. Au moins pouvait-elle être rassurée de ce côté : M. Carmichael ne tirerait aucun profit de la mort de son père.

— J'en suis heureuse.

— Vicky, la sermonna son père, tu ne dois pas te laisser influencer par l'imagination débordante de Tom. Il a peut-être des raisons de te détourner de Carmichael.

— Qu'essaies-tu de dire, papa ?

— Il n'est plus le garçon d'autrefois. Et son domaine est en ruine.

La comtesse insista :

— Tu ne peux pas croire aveuglément tout ce qui sort de sa bouche.

Vicky ne battit pas pour autant en retraite.

— Peux-tu au moins demander à M. Carmichael quelle est la nature de ses affaires avec Dain ?

— Tu le reverras avant moi, tu peux très bien lui poser la question toi-même. Mais, de mon côté, je me charge… d'enquêter discrètement.

— Ma chérie, dit la comtesse, nous allons faire notre possible, cependant tu ne peux pas repousser éternellement ta décision.

— Je sais.

Un frisson lui parcourut l'échine.

Vicky s'empressa de quitter le salon, impatiente de fuir les regards pesants de ses parents. Elle avait besoin d'être seule pour analyser les événements de la journée avec logique.

Au moment où elle atteignait le pied de l'escalier, Althea l'appela.

— Je suis désolée pour ces documents, Thea. Tu ne dois pas perdre espoir.

— Il ne me laissera peut-être jamais partir…

— Il n'aura pas le choix si les tribunaux ecclésiastiques prennent la bonne décision. Tu verras. Papa ne connaîtra pas de repos tant que tu ne seras pas libre.

Devant l'expression résignée de sa sœur, Vicky oublia ses propres ennuis. Elle la prit par le bras.

— Et moi non plus, d'ailleurs. Si j'épouse M. Carmichael, je pourrai le convaincre d'employer son immense fortune à acheter les faveurs de tous les juges des tribunaux ecclésiastiques et de la cour de la Chancellerie.

Le regard d'Althea fut intraitable. Elle ne transigeait pas avec la moralité.

— En tout dernier recours, bien sûr, maugréa Vicky.

— Et si M. Carmichael était ton dernier recours ?

Vicky haussa les épaules comme si cette question n'était pas précisément celle qui la rongeait.

— Maman et papa l'ont dit, c'est un homme très respectable.

— Sans aucun doute, oui… Mais est-ce l'homme que tu veux épouser ?

Vicky s'arrêta au milieu de l'escalier pour considérer sa sœur avec prudence. Elle semblait sincère, elle était redevenue sa confidente.

Vicky soupira. Elle songea à tout ce que Tom lui avait dit cet après-midi, à l'aide qu'il lui avait proposée pour trouver un mari, en véritable ami. Puis son esprit dériva, elle revécut le baiser que M. Carmichael lui avait donné. Il semblait tenir sincèrement à elle. Mais il ne l'aimait pas. Il n'avait pas parlé d'amour.

— Je ne sais pas.

Althea plongea son regard au fond du sien.

— Alors, tu dois écouter ton instinct. Sans te soucier des conséquences. Ou plutôt, tu dois avoir conscience que ta décision pourrait avoir des conséquences.

— Mais tu…

— Il y a eu des signes très tôt avec Dain… pendant qu'il me faisait la cour déjà, et j'ai préféré les ignorer. Je n'ai pas écouté mon instinct.

Elle se remit à gravir les marches. Vicky la suivit, trop surprise pour parler, jusqu'à ce qu'elles atteignent le premier étage.

— Quels signes, Thea ?

Elle secoua la tête.

— Ils n'ont plus aucune pertinence aujourd'hui.

— Je t'en prie, insista Vicky en repensant aux mots de Tom.

Althea finit par céder.

— Il voulait toujours savoir où je me trouvais, et il se montrait jaloux de tout homme qu'il pensait amoureux de moi. Il me parlait de leurs défauts, je crois qu'il a même parfois usé de menaces pour les éloigner. Bien sûr, je ne l'ai appris qu'après notre mariage.

Le cœur de Vicky battait la chamade. M. Carmichael avait souligné les défauts de M. Silby – à raison, en l'occurrence. Cependant, il avait fait de même avec Tom aujourd'hui. Sans oublier son manque de franchise, qui continuait à inquiéter Vicky.

— Et… te cachait-il des choses ?

— Oui. Il parlait par demi-vérités, et il m'était d'ailleurs très difficile de distinguer la réalité des récits qu'il me faisait.

Elle s'apprêtait à ajouter quelque chose mais se ravisa. Puis elle s'éloigna dans le couloir. Vicky lui emboîta le pas.

— Pourquoi me dire cela maintenant, Thea ?
— J'ai écrit à Poole.
Vicky l'encouragea à poursuivre d'un geste de la tête.
— Il m'a confirmé qu'il avait régulièrement posté des lettres que tu me destinais. Dain a dû…
Althea se détourna, les yeux brillants de larmes. Vicky l'attira dans ses bras. Althea abandonna sa tête sur son épaule.
— J'ai été une belle idiote, gémit-elle d'une voix tremblante. Comment ai-je pu penser cela de toi ?
Dain l'avait rendue si méfiante…
— Nous allons tout arranger, lui dit Vicky. Je regrette de tout mon cœur de ne pas avoir pu t'épargner ce que tu as traversé.
Un sanglot échappa à Althea.
— Tu dois faire un choix plus avisé que le mien.
Vicky lui frotta le dos.
— Crois-tu que maman et papa aient raison au sujet de Tom ?
Althea s'essuya les yeux.
— Je ne sais pas. Ils lui reprochent peut-être toujours la façon dont il t'a traitée avant son départ…
— Thea, il m'a tout expliqué aujourd'hui. Il m'a présenté ses excuses.
— Vraiment ?
— Le père de Tom était un monstre, du même acabit que Dain. Tom craignait qu'il ne me fasse du mal si je continuais à lui rendre visite. Le jour où je me suis rendue à Halworth pour la dernière fois, le comte l'avait frappé si fort qu'il était à terre. Le comte m'a accueillie avec un bon mot, rejetant entièrement la faute sur son fils. Je ne savais que penser. Mais je suis convaincue, aujourd'hui, que Tom n'avait rien à se reprocher.

— Sans doute pas, en effet…

Vicky grimaça.

— Que dois-je faire, Thea ?

— Il ne faut pas que tu épouses un homme en qui tu ne peux pas avoir confiance.

— Mais comment juger de sa fiabilité ?

— Je l'ignore, soupira Althea. Et j'en suis désolée. Tu mérites mieux qu'un choix précipité par les circonstances.

— Merci.

Althea voulut changer de sujet.

— Raconte-moi ce que Tom t'a dit dans le jardin.

Vicky lui expliqua qu'il lui avait demandé d'attendre le prochain bal pour prendre sa décision et qu'il s'était engagé à lui apporter son aide.

— Il est plein d'égards pour toi. Je partage son avis. Nous devons tous deux t'aider. Cela te laissera du temps pour réfléchir à tes sentiments pour M. Carmichael. Et peut-être que nous trouverons un autre prétendant.

Le cœur de Vicky s'allégea. Avec l'aide de Tom et d'Althea, ses chances étaient considérablement accrues. Bien sûr, la probabilité de rencontrer un homme qui réponde aussi bien que M. Carmichael à toutes les conditions était très faible, mais ce n'était pas ce qui importait. Elle serra à nouveau Althea dans ses bras. Tom avait raison. Sa patience avait payé. Elle retrouvait foi en l'avenir. Leurs aventures auraient peut-être une fin aussi heureuse que celle des romans de Mlle Austen.

Chapitre vingt-deux

> « Le goût de la danse mène tout droit à l'amour… »
>
> *Orgueil et préjugés*, Jane Austen

Tom s'engouffra dans la salle de bal de Lord et Lady Branbury d'un pas léger. Il était sur un petit nuage après le succès de son rendez-vous avec ses nouveaux investisseurs. Lord Axley et ses associés, M. Parker et M. Risdale, avaient signé les contrats préalables aujourd'hui, et demain Tom entamerait les démarches nécessaires à l'acquisition d'un terrain à côté de Mayfair. C'est là que se trouverait bientôt le premier hôtel de luxe londonien. En passant près d'un groupe de débutantes qui se tenaient en demi-cercle, Tom provoqua des gloussements. Même cela ne le dérangeait pas. Son projet prenait enfin forme. Et il allait ainsi pouvoir consacrer sa soirée à aider Victoria.

Il parcourut la salle du regard. Contrairement à la duchesse de Rutherfurd, les Branbury avaient opté pour un décor plus traditionnel. D'immenses candélabres dorés et des centaines de chandelles l'éclairaient de toutes parts, produisant un doux éclairage vacillant. Des chaises installées le long des murs attendaient les danseurs fatigués et les matrones amatrices de cancans.

En revanche, il n'apercevait ni Vicky ni sa famille. Notant avec étonnement sa déception profonde, il se rendit à la table des rafraîchissements, dans l'espoir d'y trouver une connaissance. Tandis qu'il longeait la piste de danse, il repéra M. Silby, qui prenait la même direction que lui, malheureusement. Avant que Tom n'eût le temps de changer de trajectoire, il croisa son regard. Il le salua donc pour être poli et tenta de le dépasser, mais Silby se plaça en travers de son chemin et le força à s'arrêter.

— Lord Halworth.

— Monsieur.

Il revenait à Silby de poursuivre l'échange, toutefois cet imbécile se contentait de le dévisager. Tom se demanda s'il pouvait le contourner et poursuivre sa route… Silby finit par parler.

— Je n'ai pas encore eu l'occasion de vous remercier pour l'autre jour.

Tom hocha la tête, bien qu'il ne le crût pas sincère.

— Ce n'était rien. Je n'allais pas rester les bras croisés.

— Je ne sais pas ce que j'aurais fait si j'avais perdu l'un de mes chevaux. Lady Victoria avait raison… J'aurais été bien en peine de les remplacer.

Tom n'en croyait pas ses oreilles.

— Une perte tragique, en effet… Sans oublier ce qui aurait pu arriver à la demoiselle à bord du carrick, rétorqua-t-il.

Silby ne réagit pas immédiatement.

— Oh, oui. Vraiment, quelle chance que vous ayez été là pour l'aider…

Tom sentait sa patience s'épuiser. Ce Silby ne tournait vraiment pas rond. Était-il demeuré ou simplement dépourvu de tact ? Peut-être les deux…

— Si vous voulez bien m'excuser.

Tom inclina la tête et tourna les talons sans laisser le temps à Silby de le retenir. Ayant enfin rejoint la table des rafraîchissements, Tom prit une flûte de champagne et chercha alentour quelqu'un avec qui engager la conversation. Au moment où son regard se posait sur l'entrée, il aperçut Vicky, derrière Althea et la comtesse. Le comte devait encore se remettre de ses blessures.

Avec une grâce dont Tom ne la savait pas dotée, Vicky pénétra dans la salle. Elle semblait glisser sur le sol dans une robe bleu pâle rehaussée de dentelle blanche. Ses tresses châtain cuivré étaient relevées sur son crâne avec sophistication, et les quelques boucles qui encadraient son visage soulignaient ses pommettes délicates et prononcées. Un sourire distrait étirait ses lèvres.

Tom se rendit alors compte qu'il avait arrêté son verre à quelques centimètres de sa bouche. La comtesse s'approcha de convives pour les saluer. Althea, elle, restait en retrait, attendant Vicky. Elle portait une robe d'un rouge profond et semblait dans de bien meilleures dispositions que les dernières fois où il l'avait vue. Toutefois, n'importe qui aurait d'abord admiré Vicky.

Tom prit deux flûtes supplémentaires sur la table et se dirigea vers les sœurs Aston. Il dut pour cela traverser la salle et se frayer un chemin entre les différents groupes.

Vicky semblait chercher quelqu'un dans la foule. Lorsqu'il ne fut plus qu'à un ou deux mètres, il croisa son regard. Ils se sourirent au même moment.

— Lady Dain, Lady Victoria, les salua-t-il en leur tendant les flûtes. Vous êtes toutes deux resplendissantes ce soir.

Althea accueillit son compliment avec placidité, mais il eut l'impression que Vicky rosissait légèrement.

— Merci, Lord Halworth, dit la première. Vous avez l'air en forme.

— Je le suis, répondit-il, s'avisant pour la première fois depuis très longtemps que c'était le cas.

Il remarqua soudain qu'elles n'étaient pas accompagnées de gardes.

— Vous êtes venues sans protection ?

— Nous ne savions pas comment expliquer leur présence au bal, lui dit Vicky. Les gardes nous attendent dans la voiture.

Tom fut rassuré.

— Qu'avez-vous prévu ce soir ?

— Eh bien, répondit Vicky en jetant un coup d'œil à Althea, je crois qu'il est question de danser… et de rencontrer de nouvelles têtes. Et je compte sur mon frère de substitution pour m'assister sur ce front, ajouta-t-elle avec un sourire.

Au mot « frère » il ressentit un pincement au cœur.

— Naturellement.

Il prit alors conscience, avec culpabilité, qu'il ne connaissait pas plus de monde aujourd'hui qu'hier… À moins de se tourner vers les associés de Lord Axley, ou plutôt les siens ! Il lui semblait néanmoins que

M. Parker et M. Risdale étaient mariés. Et il n'était même pas certain de leur présence ce soir.

— Tout va bien, Tom ? s'inquiéta Vicky.

Il la rassura d'un mouvement de tête et s'interdit de s'attarder sur la façon dont l'éclairage faisait ressortir les reflets cuivrés de sa chevelure.

— J'étais en train de me dire que je n'ai croisé qu'un seul gentleman de ma connaissance pour le moment, et il s'agit de Silby.

Althea faillit s'étrangler avec son champagne.

— Impossible de lui échapper, décidément, maugréa Vicky.

Tom rit de bon cœur avant de se tourner vers Althea.

— Et vous ? Voyez-vous quelqu'un digne de votre sœur ?

Elle parcourut la salle du regard.

— J'ai bien peur que non.

— Mmh… Et cet homme qui discute avec Helen ? s'enquit Vicky.

Tom se retourna et vit que l'aînée des filles Chadwick se trouvait en compagnie d'un grand homme blond près d'un arbre en pot. Althea doucha aussitôt la bonne volonté de sa sœur.

— Il s'agit de George Harcourt. Il est contre l'abolition de l'esclavage et sa famille possède toujours une plantation dans les Antilles.

Vicky se décomposa. Tom inclina la tête pour feindre de compatir, alors qu'en réalité il se félicitait de cet échec.

— Quel dommage !

— Je croyais qu'il était question de m'aider…

Tom repéra un homme dégingandé à l'autre bout de la salle.

— Que diriez-vous de notre ami avec sa boîte à priser ? Il me semble l'avoir déjà croisé…

Vicky écarquilla les yeux.

— Où ?

Il lui indiqua l'homme en question. Les deux sœurs l'aperçurent au moment où il reniflait du tabac.

Vicky se détourna en grimaçant.

— Pourvu qu'il ne m'invite pas à danser !

— Qui est-ce ? s'étonna Tom.

— Arthur Fothergill, lui répondit Althea. Il est venu à Oakbridge quand nous étions enfants.

— Le fils du vicomte Lindsley ?

L'échalas pâle qui s'essuyait le nez n'avait plus grand-chose du petit garçon rougeaud dont il conservait le souvenir.

— Pourquoi ne voulez-vous pas danser avec lui ?

Ce fut Althea qui lui répondit :

— Elle garde un mauvais souvenir de leur sortie au British Museum.

— C'est un malotru qui a failli renverser deux fois son tabac sur moi, ajouta Vicky en continuant à lui tourner le dos.

— Plus malotru que Silby ?

— Personne ne surpasse M. Silby, rétorqua-t-elle avec un soupçon de sourire. Mais M. Fothergill est un concurrent sérieux pour la seconde place.

Les musiciens entonnèrent les premiers accords de la première danse depuis le balcon.

— Puisqu'ils sont tous deux ici ce soir, le moins que je puisse faire, c'est de vous inviter avant qu'ils n'en aient l'idée. Cela pourrait même aider nos affaires, car rien n'intrigue plus un homme qu'une demoiselle courtisée.

Il déposa sa flûte à moitié pleine sur le plateau de l'un des valets de pied ; Vicky l'imita, puis accepta le bras qu'il lui proposait.

— Vous n'y voyez pas d'inconvénient, Lady Dain ?

— Bien sûr que non. Je reste pour ma part à l'affût de potentiels prétendants. Amusez-vous bien.

— Maman est juste là, Thea, lui précisa Vicky en lui montrant la comtesse.

De toute évidence, elle s'inquiétait de laisser sa sœur seule.

— Voulez-vous que nous vous accompagnions ?…

— Non, non, tout ira bien.

Elle les congédia d'un petit mouvement de la main puis se dirigea vers Lady Oakbridge.

— Oh non, gémit brusquement Vicky en faisant halte.

— Qu'y a-t-il ? s'inquiéta Tom.

— J'espérais une valse, confessa-t-elle alors qu'ils se remettaient en route.

— Je vois… Mais dans ce cas, nous aurions tous deux été déçus.

Elle posa sur lui un regard interrogateur.

— Je ne sais pas valser.

— Comment cela ?

— En Suisse, cette pratique est interdite pour son obscénité. J'ai découvert cette danse au bal de la duchesse de Rutherfurd.

— Ah, fit-elle en se plaçant face à lui. Eh bien, il faudra apprendre.

Il la considéra, intrigué.

— Mon frère de substitution ne peut pas rester inculte.

Elle plaisantait, bien sûr, toutefois il fut irrité par sa remarque. Il se pencha vers elle ainsi que le menuet l'exigeait et prit sa main gantée. Ils se rapprochèrent l'un de l'autre. Le plus discrètement possible, il lui glissa à l'oreille :

— Tu devrais peut-être cesser de me donner du « frère » si tu veux que notre ruse fonctionne.

Lorsqu'ils s'éloignèrent, il lut de l'incompréhension sur ses traits. Elle attendit d'être près de lui pour lui demander :

— Quelle ruse ?

Ils se placèrent de profil et il articula sans un son : « Te faire passer pour une demoiselle très courtisée. »

Elle se tourna à demi vers lui alors qu'elle aurait dû rester bien de face au moment de descendre le long de la rangée de couples.

— Je vous demande pardon ?

Il s'efforça de contrôler le volume de sa voix.

— Vous m'avez entendue.

Ils se séparèrent et dansèrent autour du couple sur leur gauche avant de se rejoindre.

— Il se trouve, Lord Halworth, dit-elle en s'adressant à lui de façon formelle, que je ne suis pas si peu courtisée que vous semblez le penser.

Son ton le surprit.

— Je vous ferai d'ailleurs savoir que M. Carmichael m'a fait sa demande, annonça-t-elle suffisamment fort pour être entendue par les danseurs les plus proches.

Le ventre de Tom se serra tandis que les couples lançaient des regards intrigués dans leur direction. Il bredouilla quelques syllabes étranglées avant de retrouver son sang-froid, et dit bêtement :

— En mariage ?

Elle hocha la tête. Son expression demeurait de marbre, il ne savait pas ce qu'elle pensait.

— Et qu'as-tu répondu ? lui chuchota-t-il.

— Je lui ai dit que je devais y réfléchir, reconnut-elle, d'une voix toujours trop forte.

Il ne comprenait pas pourquoi il était aussi surpris. Carmichael n'avait pas cherché à cacher ses intentions. Mais enfin, Vicky ne pouvait pas l'épouser !

Ils se séparèrent à nouveau pour décrire des cercles en miroir.

— Et son attitude suspecte ?

— C'est en partie pour cela que j'ai répondu que je devais y réfléchir.

Il se remémora leur dernière conversation.

— Tu avais dit que tu attendrais avant de prendre une décision.

— Et j'ai attendu, lui répliqua-t-elle en le regardant droit dans les yeux.

La gorge de Tom se serra. Il la revit au bras de Carmichael dans le foyer du théâtre, si heureuse, et se sentit saisi d'un vertige.

— Si je ne trouve pas un autre prétendant ce soir, je n'aurai plus le choix.

Cette fois elle avait murmuré. Ses traits étaient empreints d'une émotion qu'il ne parvenait pas à déchiffrer.

— Mais… mais et s'il a tenté d'assassiner ton père ? demanda-t-il en regardant alentour pour s'assurer que personne ne pouvait l'entendre.

La musique enfla et ils tournèrent l'un autour de l'autre pour échanger leurs places.

— Je ne l'en crois pas capable, finit-elle par répondre. Et ma mère hériterait de mon père… M. Carmichael ne retirerait aucun bénéfice de sa disparition.

Par chance, la danse se termina et Tom cacha son agacement derrière une révérence. Comment pouvait-elle envisager de s'enchaîner à ce… dandin ? Même s'il ne tirait aucun bénéfice financier de la mort du comte, il avait peut-être commandité ces prétendus accidents pour pousser Vicky à l'épouser au plus vite. Tom n'avait pas encore reçu de nouvelles de sa mère et de l'évaluation des terres convoitées par Dain – autrement dit il ne connaîtrait pas leur valeur avant que Vicky ait pris sa décision.

Diantre, comment Tom allait-il trouver un autre prétendant en quelques heures ? Il ne connaissait pas davantage de gentlemen qu'à son arrivée dans la salle de bal.

Il offrit son bras à Vicky et sentit sa petite main se poser légèrement dessus. Le contentement l'envahit – un sentiment qui lui était devenu étranger… Son émotion fut si soudaine qu'il la regarda avec surprise. Elle lui adressa un sourire éblouissant. Il comprenait pourquoi Carmichael voulait l'épouser. Elle était bonne et innocente, belle et courageuse. Victoria serait un atout pour n'importe quel homme. Et il ne comprenait d'ailleurs pas pourquoi elle n'avait pas d'autres prétendants. Les Londoniens étaient-ils tous tombés sur la tête ?

Oui, songea-t-il avec amertume. Ils semblaient être, dans leur écrasante majorité, des imbéciles. Et elle se trouvait contrainte de choisir Carmichael. Tom devait bien s'y résoudre. À moins que… Il restait une autre solution et, étonnamment, elle ne lui semblait plus si invraisemblable. Un peu tremblant, il l'entraîna à l'écart.

— Est-ce que tout va bien ?

Il hocha la tête. Peut-être avait-il perdu ses esprits, ou peut-être que la satisfaction d'avoir enfin accompli quelque chose depuis son retour lui donnait des idées qu'il n'aurait pas eues autrement, mais cela n'avait aucune importance. Il devait l'empêcher de commettre une terrible erreur.

— Et si je t'avais déjà trouvé quelqu'un ? À épouser, précisa-t-il, comme si elle risquait de se méprendre sur le sens de ses paroles.

— Vraiment ? Il est ici ?

Elle promena son regard autour d'eux. Il se racla la gorge.

— Et si… et si c'était moi ?

Elle plongea aussitôt ses yeux noisette dans les siens. Elle ouvrit la bouche et la referma. Puis elle chuchota :

— Toi ?

Ne le prenait-elle pas au sérieux ? Il aurait préféré la voir épouser n'importe qui d'autre que Carmichael. Et qui mieux que lui, qui la connaissait et tenait à son bonheur ?

Il confirma d'un signe de tête solennel.

— Épouse-moi.

— Es-tu… certain de le vouloir ?

— Je ne veux pas que tu commettes une erreur. Ce n'est pas un homme pour toi.

Elle se rembrunit et ne dit rien durant quelques instants.

— Mais… tiens-tu à moi ?

Le désir de lui prendre la main ou d'effleurer la douce courbe de sa joue avec son pouce le tenaillait, toutefois les convenances l'en empêchèrent.

— Vicky, j'espère que tu sais que c'est le cas.

— Et plus que cela peut-être ? murmura-t-elle.

L'espoir qu'il perçut dans sa voix le surprit et lui transperça le cœur. Avant de le laisser engourdi.

Elle aspirait à davantage qu'au mariage de convenance qu'il lui proposait… à davantage qu'une façon de se libérer de l'imbroglio dont sa famille était prisonnière. À davantage que ce qu'il pouvait lui offrir avec son âme maudite ; son père s'en était assuré. Il était trop impur pour l'aimer comme elle le voulait et comme elle le méritait.

— Vicky…

Il lut alors dans son regard qu'il ne devait pas lui mentir, même s'il risquait de la blesser.

— Je tiendrai toujours à toi… mais je suis perdu à tout jamais, malheureusement. Depuis la mort de mon père, je n'ai pas été capable de… je me suis fermé aux sentiments.

Il ferma les yeux.

— Je ne sais pas comment l'expliquer… Disons que je suis froid à l'intérieur. Indifférent.

Il rouvrit les yeux et lut de la pitié dans les siens.

— Mais toi, tu m'as rappelé celui que j'étais. Et quand nous sommes ensemble j'ai l'impression de redevenir moi-même.

L'expression de Vicky était impénétrable.

Après un silence, il ajouta :

— Je te jure qu'avec moi tu seras en sécurité.

Elle souffla lentement.

— Je le sais bien, Tom. Mais…

Elle baissa les yeux.

— Je me demande si c'est suffisant.

La poitrine de Tom se serra.

— Es-tu… penses-tu…

Il se ressaisit enfin et énonça clairement :

— Carmichael t'apportera-t-il ce que tu désires ?

Elle soutint son regard et lui répondit avec franchise :

— Autant que toi, j'imagine… Et peut-être davantage, conclut-elle presque pour elle-même.

— Il ne t'a pas parlé d'amour, alors ? demanda-t-il alors qu'il devinait déjà la réponse.

Il sentit qu'elle était en proie à un conflit interne.

— Pas en termes explicites, non.

Dieu merci !

— Tom, je… je sais que tu ne crois pas aux contes de fées. Mais je continue à rêver d'une conclusion digne d'un roman de Mlle Austen.

— Et tu la mérites.

Toutefois le destin lui avait distribué de mauvaises cartes, et elle n'avait d'autre choix que de continuer la partie avec. Il s'éclaircit la voix.

— Malheureusement, il ne suffit pas de souhaiter les choses pour les faire advenir. Dans une telle situation, il faut sans doute entre deux maux choisir… le moindre.

Sa maladresse le fit tressaillir. Avait-on jamais fait de demande en mariage moins convaincante ?

Vicky conserva longtemps le silence.

— Tom, irais-tu me chercher à boire ? Je crois que j'ai besoin de réfléchir.

— Bien sûr. Je reviens tout de suite.

Il s'éloigna, implorant le destin de jouer en sa faveur pour une fois.

Chapitre vingt-trois

« Quand je retire mon estime à quelqu'un, c'est d'une façon définitive. »

Orgueil et préjugés, Jane Austen

Vicky se laissa choir sur la première chaise et ouvrit l'éventail accroché à son poignet. Elle espérait parvenir à apaiser son pouls déchaîné, toutefois elle était trop décontenancée. Elle déploya entièrement son éventail pour se cacher derrière et prendre trois profondes inspirations.

Tom l'avait demandée en mariage !

Une chose qu'elle croyait proprement impossible venait de se produire. Elle aurait d'ailleurs bien du mal à y croire si elle n'avait pas été témoin de la scène. Petite, il lui était arrivé de rêver qu'ils tomberaient un jour amoureux et que Tom lui ferait sa demande tel un preux chevalier, mais ce désir avait disparu dans les années suivant son exil, à mesure qu'elle perdait l'espoir de le revoir. Et la demande inattendue qui venait d'avoir lieu n'était évidemment pas à la hauteur de celle qu'elle avait autrefois imaginée dans son cœur d'enfant…

Il était plus que jamais mû par des intentions valeureuses, cependant il ne l'aimait pas. Il ne savait pas s'il en serait un jour capable. Elle aurait tout ce qu'elle avait toujours voulu en l'épousant… tout sauf la chose qu'elle désirait plus que tout.

Et M. Carmichael ? Il ne lui avait pas déclaré son amour non plus, mais il avait laissé entendre qu'il pourrait tomber amoureux à l'avenir. Dans ce cas, n'avait-il pas plus à lui offrir que Tom ? Plus que ce dont Tom se pensait capable, en tout cas. Elle avait failli avoir le cœur brisé lorsqu'il avait évoqué sa tristesse. Si elle ne comprenait pas pourquoi il éprouvait un tel détachement, cela expliquait nombre de ses actions.

— Cet éventail ne vous met pas en valeur.

Elle sursauta en entendant la voix grave de M. Carmichael, qui se dressait au-dessus d'elle.

— Bonsoir, monsieur.

— Je m'excuse de vous avoir surprise.

— Ce n'est rien. Je rêvassais…

Il désigna la chaise voisine.

— Puis-je ?

— Naturellement.

Même si elle ignorait de quoi ils allaient bien pouvoir parler, tant la confusion régnait dans son cœur. Il rapprocha la chaise de la sienne avant de s'asseoir.

— Profitez-vous de la soirée ?

— Oui, beaucoup. Et vous ?

— Elle s'est révélée très tranquille… et, me permettrai-je d'ajouter, un peu ennuyeuse jusqu'à ce que je vous voie.

Flattée, elle se tourna vers lui. Elle se souvint de leur baiser. De sa gentillesse. Elle avait été si bien… Puis elle se demanda à quoi pouvaient bien ressembler les baisers de Tom et rougit aussitôt.

Le sourire de M. Carmichael s'élargit.

— Avez-vous eu le temps de réfléchir à ma demande ?

— Je… Oui, en effet.

— Et ?

Sa gorge se dessécha brusquement.

— Pour être honnête, je dois encore y réfléchir, monsieur.

Son sourire s'évanouit aussitôt.

— Je vois.

— Puis-je vous poser une question ?

— Tout ce que vous voulez.

— Avez-vous… enfin, pensez-vous qu'un jour…

Il l'encouragea d'un petit mouvement de la tête et elle se détourna.

— Vous n'avez jamais parlé d'amour, finit-elle, gênée de la tête aux pieds.

— Ah…

Il lui prit la main.

— Victoria, je nourris des sentiments très sincères à votre encontre. Je ne souhaiterais pas vous prendre pour épouse, autrement. Vous le savez, je n'ai nul besoin de votre dot.

C'était un fait, il n'avait qu'une seule raison de vouloir l'épouser : elle.

— Bonsoir, Carmichael.

Vicky redressa brusquement la tête. Tom lui tendit, avec beaucoup de naturel, un verre de bordeaux. Ses traits ne trahissaient aucune émotion, toutefois son ton était froid. Il posa les yeux sur leurs deux mains enlacées, et elle piqua à nouveau un fard.

— Halworth, répondit M. Carmichael sans la moindre once de chaleur.

Elle retira sa main pour accepter le verre de vin.

— Merci.

Elle s'empressa d'en avaler une gorgée et se rendit compte, en relevant la tête, qu'ils l'observaient tous les deux. Elle se retint de gesticuler sur sa chaise.

— C'est une bien belle soirée, n'est-ce pas ? dit-elle pour combler le silence de plus en plus pesant.

— Elle le serait encore plus si vous acceptiez de m'accorder la prochaine danse, répondit Carmichael.

— Oh, je…

— Malheureusement pour vous, Lady Victoria me l'a déjà promise, la coupa Tom.

Elle le dévisagea, surprise. Tom, lui, observait M. Carmichael d'un air étrange.

— Je vois que vous m'avez devancé, Halworth.

Se tournant vers Vicky, M. Carmichael ajouta :

— Êtes-vous déjà prise pour le quadrille aussi ?

— Non…

— Oui.

Vicky considéra Tom avec ébahissement. Elle savait qu'il n'appréciait guère M. Carmichael, mais il ne pouvait pas s'imaginer qu'il allait la monopoliser toute la soirée. Tout le monde les considérerait fiancés d'ici à la fin du bal s'il s'entêtait. Quel objectif poursuivait-il ?

— Lord Halworth, dit-elle le plus calmement possible, je ne peux vous accorder toutes les danses…

Il la regarda avec cette étrange expression qu'il avait eue à Oakbridge, juste avant de la soulever dans ses bras.

— N'est-ce pas la prérogative d'un fiancé ?

Elle bondit sur ses pieds.

— Vous… vous n'êtes pas mon fiancé !

Plusieurs têtes se tournèrent dans leur direction. Elle avait parlé un peu trop fort.

— Vous n'avez pas dit non, insista-t-il.

— Je n'ai pas dit oui, souffla-t-elle avant de se tourner vers M. Carmichael. Je vous dois des excuses, monsieur, je…

— Inutile, chère Lady Victoria, dit-il en se levant pour les dominer de toute sa hauteur. Lord Halworth cherchait une fois de plus à exploiter votre bonté naturelle. Je ne suis guère surpris. Lui avez-vous parlé de ma demande ?

— Oui, je…

— Alors il savait que ce bal était sa dernière chance de se prosterner à vos pieds pour vous convaincre de lui octroyer votre dot afin de rebâtir ses finances en ruine. Tout en escomptant que, puisque vous seriez tout près d'Oakbridge, vous ne percevriez pas les changements dans votre existence. Quelle manipulation mesquine…

Il s'adressa alors à Tom.

— Lord Halworth, vous êtes minable dans tous les sens du terme.

Tom fit un pas vers lui.

— Mes finances ne vous concernent pas, Carmichael.

— Mais…

Vicky prit soudain conscience qu'elle avait besoin de connaître la vérité.

— Ces problèmes financiers… sont-ils réels ?

— Non, Lady Victoria. Je ferai bientôt construire le premier hôtel de luxe de Londres. J'ai trouvé les investisseurs. Je répondrai avec joie à toutes les questions que vous pouvez vous poser.

Un hôtel ? Comme celui de son oncle ? Elle espérait que cela ferait son bonheur.

— Comme c'est commode ! Il suffit que je l'affronte publiquement pour qu'il vous en parle.

— Et qu'avez-vous à dire, vous, sur vos secrets, Carmichael ? riposta Tom. Je vous ai vu avec Dain au concert chez les Chadwick. Je vous ai entendu parler de vos projets avec lui. Peut-être pourriez-vous nous expliquer une bonne fois pour toutes comment vous vous retrouvez associé à quelqu'un dont le comportement est tout bonnement méprisable et comment vous pouvez prétendre épouser une membre de la famille à laquelle il a fait tant de mal.

Vicky se tourna vers Carmichael. Son regard lançait des éclairs en direction de Tom, son poing était serré.

— Les affaires sont les affaires, marmonna-t-il.

— Pardonnez-moi de rire d'un tel lieu commun. Je suis certain que Lady Victoria est rassurée.

Carmichael couvrit la distance qui les séparait en montrant les crocs.

— Si vous vous imaginez, Halworth, que je vous autoriserai à toucher Lady Victoria…

— Et si vous vous imaginez, vous, que je la laisserai accepter votre demande de dandin arrogant…

— Messieurs ! intervint Vicky.

Ils tournèrent tous deux la tête dans sa direction.

— Même si vous ne méritez pas que je vous traite avez autant de respect… Comment osez-vous, l'un et l'autre, avoir la présomption de choisir mon mari ? Il s'agit de ma vie. Je ne sais pas comment j'ai pu envisager un seul instant d'épouser l'un de vous. Vous ne faites aucun cas de mon opinion.

Elle pointa alors un doigt sur M. Carmichael.

— Vous ne m'avez toujours pas expliqué quelles « affaires » vous lient à Dain.

Il ouvrit la bouche et elle le fit taire d'un geste de la main.

— Je suis lasse de vos esquives.

Puis elle s'adressa à Tom.

— Quant à vous... demander ma main pour la seule raison que vous souhaitez m'éloigner de M. Carmichael ne constitue certainement pas une fondation solide pour un mariage. Je refuse d'être un fardeau supplémentaire sur vos épaules. Et je ne suis plus une enfant qui aurait besoin d'être sauvée !

Sentant les larmes lui monter aux yeux, elle retint son souffle pour les ravaler. Le regard de Tom s'adoucit.

— Vicky, je...

— Non, insista-t-elle avec fierté. Laissez-moi tranquille.

Elle posa son regard sur M. Carmichael, qui semblait vouloir parler. Elle était trop en colère pour l'écouter.

— Tous les deux.

Tom assista, impuissant, à la fuite de Vicky dans la foule animée. Saisi d'un besoin incoercible de la rattraper pour lui présenter ses excuses, il allait s'élancer lorsque Carmichael referma une main vigoureuse sur son bras. Tom le foudroya du regard jusqu'à ce qu'il le libère.

— Ne vous avisez plus de me toucher, Carmichael, dit-il d'une voix basse tout en s'efforçant de contenir l'indignation qui montait en lui.

Carmichael eut l'outrecuidance de lui rétorquer, tête inclinée :

— Et que pensez-vous bien pouvoir faire pour m'en empêcher ?

Le corps entier de Tom se tendit. L'attitude de cet individu et ses menaces à peine voilées, dont il avait été l'objet à deux occasions désormais, lui rappelaient tant son père qu'il sentit sa bile s'enflammer. Il considéra Carmichael avec implacabilité.

— Vous me dégoûtez.

— Je peux vous assurer que le sentiment est mutuel.

Tom serra les dents puis, jetant un dernier regard noir à Carmichael, il se mit en quête de Vicky. Elle avait raison. Il avait eu un comportement odieux, il devait s'excuser.

Il crut apercevoir sa robe bleue au bout de quelques pas. Sa silhouette délicate et harmonieuse naviguait dans la foule vers la sortie. Se rendait-elle au vestiaire ? Dans ce cas, il ne pourrait pas la rejoindre. Une fois dans le couloir à l'extérieur de la salle de bal, il regarda des deux côtés. À droite se trouvait le vestiaire des dames, à gauche le vestibule et la porte d'entrée. Ne la voyant pas, il prit à gauche pour s'assurer qu'elle n'était pas fâchée au point de vouloir quitter le bal. Il entendit alors des pas résonner sur le sol de marbre derrière lui. Il fit volte-face. Carmichael le talonnait. Tom contint difficilement sa rage.

— Que voulez-vous ?

— M'assurer de votre départ, Halworth. Lady Victoria a été suffisamment bouleversée pour la soirée.

Tom secoua la tête.

— Je n'ai nullement l'intention de partir.

— J'affirme le contraire, moi.

Tom ignora la pique. Le vestibule était désert. La porte était close et aucun valet de pied n'attendait devant. Tous les convives avaient déjà dû arriver, les domestiques étaient occupés ailleurs. Il ouvrit la porte et jeta un regard dans la rue, toujours à la recherche de Victoria. Il n'aurait pas été raisonnable qu'elle attendît seule sa voiture dehors, mais elle en aurait été capable, surtout dans l'état d'agitation où elle se trouvait.

Des calèches étaient garées le long du trottoir. Quelques cochers, qui discutaient ensemble, lui lancèrent un regard. Tom reconnut celui des Aston et l'apostropha.

— Lady Victoria a-t-elle quitté la maison ?

Il secoua la tête.

— Dieu merci, dit Tom dans sa barbe.

Elle avait dû se rendre au vestiaire. Il l'attendrait dans le couloir. Refermant la porte, il découvrit que Carmichael se tenait juste derrière lui.

— Où pensez-vous aller ? lui demanda celui-ci.

— Hors de ma vue, Carmichael.

— Jamais de la vie, rétorqua-t-il en se penchant vers lui.

Un tambourinement fit son apparition dans la tempe gauche de Tom.

— Je dois m'assurer que Lady Victoria va bien, dit-il en détachant bien chaque syllabe, en partie pour contrôler sa colère, en partie pour que ses intentions soient limpides.

— La meilleure façon de garantir son bien-être est de vous tenir à distance.

— Elle nous a demandé à tous deux de la laisser tranquille, dois-je vous le rappeler ?

Le martèlement s'accentuait.

— Mais elle a une fâcheuse tendance à se conduire de façon imprudente lorsqu'elle est contrariée, ajouta-t-il.

— Sa seule imprudence a été de vous laisser vous insinuer dans son estime. Avec vos dettes et votre chic inégalable pour faire votre apparition dès qu'elle se trouve en danger.

Tom voulut répliquer, cependant Carmichael enchaîna :

— Et pourtant vous ne parvenez jamais réellement à la sauver, bien qu'arrivant toujours à propos. Elle se retrouve toujours blessée, assena-t-il en se penchant vers lui.

Tom serra le poing. La douleur s'était étendue à son œil maintenant.

— Que suggérez-vous au juste, Carmichael ?

Il voulait l'entendre énoncer à voix haute ses accusations.

— Que vous avez intrigué pour qu'elle se sente redevable. Que vous l'avez manipulée pour obtenir son affection. Le tout pour accaparer sa généreuse dot et sauver votre domaine ridicule.

La nuque de Tom était en feu, et les flammes remontaient vers ses oreilles. Le tambourinement se transforma en un rugissement dans son crâne. Que quiconque – même une brute aussi grossière que Carmichael – pût le croire capable d'un comportement aussi pitoyable, et l'en accuser ouvertement, était impensable.

— En un mot, Lord Halworth, je dis que le sens de l'honneur que vous revendiquez n'a pas plus de valeur que la poussière sous mes pieds.

Le feu qui léchait la nuque de Tom remonta le long de son crâne jusqu'à redescendre sur son visage.

— Personne ne peut croire, pas même elle, que votre association avec Dain soit mue par un principe d'honnêteté. Elle n'aurait pas besoin de se marier sans l'attitude coupable de ce scélérat. Comme il est commode que l'ami de Dain veuille justement la prendre pour épouse.

Carmichael couvrit les derniers centimètres qui les séparaient encore.

— Comprenez-moi bien : vous ne l'aurez jamais. Jamais.

Le corps entier de Tom s'embrasa. Même s'il l'avait souhaité, il n'aurait pas réussi à empêcher sa main de repousser Carmichael. Celui-ci écarquilla les yeux en se sentant vaciller. Alors il afficha un sourire moqueur qui rappelait tant celui du défunt Lord Halworth que Tom crut que ce démon était ressuscité.

— Vous n'êtes donc pas entièrement dépourvu de courage. Un duel, dans ce cas. À moins que votre honneur ne soit aussi faible que vos poings.

Cette fois, le rouge qui brouillait sa vue était bien réel tout comme la tempête de l'indignation qui se déchaînait dans ses oreilles.

— J'accepte.

Chapitre vingt-quatre

« Comment avait-elle pu se laisser abuser de la sorte ? »

Emma, Jane Austen

Vicky se laissa choir sur le flanc et enfouit sa tête profondément dans son oreiller en plumes. Elle rabattit le couvre-lit sur sa tête, puis pressa ses paupières de toutes ses forces, ce qui ne lui permit pas pour autant de chasser les images de Tom et M. Carmichael, qui tournaient sans relâche dans sa tête.

Quand elle repensait à ce qui s'était dit la veille, elle avait envie de lancer des objets contre un mur et de taper du pied par terre, comme une enfant. Elle refusait toutefois de s'abaisser à ce niveau d'immaturité. Elle était une vraie demoiselle, après tout.

Elle s'abandonna un peu plus sur le lit et martela son oreiller jusqu'à ce que des plumes se mettent à voleter. Ces horribles, détestables et grossiers… troglodytes ! Elle était écœurée par eux deux : écœurée par leur impolitesse, leur incapacité à écouter, leur attitude égoïste et despotique.

Marianne Dashwood avait dû ressentir exactement la même chose après avoir été abandonnée par Willoughby, ou Fanny Price quand Henry Crawford s'était enfui avec sa cousine Maria, déjà mariée. Même dans les romans de Mlle Austen, les hommes étaient des scélérats indignes. Marianne et Fanny étaient bien mieux seules !

Vicky bascula sur le dos et fixa le plafond. Elle avait passé la fin du bal dans le vestiaire des femmes pour éviter Tom et M. Carmichael. Ce qui n'avait pas été particulièrement facile. Ni agréable. Althea et la comtesse avaient fini par venir la trouver. Vicky avait refusé de retourner dans la salle de bal et elles étaient rentrées de bonne heure. Elle n'avait pas pu leur expliquer ce qui s'était passé – si elle avait essayé, elle aurait fondu en larmes.

Ses yeux commençaient d'ailleurs à la piquer. Qu'ils aillent au diable, tous les deux ! Elle ne pouvait décidément pas épouser un M. Willoughby ou un Henry Crawford. Il devait bien y avoir une autre solution. Et pourtant, depuis le temps qu'elle caressait cette idée, aucune solution ne s'était présentée. Son ventre se serra. Elle connaissait la vérité : elle se trouvait dans une situation impossible, dont elle ne pourrait sortir qu'en faisant un choix terrifiant. Elle agrippa son oreiller déjà bien abîmé et le frappa trois fois sur son lit. Les yeux brouillés de larmes, elle lui donna un dernier coup, puis elle y enfouit son visage et sanglota.

Tom ouvrit les yeux en sursaut lorsqu'il sentit une main sur son épaule. Charles avait une canne dans une main, son chapeau dans l'autre, et il portait toujours son pardessus sur sa tenue de soirée. Il venait sans doute de rentrer.

— J'ai entendu parler de tes frasques…

Tom manifesta sa perplexité.

— Peut-être que si j'évoque un rendez-vous à venir, tu comprendras à quoi je fais allusion ?

— Bon Dieu…

Alors le défi que lui avait lancé Carmichael n'était pas, contrairement à ce qu'il avait espéré, un cauchemar. Il se frictionna le visage, puis fit basculer ses jambes hors du lit.

— Comment es-tu au courant ?

Il se rendit à son armoire pour s'habiller.

— Les nouvelles vont vite.

Tom enfila un pantalon.

— Tu auras besoin d'un témoin… à moins que tu n'en aies trouvé un hier soir.

— Non.

— Très bien. Je vais donc prendre les arrangements nécessaires. Et je te suggère de faire de même.

— Merci pour ta sollicitude, Charles, mais elle ne sera pas nécessaire, répondit-il en passant une chemise avant de se tourner vers son frère. Je vais lui présenter mes excuses.

L'espace d'un instant, Charles le regarda bouche bée. Il fit un pas vers lui.

— Tu ne peux pas être sérieux…

— Plus que jamais.

Tom ferma les boutons de son gilet.

— J'ai perdu mon calme, et je suis prêt à reconnaître mon erreur. Carmichael est…

Il prit une profonde inspiration pour calmer son pouls qui s'emballait autant que la veille.

— … le pire des brigands. Mais je ne crois pas que nous devions, l'un ou l'autre, mourir pour si peu.

— Tu crois sincèrement qu'il acceptera des excuses ?

— C'est moi qui ai causé l'offense. Ce qui me donne le droit de m'excuser. Il ne peut pas discuter les règles de conduite. Il aurait le même droit si je l'avais provoqué en duel.

— Tu es fou ! Et ton honneur ? Et celui de la famille ?

— Je n'ai aucun doute sur mon honneur. Quant à celui de la famille, il est déjà sali, je crois que tu le sais.

Charles se dirigea vers la porte.

— Notre famille ne se remettra jamais de cette humiliation supplémentaire. Et tu ne pourras t'en prendre qu'à toi-même, cette fois.

Il partit sans un mot de plus. Tom fit un nœud bien serré à sa cravate.

— Qu'il en soit ainsi…

Tom se trouvait dans le vestibule du club Brooks. Il se tenait très droit et fixait l'homme derrière la réception en espérant avoir l'air d'un comte conscient de sa valeur. L'homme écrivait dans un registre et l'ignorait superbement. Un autre homme était parti chercher Carmichael dans les entrailles du club. Tom s'était entendu dire, à son arrivée, que la politique du club requérait que les visiteurs soient escortés par un membre pour entrer.

Tom s'efforçait de masquer son irritation. Il aurait préféré éviter de se présenter ici, mais il s'était déjà rendu chez Carmichael, où sa mère – une femme étonnamment charmante – l'avait informé qu'il ne rentrerait pas avant la fin de la soirée. Tom ne pouvait pas attendre aussi tard. Il devait régler cette affaire au plus vite.

Résistant à l'envie de taper du pied d'impatience, il jeta un coup d'œil vers le vaste escalier en quête d'un signe de Carmichael ou de l'homme parti le chercher. D'immenses portraits de nobles vêtus à la mode du siècle dernier le toisaient depuis le mur derrière l'escalier, se moquant de lui et de la situation. Résolu à prendre son mal en patience, il se tourna à demi vers la porte.

Comment avait-il pu laisser Carmichael le pousser à une telle extrémité ? Il n'aurait jamais dû mordre à l'hameçon. Se remémorant les insultes de Carmichael, il fixa la porte laquée. Présenter des excuses à cet imbécile était vraiment la dernière chose qu'il croyait devoir faire un jour. Il pouvait encore partir pour apaiser la tempête de bile qui lui enflammait le ventre.

Mais partir, ce serait échouer. Toutes les batailles qu'il avait livrées pour éviter de devenir comme son père n'auraient servi à rien. Il devait mettre un coup d'arrêt à ce duel.

— Notre rendez-vous est fixé à demain, Halworth, lui lança Carmichael, qui descendait l'escalier. À moins que vous ne soyez là pour réclamer un délai ? Je ne peux pas dire que je sois surpris…

Un rictus cruel déformait ses traits. Tom s'interdit de lui répondre sur le même air. C'était exactement ce qu'espérait ce butor.

— J'ai à vous parler, Carmichael.

— Merci, je l'avais compris.

Tom lui indiqua un coin du vestibule à l'écart de la réception, pour qu'ils puissent avoir un semblant d'intimité. Carmichael s'arrêta délibérément au pied de l'escalier, refusant de le suivre.

Tom le dévisagea avant de s'éloigner, sans un regard en arrière. Quelques instants plus tard, il entendit le pas de Carmichael sur le parquet. Il se retourna pour lui faire face. Carmichael inclina la tête avec une courtoisie feinte.

— Je n'irai pas par quatre chemins, débuta Tom. Je tiens à vous présenter mes excuses pour mon attitude d'hier soir. J'étais en tort.

Tom s'interrompit, une crampe au ventre. Il n'avait pas le choix. L'expression de Carmichael demeurait indéchiffrable. Tom sentit sa patience s'effriter devant son absence totale d'émotion. Des flammes se déchaînaient dans sa poitrine.

— M'avez-vous compris ?

Carmichael hocha lentement la tête avec un sourire en coin.

— Malheureusement, Halworth, ce que je comprends, c'est que vous êtes le plus illustre lâche qu'il m'ait été donné de croiser.

Il prononça ces derniers mots si fort que les hommes à la réception relevèrent la tête. Tom leur jeta un regard noir qui les contraignit à la baisser.

— Si cela vous chante de le prendre ainsi, répondit Tom avec une retenue qu'il jugeait incroyable, tant le brasier dans sa poitrine était dévorant. Vous m'avez provoqué en duel. Je vous ai présenté mes excuses. L'affaire est terminée.

Carmichael fit un pas vers lui.

— J'ai bien peur que ce ne soient surtout les vôtres, Halworth. Aucune demoiselle saine d'esprit ne vous épouserait maintenant, et encore moins Lady Victoria.

Le feu s'amplifiait.

— Que dites-vous ?

— Lord Axley est pris de doutes au sujet de votre projet d'hôtel. Je crois que vous allez être contraint de l'enterrer.

Les flammes commençaient à lui lécher la nuque.

— Que lui avez-vous dit ?

— À lui ? Rien. À ses associés ? À mes contacts professionnels ? Il y a beaucoup de choses à dire au sujet de votre triste situation. Un frère couvert de dettes, un domaine menacé par la ruine, des droits de succession toujours pas réglés. En un mot, vous incarnez la pire crainte de tout investisseur, ironisa-t-il.

Tom sentit le désespoir s'abattre sur lui. Carmichael venait de brosser un tableau complet de sa situation financière. Comment pouvait-il être au courant de tous ces détails ? Tom se souvint alors que Charles et Vicky lui avaient parlé des innombrables relations de Carmichael, et son pouls se transforma en roulement de tambour dont il sentait les vibrations jusque dans son cerveau.

— Et tout cela doublé d'un lâche, ne l'oublions pas ! acheva Carmichael.

Tom avait les oreilles brûlantes.

— Je ne suis pas le seul concerné. Avez-vous conscience de jouer avec la vie de ma famille et de centaines de métayers ? Ils vont souffrir à cause de vous !

— Mais non... Quelqu'un finira par racheter votre domaine quand vous l'aurez perdu. Quelqu'un de bien plus compétent que vous, bien sûr. En réalité, je rends service à vos métayers.

Tom se retint de souligner combien sa logique était grotesque. Les métayers payaient toujours les pots cassés lorsque les domaines changeaient de mains.

— Et qui sera cette personne ? Vous ? L'un de vos associés peut-être ?

Carmichael affecta d'être surpris, comme si cette pensée ne l'avait pas encore effleuré. Tom n'était pas dupe.

— Puisque vous m'y faites songer, je pourrais y réfléchir, oui.

— Votre unique but est de me ruiner. Et vous imaginez que Victoria vous remerciera ?

— Ne vous inquiétez pas pour elle. Avant peu, il n'y aura plus aucun lien entre vous deux.

Incapable d'en entendre davantage, Tom tourna les talons pour partir et découvrit son frère sur le seuil du club, le visage de marbre.

— Charles, que...

— Je t'ai suivi. J'avais prévu de te faire entendre raison, mais il est trop tard. Cette racaille vient de livrer sa dernière insulte. J'y veillerai.

Tom voulut l'entraîner, pourtant Charles esquiva et vint se poster face à Carmichael. Il riva sur lui un regard intraitable.

— Monsieur, je vous défie...

Tom l'agrippa par le bras.

— Non !

La haine écarquillait les yeux de Charles.

— Sale...

— Tiens ta langue, enfin !

Charles le considéra avec un dégoût identique à celui qui se lisait sur les traits de Carmichael. Tom bouillonnait de fureur ; sa cravate menaçait de l'étrangler. Toutes les impulsions dont son père le croyait dépourvu se réveillèrent avec une force terrifiante.

— Je vous verrai demain à l'aube, Carmichael, cracha-t-il.

Puis il bouscula son frère pour quitter le club en trombe, porté par un bref accès d'euphorie.

Chapitre vingt-cinq

« Comment peuvent-ils s'entendre ? »

Orgueil et préjugés, Jane Austen

Lorsque la comtesse frappa à la porte de Vicky, plus tard dans l'après-midi, celle-ci était si lasse de ses pensées qu'elle l'accueillit de bon cœur.

— Il est presque trois heures, lui dit sa mère en entrant dans sa chambre. Es-tu malade ?

Vicky s'avisa seulement qu'elle allait devoir répondre aux questions de sa mère. Elle posa le troisième volume d'*Orgueil et préjugés* sur le couvre-lit, se demanda ce qu'elle pouvait bien lui révéler.

— J'ai mal à la tête.

— Alors, tu devrais peut-être arrêter de lire.

Vicky soupira.

— Étais-tu trop fatiguée par le bal d'hier soir pour déjeuner avec nous ?

Elle n'avait pas touché au plateau de nourriture que Sarah lui avait monté et qui se trouvait au pied du lit.

Vicky hocha la tête, bien décidée à ne pas fournir davantage d'explications. La simple perspective de lui raconter l'humiliation que Tom et M. Carmichael lui avaient fait subir… Maudits soient-ils ! Elle baissa les yeux.

— Maintenant que tu es réveillée, tu pourrais descendre. M. Carmichael est là, tu ne dois pas le faire attendre.

Que faisait-il ici ? Ne lui avait-elle pas dit qu'elle ne souhaitait pas le voir ?

— Je ne peux pas le recevoir, maman. Ma tête m'élance, je dois rester couchée.

La comtesse la dévisagea.

— Que s'est-il passé hier soir ?

Vicky se recroquevilla dans son lit. Elle devait lui dire quelque chose. Elle prit une profonde inspiration.

— Je ne souhaite pas lui parler pour le moment. Peux-tu l'informer que je suis souffrante ?

La comtesse vint s'asseoir au bord du lit.

— Victoria… Réfléchis-tu encore à sa demande ?

Comment répondre à sa mère qu'elle ne pouvait pas l'épouser parce qu'il la traitait en enfant incapable de prendre ses propres décisions ? Il était sa seule véritable option. À moins qu'elle n'envisage de s'unir à Tom… Ce qui n'était pas le cas !

Devant son silence, la comtesse la dévisagea avec insistance d'un air pincé qui finit par avoir raison d'elle.

— Je ne peux pas devenir sa femme, maman. Si tu les avais entendus me parler hier soir, tu ne me demanderais pas de…

— Les ?

— Oui, Tom et M. Carmichael.

La curiosité de la comtesse était piquée.

— Qu'ont-ils dit ?

Vicky fixa ses cuisses.

— Je ne peux pas le répéter…

Sa gorge se serra et elle ravala ses larmes, essuyant rageusement celles, rares, qui avaient coulé. Puis elle regarda sa mère.

— Ce sont des brutes tyranniques, les pires sur cette rive de la Tamise, et je ne peux pas lier ma destinée aux leurs. Je ne finirai pas comme Althea, je ne…

— Es-tu en train de dire que Tom t'a demandée en mariage ?

Elle n'avait jamais vu sa mère ouvrir des yeux aussi ronds.

— Oui… Je sais que la situation n'a pas évolué et que je dois me marier. Mais ce ne sera pas avec l'un de ceux-là.

Elle se prépara à écouter les arguments maternels, qui ne vinrent pas immédiatement.

— Victoria, tu étais parfaitement disposée à l'égard de M. Carmichael jusqu'à ce que Tom te brosse un portrait négatif de lui. À présent Tom te demande ta main pour une raison inexplicable et tu refuses de voir M. Carmichael ?

— Non, pas du tout, maman, ils ont tous les deux…

— Excuse-moi, ma chérie, aurais-tu oublié ce qui est en jeu pour notre famille ?

Vicky tenta de ravaler la boule dans sa gorge. Elle secoua la tête.

— Tu m'encouragerais à me lier à un homme qui ne m'aime pas ?

— Je refuse de te condamner au malheur, Victoria. Et c'est précisément ce qui se passera si Dain devient le maître d'Oakbridge. Nous y serons tous condamnés.

Vicky savait que sa mère avait raison.

— Épouse Tom si tu préfères. Ou M. Carmichael. Dans un cas comme dans l'autre, nous pourrons sauver le domaine.

Vicky était perdue. Elle aimait tant Oakbridge qu'elle ne supportait pas l'idée qu'il pût être détruit. Et pourtant, elle renonçait à son avenir pour des terres. Quand elle abordait le problème sous cet angle, sa situation n'avait plus rien d'héroïque. Elle avait l'impression de se vendre.

La comtesse se leva.

— Je suis navrée, Victoria. J'aimerais que la situation soit différente, cependant un mariage d'amour n'est plus un luxe dont nous avons les moyens. Quelle que soit la décision que tu prendras, tu dois parler à M. Carmichael. Il ne mérite pas d'être ignoré.

Les tempes de Vicky palpitaient. Elle allait bien devoir l'affronter… mais elle ne savait toujours pas quoi lui dire. Comment pouvait-on attendre d'elle qu'elle choisisse entre deux hommes pour lesquels elle n'avait, dans l'immédiat, aucune estime ?

— Peux-tu sonner pour appeler Sarah, maman ?

Il fallait d'abord qu'elle s'habille.

— Et dis à M. Carmichael que je vais descendre.

La comtesse allait sortir de la chambre lorsqu'elle se ravisa. Elle revint sur ses pas pour serrer Vicky contre elle.

— Tout ira bien, ma chérie, tu verras.

Vicky lui rendit son étreinte, surprise par cette démonstration d'affection.

— Je ferais mieux de me préparer.

Un quart d'heure plus tard, Vicky descendait l'escalier en tentant d'ignorer les remous dans son ventre. Après avoir demandé à un valet de pied où M. Carmichael patientait, et avoir été orientée vers le jardin, elle prit une inspiration fortifiante. Elle savait qu'elle n'allait pas se présenter à lui sous son meilleur jour ; elle avait passé la journée au lit et s'était habillée en hâte. D'un autre côté, elle ne voyait pas très bien quelle importance cela pouvait avoir. Elle n'avait aucune envie de faire bonne impression. C'est plutôt lui qui aurait dû s'efforcer de regagner ses faveurs.

Une brise fraîche fit ondoyer sa jupe et glissa sur son visage. Des nuages épais s'amoncelaient dans le ciel gris. Elle ne tarda pas à repérer M. Carmichael, dans un costume bien taillé d'un gris élégant, près d'un banc en pierre, au centre d'une haie semi-circulaire de buis qui arrivait à la hauteur du genou. Il se tenait dos à elle pour observer le jardin, peut-être plus précisément la fontaine devant laquelle il avait fait sa proposition – avant de l'embrasser.

Il avait dû entendre le bruit de ses pas, car il se retourna à son approche.

— Bonjour, Victoria.

Elle ne lui sourit pas, mais remarqua que ses yeux sombres s'éclairaient en la découvrant.

— Bonjour.

— Ne vous ayant pas revue hier soir, j'ai préféré passer prendre de vos nouvelles.

Il la regarda.

— Comment allez-vous ?

Elle devait avoir encore plus mauvaise mine qu'elle ne l'avait supposé.

— Mieux.

Il parut soudain soucieux.

— Je vous dois des excuses pour hier soir. Vous n'auriez pas dû être témoin de cet échange, je…

— Cet échange n'aurait tout simplement pas dû avoir lieu. Vous vous êtes tous deux comportés comme des enfants qui se disputent un jouet, dit-elle, sentant que sa colère se réveillait. Et je croyais avoir été claire, monsieur.

Il la considéra avec circonspection.

— Je ne vous considère pas comme un jouet. Halworth, lui…

Elle l'arrêta d'un geste de l'index.

— Assez. Vous vous êtes suffisamment exprimé sur le sujet hier soir. Je ne veux plus rien entendre à ce propos.

Elle tourna la tête vers un rosier jaune que le vent agitait. Elle remarqua du coin de l'œil qu'il hochait la tête.

— Voulez-vous bien accepter mes excuses les plus sincères au moins ?

Elle croisa son regard. Il semblait sérieux.

— Pourquoi faut-il toujours que vous fassiez des choses pour lesquelles vous devez ensuite vous excuser ?

À son tour, il se détourna, avant de lui adresser un sourire penaud.

— Vous êtes la seule personne de ma connaissance envers laquelle j'éprouve régulièrement le besoin de présenter des excuses.

Elle ignorait quel enseignement elle pouvait en tirer sur lui. Ou elle.

— Et pourtant je serai enchanté de continuer à le faire, si vous voulez de moi.

— Monsieur, j'ai été très honorée par votre demande. Je le suis encore. Mais vous ne pouvez pas exiger de moi que je prenne ma décision maintenant.

Il la dévisagea. Elle ne savait guère ce qu'il pensait, cependant plus il l'observait et plus le silence devenait pesant.

— Pardonnez-moi, c'est pourtant ce que je dois vous demander.

Elle en fut abasourdie.

— Et je vous prie, moi, de m'excuser, car j'en suis incapable.

Il fit un pas vers elle.

— À cause de Halworth.

— En partie, reconnut-elle. Mais aussi parce qu'en dépit de vos excuses je suis toujours fâchée. Contre vous deux.

Il ouvrit la bouche et la referma aussitôt.

— Que puis-je vous dire d'autre ?

— Rien, soupira-t-elle. Je veux un mari digne de confiance. Qui sollicitera mon opinion et m'écoutera. Qui ne m'humiliera pas dans une salle de bal pleine de monde en me traitant comme une enfant écervelée.

— Moi, je vous ai humiliée ? rétorqua-t-il, les yeux écarquillés par l'indignation. Je vous protégeais, au contraire !

— Je n'avais pas besoin d'être protégée.

— Je pense que vous vous trompez.

Elle leva les deux mains dans un geste d'impuissance.

— Et qui êtes-vous pour décider d'une chose pareille ?

— Un homme qui tient à votre bonheur.

Le regard de Vicky se radoucit.

— Je vous remercie, sincèrement. Mais tenir à moi, ce n'est pas prendre les décisions à ma place.

Un soupir d'exaspération lui échappa.

— Vous ne voulez pas que votre mari vous protège contre les dangers ?

— Bien sûr que si, mais seulement lorsque cela est nécessaire.

Il se détourna avec un petit reniflement railleur.

— Je vous ferai savoir que j'ai affronté nos assaillants avec un seul pistolet.

— Aviez-vous perdu la tête ? Ils auraient pu vous battre, vous tuer… ou pire.

— J'ai sauvé mon père. Si j'étais restée les bras croisés…

Elle s'interrompit, elle n'était pas prête à penser à ce qui aurait pu arriver.

— Je recommencerais, affirma-t-elle en relevant le menton. Il faut être prêt à prendre des risques pour sauver ceux que l'on aime.

— Je suis bien d'accord, toutefois en tant que femme…

— Même en tant que femme, oui, l'interrompit-elle.

Il souffla.

— Lorsque Elizabeth Bennet apprend que Wickham s'est enfui avec sa sœur, se rend-elle à Londres pour les débusquer ?

— Non, parce qu'elle n'a aucune idée de l'endroit où ils pourraient se trouver. Or j'étais bien là lorsque ce brigand battait mon père comme plâtre !

Sa gorge s'était serrée à ce souvenir et elle dut s'arrêter un instant.

— Les situations ne sont pas comparables.

— Peut-être pas, mais il n'y aucune raison pour que vous vous montriez aussi imprudente à l'avenir.

— Imprudente ?

— Cette conversation est proprement ridicule. Vous changerez d'opinion lorsque vous aurez une maison à tenir et des responsabilités.

Elle peinait à croire ce qu'elle entendait. Était-ce pour cela qu'il voulait l'épouser ? Pour ses compétences ménagères ? Bien sûr, elle savait que nombre de gentlemen n'attendaient pas davantage d'une épouse, mais elle s'était figuré qu'il ne voyait pas seulement en elle une future intendante.

— Je ne pense pas, non, dit-elle tristement.

— C'est pour cette raison que vous envisagez une union avec Halworth, rétorqua-t-il plein de morgue. Vous vous imaginez qu'il vous laissera faire ce qui vous chante.

C'était vrai, Tom la connaissait suffisamment pour savoir qu'il ne pourrait pas la contrôler.

— Oh, comme cela serait pratique pour vous, poursuivit-il. Vous pourriez continuer à vous conduire éternellement en enfant aux côtés d'un mari minable incapable d'administrer son domaine. Peut-être avez-vous oublié ses dettes ? Des dettes que votre dot ne couvrirait que partiellement. Et qu'adviendra-t-il de votre joli petit arrangement lorsqu'il aura dépensé tout votre argent ?

— Il aura son hôtel.

— Vous ne tarderez pas à découvrir que ce rêve s'est réduit en fumée.

Vicky se décomposa.

— Qu'en savez-vous ?

— Ce qu'il y a à savoir.

Elle le foudroya du regard.

— Si vous me jugez puérile, je me demande pourquoi vous souhaitez m'épouser.

Il soupira.

— Parce que nous sommes tous bien obligés, un jour ou l'autre, de délaisser nos idéaux de jeunesse.

Était-ce ce qu'il faisait ? Ou ce qu'il attendait d'elle ? Comment avait-elle pu croire qu'il appréciait ce qu'elle était ? Alors qu'il ne la connaissait pas, en réalité.

— Vous avez peut-être raison, monsieur, mais je n'ai aucune intention de modifier mon attitude dans l'immédiat.

— Vous n'aurez pas le choix lorsque vous serez mariée.

Dain avait, de toute évidence, forcé Althea à changer du tout au tout. Elle ne connaîtrait pas le même sort.

— On a toujours le choix, lui assena-t-elle.

Il ne répondit rien.

— Vous devriez peut-être rentrer chez vous, monsieur, lui lança-t-elle.

Elle avait été déçue par son attitude de la veille, et elle n'aimait pas davantage celle du jour.

— Très bien, mademoiselle. Pensez à ce que j'ai dit.

Il la salua et la contourna. Son bras effleura le sien au passage. Ce contact la fit vaciller et il la retint par le poignet. Il plongea alors ses yeux noirs dans les siens. En dépit de tout ce qui venait de se passer, elle sentit son pouls s'accélérer. Il fit alors glisser son regard vers sa bouche, et le souffle de Vicky se précipita.

— Quand vous aurez retrouvé la raison, je reviendrai, soyez-en certaine…

Retrouver la raison ? Il la jugeait irrationnelle maintenant ? Elle comptait lui répondre, mais il ajouta :

— On ne peut pas en dire autant de Halworth.

Elle libéra son poignet. Elle avait les joues brûlantes. Comme elle était lasse de ses mises en garde…

Elle n'eut pas le temps de l'admonester. Déjà, il s'éloignait sans un seul regard en arrière.

Chapitre vingt-six

« … je n'ai jamais pensé qu'à vous. »

Emma, Jane Austen

Tom faisait les cent pas dans le vestibule des Aston en attendant que Vicky descende l'escalier de marbre. Il se frictionna la nuque pour y dénouer les muscles. Il s'était acquitté des tâches indispensables de la journée. Il avait d'abord été trouver Lord Axley, qui lui avait confirmé que M. Parker et M. Risdale s'étaient retirés du projet. Axley ne pouvait pas financer l'hôtel seul. Carmichael s'était surpassé, cette fois. Il l'avait ruiné. Ce qui pouvait sembler légèrement ironique lorsqu'on songeait que Carmichael lui avait quasiment dit en face qu'il avait l'intention de le tuer le lendemain.

Tom se morigéna intérieurement. Il s'était laissé provoquer en duel par Carmichael non pas une mais deux fois. Enfin, par Carmichael et Charles. Malgré tout, il préférait vingt fois se battre avec Carmichael plutôt que de regarder son frère affronter cette brute.

Ce qui ne l'empêchait pas de ressentir sur ses épaules le poids de l'échec. S'il mourait le lendemain, il aurait déçu sa famille. Et s'il survivait, il ne serait pas en mesure de l'aider, grâce aux manœuvres de Carmichael.

Il se figea un instant et se frictionna le front. La pensée la plus toxique de toutes était celle qu'en dépit de l'issue du duel du lendemain son père avait gagné. Des années durant, Tom avait résisté pour ne pas devenir son digne fils. Mais depuis la veille, il ne parvenait plus à réprimer un abominable désir d'en venir aux mains, à ignorer cette monstrueuse envie de réduire au silence l'homme qui doutait de son honneur, à se raisonner.

Dans ces instants cruciaux, l'homme que Tom s'était toujours efforcé d'être – sage, ordonné et probe, à l'image de son oncle – s'était effacé derrière l'ombre d'un imbécile violent et irraisonné.

Tom ravala la nausée qui montait. S'il survivait, il aurait des regrets à ruminer jusqu'à la fin de ses jours.

En revanche, il ne transigerait pas avec un point : son attitude vis-à-vis de Victoria. Lui présenter des excuses était sa seule mission de la journée. Il jeta un coup d'œil vers l'escalier en inspirant pour calmer son impatience.

Il se plaça près de la table circulaire au centre du vestibule et se força à adopter une posture plus sereine. Tandis qu'il rédigeait son testament avec un notaire et écrivait des lettres d'adieu à sa mère et à la famille de son oncle, il avait tenté de se convaincre que ses accès de fureur (au nombre de deux en un laps de temps très court) ne lui coûteraient pas la vie. Tom était un bon tireur, mais à en croire Charles, Carmichael était plus que cela. Il avait même employé l'expression de « virtuose du pistolet ».

Bien sûr, l'issue d'un duel reposait souvent autant sur la chance que sur le talent. Néanmoins dans le domaine de la chance, Tom n'avait jamais été très pourvu. Quoi qu'il en fût, il ne pouvait pas livrer Victoria aux machinations de Carmichael.

Bien sûr, quand il avait songé qu'il avait surtout envie de voir Vicky une dernière fois, de lui présenter ses excuses avant qu'il ne soit trop tard, il avait failli rebrousser chemin. Une telle pensée n'aurait jamais dû traverser l'esprit d'un homme sur le point de forcer son destin.

Tom prit une profonde inspiration et se tourna à nouveau vers l'escalier, se demandant pour la première fois si elle accepterait de le voir. Cette interrogation fut suivie d'une seconde : que ferait-il dans le cas contraire ?

Dès que M. Carmichael avait tourné les talons, Vicky avait couru se réfugier dans sa chambre. Elle avait fermé à double tour derrière elle, s'était jetée sur son lit, avait enfoui son visage dans son oreiller et martelé le matelas de plumes avec ses poings.

Sa situation était inextricable. M. Carmichael ne la désirait pas. Il prétendait tenir à elle, mais son idée de l'affection maritale semblait impliquer de contrôler la moindre des pensées, le moindre des gestes de son épouse. Elle ne pouvait nier qu'elle était attirée par lui, toutefois elle se sentait incapable d'épouser un homme qui n'accepterait pas celle qu'elle était. Elle finirait peut-être par changer, mais elle ne le ferait pas parce que son mari le souhaitait. Quelles que fussent ses qualités, M. Carmichael serait un geôlier pour elle.

Ce qui ne lui laissait plus qu'une solution : Tom. Il la connaissait forcément, depuis le temps, et il ne chercherait pas à la changer, n'est-ce pas ? Elle se rappela alors pourquoi il l'avait demandée en mariage : pour l'empêcher d'épouser M. Carmichael.

Si elle refusait la proposition de ce dernier, alors Tom se retrouvait privé de raison de l'épouser. D'un autre côté, il n'était guère dans son tempérament de revenir sur son offre. Il devait se considérer lié à elle. Ce qui faisait qu'elle serait, elle, sa geôlière.

Elle se prit la tête à deux mains. Comment pouvait-elle lui imposer une telle chose quand elle savait ce qu'elle ressentirait à sa place ? Elle se sentait impuissante. Tom méritait mieux, lui aussi.

Vicky se leva, puis s'écroula sur un fauteuil près de la cheminée. Elle se surprit alors à fixer le motif complexe du papier peint au mur comme espérant trouver la solution dans ses volutes. Un coup frappé à la porte la tira de sa méditation torturée.

— Qui est-ce ?

— Thea. Puis-je entrer ?

Vicky soupira, mais se leva pour aller lui ouvrir. Sa sœur retint un cri en la voyant.

— Que se passe-t-il ?

Vicky se toucha les cheveux : elle était complètement ébouriffée. Renonçant à se recoiffer, elle retourna vers son lit. Quelle importance, de toute façon ?

Un bref instant, elle envisagea de prétendre qu'il ne s'était rien passé, que tous ses espoirs n'avaient pas été réduits en miettes, mais elle s'en sentait incapable. Une fois assise sur son lit, elle leva les yeux vers Althea.

— Je ne sais pas quoi faire, lui confessa-t-elle.

Son aînée prit place sur une chaise.

— Maman m'a raconté que Tom t'avait demandée en mariage. M. Carmichael est-il au courant ?

Vicky fit oui de la tête.

— Que lui as-tu dit ?

Tant de choses qu'elle aurait préféré oublier dans l'immédiat.

— Je lui ai dit que j'avais besoin d'un mari digne de confiance.

— Et ?

La gorge de Vicky se serra.

— Il m'a répondu qu'il fallait que j'oublie mes idéaux de jeunesse.

Althea haussa les sourcils.

— Il y a encore peu, j'aurais partagé cet avis.

Vicky se détourna.

— Et Tom ?

— Je ne peux pas l'enfermer dans un mariage…

— Mais il t'a demandé ta main, non ? En quoi l'enfermerais-tu ?

Vicky refusait de croiser le regard d'Althea.

— Il n'avait que le mot devoir à la bouche. Il n'a jamais été question d'amour…

— Peut-être que papa a raison et que Tom a d'autres motifs.

Vicky la dévisagea, n'aimant pas ce qu'elle semblait suggérer.

— Autrement dit ?

Althea ne répondit pas. Elles savaient toutes deux qu'elle pensait à la dot de Vicky. Si M. Carmichael avait vu juste, Tom pouvait avoir davantage besoin d'elle qu'il n'avait bien voulu le reconnaître la veille au soir.

— Dans le cas où Tom aurait des ennuis financiers, tu ne le prendrais pas au piège, Vicky. Tu pourrais plutôt envisager cette union comme… une association professionnelle.

Vicky commençait à avoir le tournis. Elle allait perdre la raison si elle continuait à se torturer l'esprit. Elle avait besoin de repos.

Elle baissa les yeux vers ses mains et constata qu'elle les tordait. Elle redressa vivement la tête en entendant un grattement à la porte.

— Qui est là ? demanda-t-elle en s'efforçant d'empêcher sa voix de trembler.

— Sheldon, mademoiselle.

Vicky poussa un soupir de soulagement en entendant la voix du majordome. Elle ne se sentait pas en état d'expliquer ses sentiments à quelqu'un d'autre.

— Oui ?

— Lord Halworth est en bas, mademoiselle.

Vicky ne pouvait pas le recevoir dans l'immédiat, pas dans son état. Elle devait se préparer. Et elle en avait assez de ces hommes qui lui rendaient visite sans s'annoncer auparavant, pour lui expliquer ce qu'elle devait penser.

— Dites-lui qu'il peut revenir demain s'il le souhaite, je ne le verrai pas aujourd'hui, lui répondit-elle à travers la porte.

— Naturellement, mademoiselle.

Althea faisait la moue.

— Tu pourrais au moins écouter ce qu'il a à te dire.

Vicky secoua la tête. Elle se tourna vers la fenêtre pour regarder la place, mais sans accorder la moindre attention aux piétons qui l'arpentaient.

— Tous les hommes ne sont pas comme Dain, reprit Althea d'une voix qui n'avait pas été aussi assurée depuis des semaines. Je ne m'exprimerai pas sur M. Carmichael, mais nous avons toujours connu Tom. Si quelqu'un avait des raisons de perdre sa générosité naturelle, c'est bien lui, surtout après avoir été chassé par son père. Et pourtant, il a su dépasser ses rancœurs. Et même s'il ne faisait pas partie de nos vies depuis toujours, sa générosité serait indéniable.

Vicky observa sa sœur, assise sur le fauteuil en tapisserie, l'échine bien droite, l'air sereine et déterminée. Ses mains délicates étaient immobiles sur ses cuisses, et ses joues légèrement rosées. Vicky eut presque l'impression d'avoir retrouvé sa vraie sœur, de ne plus être face à la pâle copie qui l'avait remplacée des semaines durant. Toutefois, sa quiétude ne gagna pas Vicky.

Elle n'était guère en état d'entendre cette vérité, si c'était ce qu'il avait à lui dire. Sa poitrine se comprima.

— Tom est la dernière personne que je sois en état de voir dans l'immédiat. Et je ne veux plus que l'on cherche à me convaincre du contraire !

Elle se tourna vers la fenêtre alors que les larmes jaillissaient sur ses joues. Se reprochant sa faiblesse, elle les essuya d'un geste rageur. Elle sentit alors la présence de sa sœur dans son dos. Lorsque Althea lui effleura délicatement le bras, d'autres larmes coulèrent au point qu'un sanglot finit par échapper à Vicky.

Althea, sans un mot, la serra dans ses bras. Il y avait si longtemps que Vicky n'avait pas pleuré sur son épaule. Agrippant le buste menu de sa sœur, elle déversa toute l'amertume et la tristesse contenues dans son cœur.

Tom observait l'immense vase qui débordait de fleurs bleues et violettes, sur la table de l'entrée. Il n'était pas encore résolu à parler du duel à Vicky. Un bruit de pas lui fit lever la tête vers l'escalier. Le majordome redescendait. Seul.

— Lord Halworth, Lady Victoria ne peut pas vous recevoir.

Tom fit un pas en arrière. S'agissait-il d'une mauvaise plaisanterie ? Il aurait pourtant été prêt à parier que Sheldon n'en avait pas fait une seule en deux cents années d'existence.

— Est-elle souffrante ?

— Je ne peux vous le dire, monsieur le comte. Elle m'a chargé de vous préciser qu'elle vous recevra demain si vous le souhaitez.

Demain, il serait peut-être trop tard.

— Je dois la voir aujourd'hui.

— Je crains que cela ne soit impossible, monsieur, répliqua le majordome, aussi impassible que jamais.

— Dans ce cas, dites-lui que je refuse de partir.

L'homme cligna des yeux une fois avant de pivoter et de remonter lentement au premier.

Tom se frictionna la nuque. Il était incapable d'attendre dix minutes supplémentaires le retour de Sheldon. Il ferma les yeux et prit une profonde inspiration, s'enjoignant à la placidité. Lorsqu'il rouvrit les yeux, il constata que le majordome avait à peine gravi quelques marches. Le peu de patience qu'il restait à Tom s'évapora aussitôt. En quelques enjambées il atteignit l'escalier et dépassa le majordome.

— Victoria ! cria-t-il. Victoria, je dois te parler !

— Mais… Lord Halworth, bredouilla le majordome.

Nul doute qu'il n'avait jamais été témoin d'une attitude aussi cavalière… Tom n'en avait cure.

— Vicky !

Deux hommes surgirent de nulle part et agrippèrent Tom par les bras avec la force de deux étaux.

— Lâchez-moi, enfin !

Tom tenta, sans grand succès, de prendre un ton supérieur, pour décourager les gardes. Il appela à nouveau Vicky, plus fort cette fois. Les hommes commencèrent à le traîner vers le vestibule. Tom résistait de toutes ses forces. Il réussit même à s'agripper à la balustrade, malheureusement il ne faisait pas le poids face aux deux gardes robustes. Il allait lâcher la rambarde quand une voix tonitruante retentit.

— Je ne crois pas que ce soit nécessaire.

Tom tourna la tête. Le père de Vicky se trouvait dans le vestibule. Il se tenait le flanc comme si le simple fait de parler aussi fort avait provoqué une douleur. À moins qu'il ne fût peiné par la scène dont il venait d'être témoin.

Les gardes libérèrent Tom, et le comte lui fit signe de le suivre. D'un geste sec, il rajusta son gilet avant d'emboîter le pas au comte avec une dignité de façade qu'il était loin d'éprouver. Le père de Vicky le fit entrer dans une pièce. Il contourna son immense bureau pour s'y asseoir et invita Tom à prendre place face à lui sur un fauteuil en noyer. Tom n'avait pas revu le comte depuis l'attaque. Celui-ci avait une contusion sombre sur la joue. Plusieurs plaies sur le front et la bouche qui n'avaient pas encore cicatrisé. Ses cheveux châtain clair semblaient avoir davantage grisonné.

Décidé à rompre le silence, il ouvrit la bouche, cependant le comte l'interrompit.

— Venons-en au fait, d'accord ?

Tom acquiesça. Ils auraient pu s'épargner quelques minutes d'attente inutiles.

— Je connais parfaitement les sentiments que Vicky a nourris pour toi à une époque. J'irais même jusqu'à dire que, pendant longtemps, elle attachait plus de valeur à ta personne et à tes opinions qu'à sa propre sœur. Tu dois toutefois avoir conscience qu'elle a changé après ton départ pour l'Europe. Une part d'elle a disparu et n'est jamais réellement revenue.

— Pourquoi me dites-vous cela, monsieur ?

Le comte se cala contre le dossier de son fauteuil.

— Victoria a rapporté à sa mère que tu l'avais demandée en mariage hier soir.

— C'est le cas.

Lord Oakbridge en voulait-il à Tom de ne pas avoir sollicité son autorisation auparavant ?

— J'en conclus que tu as pris le temps de réfléchir à cette proposition, insista-t-il en étudiant attentivement le jeune homme.

— En effet, répondit Tom après une hésitation presque imperceptible.

— Bien… Imaginons un instant que je ne sois pas le père de Vicky et que je ne cherche pas farouchement à la protéger. Mets-toi à ma place : d'un côté, nous avons un homme riche et respectable, de l'autre un garçon auquel elle était très attachée par le passé, dans une situation financière critique, bien que doté d'un titre important, et qui lui a déjà brisé le cœur une fois. Quel prétendant aurait ta faveur ?

— Je ne suis plus un garçon, monsieur, répondit Tom d'un ton égal.

— Peut-être pas. Et pourtant, à dix-neuf ans, tu ne peux guère prétendre au titre d'homme d'expérience.

Tom fut réduit au silence. Si l'on résumait la situation de façon aussi tranchée, il n'était évidemment pas le meilleur parti. Quant à avoir brisé le cœur de Vicky, il avait du mal à comprendre. Elle était encore une enfant quand il avait quitté l'Angleterre. Ils étaient amis, les meilleurs amis du monde, même, mais pas davantage.

Le comte se racla la gorge. Tom ne conviendrait jamais que Vicky avait tout intérêt à épouser Carmichael.

— J'ignore si Victoria vous l'a expliqué, mais nous nourrissons tous deux des soupçons au sujet de Carmichael…

Le comte l'arrêta aussitôt d'un geste.

— Je refuse d'écouter ces billevesées sur Carmichael. Il a fait beaucoup pour cette famille et ses qualités morales sont indiscutables.

Tom soupira, consterné par cette affirmation ridicule. Qualités morales indiscutables ? Comment pouvait-on être aussi aveugle à la véritable nature de Carmichael ? Il scruta les traits fatigués du comte, le seul homme qu'il eût respecté dans son enfance.

— Aviez-vous la même opinion de Dain ?

Le comte se releva d'un bond.

— Assez ! Ce n'était peut-être pas ton intention, mais tu n'as fait qu'assombrir l'existence de Victoria ces cinq dernières années. Elle a déjà trop souffert par ta faute, il est temps que tu la laisses tourner cette page de sa vie.

— Monsieur, vous vous trompez…

— Certainement pas, cingla le comte. Oublie-la.

Chapitre vingt-sept

« Il ne pourra s'abuser plus longtemps. »

Mansfield Park, Jane Austen

Tom arriva chez lui peu après cinq heures, toujours heurté du refus de Victoria. Il se sentait ridicule. Il avait pratiquement hurlé pour la faire sortir de sa tanière et il n'avait récolté qu'un sermon.

Il s'engouffra dans la bibliothèque et sonna pour demander au majordome d'aller quérir Susie.

Tom s'assit à son bureau. Il sortit une feuille de papier du tiroir et trempa sa plume dans l'encre. Sa main resta suspendue un instant, le temps qu'il trouve ses mots. Comment savoir ce que Vicky pensait de lui ?

Une petite goutte d'encre perlait à la pointe de la plume. Trop fatigué pour réagir, Tom la laissa tomber sur la page. Après quelques atermoiements supplémentaires, il y plongea sa plume et traça la première barre d'un M.

Ma chère V…

— Tom ?

Il redressa la tête. Susie se tenait sur le seuil de la pièce. Il l'invita à entrer. C'étaient peut-être les derniers instants qu'il passait avec elle…

— Tout va bien ? s'inquiéta-t-elle.

Il soupira et reposa sa plume.

— J'ai un service à te demander.

— Naturellement. Tu sais bien que je ferai tout ce que tu me demanderas, dit-elle en prenant place dans l'un des fauteuils.

Il prit son élan.

— Si je ne reviens pas demain…

— Tom, ne dis pas des choses pareilles.

— Nous devons nous préparer à toutes les éventualités. Si le pire se produit, et je n'y tiens pas, accepteras-tu de remettre une lettre à Lady Victoria de ma part ?

Elle écarquilla les yeux.

— Je n'ai pas encore eu l'occasion de te la présenter, mais Charles pourra te conduire chez les Aston. Si je lui demandais à lui de s'en charger, il risquerait de tarder ou d'oublier. Et j'aimerais que tu fasses sa connaissance. Vous vous ressemblez à bien des égards. Elle aura besoin d'une amie… Alors, acceptes-tu ?

Il avait voulu protéger Vicky trop longtemps, il n'avait pas su reconnaître que les secrets du comte avaient fini par se retourner contre lui.

Il savait que Susan ne lui refuserait pas ce service, bien qu'il fût délicat. Pourtant le silence se prolongeait, elle ne répondait toujours pas.

— Connaît-elle mon existence ? finit-elle par demander.

Tom baissa les yeux.

— Pas réellement, dit-il en se forçant à la regarder. Je suis désolé.

— Lui as-tu parlé de ce que le comte te faisait subir ? À toi et aux autres ?

— Elle a été témoin d'une scène entre lui et moi. Je lui ai raconté que cela se produisait régulièrement. Quant aux autres…

Il se détourna. Il n'avait avoué la vérité qu'une seule fois. Après que Susie lui eut réclamé, des mois durant, de lui parler de leur père, il avait un jour perdu son calme et relaté, en bafouillant, son pire souvenir lié au vieil homme. Elle ne lui avait plus jamais posé de questions à son sujet.

— Alors tu l'as laissée s'interroger toutes ces années ? Ne mérite-t-elle pas de connaître la vérité entière ? Surtout si, pour te citer, le pire devait se produire.

— J'ai expliqué à Victoria que j'avais agi de la sorte pour la protéger. Elle n'a pas besoin d'en savoir plus.

— Pourquoi ?

— Susie, marmonna-t-il, cela n'a plus d'importance maintenant.

— Est-ce de l'orgueil ? Ta ressemblance avec M. Darcy défie décidément l'entendement.

— Je te demande pardon ?

— Je sais que tu as en horreur ce que ton père a fait subir à cette famille, et pourtant tu ne parviens pas à discuter des conséquences de ses actes sur toi. Sur Charles et moi. Sur elle.

— À quoi bon ressasser ?

Elle secoua la tête.

— N'as-tu donc jamais songé que tu blessais d'autres personnes en refusant d'évoquer ces sujets ?

— J'essaie…

Il avait tenté d'aborder la question avec Vicky l'autre jour, mais cela ne l'avait guère consolé.

Voyant qu'il ne poursuivait pas, Susie reprit :

— M. Darcy se refuse à parler de la fuite de sa sœur avec Wickham pour préserver la réputation de celle-ci, pourtant, s'il l'avait fait, Wickham n'aurait jamais pu jouer le même tour à la sœur d'Elizabeth Bennet. Tu causes du tort aux autres en gardant ces secrets, Tom. Tu causes du tort à toi-même en demeurant un mystère inaccessible à ceux qui t'entourent.

— Père est mort. Il ne peut plus faire de mal à personne.

— Et c'est néanmoins à cause de lui que tu te retrouves dans cette situation aujourd'hui, dit-elle en montrant la lettre devant lui.

Tom grimaça. Aurait-il pu éviter ce fiasco ? Il leva les yeux vers le plafond. Oh ! il allait finir par devenir fou s'il continuait sur cette lancée.

— J'aurais peut-être dû lui parler. Mais ce n'est pas mon orgueil qui m'en a empêché, c'est…

La honte.

— Pourquoi ne pas lui avouer simplement ton amour ?

— Pardon ? Je ne suis pas amoureux d'elle. Je ne peux simplement pas la laisser épouser Carmichael. Cet homme est un goujat. Arrogant, bravache, égoïste…

Sentant la colère monter, il s'interrompit, le temps de desserrer sa cravate, puis prit une profonde inspiration.

— J'aurais du chagrin pour la femme qu'il épouserait, quelle qu'elle soit.

Susie croisa les mains avant de lui demander :

— Et te battrais-tu en duel pour n'importe quelle femme ?

Il soutint son regard. Elle ne se déroba pas.

— Très bien. Je tiens à elle.

Il avait parlé plus fort qu'il n'en avait l'intention. D'une voix plus maîtrisée, il ajouta :

— Était-ce ce que tu voulais entendre ?

— Cela saute aux yeux. Depuis que tu l'as revue, tu es plus heureux que tu ne l'as jamais été en Angleterre. Évidemment que tu tiens à elle ! La question est la suivante : à quel point ?

Tom se passa une main dans les cheveux. Si seulement il avait la réponse à cette question !

— Tom, père est mort. Quelle raison as-tu de continuer à cacher tes sentiments ?

Il ne se laissa pas transpercer par son regard pénétrant.

— Ils ne me réussissent guère. Depuis toujours.

Ils lui avaient toujours causé de la peine, à lui et à ceux qu'il aimait.

— C'est faux, Tom. Ils t'ont mené à moi. Ils t'ont reconduit auprès de ta famille.

— J'ai agi par sens du devoir, Susan. Par honneur.

Elle se moqua.

— Si tu le crois réellement, alors tu n'as plus toute ta tête. C'est par devoir que tu risquerais ta vie demain ?

Il ne répondit pas.

— Je suis un imbécile, Susan. Tu ferais mieux d'accepter cette idée.

Alors qu'il reprenait sa plume, elle se leva pour sortir.

— Je te défends de baisser les bras, Thomas Sherborne. Je ne te laisserai pas faire une chose pareille.

Elle quitta la pièce, et Tom fut seul avec sa lettre à peine entamée.

L'image de son corps ensanglanté, gisant dans le parc, surgit à nouveau dans son esprit, suivie d'une autre : Vicky dans les bras de Carmichael.

Tom serra si fort sa plume qu'il la brisa. Il écarta ses doigts tremblants. Il observa les débris de la plume avant de les jeter sur son bureau, puis il se prit la tête à deux mains. Il ne pouvait pas partir perdant… pas s'il voulait sauver Vicky.

Chapitre vingt-huit

« Elle était accablée de honte et de dépit. »

Orgueil et préjugés, Jane Austen

Vicky se réveilla en sursaut. Son cœur battait la chamade. Un fin rayon de lune filtrait à travers un interstice entre les rideaux et de minuscules braises luisaient dans la cheminée. Ses draps froissés formaient un tas au bout du lit, fruit d'un cauchemar. Elle se redressa pour les attraper, puis roula sur le flanc et les remonta sur elle.

Avec un soupir, elle ferma les yeux et chercha le sommeil. Pourtant son esprit ne cessait de retourner au souvenir de l'écho de son prénom dans toute la maison, lorsque Tom l'avait appelée. Elle avait été si couarde, incapable de lui faire face. Et s'il avait voulu lui dire quelque chose d'important ? Il n'aurait sans doute pas agi de la sorte sans raison. Elle le connaissait pourtant.

Tom était venu la voir, et elle avait refusé. Elle avait rêvé qu'elle avait besoin de lui et qu'à son tour il n'était pas venu.

Elle se frictionna le front. Elle revit soudain son regard limpide quand il l'avait demandée en mariage. Un instant, il lui avait donné l'impression que le monde n'existait que pour eux deux. Comme si les espoirs qu'elle avait nourris dans son enfance allaient enfin devenir réalité. Comme s'ils avaient un avenir commun. Une larme coula sur sa joue.

Elle poussa un petit grognement d'irritation. Elle ne pouvait plus se permettre de penser à Tom en ces termes. Ces rêves étaient le reflet des désirs naïfs d'une petite fille.

Un grattement à la porte la tira de ses pensées. Elle se redressa lentement.

— Qui est-ce ?

La porte s'entrouvrit et elle aperçut la tête de Sheldon, éclairée par la lueur d'une bougie. Il ne jeta pas un seul regard dans la chambre, se contentant de murmurer :

— Mademoiselle, il y a une fille à la porte de service qui demande à vous voir.

— Mais… quelle heure est-il ?

— Quatre heures moins le quart, mademoiselle.

— Que peut-elle bien vouloir ?

Sheldon se racla la gorge.

— Elle requiert un entretien avec vous. Elle prétend que la vie de Lord Halworth est en jeu.

Vicky en eut le souffle coupé.

— Dites-lui d'attendre, je vais descendre.

Dès qu'il eut refermé la porte, elle bondit de son lit. Après avoir jeté un châle épais sur sa chemise de nuit, elle prit une chandelle sur sa commode, qu'elle alluma aux braises. Puis elle se précipita au rez-de-chaussée.

Sheldon patientait au pied de l'escalier de service, aussi soigné et réveillé que d'habitude, malgré l'heure plus que matinale. Quand Vicky l'eut rejoint, il l'escorta à la cuisine. Il lui ouvrit la porte qui donnait sur la ruelle pavée à l'arrière de la demeure et s'effaça.

Vicky se retrouva nez à nez avec une jeune femme vêtue d'un manteau sombre. Celle-ci rabattit son capuchon dans son dos. Des boucles blond-roux encadraient son visage ovale.

— Lady Victoria ?

— Oui, répondit prudemment Vicky.

— Je m'excuse de venir vous trouver à une heure aussi indue. Je m'appelle Susan Naseby…

La jeune femme hésita.

— Lady Victoria, je suis la sœur de Tom.

Vicky en resta bouche bée plusieurs instants avant de se ressaisir.

— C'est absurde, Tom n'a pas de sœur.

— Nous n'avons découvert notre existence mutuelle que lorsque notre père l'a contraint à quitter Halworth Hall.

Vicky recula d'un pas.

— Doux Jésus…

Vicky se laissa choir sur une chaise juste à côté de la porte.

— Quand l'avez-vous rencontré, alors ?

La jeune femme pénétra dans la maison d'un pas hésitant.

— Il y a cinq ans, juste après avoir été chassé, Tom est venu à Londres. Il s'est réfugié chez son ancienne nourrice, qui y travaillait. Elle l'a accueilli. Mme Robbins connaissait aussi ma mère, et elle avait convaincu sa maîtresse de l'engager comme couturière. Ma mère est tombée malade, et j'ai été en charge du transport des ouvrages entre le logement de Mme Robbins et le nôtre. Un jour, je suis tombée sur Tom. Il a dû me trouver trop jeune ou trop petite, car il a insisté pour me raccompagner à pied. Quand il a vu ma mère, il l'a reconnue. Elle avait été domestique à Halworth Hall dans son enfance. Il lui a demandé où était mon père. Elle lui a répondu que j'étais la fille d'un gentleman du Hampshire.

Vicky écarquilla les yeux.

— Je ne savais rien de cela. Maman refusait de m'en parler. Tom a poussé Mme Robbins à le faire. Elle lui a révélé que Lord Halworth était en réalité mon père. Tom a proposé de veiller sur moi si maman avait besoin d'aide.

Vicky imagina Tom découvrant, du haut de ses quatorze ans, qu'il avait une sœur. Et n'hésitant pas, bien sûr, à l'aider. Mlle Naseby était très convaincante, il était évident qu'elle croyait à cette histoire.

Vicky se leva pour dire à Sheldon qu'il pouvait se retirer. Elle se sentait les idées un peu plus claires.

— Mademoiselle Naseby, je vous demande de m'excuser si je vous ai paru grossière tout à l'heure. Veuillez entrer et m'expliquer en quoi je peux vous aider.

— Appelez-moi Susie, s'il vous plaît. J'ai l'impression de vous connaître si bien après toutes les histoires que Tom m'a racontées à votre sujet.

Vicky sourit. Que lui avait-il dit ?

— Venez à l'étage, il y fait plus chaud.

Elle la conduisit à sa chambre. Une fois à l'abri derrière la porte close, Vicky invita Susan à s'asseoir, le temps qu'elle ravive les braises pour éclairer un peu mieux la chambre.

— Vivez-vous toujours avec votre mère ? lui demanda-t-elle par-dessus son épaule.

Susan ne répondit pas immédiatement.

— Maman est morte, il y a quelque temps.

Vicky alla s'asseoir à côté d'elle sur le lit.

— Je suis désolée.

— Je me suis installée chez Mme Robbins avec Tom, pendant deux semaines. Puis il a appris par sa mère que son oncle acceptait de le prendre chez lui. Avec l'argent que la comtesse lui avait envoyé, il m'a emmenée à Soleure, espérant que son oncle serait assez charitable pour m'accueillir, moi aussi. Nous avons dû travailler tous deux dans l'hôtel familial : j'étais femme de chambre et Tom tenait la réception.

Vicky sentit, bien malgré elle, ses yeux s'embuer de larmes. Elle baissa les yeux vers ses mains. Susie voulut la rassurer.

— J'ai tenu à vous expliquer tout cela pour que vous compreniez. Tom cherche toujours à faire le bien, et il a le sentiment que le destin s'acharne contre lui en permanence. Il a fini par se convaincre que ses efforts étaient vains. Et je crois qu'il ne pense pas avoir droit au bonheur.

Vicky n'était guère surprise.

— L'affaire avec M. Carmichael n'a rien arrangé.

À la mention de son prétendant, Vicky se raidit. Que savait Susie exactement ?

— Le bal de l'autre soir a été fort désagréable, en effet…

Susan opina.

— C'est la raison de ma présence ici en pleine nuit. En l'espace d'une journée, M. Carmichael a réussi à donner un coup d'arrêt au projet d'hôtel de Tom et il a ruiné sa réputation. J'ai l'intime conviction qu'il a cherché à provoquer Tom en duel depuis leur rencontre, ce qu'il a enfin réussi à obtenir. Vous devez m'aider à les empêcher de se battre.

Le sang monta aussitôt aux joues de Vicky.

— Un duel ?

— À Saint James's Park, ce matin même.

— Mais pourquoi se battraient-ils en duel ?

Sa gorge se parchemina lorsqu'elle se remémora les paroles de M. Carmichael dans le jardin. « Je reviendrai. On ne peut pas en dire autant de Halworth. »

— Pas à cause de moi ? murmura-t-elle.

— Je crois bien que si.

— Pourquoi Tom ferait-il une chose aussi stupide ? Cela ne lui ressemble pas… n'est-ce pas ?

Susan la regarda droit dans les yeux.

— Non, en effet. Mais il vous aime.

Vicky perdit pied.

— Il m'aime ?

Susan hocha la tête.

— Comment le savez-vous ?

Une fossette se creusa dans la joue de Susan quand elle sourit.

— Cela saute aux yeux.

La mine plus grave, elle ajouta :

— Il ne se battrait en duel pour aucune autre raison. Même s'il a du mal à l'admettre, conclut-elle en levant les yeux au ciel.

— Il m'a dit qu'il ne pouvait pas m'aimer. Qu'il sentait comme un froid à l'intérieur.

— Tout ce qu'il a subi à cause de son père, y compris après sa mort, l'a empêché de comprendre ce qu'il voulait. Il m'a dit qu'il vous avait expliqué qu'il avait voulu vous protéger du comte.

Vicky confirma.

— A-t-il été plus précis ? s'enquit Susan. Ma mère n'a pas été la première à être séduite par l'ancien comte. Ni la dernière.

Vicky eut un haut-le-cœur.

— Le jour où vous avez vu Tom se faire rouer de coups, il cherchait à sauver une domestique des ardeurs du comte. Il lui a donné de l'argent pour qu'elle puisse partir avant… avant que le pire se produise. Dès que les femmes qu'il avait violées attendaient un enfant, le comte les renvoyait sans références.

Vicky avait la nausée.

— Comme votre mère ?

— Oui… Le comte a compris ce que Tom manigançait et il les a chassés, lui et la domestique.

Vicky se rappelait avec une grande clarté l'expression de Tom lorsqu'elle était entrée dans la pièce ce jour-là et l'avait trouvé au sol. Elle n'avait pas compris ce qui se passait, pourtant elle avait su, en son âme et conscience, que Tom ne pouvait avoir fait du mal à cette employée. Il avait dû être témoin de tant d'horreurs au fil des ans…

— À quelle heure a lieu le duel ?

— À l'aube.

Vicky sursauta. La pendule sur la cheminée indiquait quatre heures un quart. Le soleil se lèverait dans moins d'une demi-heure.

Elle gratta à la porte d'Althea et entra dès qu'elle en reçut l'invitation. Sa sœur se redressa dans son lit, le regard brumeux mais inquiet.

— Tu avais raison au sujet de Tom. J'aurais dû t'écouter, j'aurais dû lui parler hier !

Dans son dos, Susie toussa discrètement pour lui signifier de se presser.

— Je n'ai pas une minute à perdre. Je vais à Saint James's Park empêcher M. Carmichael et Tom de s'entretuer.

— Comment cela ?

— Ils vont se battre en duel à l'aube.

Althea pâlit.

— Tu ne peux pas y aller seule, dit-elle en voulant se lever.

— Susie… Mlle Naseby m'accompagne, rectifia Vicky en montrant la jeune femme, qui s'inclina. C'est la sœur de Tom.

Althea fronça un instant les sourcils avant de rendre son salut à Susan.

— Enchantée, mademoiselle.

— Je suis désolée de ne pas avoir le temps de faire de plus amples présentations, poursuivit Vicky. Nous devons partir.

— Bien sûr, je vais demander à un garde de t'accompagner.

— Nous n'avons pas le temps de les réveiller. Avec un peu de chance, nous serons bientôt de retour.

Althea protesta, mais Vicky s'élançait déjà dans le couloir, Susie sur ses talons.

Chapitre vingt-neuf

« Voilà tout. »

Mansfield Park, Jane Austen

Le soleil n'était pas encore levé, mais l'obscurité s'était suffisamment dissipée pour que les premiers feux de l'aube éclairent la fine couche de brume enveloppant Saint James's Park. Tom ne pouvait s'empêcher d'y voir un mauvais présage.

Près de lui, Silby et Charles, qui leur servaient, à Carmichael et lui, de témoins, chargèrent les pistolets après les avoir examinés. Vêtu de noir, Carmichael suivait les opérations de près. Sa posture semblait détendue, ce que démentait la crispation de sa mâchoire. Le médecin requis se tenait à l'écart et furetait dans sa sacoche, sans doute pour vérifier qu'il avait bien apporté tous les instruments nécessaires au traitement d'une blessure par balle.

Tom se détourna, ne parvenant toujours pas bien à accepter la réalité : il s'apprêtait à vivre ou à mourir.

En dépit de son épais pardessus, la température glaciale du petit matin pénétra sa poitrine.

Il avait passé toute la soirée à réfléchir au chaos qu'il avait semé. Susie avait raison. Il aurait dû tout dire à Vicky – sur son père, sur Susan, sur les conséquences pour la famille Sherborne.

Dans l'incapacité de fermer l'œil, il avait fini *Orgueil et préjugés*. Cette lecture l'avait momentanément diverti de sa situation, mais elle l'avait conduit à conclure, une fois de plus, que Susie avait raison. Comme M. Darcy, Tom avait causé bien des souffrances en ne disant pas la vérité sur son père et en endossant, seul, le poids des secrets familiaux.

Tom tenta de faire la sourde oreille au rire imaginaire de son père dans son crâne. Comment reprocher à Vicky de préférer cet univers de fiction à la réalité ? La réalité n'était jamais aussi simple.

— Tout est prêt, annonça Charles.

Le ventre de Tom se serra. Il se tourna vers son frère, parfaitement calme dans son costume brun et son gilet vert à rayures. Ils ne s'étaient pas reparlé depuis la déroute de la veille, et Charles avait un air indifférent, comme s'il s'agissait d'une journée ordinaire.

Tom ne pouvait pas livrer ce duel en pensant que Charles le haïssait.

— Charles, je…

Tom lui fit signe de le suivre à l'écart, pour qu'il puisse lui parler en privé. Charles le suivit avec son pistolet.

— Je tiens à te présenter mes excuses, dit Tom après s'être éclairci la voix. Pour hier, pour l'autre soir. Pour tout, en réalité.

Charles se renfrogna.

— Tu ne méritais pas de rester seul avec père. Tu avais raison. J'aurais dû… faire quelque chose.

— Et pourquoi ne l'as-tu pas fait ?

— Je n'en avais pas les moyens. Dieu sait que j'aurais échangé ma place avec toi si tu avais pu être mis en sécurité quelque part.

Quelque chose dans l'expression de Charles changea.

— Je ne sais pas ce que tu as vécu avec lui, mais tu ne le méritais pas. Pas plus que moi.

— Lord Halworth, nous sommes prêts, l'interrompit Silby, qui avait rejoint le médecin.

Tom hocha la tête, puis tendit la main à son frère. Celui-ci l'examina quelques instants avant de la prendre et de la serrer. Tom respira plus librement.

Charles lui remit le pistolet chargé. Tom le prit dans sa main droite, éprouva son poids. Des volutes sophistiquées ornaient le canon argenté, et le bois lisse de la poignée était froid. Charles avait apporté les pistolets du défunt comte.

— Si Carmichael est aussi doué que tu le dis, commença Tom la gorge nouée, Halworth pourrait bien finir par te revenir après tout, poursuivit-il pour détendre l'atmosphère.

Charles n'esquissa pas le soupçon d'un sourire.

— Messieurs, en place, cria Silby.

Charles le rejoignit.

— Je vais compter jusqu'à dix, annonça le témoin de Carmichael, puis donner le signal. Vous pourrez alors vous retourner et faire feu.

Tom tenta de croiser le regard de son adversaire, qui se détourna. Tom l'imita. Ils se tinrent dos à dos, pistolets levés vers le ciel.

Il fallait croire que la gravité de la situation affectait Carmichael, qui ne raillait ni ne jubilait.

Silby entama le décompte.

— Un.

Tom fit un pas en avant. Il forcerait sa chance. L'herbe givrée crissait sous ses semelles.

— Deux.

Tom fit un autre pas légèrement chancelant. Il prit une profonde inspiration et sentit les forces revenir dans ses jambes. Il pensa à Vicky et à la lettre qu'il avait confiée à Susie, pour le cas où il mourrait. Il se demanda si Vicky le pleurerait.

— Quatre.

Bien sûr qu'elle le pleurerait. Ils avaient été si bons amis.

— Cinq.

Tom se décomposa brusquement. S'il mourait, il n'y aurait personne pour empêcher Charles de défier Carmichael en duel à son tour. Et si Tom mourait ce matin, Charles voudrait sans aucun doute se venger. Tom resserra sa prise sur la poignée. Le froid dans sa poitrine gagna ses extrémités. Il n'était peut-être pas trop tard pour arrêter cette folie. Même à supposer que ni Carmichael ni lui ne tirent un coup fatal, une blessure pouvait s'infecter, les clouant l'un ou l'autre au lit durant des mois avant une mort douloureuse. Carmichael ne devait pas avoir davantage envie de mourir.

— Sept.

Il avait eu la bêtise de croire que ce duel mettrait un point final à leur tourmente.

C'était ridicule. Il pouvait tout arrêter. Présenter à nouveau des excuses. Jurer de ne plus se mêler des affaires de Carmichael.

— Neuf.

La voix de Silby lui parut distante.

— Attendez ! hurla Tom.

Il se retourna pour parler à Carmichael en gardant son pistolet pointé vers le ciel. Carmichael lui jeta un coup d'œil par-dessus son épaule.

— Dix. Feu !

Carmichael mit Tom en joue. Gardant son bras armé en l'air, Tom regarda son adversaire droit dans les yeux en faisant un geste d'apaisement de sa main.

— Feu ! répéta Silby.

Carmichael continuait à patienter. Tom soupira.

— Monsieur Carmichael, je…

Une détonation retentit.

Tom ferma les yeux d'instinct. Son corps se tendit en anticipation de la balle qui allait transpercer sa chair. Plusieurs secondes passèrent. Il ne sentit rien.

Lentement, il rouvrit les yeux. Carmichael gisait à terre. Un mouvement attira l'attention de Tom : Silby, enveloppé d'un nuage de fumée, frappa le médecin ébahi à la tempe avec la crosse d'un pistolet.

Tom frémit en entendant le craquement sinistre que produisit le crâne du pauvre homme. Alors que son pouls s'emballait, il pivota pour viser Silby. Il remarqua alors que Charles sortait un objet de sous son manteau. Un autre pistolet. Dont il pointa le canon sur le torse de Tom.

Le temps se suspendit. Tom fixa, hébété, le pistolet dans la main de son frère, avant de croiser son regard. Charles le considérait avec une détermination froide.

— Tirez ! cria Silby.

Tom prit une lente inspiration, qui ne suffit pas à réguler son pouls déchaîné. Une bouffée de chaleur montait de son ventre vers son visage.

Charles était pétrifié, le doigt sur la détente. Puis un coin de sa bouche se souleva. Tom n'eut pas le temps d'interpréter son sourire. Silby voulut s'emparer de l'arme et Charles l'arrêta de son bras gauche avant de l'assommer avec la crosse. Le coup partit en l'air. Silby s'effondra lourdement.

Lançant son pistolet dans l'herbe, Charles se retourna vers Tom. Celui-ci baissa lui aussi son arme et libéra enfin son souffle.

— Bonté divine, murmura-t-il en se passant une main dans la nuque.

Il fit un pas hésitant vers son frère.

— Charles… pourquoi ?

Charles sortit une longueur de cuir tressé de la poche de son manteau, fit basculer Silby sur le ventre et entreprit de lui lier les pieds et les poings.

— Le jour où tu as rabroué Dain au club, il a tenté de m'allécher avec, je le cite, une « proposition très lucrative ». Il avait compris que nous n'étions pas en bons termes et il voulait acquérir les terres de Halworth qui longent Oakbridge. J'ai décidé de lui jouer une petite comédie pour découvrir ses intentions. Occupe-toi de Carmichael et du médecin.

Les deux hommes étaient toujours étendus dans l'herbe. Tout en gardant un œil sur son frère, Tom rejoignit Carmichael et s'agenouilla près de lui. Du sang coulait de son bras.

— Carmichael est touché au bras. Regarde si le médecin a de quoi stopper l'hémorragie.

Après avoir terminé d'entraver les chevilles de Silby, Charles inspecta la tête du médecin.

— Je crois qu'il est seulement assommé.

Il apporta la sacoche à Tom et sortit une poignée de bandages. Il entreprit d'en poser un sur la plaie de Carmichael.

— Après plusieurs rendez-vous, Dain m'a suggéré de m'allier à lui, arguant qu'il allait m'aider à prendre les rênes de Halworth.

Tom sentit le feu de la colère se réveiller.

— Dain voulait me tuer ?

Il savait que ce scélérat n'avait pas d'honneur, mais il ne l'aurait jamais cru capable d'une telle chose. Dieu merci, Charles avait eu l'intelligence de le percer à jour.

— Et Silby ?

Charles continuait à panser le bras de Carmichael. La gaze s'imbibait lentement de sang.

— Dain lui a offert un dédommagement généreux, je crois. Quant à Carmichael, Dain voulait se débarrasser de lui à cause d'un contrat terrien qui les liait. Tu sais combien les affaires m'ennuient, mais j'ai cru comprendre qu'à la mort de Carmichael, Dain aurait récolté seul tous les fruits de leur association. Dain avait chargé Silby d'instiller en Carmichael le poison de la méfiance à ton sujet, et notamment en lui expliquant qu'avec nos arriérés tu avais un besoin impérieux de la dot de Victoria. Connaissant Carmichael, Dain était convaincu que cela aboutirait à un affrontement. Silby et moi devions veiller à ce que ce duel ait lieu, et qu'aucun de vous deux n'en réchappe vivant.

Cela expliquait pourquoi Charles lui avait forcé la main la veille ! Ce dernier fit un double nœud à la dernière bande.

— Je suis rassuré d'apprendre que tu n'as jamais eu l'intention de me tuer.

— Quand j'ai appris que Dain voulait ta mort, j'ai joué le jeu pour me retrouver en position de l'en empêcher.

Il s'interrompit, considérant d'un air soucieux les taches rouges sur le bandage de Carmichael.

— Ce qui ne signifie pas que je ne l'aie pas envisagé…

Il croisa le regard de Tom et ajouta aussitôt :

— … mais seulement brièvement. Tu es mon frère, après tout.

Tom n'était pas certain de bien comprendre, toutefois il attendrait un moment plus propice pour demander des éclaircissements.

Carmichael ouvrit les yeux en gémissant. Il plissa aussitôt les paupières, que ce soit un effet de la douleur ou de la présence de Tom.

— Que vient-il de se passer ? demanda-t-il, le regard flou.

— Silby vous a touché, lui expliqua Tom.

— Silby ? s'exclama-t-il en redressant la tête.

Après avoir regardé son bras, il la reposa dans l'herbe.

— Pourquoi Silby m'aurait-il tiré dessus ?

— Il agissait pour le compte de Dain, lui expliqua Tom. Dain espérait que nous nous entretuerions. Charles et Silby étaient là pour s'assurer qu'il n'y aurait pas de survivant.

Ce qui impliquait que Carmichael n'avait jamais été derrière aucun des incidents qui avaient touché la famille de Vicky.

— Dain ? s'étonna Carmichael. J'ai bien pensé qu'il allait m'en vouloir après notre petite altercation au concert, mais…

Il tenta de s'asseoir et Charles l'aida en attrapant son bras valide.

— Où est Silby ? demanda Carmichael.

— J'ai le grand plaisir de l'avoir neutralisé.

Carmichael inclina la tête.

— J'en déduis que vous avez changé d'avis ?

— On peut dire cela, en effet.

— Je vous dois des excuses, Carmichael, intervint Tom.

Carmichael grimaça en plaquant son bras blessé sur son torse pour le soutenir.

— Vous avez déjà essayé de le faire deux fois, Halworth.

Tom avait bien l'intention d'aller jusqu'au bout cette fois.

— Je vous ai cru coupable de tout ce que Dain avait orchestré. Mon…

… amour pour Vicky…

— … absence de sang-froid nous a conduits ici aujourd'hui.

— Je reconnais volontiers que je ne vous tenais pas en haute estime. Même si je comprends à présent votre animosité. Bon, où est ce maudit médecin ?

Tom en déduisit qu'en matière d'excuses il ne pouvait espérer mieux venant de Carmichael. Il se tourna vers le médecin, toujours inconscient.

— Silby l'a assommé.

Tom se leva, réfléchissant à l'endroit où ils pourraient trouver un médecin à cette heure. Ils régleraient le compte de Dain plus tard.

— Tom !

Susie venait à leur rencontre en courant. Lorsqu'elle les rejoignit, elle se plia en deux d'épuisement. Il la prit par le bras pour la soutenir pendant qu'elle haletait.

— Dieu merci, tu es sain et sauf… Lady Victoria a été enlevée.

Tom en eut le souffle coupé et ce fut Carmichael qui demanda des précisions à sa place :

— Comment cela ?

— Nous venions ici pour arrêter le duel, expliqua-t-elle en jetant un bref regard à Carmichael avant de se tourner vers son frère. Elle était devant moi.

Elle s'interrompit pour reprendre haleine, et le pouls de Tom se remit à jouer le tambourinement familier.

— À l'entrée du parc, un homme aux cheveux châtain clair a sauté de sa voiture pour l'empoigner. J'ai tenté de l'en empêcher et il m'a jetée à terre. J'ai fait mine d'avoir perdu connaissance.

Alors que ses jambes flageolaient, Tom sentit la flamme de la colère croître dans sa poitrine. Il tourna son regard en direction de l'entrée du parc, imaginant la scène qu'elle venait de lui décrire.

— Dain, lâcha Charles d'un ton sinistre.

Ce sale… Tom refusa de se laisser entraîner sur cette voie. Ils n'avaient pas de temps à perdre. Seul le diable savait ce que Dain manigançait, mais à en juger par les mésaventures que Vicky avait vécues ces dernières semaines, sa malveillance ne faisait aucun doute.

— Tout va bien ? demanda-t-il à Susan.

— Oui, tu n'as pas à t'inquiéter de moi dans l'immédiat.

Il l'examina néanmoins de la tête aux pieds. Elle semblait indemne, en effet. Il pouvait la confier à Charles.

— Quelle direction a pris la voiture ?

— Celle de Green Park, avant de tourner vers Piccadilly.

— Il pourrait très bien vouloir quitter Londres… Charles, ajouta Tom, a-t-il mentionné ses projets devant toi ?

— Non… Je n'étais pas au courant de cette partie de son plan.

— Je réussirai peut-être à les rattraper si…

La panique commençait à s'emparer de son esprit. Comment allait-il les retrouver ?

— Il va dans son cottage près de Richmond, dit Carmichael, en faisant signe à Charles de l'aider à se relever.

— Comment le savez-vous ? s'étonna Tom.

— Il a fait allusion à cet endroit une fois, devant moi. En mentionnant les conquêtes qu'il y conduisait. Je ne rentrerai pas dans les détails, eu égard aux oreilles chastes de cette jeune femme. Prenez mon cheval, dit-il à Tom avant de lui expliquer sommairement comment se rendre au cottage.

— Merci.

— Ramenez Victoria saine et sauve, Halworth.

Tom en avait la ferme intention. Il ne chercha plus à contenir sa fureur. Elle se répandit en lui tel un incendie, pour venir tout obscurcir dans son esprit, à l'exception de deux pensées. Primo : Dain allait payer. Secundo : il devait avouer ses sentiments à Vicky.

Chapitre trente

« Quel homme ayant le souci de sa réputation serait capable d'agir ainsi ? »

Orgueil et préjugés, Jane Austen

Les battements déchaînés de son cœur résonnaient dans ses oreilles. Vicky tentait de défaire les cordes autour de ses poignets. Dain les lui avait attachés avec de longs liens de cuir. Son bras continuait à l'élancer à l'endroit où le vicomte l'avait agrippée pour la jeter dans sa voiture.

Assis face à elle, il la toisait avec un sourire pervers, un pistolet dans la main droite. Tout en continuant à remuer les poignets, elle lui lança un regard venimeux.

— Qu'espérez-vous accomplir exactement ?

Il ricana avant de perdre son regard par la fenêtre.

— Allons, chère sœur, je vous pensais plus perspicace.

Vicky aurait voulu lui arracher les yeux. À cette heure, Tom gisait peut-être mort sur une pelouse de Saint James's Park !

— Puisque c'est moi qui suis dans cette voiture et que je ne suis pas votre épouse, je suppose que vous espérez négocier avec mon père la suspension de la procédure engagée par Althea.

Les tribunaux ecclésiastiques avaient dû le convoquer depuis le temps. Pourquoi en arriverait-il à de telles extrémités, sinon ?

Dain rugit de rire.

— Cela se tiendrait si je n'avais pas une solution plus définitive en tête.

Vicky s'inquiéta. À quoi pensait-il ?

— Je ne peux pas me permettre de vous laisser salir ma réputation.

— C'est de cela qu'il est question ? Votre réputation ?

Elle ne pouvait en croire ses oreilles.

— Et la réputation de ma sœur ?

— La réputation de votre sœur ne sera pas entachée si elle retourne vivre auprès de son mari.

— Vous venez d'enlever votre propre belle-sœur ! Si quiconque l'apprend…

— Je n'ai nulle intention de l'ébruiter, ma chère sœur. Vous êtes le dernier obstacle entre le domaine qui m'a été promis et moi.

Ainsi, Dain visait Oakbridge depuis le début. Et il n'avait qu'un seul moyen de se garantir définitivement cet héritage : se débarrasser de Vicky. Elle sentit que ses mains commençaient à trembler. Dain ne pouvait pas réellement être un assassin. Vicky ne se laisserait pas intimider.

— Oakbridge ne vous a jamais été promis.

Il lui sourit.

— Votre père ne pouvait pas s'attendre à ce que vous héritiez du domaine. Vous avez toujours le nez plongé dans un de vos livres, quel homme bien né aurait voulu vous épouser ?

Les joues de Vicky brûlaient de honte. Dain poursuivit :

— Non, Oakbridge m'était destiné, en tant qu'époux d'Althea. Et il me reviendra. J'aurai ainsi accès aux deux principaux joyaux de la couronne dans le nord du Hampshire. Dès que vous aurez disparu.

Depuis qu'il avait été blessé, le comte n'avait assisté à aucune soirée mondaine. Son état de santé n'était peut-être pas connu et Dain pouvait le croire à l'article de la mort. Et pour qu'il pense une chose pareille, il fallait qu'il fût derrière l'attaque de leur calèche. Les assaillants avaient pu lui relater la virulence avec laquelle ils avaient frappé le comte.

— Vous avez parlé de deux joyaux ? lui lança Vicky, cherchant à suivre son raisonnement.

Il ne put cacher sa satisfaction.

— L'actuel Lord Halworth ne doit déjà plus constituer un problème, et il se trouve que je suis en très bons termes avec son successeur.

— Charles ?

Vicky était écœurée par la désinvolture avec laquelle il évoquait la mort de Tom.

— Pour pousser Halworth à risquer sa vie, j'ai dû un peu manigancer, je le reconnais. Charles a volontiers joué son rôle dans cette petite comédie et, comme souvent dans la vie, la solution s'est présentée d'elle-même sous les traits de Carmichael, le soir où il a commis l'erreur de me chasser du concert des Chadwick. Alors que nous faisions affaire ensemble, Carmichael m'a intimé de me tenir à distance de votre famille. Comment aurais-je pu le laisser, lui, ce roturier aux prétentions aristocratiques, me dire de cesser de voir ma si chère famille ?

Il rit de bon cœur : pour lui, Carmichael était l'homme le plus ridicule d'Angleterre.

— Votre expression trahit votre dédain, Victoria. Je suis flatté de voir que vous avez perdu toute témérité. Le récit de mes succès n'en est que plus satisfaisant.

Cet homme était fou. Comment le leur avait-il si bien caché ?

— Comment avez-vous convaincu M. Silby de vous apporter son aide ?

Il parut déçu.

— Que vous êtes candide… L'argent, ma chère. Son père a cessé depuis longtemps d'éponger ses dettes, et le vieil homme est robuste, si bien que Silby n'héritera pas de son titre avant des années. J'ai rémunéré généreusement chacun des services qu'il m'a rendus. Son besoin de liquidités a pris le dessus sur ses scrupules.

Il s'interrompit pour l'observer froidement.

— Même s'il n'est pas, à mon grand dam, très subtil. Il n'a réussi qu'à attirer l'attention avec son carrick ridicule.

Vicky avait la chair de poule. Silby avait bien tenté de la tuer ce jour-là. Elle se souvint qu'il s'était opposé de façon insistante à ce que Tom la raccompagnât et elle en eut un frisson. Qu'aurait-il tenté si elle ne lui avait pas tenu tête ?

Les yeux ambrés de Dain étaient aussi inexpressifs que des pierres.

— Au moins aurai-je le plaisir de vous punir personnellement pour votre impudence. On ne devrait jamais laisser ses laquais être les seuls à s'amuser.

Vicky fut gagnée par le désespoir. Son cœur menaçait de faire éclater sa poitrine. Elle devait jauger sa détermination.

— Allons, vous pouvez cesser ce petit jeu avec moi. Vous n'êtes pas un assassin, dit-elle en s'efforçant d'adopter une voix déterminée.

— Vraiment ? Vous devriez en parler avec votre avocat, maître Barnes.

Les paumes de Vicky devinrent aussitôt moites et elle se débattit pour contrôler le tremblement de ses jambes. Il mentait peut-être pour l'impressionner.

Dain sortit de sa poche une montre à gousset. La tenant par la chaîne, il la laissa osciller devant le nez de Vicky. De la bile lui brûla la gorge lorsqu'elle remarqua le sang séché, incrusté dans les maillons. Elle nota alors les initiales gravées dans la surface argentée : EB. Edward Barnes. La nausée s'empara d'elle. Elle ne pouvait plus douter de ce dont Dain était capable.

Et pourtant, elle continuait à vouloir l'affronter.

— Pourquoi agir de la sorte ? Vous n'avez besoin ni d'argent ni de terres !

Après avoir rangé la montre dans sa poche, il répondit :

— Oakbridge m'a été promis et je l'aurai. Halworth n'est qu'un bonus dans cette histoire, mais un bonus qui me permet de me venger enfin de ce moralisateur de Tom Sherborne. Ce que j'aurais fait il y a longtemps, s'il n'avait pas fui sur le continent.

Vicky se souvenait que Tom s'était opposé à Dain à l'époque où ils étaient camarades à Eton.

— Personne n'écorne ma réputation sans en payer le prix, ajouta-t-il alors qu'un petit muscle de sa mâchoire tressaillait.

Après avoir considéré Vicky avec attention de la tête à la pointe de ses bottines, il dit :

— Et vous n'allez pas tarder à l'apprendre à vos dépens.

— Vous avez peut-être réussi à bloquer la demande de *supplicavit*, mais vous ne pouvez rien pour empêcher les tribunaux ecclésiastiques de vous convoquer.

Il lui lança un regard assassin.

— Je convaincrai Althea d'abandonner ce procès. Quand elle saura que je vous détiens, elle n'hésitera pas. Ce qui n'implique pas le fait que j'aie l'intention de vous libérer.

Elle avait du mal à respirer, d'autant plus qu'il lorgnait maintenant sa poitrine.

— Quel dommage que je ne vous aie pas connue avant Althea ! Vous auriez fait une piètre épouse, mais je suis certain que j'aurais, et de loin, préféré votre compagnie au lit.

Elle se décomposa alors qu'un nouvel assaut de bile lui brûlait la gorge, la faisant tousser.

— Je suis certain que vous aurez plus de vigueur que cette idiote indolente, dit-il en se tournant vers la vitre.

— Elle a eu le courage de vous fuir, au moins.

— Le courage ? Je parlerais plus d'instinct de survie, comme on en voit chez certaines bêtes.

— Vous êtes immonde ! Comment osez-vous parler d'elle en ces termes ?

Son rire inhumain fit trembler Vicky. Il n'y avait pas de démons comparables à Dain dans les romans où elle avait si souvent trouvé refuge. Tom, Althea et même M. Carmichael avaient raison. Elle avait fait montre d'une naïveté ridicule, qu'elle allait payer très cher à présent…

— Quelle fougue ! ironisa-t-il. Nous verrons bien s'il vous en restera, une fois que j'en aurai terminé avec vous.

Chapitre trente et un

« Par quels moyens, je l'ignore… »

Orgueil et préjugés, Jane Austen

Tom talonna les flancs de la monture de Carmichael pour qu'elle galope plus vite. Grâce aux précisions d'un aubergiste du coin, il filait à présent sur un chemin de campagne en direction du cottage de Dain.

Il avait déjà réfléchi aux moyens de lui faire payer ses manigances abjectes. C'était ce qui lui avait permis de tenir au milieu du déferlement de fureur, d'inquiétude et d'une multitude d'autres émotions qu'il n'avait pas ressenties avec autant d'intensité depuis des années. La rage qui continuait à se déchaîner en lui supplantait toute rationalité dans son esprit, mais il n'en avait cure.

À quoi pourrait bien lui servir la raison, maintenant que Vicky était en danger ? Le lendemain de l'attaque de la voiture des Aston, elle lui avait dit qu'elle soupçonnait Dain, et il avait, aveuglé par sa jalousie, détourné ses soupçons vers Carmichael. Agrippant les rênes, il laissa la colère obscurcir toutes ses pensées à l'exception d'une seule : rejoindre Vicky. Il ne devait plus être loin.

Soudain, sur le côté droit du chemin, à travers de hauts arbres, il aperçut une bâtisse de style Tudor, avec ses colombages sombres et ses pignons. Elle était petite, mais bien entretenue, et conforme en tout point à la description que l'aubergiste en avait faite. Le soulagement se diffusa en Tom. Il fit ralentir le cheval de Carmichael et mit pied à terre à une distance suffisante.

Il attacha la monture à une branche sur le bas-côté. Puis d'une main ferme il sortit le pistolet de la poche de son pardessus et vérifia que la poudre était toujours au fond du canon. Tom serra les dents et espéra que, le moment venu, le coup partirait sans faute.

Tom se dirigea sans bruit vers le cottage à l'affût du moindre mouvement. Une immense calèche était garée devant. Tom n'aperçut pas de cocher. Il s'accroupit derrière une haie près de la maison et tendit l'oreille. N'entendant que le bruissement des feuilles, il s'approcha d'une porte sur le côté. Se pressant contre le mur, il jeta un coup d'œil par la fenêtre la plus proche, espérant apercevoir Vicky. La porte donnait sur une cuisine vide à l'exception d'une table en bois au centre de la pièce.

La poignée ne lui opposa aucune résistance et les gonds grincèrent à peine. Il referma discrètement.

À l'extrémité de la cuisine, un étroit escalier menait à l'étage. À côté se trouvait une porte qui devait mener aux autres pièces du rez-de-chaussée. Tom s'en approcha pour y coller son oreille. Rien.

Soudain, un bruit sourd résonna au-dessus de sa tête. La colère qui s'était momentanément apaisée reprit aussitôt vie. Il gravit les marches aussi rapidement et silencieusement que possible.

Vicky retint une grimace lorsque Dain lâcha son épais pardessus par terre. Elle avait plus que jamais la nausée et elle ferma les yeux pour tenter de la contrôler.

Dain se dirigea vers le pied du lit.

Vicky rouvrit les yeux pour lui jeter un regard plein de haine. Il avait une expression libidineuse sur le visage. Un instant plus tard, c'était son gilet qui tombait. Vicky se forçait à respirer. Elle avait la tête qui tournait.

Elle ne parvenait pas à croire à ce qui lui arrivait. Elle était seule avec un fou dans un cottage isolé sans espoir que quiconque puisse la sauver.

Tom ou M. Carmichael étaient peut-être morts à cette heure. Elle tenta de chasser de son esprit l'image de Tom étendu dans une flaque de sang, mais rien n'y faisait.

Lorsqu'ils étaient arrivés au cottage, Dain l'avait traînée dans cette petite chambre, à l'étage. Elle avait eu beau se débattre, hurler et le griffer de toutes ses forces, elle n'était pas de taille face à lui. Il lui avait administré deux coups sur la tempe et la douleur l'avait étourdie au point qu'il avait pu la bâillonner, la jeter sur le lit et l'attacher aux quatre colonnes sans qu'elle lui oppose beaucoup de résistance.

Elle s'efforçait d'ignorer la panique grandissante, qui menaçait de la submerger. Elle ferma les paupières lorsque le visage immonde de Dain surgit au-dessus d'elle. Son existence n'aurait pas pu suivre un cours plus différent de celle des héroïnes de Mlle Austen.

Il ne devait pas y avoir pire idiote qu'elle dans toute l'Angleterre !

Dain avait ruiné tant de vies – celles d'Althea, de Tom, de M. Carmichael, la sienne… S'il la tuait, toute sa famille et tout le personnel d'Oakbridge souffriraient.

Tom et elle auraient pu être heureux. Il aurait peut-être fini par l'aimer. Susie était convaincue qu'il avait déjà des sentiments pour elle. Et maintenant, elle ne le reverrait plus jamais.

Elle avait du mal à respirer avec son bâillon. Elle avait beau chercher une solution, elle savait qu'il n'y avait aucune issue à ce cauchemar. Elle dut se retenir de pousser un cri : elle ne lui donnerait pas cette satisfaction.

Dain perçut sans doute son désespoir, toutefois, car il lui décocha un sourire sadique avant d'éclater de rire.

À l'étage, Tom constata que trois portes donnaient sur le couloir, deux sur la droite, une sur la gauche.

Le rire répugnant de Dain traversa la plus proche. Après avoir armé son pistolet, Tom se précipita vers la porte. Des éclats de bois jaillirent lorsqu'il l'ouvrit à la volée. La scène qu'il découvrit fit se dresser les poils de sa nuque. Vicky était allongée sur un lit, bâillonnée, les mains et les pieds attachés aux colonnes de celui-ci. Dain, en pantalon et chemise, se dressait au-dessus d'elle. Vicky hurlait sous son bâillon.

Dain se retourna et Tom vit le regard dérangé d'un fou.

La rage incendiait son esprit. Il pointa son pistolet sur le vicomte.

— Écarte-toi d'elle.

— Il semblerait que Silby et ton frère m'aient trahi. Il ne me reste qu'à espérer que Carmichael soit mort, lui.

Tout en parlant, il se dirigea vers une table près du lit. Un pistolet était posé dessus.

— Si tu fais un pas de plus, je tire, dit Tom sans desserrer les dents.

— Permets-moi d'en douter, répondit Dain en s'arrêtant. Tu n'as jamais eu le courage de te battre.

Tom vit surgir le souvenir du sourire cruel de son père. C'était à cause de lui, cet homme abominable, que Tom s'était toujours interdit d'en venir aux mains. Mais cette fois, il refusa de chasser ce souvenir. En dépit de la fureur qui l'habitait, il ne serait jamais comme lui. Ni comme l'homme face à lui. Il le savait maintenant avec une certitude inébranlable. Comme il savait qu'il protégerait Vicky et ceux qu'il aimait jusqu'à son dernier souffle. La tempête dans son crâne s'apaisa et il sentit qu'il se libérait d'un immense poids.

Un rictus déformait la bouche de Dain.

— C'est bien ce que je pensais. Pure vantardise...

Il se dirigea vers la table.

— Pas aujourd'hui.

Tom appuya sur la détente. La poudre s'enflamma et l'explosion fit un bruit retentissant.

Vicky ferma les yeux alors que la détonation résonnait dans la chambre. Lorsque son écho se fut dissipé, elle resta immobile sur le lit. Puis elle se hasarda à ouvrir les yeux.

Dain était toujours debout. Le pistolet avait eu un raté. Le vicomte éclata de rire, et Vicky vit avec horreur

Tom fondre sur lui. Leurs corps se percutèrent violemment, puis Tom projeta Dain contre le mur.

Tom était en vie !

Vicky secoua sa main droite pour tenter de desserrer le lien de cuir autour de son poignet. Elle tressaillait chaque fois qu'elle entendait le son mat d'un poing percutant la chair, mais elle continua à se débattre. Elle finit par avoir raison du lien et libéra sa main.

Elle détacha aussitôt la seconde et ses deux pieds, arracha son bâillon et se leva.

Quelques secondes plus tard, elle s'emparait du pistolet sur la table de chevet. Elle l'arma, puis tenta de viser Dain, ce qui était presque impossible, tant son corps et celui de Tom étaient emmêlés. Soudain, d'un geste leste, Dain frappa Tom à la tête puis le plaqua sur le parquet.

— Arrêtez ! hurla-t-elle en braquant l'arme sur le dos de Dain.

En dépit de l'ordre de Vicky, il ne se retourna qu'après avoir frappé Tom en pleine mâchoire. Tout en immobilisant Tom, il pivota vers elle et posa sur elle un regard lubrique.

— Levez-vous, lui ordonna-t-elle. Levez-vous ou je tire.

Le sourire de Dain disparut. Il se mit lentement debout.

— Vous ne pourrez jamais me tuer, Victoria. Vous avez un cœur trop tendre.

Il s'approcha d'elle en faisant un geste des mains qui se voulait apaisant. Le bras de Vicky ne tremblait pas. Elle pointa l'arme sur son torse. Il se figea.

— Et puis, poursuivit-il, que dira-t-on lorsque l'on apprendra que vous avez tué votre propre beau-frère ?

Vicky jeta un bref coup d'œil à Tom. Il avait le visage ensanglanté, mais il s'était levé et s'écartait pour qu'elle puisse tirer plus librement sur ce monstre. Vicky dut retenir un sourire.

Tom était là. Comme toujours. Et il comptait sur elle pour faire le nécessaire, afin de les sauver tous deux.

Et elle ne l'en aimait que davantage.

Elle se concentra à nouveau sur Dain. Il avait profité de ces quelques instants d'inattention pour se rapprocher.

— Allons, allons, chère sœur, je doute que vous supportiez de vivre en sachant que vous avez pris une vie.

Il continuait à lui donner du « chère sœur », ce scélérat, après avoir brisé Althea, après l'avoir transformée en créature fragile et nerveuse. Elle pensa à ce pauvre M. Barnes et à sa famille qui ne le reverrait jamais. Elle se remémora l'état de son père après l'attaque, inerte sur la route. Et enfin elle se rappela ce qui aurait pu arriver à Tom lors de ce duel.

Tout cela à cause d'un homme persuadé de mériter plus de terres et plus de pouvoir. Le monde irait mieux une fois débarrassé de lui. Mais en était-elle capable ? Pourrait-elle tuer de sang-froid ?

— Posez ce pistolet, je vous promets d'être gentil, dit-il avec un sourire enjôleur.

Monstre !

Vicky pressa la détente. Elle sentit l'odeur âcre de la fumée, sentit le pistolet vibrer dans sa main et vit Dain écarquiller les yeux de surprise lorsqu'il comprit qu'il avait été touché. Puis il s'écroula.

Vicky lâcha le pistolet.

Un instant plus tard, les bras puissants de Tom la soutenaient.

— C'est terminé.

Elle enfouit son visage contre sa poitrine alors que le soulagement l'envahissait.

— Es-tu blessée ? demanda-t-il en la repoussant pour pouvoir l'examiner de la tête aux pieds.

— Je vais bien maintenant que tu es là.

Elle aspirait tant à retrouver le réconfort de ses bras. Les yeux de Tom s'attardèrent sur un côté de son visage.

— Il t'a frappée, observa-t-il d'une voix froide, alors que ses traits se contractaient.

Tandis qu'une lueur de colère éclairait son regard, il approcha délicatement une main de sa joue. Vicky sortit son mouchoir de sa poche pour essuyer le sang sur le visage de Tom.

— Comment te sens-tu ?

Il fit une petite grimace quand elle le pressa sur sa lèvre fendue et son menton meurtri.

— Après un peu de repos, il n'y paraîtra plus.

Vicky croisa son regard et son cœur s'emballa. Elle prit plusieurs inspirations profondes. Il se mit à lui frotter les bras, qui étaient glacés en dépit des manches longues de sa robe. Comment l'avait-il su ?

— Il semblerait que tu ne puisses plus me reprocher d'arriver trop tard pour jouer les héros.

Vicky eut le souffle coupé en retrouvant l'ancien Tom et son sourire. Elle protesta pour la forme.

— J'ai bien l'impression, tout de même, d'avoir donné, moi, le coup fatal, dit-elle sans pouvoir retenir un sourire. Mais nous n'aurions sans doute pas réussi l'un sans l'autre.

Il écarta une mèche qui tombait sur les yeux de Vicky.

— Tu es proprement extraordinaire, Victoria Aston. Tu l'as toujours été.

Le cœur de Vicky tambourinait si vite qu'elle était convaincue qu'il devait l'entendre. Elle se sentit rougir et se détourna.

— Sortons, lui proposa-t-il.

L'air froid la pénétra dès qu'ils sortirent du cottage. Tom la conduisit vers un bois, de l'autre côté de la route, où il avait laissé un cheval. Elle frissonna et il retira aussitôt son pardessus pour qu'elle puisse l'enfiler. Le vêtement avait conservé sa chaleur, et elle s'y abandonna. Il ferma les boutons en souriant. Vicky était troublée par l'intimité de ce moment.

Au moment où il atteignait le bouton du haut, Tom lui effleura le menton. Il lui releva doucement le visage.

— Une grande partie de cette mésaventure s'est produite parce que je ne supportais pas de t'imaginer aux côtés de Carmichael. C'était plus fort que moi. Je l'ai accusé de tous les crimes que tu voulais, à raison, attribuer à Dain. J'ai été un bel imbécile.

— Tu n'as pas à t'excuser…

— Laisse-moi terminer, s'il te plaît.

Elle l'encouragea d'un hochement de tête. Il lui prit la main.

— Quand Susie m'a dit que j'étais ton M. Darcy, j'ai refusé de la croire. À présent, je mesure combien mon comportement est comparable au sien… Dire les mauvaises choses, ou ne rien dire du tout. Attendre qu'il soit trop tard, ou presque, pour enfin être dans le juste.

— Tu n'es pas comme M. Darcy. Et je ne voudrais pas que tu le sois. Tu es toi. Et je ne t'échangerais pas contre une dizaine de parfaits gentlemen. Tu as bien plus de valeur que tous les personnages de fiction !

Les mots s'étaient bousculés sur ses lèvres avant qu'elle ait pu y réfléchir. Lorsqu'elle le vit sourire, elle sut que chacun d'eux venait de son cœur.

Il lui serra la main.

— J'ai été tellement aveugle…

Elle soupira. Elle aussi.

— Je voulais seulement t'aider, veiller sur ta sécurité… Et c'est toujours le cas. Je doute que cela cesse un jour.

Elle avait dû froncer les sourcils, car il lui caressa la joue.

— Non parce que tu serais incapable de te défendre toute seule… En réalité, je veux t'avoir constamment à mes côtés. Parce que je n'imagine pas un avenir sans toi.

Elle peinait à croire ce qu'elle entendait. Son cœur, lui, enflait dans sa poitrine.

Il fronça le nez.

— Je sais que je ne te mérite pas, pourtant j'aimerais te donner tout l'amour auquel tu as droit. Je ferai de mon mieux, Victoria. Si tu veux bien de moi.

Elle s'était efforcée pendant si longtemps de l'oublier. Lui, leur amitié et ses rêves de petite fille, mais en réalité elle s'était bercée d'illusions. Elle l'avait toujours aimé. Et aujourd'hui, il l'aimait aussi. Il l'aimait ! Ses cheveux, plus ébouriffés qu'à l'accoutumée, formaient des épis, et ses yeux bruns brillaient d'espoir. Vicky sentit des larmes de joie pure lui monter aux yeux.

Tiraillée entre les pleurs et les rires, elle jeta ses bras autour de son cou et le serra contre elle. Il lui rendit son étreinte. Elle rit à gorge déployée contre l'épaule de Tom. Il sentait bon l'air matinal, mais aussi un peu le pain grillé et la cannelle, comme ce fameux jour à Oakbridge.

Après quelques instants, il se dégagea pour l'observer, peut-être pour vérifier qu'elle était sincère. Dès que leurs regards se croisèrent, il sourit et la serra à nouveau dans ses bras.

— Heureusement que tu es là, lui susurra-t-il à l'oreille. Tout ce temps je me suis persuadé que tu avais besoin d'un sauveur, alors que c'était moi qui avais besoin d'être sauvé.

Il recula lentement. Une expression grave avait chassé son sourire. Elle s'inquiéta. Alors qu'elle cherchait une explication sur ses traits, il se rapprocha jusqu'à ce que ses lèvres touchent presque les siennes.

Elle n'eut aucune envie de se détourner. Il effleura sa bouche de la sienne, et elle soupira. Les yeux de Tom se plissèrent de bonheur, il l'attira contre lui pour que leurs deux corps s'épousent. Puis il lui donna un baiser plus passionné et elle l'enlaça à nouveau par le cou. Le monde autour d'eux parut disparaître.

Vicky se hissa sur la pointe des pieds pour se rapprocher de lui. Il la prit par la taille et la souleva de terre. Vicky se fondit en lui, comprenant qu'elle ne s'était jamais sentie autant en sécurité qu'à présent, dans les bras de Tom. Elle rejeta la tête en arrière et lui sourit.

— Tu vas avoir bien du mal à te débarrasser de moi maintenant, Thomas Sherborne.

Des sabots de chevaux firent soudain trembler le sol. Tom poussa Vicky derrière lui.

Charles, Althea et l'un des gardes qui avaient empêché Tom de monter l'escalier des Aston arrêtèrent leurs montures.

Vicky vint se placer à côté de Tom alors que Charles bondissait à terre.

— Alors ?

La mine sombre, Tom lâcha :

— Mort.

Charles offrit sa main à Althea pour l'aider à descendre.

— Je pense qu'il ne manquera à personne.

Vicky posa un regard acerbe sur Charles.

— Dain m'a dit que ton frère était de mèche avec lui pour te tuer, murmura-t-elle à Tom.

— Il a joué cette comédie pour percer à jour les projets de Dain. Sans lui, nous serions perdus à cette heure, Carmichael et moi.

Rassurée, Vicky demanda plus fort :

— Où est M. Carmichael ?

— Il va bien, lui répondit Charles.

Althea se précipita vers sa petite sœur pour la serrer contre elle.

— La balle a traversé le bras, précisa Charles. La plaie est propre, ajouta-t-il avant de se tourner vers Tom. Le médecin a repris connaissance peu après ton départ. Il semblait en état de faire son devoir. Susan est restée avec eux. Lady Dain nous a rejoints au parc avec M. Jones, poursuivit-il en désignant le garde. Je me sentais le devoir de les accompagner.

Il croisa le regard de Vicky avant d'ajouter :

— Je vous jure que je n'avais aucune idée de son projet d'enlèvement. Je vous dois des excuses.

Vicky les accepta d'un signe de tête.

— Il avait l'intention de te contraindre à abandonner le procès, expliqua-t-elle à Althea.

— T'a-t-il fait du mal ? s'inquiéta celle-ci en posant les yeux sur Tom.

— Vous n'avez plus à vous inquiéter de Dain.

— Y avait-il un cocher ? s'enquit Charles.

— Oui, répondit Vicky, même si je ne l'ai jamais vu.

— Vous pourriez explorer les alentours de la maison à sa recherche, monsieur Jones, suggéra Charles.

Tandis que le garde s'éloignait sans tarder, Tom attira son frère à l'écart.

— Le corps de Dain est dans une chambre à l'étage. Faut-il prévenir les autorités ?

Charles fit la moue.

— Tu as tué un pair… et même s'il avait comploté pour t'assassiner, tu n'échapperas pas aux conséquences de sa mort…

— En réalité, intervint Vicky, c'est moi qui…

— Tom n'a rien fait de tel, affirma Althea.

Tous les regards se tournèrent vers elle.

— Lord Dain et moi-même avons été attaqués par des voleurs, poursuivit-elle. Lord Halworth les a fait fuir, mais il est arrivé trop tard pour sauver mon époux d'un destin funeste.

Tom la dévisagea. Charles se racla la gorge.

— Êtes-vous certaine…

— Je ne laisserai ni Tom, ni Victoria, ni personne d'autre souffrir davantage pour ses crimes.

Tom se tourna vers Vicky. Elle était ébahie.

— Thea, tu n'es pas obligée de me protéger. J'ai fait ce que j'avais à faire, mais…

— Ma décision est prise, messieurs, ajouta-t-elle à l'intention des frères Sherborne.

Son regard ne vacillait pas.

— Très bien, dit Charles. Pouvons-nous compter sur la discrétion de votre garde ?

— Oh, je ne me ferais pas d'inquiétude à ce sujet.

Son petit sourire intrigua Tom : Jones semblait dévoué à son travail… à moins que ce ne fût à la fille de son maître ?

— Très bien, approuva Charles. Je me charge de mettre en scène les choses dans la maison. Et je vous laisse le soin d'informer M. Jones, Lady Dain.

— Appelez-moi Althea, désormais. Même si officiellement je reste Lady Dain… Je ne veux plus entendre ce nom. Jamais.

Chapitre dernier

> « Laissons à d'autres plumes que la mienne le soin de s'attarder sur la culpabilité et le malheur. »
>
> *Mansfield Park*, Jane Austen

Deux mois et demi plus tard, alors que la mort scandaleuse de Lord Dain n'intéressait plus ni la presse mondaine ni les conversations indiscrètes de la société, les Aston, les Sherborne et les Carmichael se réunirent à Oakbridge afin de célébrer la liberté retrouvée d'Althea. Une réunion informelle en début d'après-midi, sous deux grandes tentes blanches, installées sur l'une des pelouses du domaine. Des vases débordant de fleurs, des plateaux de service à plusieurs étages chargés de petits fours et des pyramides de fruits savamment agencés ornaient deux tables rondes. Les hôtes et leurs convives avaient pris place autour d'une longue table rectangulaire sous la seconde tente et se régalaient de gibier rôti froid, de salicorne, de stilton et de tourte au pigeon.

Vicky croisa le regard de Tom, qui lui sourit. Elle se tourna vers les jardins, éclatants de couleurs sous le soleil estival. Qu'il était bon d'être chez soi ! Et Oakbridge lui semblait d'autant plus accueillant que Dain n'était plus là pour leur causer des désagréments. Le domaine était redevenu sûr.

— Comment avez-vous fait pour récupérer vos chevaux, Halworth ? demanda M. Carmichael.

Il se trouvait à l'autre bout de la table, à côté d'Althea.

— Lady Dain me parle d'un coup de maître !

— C'est Althea qui en a eu l'idée, répondit Vicky.

Sa grande sœur se contenta de hausser les épaules.

— Votre modestie vous honore, la complimenta Tom. Nous avions évoqué, Charles et moi, la vente de nos chères montures. Comme la quasi-totalité des biens serait naturellement transmise à son héritier le plus proche, Althea a suggéré que nous allions, M. Jones, elle et moi voir s'ils ne se trouvaient pas dans l'écurie de leur maison londonienne.

Vicky observa discrètement le garde, un homme de belle stature aux cheveux roux, qui se tenait près de la porte de la tente. À la requête d'Althea, il avait accepté de rester à son service. Elle n'avait plus d'inquiétude à avoir, maintenant que Dain était mort, toutefois la présence tranquille de M. Jones semblait la rasséréner.

— Le maître d'écurie de Dain avait été mon seul allié dans cette demeure, expliqua Althea, et j'ai pensé qu'il voudrait peut-être m'apporter une dernière fois son aide.

Tom prit le relais.

— Quand elle l'a informé de la mort de Dain, qui n'était pas encore officialisée, il s'est inquiété de perdre sa place lorsque le nouveau vicomte prendrait possession des lieux. Je lui ai proposé de l'engager à Halworth Hall. Puis nous sommes partis avec les deux montures.

Vicky ne put s'empêcher de s'émerveiller d'avoir enfin retrouvé sa sœur d'autrefois.

— Joli coup, madame, lui dit M. Carmichael avec admiration. C'est plus glorieux que plusieurs semaines de convalescence.

Aussi surprenant que cela pût paraître, Charles avait réussi, grâce à ses efforts pour contrecarrer les plans de Dain, à s'attirer le respect de M. Carmichael. Lequel, afin de se racheter, avait décidé de s'associer avec Lord Axley et de financer l'hôtel de Tom. Les trois hommes s'appréciaient désormais. Et pour ne rien gâcher, M. Carmichael et sa mère semblaient avoir beaucoup de tendresse pour Susie.

Après les derniers rebondissements de cette longue mésaventure, Vicky était allée trouver M. Carmichael dans sa demeure londonienne. Elle lui avait exprimé son immense gratitude et l'avait informé qu'un mariage ne faisait plus partie de ses priorités. Avec la mort de Dain, Vicky n'était plus pressée.

Elle espérait qu'il finirait par l'oublier. De toute façon, un homme comme lui n'aurait aucun mal à trouver une épouse.

— Ne vous plaignez pas, Carmichael, l'apostropha le comte, votre chère mère a eu la bonté de veiller sur vous.

Mme Carmichael rit de bon cœur.

— Et cela n'a pas été une partie de plaisir, je vous le dis, Lord Oakbridge.

Toute la tablée s'esclaffa.

Le comte poursuivit :

— Alors que moi, j'ai été abandonné par toute ma famille. Mon épouse et mes filles sont allées au théâtre, à des bals et…

Elles protestèrent toutes trois sous les éclats de rire des hommes.

— J'ai bien l'impression en effet que vous avez été victime de mauvais traitements, Lord Oakbridge, plaisanta M. Carmichael. Je peux décidément m'estimer chanceux, car j'ai eu non seulement ma mère à mon chevet, mais aussi Mlle Naseby.

Dieu merci, ils n'avaient pas eu de nouvelles de Silby depuis. À en croire certaines de leurs connaissances à Londres, il s'était volatilisé.

Charles, de son côté, était très occupé maintenant que Tom avait divisé en deux les responsabilités liées à l'administration du domaine. Ils envisageaient de se lancer dans l'élevage de chevaux – avec l'aide de Vicky naturellement –, en utilisant Horatio comme étalon. Il avait fait sensation au marché de Tattersall, et plusieurs gentilshommes se montraient désireux de l'accoupler avec leurs juments pur-sang. M. Carmichael était d'ailleurs de ceux-là.

Vicky parcourut du regard les visages souriants de ceux qu'elle aimait, réunis autour de la table. Elle se laissa bercer par l'écho de leurs rires sous la tente. Le sourire de Tom la réchauffait de l'intérieur. Une pensée inattendue lui traversa l'esprit : sa vie avait finalement pris la forme d'un roman de Jane Austen. Cela continuerait peut-être, toutefois Vicky savait qu'elle ne s'alarmerait guère si le cours de son existence venait à s'en éloigner. Elle aurait toujours beaucoup d'affection pour les histoires de cette écrivaine, mais après tout ce qu'elle avait vécu, elle ne pouvait continuer à croire que le monde pouvait se résumer au regard d'un seul auteur. Pourquoi donc existerait-il autant de livres, sinon pour transmettre diverses vérités sur la vie dans toute sa complexité ? Ainsi, bien qu'elle eût toujours voulu ressembler à Elizabeth Bennet, Vicky comprenait à présent qu'elle était parfaitement heureuse d'être elle-même.

Plus tard, lorsqu'ils eurent tous mangé leur content et qu'ils se dispersèrent, Tom lui offrit son bras.

— Puis-je te convaincre de faire une promenade avec moi ?

— Oui, et sans trop de mal je pense, lui répondit-elle avec tendresse.

Ils arpentèrent les jardins jusqu'à ce que Tom s'arrête au pied d'une colline coiffée de chênes ancestraux. Tom sourit en regardant celui qu'ils avaient si souvent escaladé dans leur enfance.

— À quoi songes-tu ? lui demanda-t-elle dans un éclat de rire.

— Une course, bien sûr, répondit-il avec un sérieux feint.

— Vraiment ?

Elle baissa les yeux vers sa robe jonquille.

— Mon accoutrement n'est pas tout à fait adapté.

— Parce que cela t'a déjà arrêtée ? insista-t-il, les yeux pétillants de malice.

Elle releva le menton.

— Tu as raison…

Puis elle s'élança vers le sommet de la colline, riant du cri de surprise de Tom et redoublant de vitesse. La pente était suffisamment ardue pour lui couper le souffle. Elle entendait le pas de Tom derrière elle. Ils avaient presque atteint l'arbre.

Il la dépassa juste avant qu'elle atteigne le sommet, et elle rit à nouveau, enivrée d'un mélange de joie et d'indignation, comme il faisait mine de trébucher. Elle toucha le tronc quelques secondes avant lui.

— C'est injuste, gémit-elle, pantelante.

— J'ai pourtant l'impression que tu as eu une longueur d'avance, dit-il en se rapprochant.

— Injuste pour toi.

Il lui prit la main.

— Non, tu as gagné à la loyale.

Elle ne comprenait pas comment il pouvait être à peine essoufflé.

— Tu m'as toujours laissée gagner.

Elle se sentit rougir un peu plus sous son regard.

Il fit un pas de plus vers elle et serra sa main entre les deux siennes, ce qui ne l'aida guère à reprendre son souffle.

— Tu n'étais pas encore la demoiselle courageuse et forte qui m'a sauvé la vie.

— Je ne suis pas sûre de te suivre…, dit-elle avec un trémolo.

— Tu es bien trop obstinée pour que je t'accorde un avantage que tu n'aurais pas réclamé… ou pris, d'ailleurs.

Bien que profondément touchée par ce compliment, elle fit la moue.

— Tu me connais trop bien.

Elle s'humecta les lèvres. Elle aurait tant aimé qu'il l'embrasse.

Puis il éclata de rire.

— J'ai l'impression que notre situation est bien plus proche de celle d'Emma et M. Knightley que de celle d'Elizabeth et M. Darcy.

Il venait de terminer la lecture d'*Emma*.

— Je vis sur le domaine voisin, nous avons grandi ensemble…

— Je crois t'avoir fait part de mon sentiment sur les personnages de fiction, Thomas Sherborne.

— Tu veux dire que toutes les demoiselles les désirent ? la taquina-t-il.

— Exactement, s'esclaffa-t-elle. Et que pour rien au monde je ne t'échangerais contre le meilleur d'entre eux.

Il eut ce sourire dévastateur, qui étirait progressivement ses lèvres et réchauffait son regard. Elle ne put se détourner.

Elle repensa à sa demande. Elle n'y avait jamais répondu. Mais il ne l'avait pas réitérée depuis…

— Je n'étais pas certaine que tu voulais toujours…

Il l'interrompit d'un baiser qui dissipa tous ses arguments et ses doutes, et ravit une fois de plus son cœur.

— M'en tiendras-tu rigueur si nous attendons que j'aie autre chose que des dettes à t'offrir ?

— Jamais. Avec tes nouveaux associés, je doute que tu restes longtemps endetté…

Il grimaça.

— Cela peut encore durer des années.

Elle haussa les épaules et lui serra la main.

— Je crois que tu te sous-estimes, mais je suis prête à patienter le temps que nous soyons tous les deux prêts.

Le regard de Vicky se porta sur la maison, sur les champs et vallons verdoyants qui s'étendaient à perte de vue.

— Et en attendant, je ne serai qu'à quelques kilomètres de toi.

Il fut rassuré par son enthousiasme.

— Et tes parents ? Que diront-ils ?

Elle pencha la tête.

— Il s'agit de nos vies, n'est-ce pas ?

Il hocha la tête avec gravité, avant d'écarter délicatement une mèche de cheveux sur la joue de Vicky.

— Très bien. À compter d'aujourd'hui, nous serons les artisans de notre propre avenir.

Vicky se hissa sur la pointe des pieds pour l'embrasser. Puis elle sourit au garçon qu'elle connaissait si bien et aimait tant.

— Ensemble.

Note historique

Pour bâtir l'intrigue de ce roman, j'ai entrepris un travail de recherche sur les mariages et les divorces en Angleterre pendant les périodes georgienne et édouardienne, et j'ai découvert que, contrairement à ce que j'ai presque toujours lu dans les romans historiques, une femme pouvait en réalité divorcer de son mari à cette époque. D'ailleurs, il y a même un divorce dans *Raison et sentiments*. La femme que le colonel Brandon a aimée dans sa jeunesse est contrainte d'épouser son frère aîné. Négligée par ce dernier, elle se rend coupable d'adultère et il obtient le divorce – fait dont je note l'absence notable dans de nombreuses adaptations télévisuelles et cinématographiques.

Au XVIIIe siècle et dans la première moitié du XIXe, le mot « divorce » était utilisé indifféremment pour désigner un divorce accordé par le Parlement et ce que j'ai nommé – par souci de distinction – une séparation légale validée par les tribunaux ecclésiastiques (contrôlés par l'Église). Le divorce parlementaire était comparable à celui que nous connaissons aujourd'hui ; la séparation légale signifiait que les membres du couple étaient libérés de tout lien juridique, mais sans être autorisés à se remarier. Dans un souci de clarté, j'ai décidé de ne pas utiliser le terme de « divorce », comme on le faisait à l'époque, mais celui de « séparation légale », afin de mieux distinguer les deux types de procédures.

Dans une situation comparable à celle d'Althea et de Dain, il aurait existé deux options plus simples : l'abandon du domicile conjugal ou la conclusion, en bonne entente, d'un accord de séparation. Il est fort probable que la plupart des couples malheureux auraient eu recours à ces solutions plutôt que de se tourner vers la justice. Si une femme venait à abandonner son mari, elle perdait toutefois tout ce qu'elle possédait. Bien sûr, ainsi que je l'ai mentionné, Dain n'avait aucun intérêt à renoncer à Althea (et à son possible héritage) en acceptant de négocier un accord de séparation.

Je ne vous surprendrai pas en vous disant qu'un époux avait bien plus de recours pour se débarrasser de son épouse que l'inverse. Toutefois, les tribunaux établissaient déjà la distinction entre les couples qui ne s'entendaient pas bien (en général à cause d'un adultère) et les maris violents (les violences enregistrées étaient presque exclusivement le fait des hommes). Au début du XIXe siècle, il suffisait de pouvoir justifier d'une ou deux disputes avec coups et blessures ou même de menaces pour obtenir une séparation[1]. J'ai

1. Voir *Road to Divorce*, Lawrence Stone.

trouvé la trace de plusieurs affaires dans lesquelles des femmes ont obtenu un divorce pour maltraitance.

Dans l'un de ces dossiers (Turst contre Turst), le mari battait son épouse pour la forcer à lui céder le contrôle exclusif de son domaine. Comme elle avait refusé, il lui avait retiré leurs enfants, puis l'avait menacée de l'enfermer dans un asile où personne ne pourrait jamais la retrouver. Elle s'est enfuie et a pris un nom d'emprunt. Seul son frère lui rendait visite. Au bout de neuf ans, son mari l'a retrouvée, enlevée, enfermée dans une chambre et frappée – toujours pour obtenir le contrôle du domaine. Après quatre jours de mauvais traitements au moins, une domestique l'a sauvée. En 1738, la femme a poursuivi son mari et les tribunaux ecclésiastiques lui ont donné raison. Ils lui ont accordé une pension alimentaire mais, malheureusement, elle n'a plus jamais revu ses enfants. Ce n'est qu'un exemple d'un cas réel de maltraitance. Il en existe bien d'autres, encore plus tristes et plus choquants.

Je l'évoque dans ce roman, afin d'envisager un remariage, les membres d'un couple devaient présenter au Parlement une requête de divorce qui était l'équivalent de la procédure d'aujourd'hui. Le Parlement n'accordait ces divorces qu'aux hommes, la logique étant la suivante : les hommes ne devaient pas être contraints de reconnaître pour héritiers des enfants qui n'étaient pas les leurs. À une époque où il n'existait évidemment ni test ADN ni test de paternité, un homme ne pouvait jamais avoir la certitude d'être le père d'un enfant si son épouse était coupable d'adultère. Le divorce de Lord et Lady Boringdon évoqué par Althea et Vicky au chapitre dix répond à ces critères. Lady Boringdon a entamé une liaison avec Sir Arthur Paget (un diplomate, membre du Parlement et membre du Conseil privé d'Angleterre) après que son époux a pris une maîtresse. Lord Boringdon a alors demandé le divorce. Le Parlement a dissous leur mariage en février 1809 et, deux jours plus tard, Lady Boringdon et Sir Arthur Paget se sont unis à Heckfield dans le Hampshire. Ils se sont ensuite installés dans le domaine de Sir Arthur à Southampton où, aux dires de tous, ils vécurent heureux jusqu'à la mort de ce dernier en 1840. Ils ont eu neuf enfants.

Les femmes pouvaient demander une séparation au motif de l'infidélité de leur mari, mais elles ne gagnaient que rarement, et la partie adverse obtenait souvent des circonstances atténuantes. Comme souvent dans l'histoire, les femmes étaient désavantagées. Cependant, les recours légaux existaient. Si vous voulez en apprendre plus sur le sujet du mariage et du divorce à cette époque, les livres de Lawrence Stone, *Road to Divorce* et *Uncertain Unions and Broken Lives*, m'ont été très précieux. J'ai tenté d'être le plus précise possible dans ma distinction entre les deux procédures – divorce et séparation –, telles qu'elles se seraient déroulées en 1817, mais je me suis autorisé certaines omissions, et j'espère que l'on me pardonnera quelques petites inexactitudes dans le cadre de ce roman.

Il y avait bien de rares hôtels à Londres à cette époque. C'étaient, en général, des établissements où descendaient les gentilshommes ne possédant pas de maison en ville ou les voyageurs en quête d'un logement à louer. Le genre de grand hôtel de luxe dont rêve Tom – avec sa grande propreté, ses nombreux aménagements, son accent mis sur le confort du client – existait dans d'autres villes d'Europe mais pas encore à Londres.

L'harmonica de verre dont joue Emily Chadwick était un instrument inventé par Benjamin Franklin dans les années 1760 après qu'il eut vu des artistes faire de la musique avec des verres en cristal. La mélodie chantante de cet instrument apparaît brièvement dans l'adaptation cinématographique de *Mansfield Park* en 1999. Mozart et Beethoven ont tous deux composé des partitions pour harmonica de verre. Si le son produit par celui-ci était enchanteur, les bols étaient composés de verre au plomb. Dans les décennies suivantes, des rumeurs ont surgi, accusant l'instrument de rendre les musiciens malades. À ce jour, il demeure toujours un doute sur la question : les bols contenaient-ils assez de plomb pour provoquer une intoxication ? D'autant que ce métal était présent dans de nombreux matériaux aux XVIIIe et XIXe siècles et que l'intoxication au plomb était très fréquente. Benjamin Franklin a lui-même vécu très vieux. Que cette accusation soit ou non fondée, l'instrument est tombé en désuétude au cours du XIXe siècle.

En Angleterre, les animaux « talentueux » ont constitué des attractions en vogue dès le XVIIe siècle. Toby le « cochon savant » a sans doute été l'un des plus célèbres de ces animaux au début des années 1800. Il arpenta le pays avec son propriétaire (un illusionniste de grand talent) et faisait sensation quand il se produisait dans des foires, des salles de spectacle et des parcs. Toby avait la réputation de posséder de nombreux talents : il savait lire, jouer aux cartes, lire l'heure, deviner l'âge et même les pensées des gens. En 1817, il a d'ailleurs publié sa propre « autobiographie » ! L'intérêt que Vicky porte à ce cochon oracle était un petit clin d'œil à la truie Hen Wen des *Chroniques de Prydain*, de Lloyd Alexander.

Les romans d'Ann Radcliffe que Vicky juge irréalistes et sensationnels appartiennent à ce que l'on appelle aujourd'hui le roman gothique. À l'époque, on les qualifiait de romans d'amour et je me suis donc interdit d'utiliser le terme « gothique ». Les critiques de l'époque considéraient généralement ces livres comme un divertissement bas de gamme, à l'exception toutefois notable des œuvres d'Ann Radcliffe. Ses livres connurent un immense succès (à tel point qu'elle était l'autrice professionnelle la mieux payée dans les années 1790), et j'ai donc supposé que quelqu'un comme Tom, bien qu'exilé en Suisse, avait pu la lire. Jane Austen se moque gentiment des romans d'Ann Radcliffe dans *Northanger Abbey* qui, avec *Persuasion*, a été publié en décembre 1817, après les événements qui se déroulent dans mon roman.

William Godwin, l'auteur du roman *Fleetwood* (publié en 1805), que Vicky est si gênée de lire à son père, est sans doute plus connu aujourd'hui pour être le père de Mary Shelley et le mari de Mary Wollstonecraft que pour ses romans ou ses œuvres politiques et philosophiques. Ses romans sont d'ailleurs marqués par l'influence gothique. *Aventures de Caleb Williams*, publié en 1794, est l'un des tout premiers romans policiers et a connu un grand succès. *Fleetwood*, en revanche, fut un échec commercial, sans doute à cause de la violence qu'il contient.

Jane Austen avait beaucoup d'admirateurs, et à l'époque de la publication d'*Emma*, en 1815, elle recevait des lettres d'aristocrates lui disant combien ils appréciaient ses histoires. Il semblerait ainsi que le prince régent, devenu roi d'Angleterre lorsque le roi Georges III est devenu fou, possédait l'ensemble de son œuvre dans chacun de ses logements. Même si, de son vivant, elle publiait ses livres anonymement, près de chez elle, à Chawton dans le Hampshire (où elle a relu *Raison et sentiments* et *Orgueil et préjugés* et écrit *Mansfield Park*, *Emma* et *Persuasion*), sa famille ne faisait aucun effort pour cacher son identité. Jane Austen est morte le 18 juillet 1817, très peu de temps après les événements qui se déroulent dans *Une dangereuse alliance*. Aujourd'hui, deux siècles après l'anniversaire de sa mort, elle a des fans dans le monde entier. Elle est, ainsi que l'a écrit Virginia Woolf en 1932, « l'écrivain dont les livres sont immortels ».

Une des raisons pour lesquelles j'adore lire et écrire sur cette époque, c'est parce que, dès la fin du XIXe siècle, même dans les classes supérieures de la société anglaise, il était établi qu'une affection mutuelle était une condition préalable à tout mariage. Auparavant, la norme était du côté des unions profitables, souvent sans tendresse. C'est à cette époque que le cœur a enfin pris le dessus sur les desseins parentaux. Ce qui n'empêchait pas, avec un peu de chance, de concilier les deux ! J'espère que vous avez aimé passer du temps avec les Aston et les Sherborne, et lire cette petite tranche de vie dans l'Angleterre de la fin de l'époque géorgienne.

Remerciements

Le voyage d'*Une dangereuse alliance*, de l'idée de départ au livre que vous tenez entre vos mains, fut long – pas moins de quatorze années en tout. Je l'ai, pendant de longues périodes, laissé de côté, mais quelque chose me poussait toujours à le reprendre. Alors que j'ai enfin atteint mon but, je dois remercier de nombreuses personnes merveilleuses, qui m'ont aidée et soutenue au fil du temps. Notamment tous mes proches et amis qui m'ont encouragée, qui ont été enthousiasmés par cette odyssée, je ne peux pas tous vous nommer, mais vous vous reconnaîtrez. Vous avez tout mon amour et toute ma gratitude.

L'une de mes toutes premières lectrices a été ma directrice de thèse à l'université de Californie du Sud, Gina Nahai. Merci, Gina, d'avoir été l'une des premières en dehors de ma famille à me donner la confiance nécessaire pour croire en ma capacité de devenir autrice. Mes adorables amies écrivaines, Kate

Abbott, Rebecca Chastain, Delilah Marvelle, Tara Creel et Lana Pattinson, ont lu plusieurs versions de ce roman par bonté de cœur, et m'ont fait un retour sur ce que je pouvais améliorer, tout en fortifiant ma détermination à continuer à m'interroger et à peaufiner mon roman. Mesdames, je vous serre dans mes bras et vous décerne des plumes d'or. À tous mes amis du Novel Nineteens[1], merci pour votre soutien et votre passion, au cours de cette première année excitante et parfois intimidante.

Toute ma gratitude à Jessica Cluess, Alexa Donne, Shelley Sackier, Samantha Hastings et Tobie Easton pour vos incroyables mots et votre générosité. Je ne saurais vous dire combien ils m'ont touchée.

J'ai beaucoup de reconnaissance pour Brenda Drake et tous ceux qui ont participé à la promotion 2016 du programme Pitch Wars, notamment mes coparticipants, pour l'esprit de communauté, le partage d'informations et les cris de joie sur Twitter ou Facebook. Bien sûr, je ne peux pas évoquer Pitch Wars sans affirmer ma gratitude à Tobie Easton qui, alors qu'elle avait l'embarras du choix, a décidé de superviser *Une dangereuse alliance*, m'a aidée à identifier tous les problèmes que je ne voyais plus après toutes mes relectures et s'est révélée l'une des meilleures amies du monde. Merci, Tobie, pour m'avoir, si souvent que je ne compte plus, aidée à surmonter les difficultés et les complications (réelles ou imaginaires), merci pour ton altruisme, pour ce talent inné qui te permet d'aller directement à la racine d'un problème dans l'écriture

1. Groupe d'auteurs jeunesse et jeunes adultes ayant publié leur premier roman en 2019.

et dans la vie, merci d'être toujours là. À mon humble avis, tu es tout simplement la meilleure.

Mille et un mercis à mon éditrice Kristen Pettit, qui est tombée amoureuse de mon projet, qui m'a aidée à le consolider et grâce à qui mon manuscrit est devenu un véritable livre. Merci à Kasi Turpin d'avoir conçu une magnifique couverture et à Jessie Gang pour cette superbe jaquette sans oublier les en-têtes de chapitre si parfaitement à l'image de mon histoire. Merci à Clare Vaughn, Jessica Berg, Gwen Morton, Alison Klapthor, Meghan Pettit, Shannon Cox, Kristopher Kam et tous ceux chez Harper Collins qui ont contribué à *Une dangereuse alliance*. Sans oublier, évidemment, mon incroyable et indomptable agent, Jennifer Unter, pour son professionnalisme, son expérience, ses conseils et tout ce qu'elle a fait pour que mon rêve devienne réalité.

Enfin, je dois remercier ma famille, qui m'a aimée, soutenue et m'a toujours donné le sentiment que mes buts étaient atteignables. Cheryl et Manouch, merci de m'avoir acceptée dans votre clan, merci pour votre aide et vos encouragements au fil des ans. Je vous aime. Shaida, merci d'avoir lu mon manuscrit un aussi grand nombre de fois, de m'accompagner aux événements littéraires et bien d'autres choses.

Un énorme câlin pour mon frère, Aaron, qui m'a toujours apporté un autre point de vue, et qui a toujours été là pour moi. Pour ma sœur, Mariella, qui m'a écoutée quand j'avais besoin de vider mon sac, qui m'a remonté le moral, qui aime mes personnages autant que moi, qui est, en un mot, la meilleure des sœurs possible.

J'ai grandi avec des parents qui constituaient un modèle éblouissant de ce que l'amour devrait être, qui m'ont insufflé une passion pour la lecture et les livres dès ma plus tendre enfance, qui m'ont poussée à croire en mes rêves et qui m'ont très souvent épaulée lorsque je me suis lancée à la poursuite de ces rêves. Maman, merci pour toutes ces longues soirées où tu m'as lu les livres de la bibliothèque, merci de m'avoir fait découvrir, au bon moment et sans le moindre remords, les plus grands romans d'amour.

J'aurais tant aimé que mon père, Jonathan Cohen, qui vouait un amour infini aux livres, qui n'aurait pas pu être plus encourageant quand j'ai décidé de devenir écrivaine et qui se portait toujours volontaire pour lire une nouvelle version d'*Une dangereuse alliance*, puisse voir ce jour. J'imagine ton expression, ce que tu dirais et ferais, et je sais que tu serais aussi heureux que moi. Merci d'avoir été une source d'inspiration constante, papa. Je t'aimerai toujours.

Et à toi, Nasson : tu mérites d'infinis remerciements, toi qui es mon meilleur ami, mon premier supporter et mon plus ardent avocat. Je t'aime pour tout ce que tu as fait, tout ce que tu continues à faire et je bénis chaque jour ma chance d'avoir, dans ma vie, le plus formidable des héros de roman.

Ouvrage composé par Facompo.

Imprimé en France
par Normandie Roto Impression s.a.s.
61250 Lonrai
N° d'impression : 2101486
S31229/01

MIXTE
Papier issu de sources responsables
FSC® C003309
FSC
www.fsc.org

L'éditeur de cet ouvrage s'engage dans une démarche
de certification FSC® qui contribue à la préservation
des forêts pour les générations futures.

Pour en savoir plus :
www.editis.com/engagement-rse/

PKJ • POCKET JEUNESSE
www.pocketjeunesse.fr

92, avenue de France - 75013 Paris